HET LIED VAN EUROPA

Leon de Winter

Het lied van Europa

Roman

HOLLANDS DIEP
AMSTERDAM
2022

Voor Jessica
en onze kinderen

Omslagontwerp: Studio Jan de Boer, Utrecht
Typografie: Crius Group, Hulshout
Foto auteur: © Isolde Woudstra

ISBN 978 90 488 6768 4
ISBN 978 90 488 3734 2 (e-book)
NUR 301

www.hollandsdiep.nl
www.overamstel.com

OVERAMSTEL
uitgevers

Hollands Diep is een imprint van Overamstel Uitgevers bv

'Lied van Europa' – Melodie gezongen door demonstranten gedurende het oproer tijdens de hittegolf van augustus 2040. De melodielijn was die van het Russische folkloristische 'Katyusha'. De Russische tekst werd meestal niet gezongen. Het werd populair door een video van de Russisch-Nederlandse Europa Ivanova (zie Ivanova, E., 2010-2040). De demonstraties mondden uit in geweld. De overheden in Nederland, België en Frankrijk riepen de noodtoestand uit, waarna Amerikaanse en Duitse NAVO-eenheden werden ingezet. 483 mensen kwamen om het leven, tienduizenden raakten gewond, de binnensteden van o.a. Den Bosch, Hoorn, Reims werden in de as gelegd. Deze periode kreeg officieel de naam Dagen van Waanzin (zie Dagen van Waanzin, 2-18 augustus 2040). Ze leidden tot de invoering van stringente Europese wetgeving tegen desinformatie op 19 februari 2044.

DEEL 1

DE USB-STICK

Inhoud

2018

Da'ud

Het was nacht in een stad zonder elektriciteit.

Da'ud lag op een paar kussens in de kelder van zijn makker Jibril, die luid snurkte; dat was normaal voor Jibril. Zo nu en dan klonk geweervuur, want er waren gekken die in het duister blind om zich heen knalden. Een zichzelf respecterende sluipschutter, een vakman dus, vuurde gericht en beheerst een of twee keer – zo snel achterelkaar dat het als een enkel schot klonk. Dan werd ambacht een kunst.

Een paar jaar geleden kon je redelijk veilig 's nachts in het pikkedonker naar buiten gaan, maar nu beschikte elke militie over precisiegeweren met nachtkijkers en kon er 24/7 een kogel door je kop knallen. In het ochtendlicht zouden de gevechten oplaaien wanneer iedereen op iedereen kon vuren, ook zonder nachtkijkers.

Da'ud keek op zijn horloge: halftwee, lichtten de cijfers op, het was de vroege ochtend van 8 oktober 2018, oftewel 28 Muharram 1440. Hij was zo stoned als een garnaal en eerlijk gezegd lag hij lekker ontspannen in deze kelder, die net zo veilig was als een atoombunker.

De Russen en Iraniërs hadden opnieuw moderne wapens geleverd aan de milities die zij aan zij met de tiran vochten. Aanvankelijk kon het leger van de tiran de opmars van de rebellen niet tegenhouden, maar betere training en vooral betere wapens en uitrusting hadden de machtsverhoudingen doen kantelen, hoewel, kantelen: de strijd zou eeuwig duren.

De sluipschutters van de tiran hadden de Iraanse variant van het Russische Orsis T-5000-geweer ontvangen – die konden op twee kilometer afstand een rat raken met bijvoorbeeld de .338 Lapua Magnum, een Noors-Finse kogel die na een kilometer nog genoeg snelheid had om *body armor* te doorboren, laat staan een rat. De snelheid van de kogel bedroeg zo'n negenhonderd meter per seconde. Een alternatief voor de Lapua was een *hollow-point*-kogel die als het ware bij impact in het lichaam explodeerde en alle organen verwoestte.

Dat was de hardware, maar hardware had talent nodig. Een sluipschutter was goed als hij talent had, zoals een schilder of schrijver, alsof het een kunst was, of op zijn minst een creatief ambacht. Ervaring telde ook: Da'ud deed dit nu vier jaar. Een rot in het vak.

Een sluipschutter van het Britse leger had in november 2009 onder ideale omstandigheden – wat betekende: geen wind, geen neerslag – een 'sniperkill' geboekt op een doel dat zich tweeënhalve kilometer verder bevond. Hij deed dat met een L115A3, een Brits wapen van Accuracy International, een wapenfabrikant in Portsmouth, UK, gespecialiseerd in langeafstandsprecisiewapens, opgericht door de Britse olympische langeafstandsschutter Malcolm Cooper.

Da'uds eigen L115A3 – de Rolls-Royce onder de sluipschutterswapens – lag in perfecte conditie op een kussen in de hoek; de L115A3 had ook recht op een kussen, als een levend wezen met een eigen identiteit.

Maanden geleden waren in de stad de lijnen getrokken en in elke wijk had een strijdgroep haar unieke vlag geplant en daarmee een eigen district gemarkeerd. De groepen hadden fantasienamen die glorie en martelaarschap en onverzettelijkheid vierden, en het was van belang om de scheidslijnen te kennen en de tekenen te lezen die de overgang van de ene naar de andere wijk markeerden.

Eerlijk gezegd maakte het Da'ud niet veel uit op wie hij schoot – iedereen buiten zijn wijk was doelwit. Urenlang kon hij, op zijn campingmatras liggend, door een gat in een muur staren zonder dat zijn aandacht verslapte, zonder dat zijn lichaam verkrampte, zonder dat zijn gedachten wegzweefden naar de tijd waarin hij op een terrasje koffiedronk en een Marlboro rookte en over een leven met Alma nadacht.

Da'ud was opgeleid tot dierenarts, en in die tijd had hij geen idee dat hij talent had voor een loopbaan als sluipschutter. Wie kon zich in vredestijd voorstellen dat hij het talent had voor het doden van mensen die niet eens het schot zouden horen, omdat geluidsgolven trager zijn dan een kogel?

Toen de tiran de soennitische opstanden probeerde te breken, had Da'ud net zijn stage afgesloten. Zijn bul had hij niet op de universiteit in ontvangst genomen maar op het postkantoor – toen werkten de posterijen nog en lagen niet alle kantoren in puin. Het postbedrijf, een van de juwelen die de Ottomaanse en Franse heersers in hun goedertierenheid hadden nagelaten, functioneerde niet meer in het weidse, verzengende land, op misschien de steden en streken na waar de heerschappij van de tiran onaangevochten was. Aan alles was gebrek, behalve aan middelen waarmee je je gemoed kon beïnvloeden. Hasj, wiet, pillen waren er in overvloed.

Captagon heette de pil die van elke muizige vrijwilliger een strijdende reus maakte. Je kon dagenlang doorvechten zonder behoefte aan slaap, je kon zonder wroeging het hart uit de borstkas van je vijand rukken, je kon verkrachten, onthoofden, en jezelf aan welk gevaar dan ook blootstellen, als dat spul door je bloed trok.

Captagon was gebaseerd op fenethylline, voluit *amphetaminoethyltheophylline*, ontwikkeld in 1961 door het Duitse bedrijf Degussa. Fenethylline werd in een andere dosering ingezet om kinderen met ADHD te temmen.

Er moesten in Syrië tientallen clandestiene fabriekjes staan die de pillen produceerden; het was misschien wel de enige lucratieve industrie in Syrië, nee, het was de meest lucratieve industrie die Syrië ooit had gehad, op terrorisme na. Misschien zou de oorlog niet bestaan zonder Captagon.

Voor Da'ud was de high van Captagon contraproductief. Hij had rust nodig, en geduld, twee eigenschappen die door Captagon werden weggeblazen. Hij had net hasj gerookt en was loom en traag, maar zijn gedachten bleven overal heen zweven, van het heden naar het verleden en bij voorkeur naar een toekomst waarin Alma levend naast hem lag en hem toefluisterde dat ze eraan toe was en dat ze zich aan hem wilde geven.

Alma had het nooit gezegd, maar hij was ervan overtuigd dat ze het had kunnen zeggen als ze had geleefd. Ze hadden over seks gepraat, ze had zelfs gevraagd of hij masturbeerde.

Was ze echt dood?

Gegeneerd had hij zijn hoofd geschud, masturbatie, natuurlijk niet.

Wie smokkelde hasj en qat? Waarom niet medicijnen? Dat kon alleen gebeuren met medewerking van de opperhoofden van de milities. Wie kon er zonder hasj ontspannen als je dagenlang door de high van Captagon bloedbaden had aangericht?

Jibril wist twee, drie keer per week genoeg te scoren om zichzelf en Da'ud een nacht te verlossen van de aanblik van deze kelder. Hier werden de meelzakken opgestapeld voor de bakkerij van Jibrils familie. Nog steeds werd er in de stad, in elke wijk, brood gebakken, pita, *manoushi* ook, soms zelfs met spinazie erin. Wie smokkelde meel en bloem? Dezelfde smokkelaars die hasj en qat smokkelden?

Bij een artilleriebeschieting door het leger van de tiran waren drie van de vijf verdiepingen boven de kelder ingestort. Andere gebouwen in de straat waren volledig geïmplodeerd, maar deze kelder met wanden van gewapend beton had de klap doorstaan. De halve straat stond in brand, niemand in de gebouwen ontkwam aan het vuur.

Wanneer het nodig was, hielp Jibril in de bakkerij van zijn vader op de begane grond. Vlak voor de beschieting had Jibril hier de zakken en andere voorraden op een handkar geladen, de dooie ratten uit de vallen gehaald en ze in een zak laten vallen. De opslagkelder had geen scheur opgelopen.

Bij Jibrils oom, dr. Khaled, had Da'ud zijn studie afgerond. Dr.

Khaled was de eerste in de bakkersfamilie geweest die had mogen studeren; de tweede was Jibril.

Op advies van de tirannenregering was dr. Khaled dierenarts geworden voor de snelgroeiende agrarische sector van runder-, geiten- en kamelenfokkerijen in een van de Syrische departementen. Van die sector was niks over, al veel eerder was alles verloren gegaan, ontstaan door de aanhoudende droogte, en de droogte hing samen met het mismanagement van het ministerie van Waterbeheer, waardoor alle meren, kanalen en putten waren drooggevallen. De dieren waren weggeteerd door honger, dorst, ziekten, de aquifers drooggepompt, de bossen doodgekapt.

In het restlicht van de olielamp in de gang zag Da'ud hoe Jibril, die oortjes in had, met zijn handen bewegingen maakte als een westerse dirigent. Kennelijk was hij even uit zijn diepste slaap. Straks zou hij weer sonoor snurken.

Jibril woonde ooit met zijn ouders in hetzelfde gebouw als Dau'ds ouders. Het bakkersgezin, lager in de sociale ordening, vormde de uitzondering in het appartementengebouw voor hoge ambtenaren en universiteitsleraren. Ze hadden een oude Otis-lift voor vier personen, met zorg onderhouden door twee conciërges die ook logboeken bijhielden van het bezoek aan de bewoners. De ene helft van het land bespioneerde de andere helft, zoals in de Duitse film *Das Leben der Anderen*, waarvan Da'ud illegaal een kopie had gedownload – wie had een westerse creditcard waarmee je zoiets betaalde?

Da'uds ouders waren functionarissen bij de Syrische posterijen. Voor zover hij wist, was voor geen van de bewoners religie of etniciteit een urgent thema geweest tot de tiran er een thema van had gemaakt. Ze hadden daar samengewoond – christenen, sjiieten, soennieten, alawieten –, allen meer gekarakteriseerd door opleiding en status dan door religieuze affiliatie, en allen met gepaste afstand van meningen die compromitterend konden zijn. Sinds de lagere school brachten Da'ud en Jibril hun vrije tijd met elkaar door. Ze hadden besloten om dierenarts te worden, net als Jibrils oom, en bij te dragen aan de triomfantelijke uitbouw van de agrarische sector – natuurlijk waren ze als kind bevlogen baathisten. Maar na de rellen in Dara in maart 2011 begonnen ook in het noorden de straten vol te stromen met demonstranten; het was hun eigen Syrische intifada.

Da'ud en Jibril waren klaar met hun studie. Ze verschilden van mening over de vraag of ze zich persoonlijk moesten inzetten en hoe ze de demonstraties konden steunen. Ze hadden het druk. Ze bezochten de boerderijen die de droogte hadden overleefd en stuurden hun rapporten naar dr. Khaled, die toen al ziek was en in het derde jaar van de burgeroorlog stierf.

Da'ud en Jibril hadden inmiddels dezelfde mening ontwikkeld over de vraag hoe het zover was gekomen. Allebei concludeerden ze dat corruptie en mismanagement ruraal Syrië, waar het altijd al armoedig was, in de allerdiepste armoede hadden gedompeld. De noordelijke droogte in de jaren na 2006, die zo veel boeren en hun families brodeloos had gemaakt, versterkte een fatale reeks wanbesluiten door gecorrumpeerde ambtenaren. Het overmatig gebruik van waterpompen had de bescheiden grondwaterreservoirs uitgeput, en toen ook nog eens, ten tijde van de bitterste droogte, de subsidies op brandstof en kunstmest werden afgeschaft, waardoor boeren geen kostbare diesel meer konden kopen voor de pompen of voor de trucks waarmee ze hun producten naar de markt vervoerden, werden de dieren geslacht en de uitgeputte akkers opgegeven. De armen werden nog armer en trokken naar steden op zoek naar een baan in de industrie of een werkplaatsje of bij een rijke familie die huispersoneel zocht.

In 2011 hadden Da'ud en Jibril bij de boerenfamilies in de omgeving van Rakka ondervoeding aangetroffen. Ze bezochten boeren die de opbrengst van hun velden aan de dieren als voer gaven; ze hadden geen geld voor transport. Het menu bestond uit brood, thee, een lepel suiker. Ze zagen hoe de dorpen verlaten werden, hoe de akkers en greppels verdwenen onder opwaaiend woestijnzand.

'Waarom doet de regering ons dit aan?' had Jibril gevraagd toen ze de uitgedroogde velden passeerden waarmee Syrië ooit in de eigen tarwebehoefte had voorzien – nu importeerde Syrië tarwe. Hij kende het antwoord.

Da'ud had de grauwwitte Toyota Hilux bestuurd waarmee ze hun rondreizen maakten, een pick-uptruck aangedreven door een onverwoestbare tweeënhalve liter diesel. Jibril, de gelovige met salafistenbaard zonder snor, had een sigaret opgestoken – zijn rookverslaving was net zo sterk als zijn geloof – en leunde tegen de deur. Hij had kort krullend haar, grote blauwe ogen, en als hij zich concentreerde, tuitte hij zijn lippen, alsof hij iemand wilde zoenen. Een beetje wijkende kin, forse oren, iets clownesks zat er in zijn gezicht. Hij had de lichaamsbouw van een gewichtheffer of worstelaar: kleine sterke benen, lang bovenlichaam, handen grof als van een boer. Hij schoor zich twee keer per dag. Om de een of andere reden trok die lelijke kop van hem de blikken van meisjes aan. Da'ud begreep niet wat ze in hem zagen, maar Jibril had iets stoers en teders tegelijk. Jibril was intelligenter dan Da'ud, die dag en nacht moest studeren om de tentamens te halen. Bakkerszoon Jibril deed ze fluitend met de ogen dicht.

De smalle asfaltweg sneed kaarsrecht door de vlakke woestijn. Waar ze stopten, hoorden ze verhalen over mannen die zich aansloten bij gewapende groeperingen. De tiran was zijn greep over dit deel van het land aan het kwijtraken. Hij waande zich veilig in zijn paleizen in het zuidwesten, en zijn clans, die profiteerden van zijn almacht en corruptie, leefden in zijn schaduw aan de kust.

Jibril zei: 'Ze zorgen ervoor dat dit deel van het land nog leger wordt, nog kaler en nog hongeriger. De armen en boeren trekken naar de stad en leven daar in tenten. Niemand helpt ze. Wij moeten dat doen, Da'ud. Jij en ik moeten ervoor zorgen dat het beter gaat in dit land. We hebben gestudeerd, we zijn jong en sterk, we hebben allebei contacten via onze families. Wij moeten het doen. We moeten van ons land een moderne staat maken. Zoals Duitsland. Of Zwitserland. Insjallah.'

Da'ud deelde zijn wanhoop, maar niet zijn bevlogenheid. Hij vroeg: 'Wil je de tiran uitdagen?'

'Straks zijn er zo veel werklozen dat we makkelijk een leger kunnen organiseren. Een leger van vertrapten. Vreedzaam zullen we ons ongenoegen tonen. We zullen door de straten van Damascus marcheren. Wij moeten ze leiden, vriend.'

'Hij maakt ons allemaal af als het moet. Je bent naïef.'

'Ben je naïef als je idealen hebt?'

'Waar zijn we? Kijk om je heen! Zie je de groene bergen van Zwitserland? De rivieren van Duitsland?'

Nergens langs de weg troffen ze een bouwsel aan; tot en met de horizon een vlakte van dood zand, dat soms trilde als er een windvlaag overheen streek. Als Jibril moest bidden, stopten ze op een willekeurige plek, waar de hitte de lucht liet dansen.

Jibril hield scherp in de gaten wanneer het tijd was voor het gebed. Da'ud bleef in de truck zitten als Jibril zijn bidkleedje uitrolde op het zand.

'Alles draait om water,' zei Jibril, driftig aan zijn peuk zuigend. 'We moeten zeewater ontzilten. Kanalen graven. Moderne irrigatiesystemen aanleggen. En riolering. Betrouwbare elektriciteitscentrales. Betere scholen.'

'Hoor je wat je zegt?' vroeg Da'ud. 'Die dingen die jij noemt? Kom op, man, je droomt! Niks komt ervan terecht. Helemaal niks.'

'Dan zijn we verloren,' mompelde Jibril.

'Dromen kunnen we. Niet meer dan dat,' zei Da'ud, die zich afvroeg of hij niet te hard was.

'Dan moeten we vechten, en dat winnen we, insjallah,' beweerde Jibril.

'Tegen het regiem vechten? Blijf dromen, vriend,' antwoordde Da'ud.

In de vroege revolutietijd hadden ze kriskras door het noordoosten gereden en gepraat en gefilosofeerd en plannen gemaakt. Later sloot

Jibril zich aan bij een salafistische strijdgroep en werd hij door het regiem gegrepen. Vervolgens verschenen er mannen in het appartement van Jibrils ouders. Ze haalden zijn jongere broers Mahmoud en Samir en zijn vader op, de bakker die populair was bij iedereen in de buurt. Mahmoud en Samir werden geslagen en met dertig andere gevangenen drie weken lang opgesloten in een cel van vijf bij vijf. Hun vader overleed doordat hij zijn hartmedicijnen niet kreeg. De broers verdwenen, ergens in een gevangenis geëxecuteerd of gedood door honger of een opvlammende ziekte. Hun lichamen in een ongemarkeerd massagraf, ergens in de Syrische woestijn, met tientallen of honderden andere jongemannen, gelovig of ongelovig, landarbeiders, postbodes, of dierenarts in spe zoals Jibril, die met andere salafisten een uitbraakpoging had gedaan en had weten te ontsnappen, verzwakt, ondervoed, beurs geslagen, met een haat die onstilbaar was.

Zo trof Da'ud hem aan nadat Jibril erin was geslaagd hem een bericht te sturen met de vraag of hij een nacht bij hem kon schuilen en of er ergens nog sigaretten gescoord konden worden.

Ze troffen elkaar in de kelder van hun gebouw, in de opslagruimte van Da'uds ouders. Da'ud bracht thee in een thermosfles, pita's, hummus, en zoete lekkernijen; bijgelicht door een zaklantaarn in de raamloze kelder at Jibril gejaagd het dienblad leeg, tussendoor diep inhalerend.

Hij sliep elke nacht ergens anders, maar hij wilde de stad niet verlaten. Hij was schichtig, schrok van geluiden, vroeg om slaappillen.

Jibril vroeg: 'Heb je mijn moeder gezien?'

'Een paar keer,' loog Da'ud.

'Ze heeft alleen mij nog. Ik wil straks even bij haar langs.'

'Ze houden de flat in de gaten.'

'Wil je vragen of ze straks even hier komt?'

'Ja.'

'Is er nog water in deze wijk?'

'Ja.'
'Mag ik me straks wassen?'
'Tuurlijk.'
'Aan welke kant sta jij, mijn vriend?'
'Aan de kant van rechtvaardigheid,' antwoordde Da'ud.

Jibril knikte: 'Ik laat haar via via geld bezorgen zodat ze eten kan kopen.'

'Als je wilt, kan ik helpen. Laat haar weten dat ze altijd welkom is bij ons.'

'Dank je wel, lieve vriend.'
'Jij ook,' zei Da'ud, 'je bent altijd welkom hier.'
Jibril stak een verse sigaret op: 'Hoe gaat het met Alma?'
'Ze is naar Homs gegaan, maar ze is niet teruggekomen.'
'Weten haar ouders iets?'
'Nee.'
'Is ze dood, denk je?'
'Ik weet 't niet. Vermoedelijk wel.'
'Wil je nog naar Australië?'
'Ik wil vechten,' antwoordde Da'ud.

Dat zei hij voor de vorm; natuurlijk wilde hij dit verdoemde land verlaten. Kon hij dat zonder Alma voor elkaar krijgen? Was hij het niet aan haar verplicht om op haar te wachten? Als ze nog leefde? Ze was Jibrils nichtje en volgens de regels van hun tradities voorbestemd met hem te trouwen, niet met Da'ud. Jibril deed er niet ingewikkeld over en gunde Da'ud zijn nicht, ze was niet zijn type.

Da'ud had voor zijn vriend een slof Marlboro gekocht, een cadeau van gewicht, want de prijzen waren onmogelijk hoog.

Da'ud vroeg: 'Waar slaap je morgen?'

'Dat weet ik morgenmiddag. Ik werk aan de opbouw van een groep. Nog even en ik heb genoeg mensen om de stad over te nemen. Doe mee, vriend, we hebben alles te winnen en niets te verliezen.'

'Tuurlijk doe ik mee,' zei Da'ud.

Hij wilde de lift niet gebruiken en in het donker sloop Da'ud naar boven, klopte op de deur van Jibrils appartement. Jibrils moeder, klein en grijs, was wakker, want ze sliep nooit. Ze bleef zonder hoofdbedekking toen ze besefte dat het Da'ud was – ze was de afgelopen tijd dertig jaar ouder geworden, niet meer vijftig maar tachtig, onverzorgd met grijze haren op haar kin en bovenlip. Stil huilend pakte ze limonade en koekjes in een boodschappentas, en warmde soep op. Ze hulde zich in het zwart en bedekte hoofd en gelaat. Met één hand steunde Da'ud haar in het trappenhuis, met zijn andere hand droeg hij de tassen met voedsel. Als een heilig artefact droeg ze de pan met soep.

In de opslagkelder streelde en kuste ze haar zoon, de enige die ze nog had, en voedde ze hem alsof hij drie jaar oud was. Jibril had al gegeten maar aanvaardde het voedsel van zijn moeder en deed of hij honger had. Ze dankte hem voor het geld, vroeg of hij veilig was, en smeekte hem voorzichtig te zijn. Ze vertelde dat ze elke dag tot Allah bad en Hem nederig vroeg om haar zoon te beschermen.

Na een uur bracht Da'ud haar terug, de vijf trappen op, langzaam, wachtend tot haar ademhaling tot bedaren kwam. Toen hij terugkeerde, was Jibril in slaap gevallen voordat hij zich had kunnen wassen. Da'ud bleef bij hem tot Jibril twee uur later met een schok ontwaakte, niet in staat direct te beseffen waar hij was.

'Hi,' zei Da'ud.

'Hi.' Jibril stak een sigaret op. 'In het eerste licht ga ik weg. Breng het eten terug, ik kan het niet meenemen.'

'Zal ik doen.'

'Ik zal vragen of iemand iets weet over Alma. Als ze gevangen is genomen, moeten we dat kunnen achterhalen. Onze mensen zitten overal.'

'Ik weet niet of ik moet wensen dat ze gevangengenomen is,' zei Da'ud.

Iedereen wist wat er in de gevangenissen van de tiran, en in die van de jihadisten, met vrouwen gebeurde.

'Zolang er leven is, is er hoop,' zei Jibril.

Da'ud wist niet of dat waar was. Sommige ervaringen waren zo erg dat ze de hoop vergiftigden.

'Ja,' antwoordde Da'ud zonder overtuiging.

'Je moet de Koran lezen,' zei Jibril. 'Zonder Allah is het universum zinloos, zijn onze levens doelloos en zijn deze ontberingen een grap van de duivel. Want dat is waar het om gaat, vriend: als Allah niet zou bestaan, is het universum een grap van Satan. Jij gelooft toch niet?'

'Nee,' zei Da'ud.

'Geloof je dan in Satan?'

'Nee.'

'Waar dan wel in?'

'In scheikunde. In het periodiek systeem. In wiskunde.'

'Waarom?'

'Omdat daar alles helder en logisch is. Omdat daar de rede heerst.'

Jibril vroeg: 'Waar komt die rede vandaan?'

'Dat weet ik niet. Dat weet geen mens.'

'Vriend, lees de Koran. Daar staat alles in wat een mens moet weten.'

'Ik heb de Koran gelezen. Ik heb er niets van geleerd.'

'Dan heb je slecht gelezen.'

'Jibril, je bent intelligent, intelligenter dan iedereen die ik ken, en je gelooft echt dat die tekst afkomstig is van een bovennatuurlijk wezen?'

'Het is Allahs woord. Ontstaan vóór het begin van de tijd.'

'Het is door mensen gemaakt, niet door een god.'

'Vriend, je weet niet wat je zegt.'

'Dat weet ik wel. Religie is een vloek. Jij maakt onderscheid tussen gelovigen en ongelovigen. Maar religie is een vorm van georganiseerde waanzin. Onze profeet werd niets ingefluisterd door een engel. Hij bedacht alles zelf. Hij was een opportunist en hypocriet.'

Heftig schudde Jibril zijn hoofd: 'Zeg dat niet! Je bedrijft blasfemie!'

‘Zolang we blijven denken in de religieuze schema’s van een nepprofeet, komt onze wereld niet vooruit, Jibril! We zijn verdoemd! Waarom kun je niet helder en zinnig denken als je met de Koran geconfronteerd wordt? Waarom klink je dan als een ongeletterde bedoeïen uit de zevende eeuw?’

‘Hou op, Da’ud! Beledig me niet! Je moet stoppen!’

‘Ik zeg de waarheid. Dat is het enige wat telt onder deze omstandigheden. Geen zelfbedrog meer! Vriend, verlos je van dat achterlijke geloof!’

Jibril haalde uit en gaf zijn vriend met de open hand een felle klap. Da’uds wang brandde. Hij zweeg en verbeet de vernedering. Beheerste de neiging om terug te slaan. Hij verwerkte de klap en bleef snuivend zitten, wachtte minutenlang op een verontschuldiging, die uitbleef.

Hij dronk lauwe thee, vermeed het om Jibril aan te kijken, en voelde het oplaaien van verstikkende haat – haat die alleen in een conflict met een broeder kon ontstaan. Toch hield hij Jibril gezelschap tot in het trappenhuis het eerste licht van een nieuwe dag verscheen.

Bij het afscheid wisselden ze een blik; die was kort maar vol betekenis, allebei beschaamd en vol treurnis.

Jibril maakte aanstalten het trappenhuis te verlaten. Maar hij bleef opeens staan en kwam vervolgens terug.

‘Sla me,’ zei hij. ‘Sla me net zo hard als ik jou heb geslagen.’

Da’ud keek hem bevreemd aan.

‘Doe het,’ zei Jibril. ‘Dezelfde domme klap. Anders komt het nooit meer goed tussen ons.’

Da’ud kon zijn vriend niet slaan. Maar als hij het niet deed, zou hun vriendschap sterven. Dus sloeg hij en hij zag de tranen in Jibrils ogen springen. Da’ud wilde zich verontschuldigen, maar ook dat zou de vriendschap kapotmaken. Jibril had zeker twintig seconden nodig om de klap te verwerken. Daarna knikte hij. Vervolgens omarmden ze elkaar, zoenden elkaar op de wang. Jibril vertrok.

Er was geen maat in deze oorlog; bestond dat ooit, maat in een oorlog? Alles kon altijd erger. Jibrils moeder kwam om het leven bij een aanval met vatbommen, geworpen uit een helikopter van de tiran. Ze was op de markt – markten zijn er altijd, zonder markten zou het land ophouden te bestaan – en werd uiteengereten door een vatbom, oftewel een olievat gevuld met explosieven, schroeven, spijkers. De andere zeventien slachtoffers waren vier kinderen, elf moeders, twee kooplui. De voorraden aan spijkers en schroeven moesten in Syrië oneindig groot zijn. Waren die *made in Syria* of import uit Turkije of Irak?

Da'ud lag comfortabel op de kussens in de opslagkelder onder de verlaten bakkerij. Jibril snurkte; hij had hier overleefd toen de zijmuren van het gebouw aan de overkant het begaven en de verdiepingen op elkaar zakten.

'Ik lag te pitten tussen de meelzakken,' had Jibril verteld. 'Ik was vroeg opgestaan en had mijn vader geholpen. Ik was gaan zitten en had een sigaretje gerookt. Sliep even. Ik schrok wakker door het eerste salvo. Alles dreunde en trilde en het leek wel of de bodem vloeibaar werd toen het gebouw instortte, want alles golfde op en neer.'

Ook hieraan wilde Da'ud niet denken. Het was beter om aan Alma te denken. Hij had haar sinds 2012 niet meer gezien. Kun je verliefd blijven op iemand wier haar je zo lang niet meer hebt geroken?

Voordat Jibril zich met de jihadisten had verbonden, hadden ze dr. Khaled, Jibrils oom, bezocht. Hij woonde in een flat vlak bij de faculteit voor dierengeneeskunde. Het ging slecht met de gezondheid van dr. Khaled, hun stagebegeleider, maar hij bleef aan het werk. Hij werd door zijn vrouw en zijn dochter Alma verzorgd.

Alma.

Ze studeerde farmacie. Jibril viel op volle Levantijnse vrouwen, van wie hij er vier getrouwd zou hebben als hij een gelovige moslim was geweest, spotte hij een keer – die spot was gek, want hij was een gelovige moslim. Da'ud keek liever naar vrouwen als Alma, slank, op het magere af, met een spits gezicht en vingers die een muziekinstrument zochten, donkere ogen, het haar los over haar schouders, zonder gêne gekleed in een strakke broek en strak shirt die de lijnen van haar lichaam toonden.

Alma deed open en liet haar hoofd onbedekt toen haar neef voor de eerste keer Da'ud meenam naar zijn oom. Ze sloeg haar ogen niet neer en kruiste niet vroom haar armen voor haar borst – ze stak zelfverzekerd een hand uit om de jonge bezoeker van haar vader te verwelkomen.

Direct werd Da'ud duizelig van verlangen, van lust, zo eenvoudig bracht haar verschijning hem tot opwinding. Ze had geen idee.

Dr. Khaled woonde in een ruime flat met strakke westerse meubels. Op kousenvoeten zaten ze aan een tafelblad van glanzend, donker hout en ze bespraken hun eindscripties en rapporteerden over hun stagereizen, herinnerde Da'ud zich – nee, niet herinneren: hij zag alles scherp voor zich.

De dokter zat in pyjama aan tafel, Alma bracht thee, koekjes, en zelfs Znoud El Sit-rolletjes, die voor de meeste mensen eigenlijk een iftarversnapering waren. In die dagen wist niemand dat de wereld zou ophouden te bestaan. Ja, er waren onlusten, maar wie hield er rekening mee dat er dagen zouden komen waarop de hemel brandde en alles verkoolde wat van waarde was?

Weken later had Da'ud in zijn eentje een gesprek met dr. Khaled over het laatste deel van zijn scriptie. Alma deed open. De dokter was er niet, zei ze, hij was onverwacht naar het ziekenhuis vervoerd, samen met zijn vrouw, en hij had zijn dochter gevraagd om verontschuldigingen aan te bieden voor zijn afwezigheid. Wilde Da'ud een glas thee voordat hij onverrichter zake zou vertrekken? Graag, zei hij. Ze liet hem binnen, hij, geen familielid maar een vreemdeling. Hoe moest hij zich in haar aanwezigheid gedragen? Hij hoorde hier niet te zijn: een man en een vrouw, geen familie, ongehuwd, samen zonder toezicht achter de deur van een woning?

Alma ging hem voor. Ze had haar haar opgestoken en hij zag haar hals – wat een gevoelige, intieme plek, drong tot hem door. Het kwam nooit voor dat hij alleen was met een onbekende vrouw – ook niet tijdens zijn studie. In groepen, ja, maar nooit een-op-een. Hij had seks gehad, bij zijn ontmaagding zelfs drie keer binnen twee uur.

Het dragen van een hidjab was toegenomen, in Damascus zag je steeds meer nikabs en boerka's. Er waren veel varianten van het dragen van een hoofdbedekking; Da'uds moeder had een hoofddoek gedragen die ze met een knoop in de nek vastzette – dit gold niet als vroom, het was het minimum. Alma voldeed niet eens aan het minimum. Hij zag haar hals, haar oorschelpen. Ze bewoog en gedroeg zich volwassen, met een oogopslag die geen enkele onrust vertoonde, alsof ze veel ouder was dan hij, een vrouw die al de volle breedte van het bestaan – liefde, liefdeloosheid, seks, verraad, trouw – had ervaren. Maar wanneer dan? En hoe?

Alma liet hem aan de grote donkere tafel plaatsnemen en ging in de keuken water opzetten. Ze wilde weten waar hij vandaan kwam. Uit de streek? Broers en zussen? Hij riep zijn antwoorden naar de keuken. Enig kind, net als zij. Nee, hij kwam uit Tartus, daar was hij geboren, maar zijn vader werd overgeplaatst en hij had hier de middelbare school gevolgd.

Hij vroeg zich af of zij seks met hem wilde hebben. Nee, natuurlijk niet. Ze waren vreemden, en deze ontvangst was een goedmakertje voor de afwezigheid van haar vader. Had zij ooit seks gehad? Vermoedelijk niet. Of wel? Ze gedroeg zich als een volwassen vrouw. Toen ze terugkwam met twee glazen thee keek ze hem zelfverzekerd aan, arrogant bijna. Ze was kleiner dan hij, een ballerina, daar deed ze hem aan denken. Hij had nooit een balletvoorstelling gezien, kende zoiets uit films en tv-series. Hij was wel in een balletcabaret geweest, maar dat was wat anders.

Met Jibril had hij een jaar eerder een danseres geregeld in Latakia, waar ze allebei moesten zijn; Jibril was nog niet vroom. De danseressen waren vrouwen uit Rusland en Oekraïne die zich formeel voordeden als kunstenaressen. Onder het mom te komen dansen in een artistiek 'balletcabaret' hadden ze visa verworven. Omdat de politie zo nu en dan voor de vorm kwam controleren, moesten de meisjes dansbewegingen maken in een zaal zonder ramen, de wanden behangen met zilverkleurige gordijnen, uit speakers Libanese popmuziek.

De mannen zaten aan tafels rondom een podium dat in het midden van de zaal stond. Onder een draaiende bal van spiegeltjes liepen tien vermoeide meisjes dansbewegingen te maken. Ze waren gekleed in huidstrakke leggings en korte shirts die de navel bloot lieten. Er was een man in een helwit hemd die de meisjes naar een klant dirigeerde. Als hij een teken gaf, sprongen ze, opeens vol energie, het podium af en kwamen ze kirrend naar de klant, voedden hem met theatrale gebaren en vrolijke gilletjes druiven en dadels, en lieten hem van dichtbij hun kwaliteiten gadeslaan. Als ze naar het podium terugkeerden, onderhandelde de man in het witte hemd met de klant over zijn keuze, de prijs, en werd de locatie van de ontmoeting vastgesteld. Dat overkwam hun ook.

In hun hotelkamer deelden Da'ud en Jibril de Oekraïense. Ze gooiden een munt op wie het eerst mocht. Da'ud kwam binnen twintig seconden. Jibril deed er vijf seconden langer over. De Oekraïense was net zo jong als Da'ud, haar huid was bijna wit, ze was mollig en gladgeschoren en haar dijen waren fluweelzacht en ze had grote borsten. Ze had mooie, droeve ogen, lichtblauw. Ze sprak een paar woorden Arabisch. Ze rookten gedrieën sigaretten, keken zittend op het bed naar een Amerikaanse televisiesoap en dronken Barada, Syrisch bier dat in deze Alawitische stad overal verkrijgbaar was. Misschien hadden ze ergens Libanese Almaza of Hollandse Amstel kunnen vinden, maar in het hotel verkochten ze uitsluitend Barada. Bier hoorde bij Syrië, net als bij Tsjechië of Duitsland, ook al wilden vrome moslims alcoholische dranken verbieden. Op de Elba-kleitabletten die vierenhalfduizend jaar oud waren, werd het brouwen van bier vermeld. Die tabletten waren in 1974 ontdekt bij opgravingen rond Tell Mardikh, de overblijfselen van een paleisarchief. Ze werden voor een groot deel bewaard in Aleppo – zouden de tabletten de bombardementen hebben overleefd?

Ze hadden seks gehad, heel kort, bliksemschicht kort, maar toch.

De Oekraïense had na de seks een piepkleine onderbroek aangetrokken, een string, zo herinnerde Da'ud zich, dat was de naam van het minieme kledingstuk, en haar borsten met grote roze tepels vertrouwde ze aan hun blikken toe. Ze rookten drie sigaretten, aten wat. Na een uur of twee wilde Da'ud weer. Jibril ging op de gang staan wachten. Zonder problemen hield Da'ud het een minuut uit. De Oekraïense leek ervan te genieten. Vervolgens wisselde hij van plaats met Jibril terwijl de Oekraïense zich waste. Na tien minuten opende Jibril de deur. Het was hem niet gelukt, Da'ud mocht weer wat hem betreft, een extra beurt in plaats van Jibril. Het lukte Da'ud opnieuw, en langer ook, zeker dertig seconden langer. De Oekraïense kreunde en moedigde hem aan. Drie keer binnen twee uur. Het was duur, maar Da'ud voelde zich een man en niet meer een uitgehongerde hond. Als hij in een stad was, googelde hij de adressen van de balletcabarets. Officieel was prostitutie verboden, dus waren dit danseressen, afkomstig uit Bulgarije of Oekraïne of nog exotischer. Ook had hij een keer een meisje uit Thailand gehad met kleine borstjes en een sierlijk opgeschoren kutje. Met een Syrisch meisje had hij nooit seks gehad. Nooit met iemand zo gracieus en trots en zelfverzekerd als Alma.

Da'ud lag in de opslagkelder en hoorde zijn vriend snurken. In gedachten zat hij tegenover Alma aan de grote donkere tafel en keek hij voortdurend naar haar elegante vingers omdat hij haar niet te lang durfde aan te kijken. Vijf jaar geleden.

Alma vertelde dat haar vader trots op hem was, Da'ud, zijn beste student werd hij door dr. Khaled genoemd: 'Hij wordt een goede arts, zei mijn vader.'

'Jibril is veel slimmer dan ik. Alles gaat makkelijk bij hem.'

Daar reageerde ze niet op: 'En hij vroeg me ook om jou te vertellen...'

Ze aarzelde. Hij keek op en zag dat ze haar blik had neergeslagen.

'Mijn vader zei: als hij verstandig is, gaat hij weg, zeg hem dat.'

Ze keek hem nu aan, en ze hield zijn blik vast.

'Weg?' herhaalde Da'ud.

'Het land uit.'

'Waar zou ik heen kunnen?'

'Australië.'

'Australië?'

'Ja.'

'Ik hoor hier thuis,' zei Da'ud, maar hij aarzelde.

'We leven in een tirannie,' zei Alma. Ze keek hem zonder angst aan.

'Waarom zeg je dat?'

Da'ud bleef voorzichtig. De kans dat ze informatie over hem doorgaf was klein, maar het was niet verstandig om zonder argwaan te reageren op een opmerking van iemand die je niet kende, zelfs niet een opmerking van Alma – het kon een provocatie zijn.

'Mijn vader is gisteravond opgenomen in de kliniek. Toch wilde hij dat je kwam. Zodat we met elkaar zouden praten. Over Australië. Ze zijn streng daar voor mensen die willen immigreren. Je moet hoogopgeleid zijn. Jij bent dierenarts, ik ben apotheker. Dat zijn beroepen waarmee je een visum krijgt. Mijn vader zei... vraag het aan Da'ud. Hij is een fatsoenlijke jongeman. Afkomstig uit een oppassende familie. Hij zei: vraag of hij met jou naar Australië wil emigreren. Begrijp je?'

Da'ud begreep niets. De woorden uit haar mond kon hij niet doorgronden, niet tot in hun kern omvatten.

'Sorry,' zei hij. 'Kun je dat nog een keer zeggen? Australië?'

'Hier,' zei ze. Ze schoof een schotel met koekjes naar hem toe.

Hij wilde niets in zijn mond duwen, zelfs niet zoiets zoets en delicaats als Alma's koekjes, want dat was te lichamelijk, te kwetsbaar. Toch nam hij er een.

'Mijn vader vroeg me of jij bereid bent met mij naar Australië te emigreren.'

'Echt?'

Alma zei: 'Ik heb er vannacht over nagedacht. Ik ken jou niet. Maar je maakt een goede indruk. Ik heb vanochtend je stageverslagen gelezen. Je bent opmerkzaam. Je bent gevoelig. Je schrijft helder omdat je helder denkt. Ik geloof dat jij een mooie toekomst krijgt. Die krijg je niet als je hier blijft. Ik ook niet. Mijn vader zei: vertrek voor het te laat is, want alles staat op instorten hier. Jullie hebben academische opleidingen, dus jullie kunnen overal in de wereld werk vinden. Mijn vader zei: nog even en we slaan elkaar hier de schedel in. Want Syrië is een kunstmatig land met een kunstmatig volk en een kunstmatig regiem. Dat zei hij letterlijk zo. Ik ben feitelijk klaar met mijn studie, jij ook. Wat houdt ons tegen?'

Niets, dacht Da'ud. Maar hij zweeg. Keek naar haar bleke lippen, de ogen die geen emotie verraadden.

'We moeten trouwen,' zei ze.

'Wat?'

'Trouwen. Als echtpaar maak je meer kans.'

'Trouwen?' herhaalde Da'ud.

'Dat kunnen we zo regelen.'

'Ja?'

'We moeten weg hier, Da'ud. Weg uit de woestijn.'

Was dit de eerste keer dat ze zijn naam uitsprak?

'Hoe dan?'

'We maken een afspraak met de Canadese ambassade, die vertegenwoordigt Australië in Syrië. We gaan naar ze toe, met alle papieren, ook onze bullen.'

'Ik heb mijn bul nog niet binnen.'

'Mijn vader zal ervoor zorgen dat ze 'm snel opsturen. Ze zullen ons graag een visum geven. Hoe is je Engels?'

'Lezen gaat goed.'

'Je gaat meteen een taalcursus doen.'

'Waarom ik?'

'Omdat jij de keuze van mijn vader bent.'

'Niet van jou?' vroeg hij.

'Ik ken je niet,' zei ze zakelijk. Omgekeerd was dat ook het geval, maar voor hem was dat geen obstakel. Voor haar kennelijk evenmin.

Hij vroeg: 'Maar je wilt met me trouwen?'

'Ik wil met iemand aankomen die weet waarvandaan ik vertrokken ben. Ik heb geen broer die me kan beschermen.'

'Wil je niet liever met iemand van de familie van je vader trouwen?'

'Nee.'

'Geen neven of achterneven? Jibril is je neef. Hij is toch een heel goede...?'

'Nee. Hij is vroom.'

'Andere familieleden, van je moeder?'

'Nee.'

Woord voor woord herinnerde Da'ud zich het bizarre gesprek. Het leek op een gearrangeerd huwelijk, wat bijna iedereen meemaakte, maar dit was een gesprek zonder ouders en grootouders of enig ander familielid. Een jonge vrouw leidde dit gesprek, en van een dergelijke vorm van huwelijksbemiddeling had hij nog nooit gehoord. Ze was bijzonder, zoals hij verwachtte. Ze beloofde hem een leven in een ander deel van de wereld, met angstaanjagend veel vrijheden. Da'ud droomde daarvan, en tegelijk was hij er bang voor. Australië – wat wist hij van dat land? Hij wilde meteen alles googelen. Trouwen? Met Alma? Hij zou het recht op seks verwerven, of nee, geen recht, maar een privilege wanneer Alma toestemde. Hij zou alle culturele regels over familieloyaliteiten en eer achter zich laten. Hij zou een westerse man worden.

'Hoe wil je daar leven?' vroeg hij.

'Ik begrijp je niet,' zei ze.

'Australië is een westers land, toch?'

'Je moet weten, ik zal nooit jouw eigendom worden. Ik ben zelfstandig, en gelijkwaardig. Begrijp je dat, Da'ud? Als je je gaat gedragen als een bedoeïen, zal ik je verlaten.'

'Bedoeïen?'

'Je weet wat ik bedoel. Haantjesgedrag, agressief, bot.'

Hij was niet eens bij haar, en nu al dreigde ze dat ze hem zou verlaten. Bizar, dacht hij, en bizar bleef het.

Zij vroeg: 'Bezoek je de moskee?'

'Niet genoeg,' zei hij, een antwoord dat hem de kans gaf zichzelf te corrigeren. Hij ging nooit.

'Ik niet,' zei ze. 'Ik ben afvallige. Dringt dat tot je door? Nu je dit weet, walg je dan van me?'

'Nee,' zei hij, en hij dacht: zij is de mafste en moedigste vrouw die ik ooit heb ontmoet.

Ze bleef hem aankijken: 'Begrijp je echt wat ik zeg?'

'Ja,' zei hij.

'Ik wil mijn kinderen zonder geloof opvoeden. Aanvaard je dat?'

Kinderen. Ze liep hard van stapel. Dit was het eerste gesprek met haar en ze sprak nu al van kinderen. Ze leefden nog hier, in een land waarvan de muren aan het scheuren waren en dat hij samen met Jibril had willen stutten omdat hij ervan droomde dat het modern en vrij kon worden als de luiken naar de wereld werden geopend, maar Alma had zich al voorstellingen gemaakt over de opvoeding van kinderen. Ze speelde een spel met hem. Ze wilde hem een loer draaien. Was dit een grap, een practical joke, zoals dat in het Engels heette?

Hij zei: 'Ik aanvaard dat, ja. Maar ik wil weten... sinds wanneer denk je over emigreren?'

'Jaren. Sinds ik studeer. Maar pas sinds vannacht denk ik over concrete stappen. En over jou. Jij lijkt me een goede kandidaat.'

'Niet Jibril?'

'Mijn vader begeleidt twintig studenten. Jij bent de meest geschikte kandidaat.'

'Hebben we niet meer tijd nodig om aan elkaar te wennen? Je vergist je misschien.'

'Ik heb goed nagedacht vannacht, en vanochtend. Het duurt nog wel even voordat we de visa hebben en als je me teleurstelt, ga ik desnoods alleen. Maar liever niet.'

'Dat klinkt niet echt overtuigend.'

'Het is wat het is. Nog een glas thee?'

Ze liet opnieuw water koken. Vanuit de keuken riep ze dat hij morgen de taak van haar vader moest overnemen; dr. Khaled moest enkele dagen in het ziekenhuis doorbrengen en kon niet zijn vaste controleronde langs de patiënten in de dierentuin doen. Het was bekend dat dr. Khaled dat deed in de kleine zoo met het bekende repertoire van leeuwen, zebra's, gekooide roofvogels, en met als ster Lucy, de chimpansee die als kleuter was gekomen en door elk kind in het departement met een stukje banaan of pita was verwend, ook al vermeldde het bord op haar kooi dat dat verboden was. Na het tweede glas thee wist Alma hem naar buiten te manoeuvreren.

Die nacht deed hij geen oog dicht, herinnerde hij zich, maar niet door onzekerheid. Hij was onrustig, en vooral opgewonden door dat magische, frêle wezentje dat de indruk wekte precies te weten wat ze wilde en hem had uitverkoren voor een bizar avontuur aan de andere kant van de wereld, op een reusachtig eilandcontinent met steden met fabelnamen als Sydney en Brisbane. Hij had uren gegoogeld en afbeeldingen bekeken. Hij kon alleen tot rust komen door te masturberen terwijl hij zich voorstelde dat Alma zich gedroeg als een Oekraïense danseres.

Jaren later twijfelde Da'ud aan zijn geheugen, maar dat gesprek met Alma had echt plaatsgevonden, net als het bezoek aan de zieke dieren en de verdwijning van Alma. In zijn wereld verdwenen mensen, onder de ruïnes van een gebombardeerd gebouw, of ze losten op in lucht, zo leek het wel, van het ene op het andere moment nadat ze door mannen met zwarte zonnebrillen in een auto of een bestelwagen waren gesleurd.

De volgende dag hield Alma hem gezelschap bij zijn rondgang door de zoo. Die had altijd al een armoedige indruk gemaakt, maar nu was alles erger. In het hele land stonden Syriërs aan de deuren van hun hokken te rammelen, zoals sommige onverbeterlijke dieren gedurende hun hele vervloekte leven in de zoo. De raderen van de samenleving waren tot stilstand gekomen, en dus was er nauwelijks geld voor zoiets frivools als een dierentuin. Alma had het koffertje meegenomen waaruit haar vader zonder vergoeding medicijnen toverde. Het koffertje was altijd vol, vertelde Alma, vóór elk bezoek aangevuld met het broodnodige uit de voorraad in de met vijf sloten afgegrendelde voorraadkamer achter in de apotheek waarvan dr. Khaled mede-eigenaar was. De gazons waren uitgedroogd en kooien verlaten nadat voedsel voor de dieren te duur was geworden. Geen zebra's meer, geen hyena's, geen vogels. Enkele opgewekt voortstappende vaders en volgzame kinderen lazen de borden naast de lege kooien, alsof ze vroom uit de Koran lazen: je stelt je voor wat je niet kunt zien. In de stad waren de gevechten nog niet uitgebroken, die kwamen later, maar de dreiging hing als stank in de lucht, alsof de riolen al waren geëxplodeerd.

Als ze in de stad was, ging Alma met haar vader mee op ziekenbezoek. De staf van de zoo was altijd klein geweest, en voordat het land in brand werd gestoken, werd het park met donaties en een redelijk bezoekersaantal in leven gehouden. Door het klimaat en het gebrek aan overheidssteun was het beperkt in omvang en populatie. Er waren dringender zaken voor het gemeentebestuur dan de watervoorziening voor Jonas, de Javaanse neushoorn zonder hoorn die elke dag honderd liter water dronk en veertig kilo gras en bladeren en fruit verorberde. Dr. Khaled had zijn broer de bakker om hulp gevraagd: jarenlang werd Jonas bijgevoederd met het brood dat 's avonds onverkocht bleef in de bakkerij van Jibrils vader. Er was geen onverkocht brood meer. Op een dag werd Jonas door een afgezwaaide mortier opgeblazen.

De echte ster van de dierentuin was sinds haar aankomst uit Congo Lucy de chimpansee. Ze was nieuwsgierig, vriendelijk, zachtmoedig. Ze kreeg regelmatig bezoek van machomannen van andere tuinen, maar ze raakte nooit zwanger. Verschillende keren liet dr. Khaled met een naald zaad inbrengen dat andere zoo's hadden opgestuurd, maar Lucy was niet tot vermenigvuldiging in staat. Ze werd ouder, nog liever, en dikker door de snoepjes die kinderen uit de stad haar aanreikten.

Lucy was al enkele weken koortsig en liet zich zonder verdoving aanraken. Ze was tweeëndertig, een kalende chimpansee met grijze onderkaak, als kind in Congo gevangen en sindsdien in deze dierentuin met de geur en gezichten van mensen vertrouwd geraakt. Ze had de melancholieke blik waarmee bejaarde apen hun omgeving gadeslaan, vol besef van de kwetsbaarheid van hun aftakelende lichaam. Misschien had ze in de natuur geen aansluiting met een groep kunnen vinden en was het dus beter dat ze hier verbleef. Ze was op leeftijd en moest voldoende vers fruit eten – maar dat was kostbaar geworden. Lucy's dieet werd aangevuld met kostbaar brood, zoals Jonas het nijlpaard indertijd. Zetmeel was niet goed voor Lucy.

Da'ud maakte met Alma een ronde langs de lege kooien. De bomen langs de paden droegen nauwelijks blad, er was weinig schaduw. Hier en daar smeekten dieren om hun aandacht.

'Goed,' zei Da'ud. 'Ik ga met je mee. Australië. We gaan. Wat moeten we doen?'

Ze vertelde welke documenten nodig waren, zoals een paspoort, dat hij nooit had aangevraagd. De diploma's en de bul moesten in het Engels worden vertaald en worden gelegaliseerd. Dat deed het Syrische ministerie van Buitenlandse Zaken. Verder hadden ze het geboorteregistratiebewijs nodig, dat van zijn ouders en de registratie van hun huwelijk. Hiermee zouden ze enkele weken zoet zijn. Maar eerst moesten ze zich online registreren bij een Australische site die visa-aanvragen beoordeelde.

'Australian Work Visa Assessment, zo heet die site. Daar gaat het om,' had Alma gezegd. 'Ze vragen naar skills, oftewel vaardigheden. En wij voldoen daaraan. Wij zijn academici en behoren tot de hoogste categorie. En we zijn ook jonger dan vijfentwintig. Ze zullen ons smeken om te komen. Zodra ze onze papieren zien, is het in orde. Die onlineregistratie is dus van het grootste belang.'

'Wanneer gaan we die invullen?' vroeg Da'ud.

'Ga mee, dan doen we dat bij mij thuis.'

'Wat gebeurt er na de registratie?'

'Dan moeten we alle documenten uploaden en als die zijn goedgekeurd, dan moeten we in persoon verschijnen. In persoon, hoor je?'

'In Damascus?'

'Bij de Canadese ambassade in Damascus. Australië heeft geen ambassade in Syrië.'

'Canada is ook een goed land.'

Ze antwoordde kortaf: 'Het is er koud.'

In de kelder was het snikheet. Jibril, haar neef de bakkerszoon die dierenarts was geworden, verleende met zijn gesnurk de nachten in de betonnen kelder een menselijk ritme. Het ontwapende Da'uds nachtmerries. Dat naakte, breekbare snurken, in het weldadige ritme van troostende dromen (waar haalde Jibril ze vandaan?), begeleidde Da'uds nachten.

Toen het erg was maar nog niet zo erg dat alles kapot en iedereen dood was, bracht Jibril met een bakfiets brood naar de zoo, hij kende de laatste dieren beter dan wie ook. De fiets was zwaar, maar hij trapte met vastbesloten benen en een bezweet rood hoofd naar de kooien. Toen alles anders werd, werd Jibril lid van de vrije militie omdat hij, ook al was hij een gelovige, tot de conclusie was gekomen dat een islamitische staat niet de oplossing was voor Syrië.

Hoe vaak was Da'ud met Alma naar de dierentuin geweest? Hij schatte twintig keer. Ze hadden online de Work Visa Assessment ingevuld, en daarop ontvingen ze een positief antwoord. Ze mochten met de aanvraag naar de volgende ronde. Ze wandelden langs nieuwsgierige of onzekere dierenogen, snoven de scherpe dierengeuren op, en hij kon haar weinig vertellen wat ze niet al wist. De tochtjes door de zoo gaven hem de kans in haar ogen te leren kijken zonder dat hij duizelig werd van lust en verlangen, ook al bleef hij dat ervaren. Hij had het gevoel dat ze dwars door hem heen keek.

Die laatste wandeling door de dierentuin, vlak voordat ze naar Homs ging om haar studentenkamer te ontruimen, kwam hun aanstaande huwelijk ter sprake. Ze had niet in de stad willen studeren waar ze woonde, dat was te dichtbij, te veel vader en moeder, en had vijf jaar in een studentenhuis geleefd, vanzelfsprekend uitsluitend toegankelijk voor vrouwen.

'We moeten een datum vaststellen.'

'Hoe snel?' vroeg Da'ud.

'We hebben het huwelijkscertificaat nodig voor het visum. Als ik terug ben.'

'Een bruiloft met alles erop en eraan?'

'Onze ouders. Niemand anders.'

'Geen feest?'

'Een etentje. Met ons zessen. In het Mansouriya Palace. Daar slapen we dan. En dan gaan we daarna gewoon naar huis en bereiden we ons voor op Australië.'

Slapen in het Mansouriya Palace. Met Alma. In een kamer in een van de mooiste hotels van Syrië. Een monument van oriëntaalse pracht en sierlijkheid. Het gebouw stamde uit de zeventiende eeuw en was een paar jaar geleden verbouwd tot vijfsterrenhotel, een oase met een hamam en een toprestaurant in de onderaardse gewelven, waar afleveringen waren gemaakt van een kookprogramma op televisie. Da'ud was er nooit geweest, hij kon het zich niet veroorloven.

Met haar slapen. Daar. Wie ging dat bekostigen? Hoe moest hij zich gedragen?

Hij zei: 'Onze ouders moeten bij elkaar komen en dit bespreken.'

'Ze komen bij elkaar, op dit moment. Jouw ouders zijn nu bij de mijne.'

'Nu? Ze hebben er niets over gezegd,' zei hij verbaasd.

'Ze bespreken het nu.'

'Ik heb ze niets verteld. Dat wilde ik later in de week doen.'

Dat was niet waar. Hij durfde niet, omdat hij eigenlijk nog steeds niet kon geloven dat ze echt met hem naar Australië wilde emigreren.

Alma zei: 'Ze worden nu door mijn ouders ingelicht. Dan zijn we verloofd.'

'Verloofd,' herhaalde hij.

'Kom,' zei ze.

Ze stak een hand naar hem uit. Hij nam het medicijnenkoffertje over en pakte haar vast, haar hand met de vingers die wachtten op een instrument, haar huid op de zijne.

Ze liepen door, hand in hand, als man en vrouw. Dit overkwam hem. Dit was geen illusie.

'Ga je altijd eerlijk zijn?' vroeg ze.

'Ja,' zei hij.

'Ben je maagd?'

'Ja,' zei hij.

Ze zei: 'Dat is meteen je eerste leugen.' En ze liet zijn hand los.

'Waarom denk je dat ik lieg?'

'Omdat ik mijn neef heb gesproken.'

Een week eerder, in zijn favoriete café in de christelijke wijk, had hij met Jibril en andere mannen en studenten, de meeste met een waterpijp, sommige met een flesje bier, over seks gesproken. Ze waren allen vrijgezel, en hun ervaringen met vrouwen beperkten zich tot prostituees. Huwbare meisjes deden voor het huwelijk niet aan seks. Althans, officieel niet. De meiden die het wel deden, waren sletten, en eigenlijk hunkerden ze allemaal naar ontmoetingen met sletten. Jibril was na die eerste keer in Latakia niet meer naar een balletcabaret geweest. Snoevend had Da'ud zijn vele bezoeken beschreven.

Da'ud vroeg: 'Wat zei Jibril dan?'

Alma antwoordde: 'Dat je balletcabarets bezoekt. En niet om te kijken.'

'Goed,' zei hij. 'Dat is waar.'

'Hoe vaak?'

'Paar keer maar.'

'Drie keer?'

'Vaker.'

'Wees precies. Hoe vaak?'

'Vaak. Wel... wel dertig keer, misschien.'

'Zo...'

'Sorry. Ik ben een man.'

'Was masturberen niet genoeg?'

Zei ze dat woord echt? Kwam dat onmogelijke woord uit haar mond? Besefte ze hoe opwindend dat was?

'Nee,' zei hij.

'Dat is eerlijk,' zei ze.

'En jij?'

'Ik had een vriend op de universiteit. We hebben samen geslapen.'

Hij wist niet wat hij moest zeggen. Dat hij seks had was van een andere orde dan wanneer zij seks had. Het was gewoon anders.

'Ik ben dus geen maagd meer.'

Ze liepen even stil door. Was hij teleurgesteld? Boos?

Ze vroeg: 'Wil je me niet meer nu je dit weet?'

'Ik wil je,' antwoordde hij. Hij wilde een moderne man zijn, dit hoorde erbij.

Ze bood opnieuw haar hand aan, en hij nam die.

'Je bent een lieve man,' zei ze. 'Ik wil jou gelukkig maken, en ik wil dat jij mij gelukkig maakt. Wil je dat?'

'Ja.'

Ze trok hem mee naar een hoek achter de verlaten wolvenkooi. Daar drukte ze haar lippen op de zijne en hij wilde niet dat ze voelde dat hij een erectie kreeg. Maar ze duwde zich tegen hem aan en daarna opende ze haar mond en zocht haar tong naar de zijne.

Toen de bommen vielen, en de mortieren, en de raketten, en de 130mm-projectielen uit de M-46 (in het Russisch: 130-MM пушка M-46, een langeafstandskanon met een bereik van dertig kilometer), toen Alma op weg ging naar Homs om haar spullen op te halen en daarvan nooit terugkeerde, toen het postkantoor door een voltreffer in elkaar zakte en alle postfunctionarissen, onder wie Da'uds ouders, waren vermorzeld, toen werden de resterende dieren van de zoo gedood – door mortierscherven of door de hand van een oppasser die de dieren uit hun panische angst verloste. Ze braken hun tanden af op de tralies, zaten rillend in een hoek, renden wild tegen muren, beten zichzelf en andere dieren tot bloedens toe. Lucy bleef als enige bewoner achter in de stervende tuin.

Jibril bleef haar voeden, maar de tocht werd steeds gevaarlijker omdat sluipschutters zijn route hadden ontdekt. De dierentuin lag op een knooppunt van allerlei sectoren, die van de lichte en zware salafisten en jihadisten en van de seculieren en zwak seculieren en van de milities van de tiran en van Irak en Iran en Hezbollah en Turkije en Rusland en de westerse machten, de nieuwe dierentuin van roofdieren.

Als ze niets deden en Jibril niet meer de weg naar het park kon volgen omdat hij continu onder schot lag, zou Lucy van honger sterven. Er moest overeenstemming gevonden worden over een vrijgeleide voor Jibril, die een paar keer de dans was ontsprongen toen kogels langs zijn hoofd floten en ergens achter hem gaten in muren sloegen of via een zingende tralie aan een onberekenbare weg begonnen.

'Als wij het niet doen, wie dan wel?' had Jibril gevraagd.

'Wat stel je je voor?' had Da'ud geantwoord.

'Als Lucy doodgaat...' Jibril slikte de rest van de zin in. 'Ze is een symbool, toch? Ze is de enige die de vroegere zoo in leven houdt. Als ze sterft...'

'Als ze sterft...?' herhaalde Da'ud.

Maar Jibril maakte de zin niet af.

Ze woonden toen ook al in de kelder, hun persoonlijke bunker. Da'ud had talent. Curieus talent. Zijn oog-handcoördinatie was perfect. Hij had talent voor twee beroepen, had zijn opleider gezegd: voor chirurg en voor sluipschutter.

'Luister,' zei Jibril, 'we haten elkaar, we willen elkaar doden, maar we zijn allemaal opgegroeid met Lucy. Het is toch bijzonder dat ze nog niet is doodgeschoten? Er wordt op alles geschoten, niemand heeft er moeite mee een aap te mollen. Maar dat is niet gebeurd. Als we haar nu laten creperen, is er geen hoop meer voor ons.'

Da'ud zei: 'Je overdrijft. Maar dat wil niet zeggen dat we haar niet moeten redden.'

'Ze moet eten, ze moet water krijgen,' zei Jibril.

Lucy's leven stond op het spel en voor zover ze wisten was Jibril de enige die haar van voedsel voorzag. De commandanten van de sectoren, allen in een of andere mate vijanden van elkaar, moesten zijn vrijgeleide garanderen. Da'ud kon de gematigden bereiken, maar de jihadisten? En de regeringsgezinden?

Da'ud kende een christelijke Syrische arts van Médecins Sans Frontières, MSF, de groep die in de stad noodhulp verleende met eerstehulpposten, mobiele operatiekamers en gezondheidscentra. MSF werd door alle partijen gerespecteerd en ontzien. Maurice was hier ook opgegroeid en had als kind Lucy vaak bezocht.

'Is ze als symbool zo waardevol?' had Maurice gevraagd.

Da'ud had geantwoord: 'Toen we kinderen waren, stonden we schouder aan schouder bij haar hok, toch? We wisten nog niet dat we elkaar haten. Dat kwam pas later. Maar bij Lucy waren we allemaal gelijk en gelijkwaardig. Ze heeft ons allemaal zien opgroeien tot de monsters die we nu zijn. Laten we haar in leven houden en haar laten zien dat we kunnen ontmonsteren.'

Drie weken later vond er in de overlegkamer van de meest centraal gelegen hulppost van MSF een bijeenkomst plaats. Behalve Da'ud en Jibril en hun gezamenlijke militiecommandant Bashir schoven rondom de lange metalen tafel zes militieleiders plus bodyguards van andere sectoren aan, ze zaten op nieuwe draaistoelen met een zachte kunstleren bekleding. Sommige mannen waren elkaars aartsvijanden, maar ze hadden een korte wapenstilstand aanvaard om de hulppost te bereiken en veilig naar de eigen sector terug te keren, waarna ze elkaar weer mochten vernietigen. Da'ud en Jibril lieten afbeeldingen van Lucy zien. De chimp moest de oorlog overleven, zo pleitten ze, Lucy was als babyaap gekomen en had nu een hoge leeftijd bereikt. Ze dronken thee, aten koekjes uit de MSF-voorraad, er was nauwelijks discussie. Jibril legde een weekschema voor met de dagen en uren waarop hij Lucy wilde bezoeken; de commandanten knikten en gingen akkoord. De bebaarde jihadisten stemden alleen toe als het bezoek aan Lucy beperkt werd tot één persoon, met een witte vlag of in het wit gekleed, geen andere bezoekers.

Da'ud was toch nog in slaap gevallen, een uur. De geur van een brandende sigaret had hem doen ontwaken. De kelder had geen ramen, maar hij had geen daglicht nodig om te weten dat het buiten nog donker was. Hij knipte de zaklantaarn aan.

Jibril zat rechtop, armen op zijn knieën, sigaret tussen de vingers. Hij maakte een armbeweging om zijn ogen te beschermen.

'Doe dat ding uit,' zei hij.

Da'ud knipte de lamp weer uit. De deur stond open en licht van de nachtlamp in de keldergang tekende de cirkelende rook en Jibrils contouren.

'We moeten haar weghalen,' mompelde Jibril.

Beurtelings hadden ze de eerste weken Lucy gevoed, maar al snel deed Jibril dat alleen en hield Da'ud toezicht. Lucy was steeds zwakker geworden en het was een wonder dat ze nog leefde. Naar schatting woog ze slechts tweeëntwintig kilo.

Da'ud had een observatieplek gevonden op het dak van een gebouw dat een hotel was geweest en tegenwoordig een naakt geraamte vormde; alles van waarde was gestolen, de tapijten, lambriseringen, meubels, aardewerk. Geen ruit had de strijd doorstaan, het dak was geëxplodeerd, en van achter een muur achter de top van de gevel kon Da'ud door zijn Schmidt & Bender-kijker Jibril volgen als hij tweeëntwintighonderd meter verder in de zoo met twee rugzakken, eentje op zijn borst en eentje op zijn rug, zijn weg naar Lucy vond. Jibril droeg een wit shirt als hij in de dierentuin was.

Als Jibril op weg ging, had Da'ud de meest optimale observatiepositie in hun sector ingenomen. De andere sectoren boden ook goede posities met uitzicht op het trapezium dat de dierentuin vormde, een open, parkachtig terrein van grofweg tweehonderd bij driehonderd meter; twee sectoren, van verschillende jihadistische groepen, boden betere observatieposities dan de zijne. In de andere gebouwen rondom het dierenpark had hij in de voorbije maanden regelmatig beweging waargenomen, een reflectie die een honderdste seconde duurde, of een vage beweging van iemand die zich onbespied waande. Elke sluipschutter kende de optimale schuttersposities van zijn eigen sector, en die van de andere sectoren lieten zich eenvoudig vinden. Dus was iedereen op zoek naar een positie die minder voor de hand lag, maar ze deden dat allemaal en dus viel er uiteindelijk geen patroon te ontwaren in het sluipgedrag van zijn collega-schutters, ofschoon ze allemaal hun eigen karakter hadden. Er waren schutters die voortdurend onderweg waren. Da'ud bleef liggen. Hij had niet meer nodig dan een gat in een muur met een doorsnee van acht tot tien centimeter. Hij koos een doelwit tussen gebouwen die essentieel waren voor de linies in een bepaalde sector, en daar vond hij na uren wachten zijn slachtoffers, als een langverwacht incident in een computergame. Als de kogel het slachtoffer raakte, het liefst tussen de ogen, trad door het fatale trauma in de hersenen direct de dood in, als de straf van een wrede god, wiens bestaan door Da'ud werd ontkend. Alles wat in Syrië plaatsvond, was het groteske bewijs dat God niet bestond, of, als hij bestaan had, dood was, zoals een westerse filosoof een keer had geschreven. Hij was de naam van de filosoof vergeten, en van de rust en de mogelijkheden om een middagje te googelen en te surfen had hij al jaren niet meer genoten. Wat hij deed, was begrenzen. Hij hoopte nergens op, kon zich niet voorstellen dat deze strijd zou staken, maar in ieder geval kon hij de volgelingen van dc tiran en de volgelingen van de kalief duidelijk maken dat zij geen illusies hoefden te koesteren over een zege.

Niemand kon winnen. Dus waren ze allen gedoemd te verliezen.

Rondom het park hadden ze zich aan de afspraak gehouden: drie keer per week ging Jibril om zeven uur 's ochtends in de zoo Lucy voeden zonder dat er op hem werd gevuurd. Hij volgde de afgesproken route, bleef een halfuur bij Lucy, en keerde langs dezelfde route terug.

Terwijl Jibril zijn werk deed, controleerde Da'ud via zijn Schmidt & Bender de mogelijke schuttersposities in de ruïnes rondom de tuin. In de lucht dreunden explosies van autobommen en mortiergranaten en IED's, en wervelden inktzwarte wolken van brandende autobanden, brandende gebouwen, brandende huizen. In korte maar scherpe uitbarstingen ratelden de vele varianten van de AK en door Amerika geleverde M16 en M4. Overal stonk het naar afval, uitwerpselen, urine, lijken. Maar er werd niet gericht op Jibril geschoten. De afspraak had standgehouden. De enige afspraak die de partijen bleven respecteren. Vanwege een aap.

'We moeten haar weghalen, broeder,' zei Jibril.

Da'ud ging rechtop zitten en maakte in het halfduister een gebaar dat Jibril zag en herkende. Jibril gooide zijn pakje sigaretten naar hem toe. Da'ud ving het. Het pakje had gewicht omdat de aansteker erin zat. De Amerikanen leverden aan groepen waarmee Da'ud verbonden was niet alleen wapens, munitie en uitrustingen, maar ook sigaretten en aanstekers. De jihadisten haatten sigarettenrokers. Jibril rookte, en was dus geen echte jihadist.

Jibril zei: 'Ze is stervende. Nog een paar weken, misschien. Ze is broodmager. Met elk schot dat ze hoort, komt de dood dichterbij. Het voelt voor haar alsof er op haar wordt geschoten. Ze kan niet relativeren. Ze kan niet wennen. Ze drinkt wel, maar het meeste voedsel laat ze staan. De ratten vreten het als het donker wordt, ik zie de rattenkak liggen. Nog even en ze knagen aan haar. Ik denk dat ze 's nachts met de ratten in gevecht is, dat ze ze op afstand moet houden. Dit is voor ons het jaar van de rat, zo noemen Chinezen dat toch? Nee, niet één jaar, maar het tijdperk van de rat. Het zal wel iets anders betekenen voor Chinezen, maar voor ons betekent dat het tijdperk van verderf.'

'Dus?' vroeg Da'ud.

Hij genoot van de eerste sigaret van de dag. Als hij in stelling lag rookte hij niet, want de opvlammende en rokende sigaret kon zijn dood betekenen.

'We halen haar daar weg.'

Da'ud zei: 'Ze heeft nog een paar weken, denk je?'

Het was een retorische vraag: hij wist hoe slecht ze eraan toe was, de Schmidt & Bender bracht haar drie keer per week zo dichtbij dat hij haar als het ware kon aanraken.

'Ze heeft antibiotica nodig. Vitamineshots. Een infuus. Alles,' zei Jibril.

De planken in de kasten van de apotheek van dr. Khaled waren door vele handen, niet alleen die van Da'ud en Jibril, van hun voorraad beroofd, en nieuwe aanvoer van medicamenten voor dieren was al jaren onmogelijk; trouwens, door het pand waarin de apotheek was gehuisvest, was een allesverterend vuur getrokken. De medicijnen die wel beschikbaar waren, in een centrale post in hun sector, werden alleen voor mensen gebruikt. Dat was begrijpelijk – of niet?

Da'ud vond eigenlijk niets meer begrijpelijk. Lucy had haar eigen waardigheid, mens of niet.

'Wat wil je doen?' vroeg Da'ud.

'Haar weghalen.'

'Het duurt weken voordat iedereen akkoord is. Áls er een akkoord is. We krijgen de commandanten niet meer in één ruimte. Er is te veel gebeurd. Het is wonderlijk dat jij wordt geduld, dat iedereen zich nog aan de afspraken houdt. Ik weet niet wat er gebeurt als jij opeens met haar wegwandelt.'

'Ik ga het doen. Straks. Het is nu...' Hij drukte op een knopje van zijn horloge, het display toonde de tijd. 'Kwart voor vijf. Ik ga er gewoon weer heen. Met de rugzakken. Maar dan neem ik haar mee terug. Ze is lichter dan die rugzakken.'

'Ze houden je in de gaten.'

'Weet ik.'

'Ik heb geen idee hoe ze reageren.'

'Ik neem een lang wit shirt mee en dat trek ik haar aan. Dan dringt het tot ze door wat ik doe en wat ik bedoel.'

'Wat bedoel je dan?'

'Ik bedoel... dat ze een kafan draagt.'

Kafan, doodskleed. Misschien was dat een teken dat Da'uds collega-schutters begrepen.

Da'ud stelde voor: 'We hebben een groot laken nodig. Daarin kun je haar wikkelen. We dragen haar samen terug.'

'Eén persoon wordt geduld. Jij blijft hier,' zei Jibril. 'Als ik haar in een laken wikkel, is het volstrekt duidelijk wat er aan de hand is.'

'Wat als Lucy zich verzet?'

'Dat doet ze niet. En als ze wel beweegt, wat kan me gebeuren? Gaan ze me doden omdat ik een stervende aap enkele weken wil verzorgen?'

'Ja,' zei Da'ud.

'Ze doen maar. Ik kom terug, met haar, insjallah.'

'Waarom?' vroeg Da'ud.

'Vraag me dat niet,' antwoordde Jibril. 'Omdat het moet. Dat is alles.'

'Waar vinden we een wit laken?'

'Ik heb een wit T-shirt,' zei Jibril.

Hij deed zijn ochtendgebed, zoals dat in elke sector werd gedaan, terwijl Da'ud zijn wapen controleerde. Hij had het in de avond schoongemaakt, bijgesteld en in nieuwstaat teruggebracht, zijn avondritueel.

Ze hadden voldoende proviand ontvangen, uit Amerikaanse voorraden. Ze kookten koffie, aten een blikje met halal vlees en bonen en rijst geproduceerd in Turkije. Het smaakte naar metaal, maar het was voedzaam. Voordat ze de kelder verlieten, kwam Foxy, de bijnaam voor een roodharige jongen van een jaar of veertien, flesjes drinkwater en opgeladen walkietalkies brengen zodat ze de hele dag met elkaar en de leiders van hun sector konden overleggen. Ze hadden zich niet gewassen. De waterleidingen waren al lang geleden gebroken of de pijpen gestolen. Jibril verzamelde bij de gaarkeukens Lucy's voeding. Het was afval, of beter: afval van afval. Hij propte dat in plastic tassen en de plastic tassen in twee vuilwitte rugzakken; hij nam alles mee waarvan hij vermoedde dat het nog enige voedingswaarde bevatte. Da'ud ging op weg naar zijn observatiepositie terwijl de sectoren elkaar bestookten.

De tijd dat een strijd een man-tegen-mangevecht was met stenen, knuppels, messen, was voorbij, het had een vergeten plek gekregen in de geschiedenisboeken. De dood kwam door de lucht: kogels, bommen, mortieren, gifgas. Buiten de sectoren waar de tiran werd aanbeden, was iedereen beducht voor de vatbommen, die op een middeleeuwse manier mensen uiteenscheurden. Sommige straten waren afgehangen met metershoge doeken, vastgesjord aan de gevels, die het zicht wegnamen van sluipschutters in andere sectoren. Hij groette de strijders die hij onderweg tussen de ruïnes tegenkwam. Degenen die hem kenden, knikten respectvol vanwege zijn reputatie als meesterschutter. Zijn L115A3 van Accuracy International droeg hij als een baby.

Eén trappenhuis van het ontmantelde hotel had tot nu toe alle bombardementen overleefd. Geen deur hing nog in een sponning – al het hout was uit het gebouw gesloopt. De trap was een betonnen personeelstrap geweest. De tegels waren weggebroken. Hij klom naar de zevende.

Het gebouw had zijn dak verloren. De lucht boven hem was blauw. Gebukt liep hij naar de gevel die grensde aan het dierenpark. Hier was hij aan drie zijden beschermd. Achter zijn rug had hij met losse brokstukken een muurtje gestapeld. Hij trok een zeildoek over zich heen zodat zijn wapen geen licht ving, en hij ook niet – het kijkgat waarvan hij gebruikmaakte, werd erdoor verduisterd. Het was veel groter dan andere kijkgaten, want hij wilde een breed overzicht van het hart van het park. Hij had geen voedsel bij zich, alleen een liter water. Als het moest, kon hij hier tot de avond viel zitten zonder zich te bewegen, als een gestorvene.

Hij kalibreerde de Schmidt & Bender, een hightech kijker die met infrarood de afstand mat en licht corrigeerde, en schatte de windrichting en windsnelheid, dat kon hij tegenwoordig door naar de lucht te kijken en zijn hand omhoog te houden. Hij deed dit al lang en kon snel op Lucy inzoomen tot haar bovenlichaam en hoofd beeldvullend waren. Hij zoomde uit en bewoog de loop naar het pad dat Jibril volgde, de spookachtige witte gestalte met de rugzakken.

Jibril liep vastbesloten, zoals altijd. Hij had op hoog niveau op de universiteit geworsteld. Meiden hadden hem nagekeken. Waar waren ze gebleven? En Alma? Wat was er met haar gebeurd onderweg naar Homs? Zat zij in de bus die door de jihadisten was overvallen? De mannen vermoord, de vrouwen meegenomen? Een diepe dreun, niet zo heel ver, liet het hotel trillen, en hij tilde het doek op en zag de vorming van een paddenstoel van zwarte rook. Enkele straten verder. Autobom.

Hij bewoog het wapen en vond Jibril terug. Het lijden moest stoppen. Zo veel lijden. Daar liep zijn vriend, met een hart vol godsvrees. Met voedselresten op zijn rug en borst, zijn neus vol ontbindingsgeuren. Da'ud bewoog het wapen terug naar de kooi, een beweging van millimeters. Hij ademde diep en kalm. De ultieme beheersing van de ademhaling was het geheim van de sluipschutter. Hij zoomde in. Schmidt & Bender, familiebedrijf in Biebertal, Duitsland. De dood was een meester uit Duitsland, had hij ergens gelezen, het was een regel in een gedicht, hij wist niet van wie. Biebertal, Hessen. Een stadje tussen beboste heuvels, alles schoon en welvarend, met verlossende regenbuien en in de herfst diepgroene gazons bedekt met roodbruine bladeren.

Lucy, in het hart van zijn scope. Jibril op dertig seconden afstand. In haar ogen de verloren blik van een dier dat wist dat het ging sterven. Kon Jibril haar daarvan verlossen? Hessen. Daar lag Frankfurt, toch, het grote Frankfurt, met de bank van Europa? Wiesbaden was de hoofdstad – hoe kwam hij aan deze zinloze kennis? Nog een klap, dichterbij; autobom twee, dacht Da'ud, zonder dat zijn ademhaling versnelde.

Lucy trilde, en menselijk, zo menselijk, sloeg ze haar lange grauwe armen over haar eenzame gezicht.

Het hart van het kruis in de Schmidt & Bender lag op Lucy's hart.

Da'ud vuurde.

2023

Anna

Je had je laten verleiden door zakenman-politicus Rudolf van Dam. Door mij en andere journalisten werd hij beschouwd als te glad, te handig, te opportunistisch – dat zal je niet zijn ontgaan, integendeel, je wist dat. Ik zag in hem weinig meer dan een onbetrouwbare charmeur, aan wie jouw zus en jij geen weerstand hadden kunnen bieden. Jullie waren niet de enigen.

Zes maanden na de dood van je zus had hij troost bij je gevonden, jij, die al jaren in stilte verliefd op hem was. Na ruim een jaar trok hij verder, en jij bleef achter met een zwangerschap en het voogdijschap over je neefje Matthijs. Financieel bleef Rudolf de jongens steunen, en hij hielp je bij de aankoop van een kleine maar prachtige villa bij de IJzeren Man. Geld, iets anders zat er niet in bij Rudolfs vaderschap. Misschien was dat ook niet slecht. Ik heb het allemaal onthouden.

In 2023 bezochten Maxje en ik een van de wedstrijden van de Bossche basketbalploeg Heroes. Doordat er voortdurend van sponsor werd gewisseld, kreeg de club geregeld een andere naam. Na 2013 heette de ploeg SPM Shooters. Den Bosch was altijd een topploeg, hoe de naam ook luidde.

Bij die wedstrijd zaten we achter een vrouw met twee kinderen. Een van de kinderen was nog jong, een jaar of vijf, en dat jongetje voelde zich niet lekker. Ik zag je hals en zo nu en dan je profiel, vingers zonder trouwring, en zonder nagellak, en ik ving op dat je de hal wilde verlaten, maar de oudere jongen wilde per se blijven. In een opwelling boog ik me naar voren en zei: 'Laat hem zitten hier, ik let wel op.'

Je keek me over je schouder aan en schatte mijn betrouwbaarheid in. Ik wist nu waar ik je van kende: jij was politievrouw, de meest aantrekkelijke in Brabant, en je deed ook weleens, zoals jullie dat indertijd noemden, mediarelaties bij grote zaken.

'Ja? Meen je dat?'

'Jij bent toch Anna Klerks? Ik ben Nico Levi, *Brabants Dagblad*. Hier.' Ik zocht naar een kaartje. 'Bel me als je ziet dat er mensen naar buiten komen. Dan brengen we hem naar je toe.'

Je nam het kaartje aan en las: 'Nico. Wat aardig. Ik wacht buiten in de auto tot de wedstrijd voorbij is.'

'Hoe heet je zoon?'

'Matthijs. Het is de eerste keer dat we hier zijn.'

'En deze hier?' Ik bedoelde de jongste.

'Rick. Het is een beetje te veel hier voor hem, hij is meer een filosoof.' Ze glimlachte. 'Matthijs, deze meneer brengt jou straks naar me toe, goed?'

'Ja.'

'Ik kom wel naast je zitten,' zei Max. Hij begreep dat Matthijs een leeftijdgenoot naast zich nodig had, en Max klom over de rugleuning.

De jongens sprongen, juichten, klapten, lachten. Het was mooi. Na de laatste claxon gingen ze dansen, want ze voelden zich onoverwinnelijk.

Je stuurde me een bericht met een aanwijzing over je parkeerplek.

Naast de auto berichtte Matthijs opgewonden hoe het geweest was nadat jullie waren weggegaan. Je luisterde met een glimlach. Je jongste zoon leek nu nergens last van te hebben.

Matthijs vroeg of ze nog een ijsje mochten halen.

Ik zei: 'Ik wilde met Max ergens een pizza gaan eten. Ga mee. Of moet je thuis zijn, man en zo?'

'Geen man,' zei je. 'Jij?'

'Geen vrouw,' zei ik.

In de pizzeria viel Rick in slaap, en Max en Matthijs bleken allebei bezeten te zijn van games met namen waarvan jij noch ik ooit had gehoord. Kenden we onze zonen wel? De jongens moesten en zouden samen spelen. Morgen al.

De volgende dag bracht ik Max naar je huis in Vught, met een tas vol gamespullen. Je stond erop dat we bleven eten. De jongens zaten ergens boven en lieten weinig van zich horen, behalve bij snelle bezoeken aan de laden met snoep en aan de koelkast voor glazen suizende cola waarmee ze hun rode koppen afkoelden. We zaten aan de keukentafel, dronken een fles wijn. We deelden wat in dergelijke eerste uren gedeeld kon worden over ex-geliefden, teleurstellingen, het ouderschap, het stille thuiskomen na een lange dag. Zo snel zo persoonlijk zijn kon alleen met iemand die volstrekt onbekend was, en na enkele uren van spontane vertrouwelijkheid kwam meestal de gêne – nu niet. We keken naar elkaars ogen, lippen, de manier waarop onze handen op tafel lagen en een glas omvatten, en we herkenden bij elkaar de hunkering naar... vooruit, naar alles.

Het was laat toen Max en ik vertrokken, de jongens moesten naar school, anders was ik langer gebleven. Ik kon de noodzaak je te bellen vier etmalen uitstellen. Ik weet precies wat je zei: 'Je hebt me lang laten wachten.'

We zijn toen bij 't Misverstant gaan eten. Dat was een beetje over the top, maar ik wilde je meenemen naar een restaurant waar ik nooit zou komen als er niet iets groots te vieren viel. En dat was het simpele feit dat je een avond met me wilde doorbrengen. Ik stond er niet bij stil dat je dit soort gelegenheden kende van de tijd dat Rudolf jou het hof maakte.

Alles was prachtig in 't Misverstant, de zachte kuipstoelen, de witte tafelkleden, het kristal, de wandversieringen, de opmaak van de gerechten, jij. Als voorgerecht nam jij 'meringue van *ponzu* met passiefruit en kreeft' – het klonk als culinair zelfbedrog, maar het was lekker, zei je – en daarna 'Geroosterde tarbot belegd met licht gerookte ganzenlever met stoofje van minishiitake en sojaboontjes, krachtige dashi beurre blanc'. Ik had geen baan om me dit soort etentjes te veroorloven, maar alles was de moeite waard, ik bedoel, jij was dat.

Ik herinner me goed waar we over praatten.

'Mijn grootmoeder kende jouw vader,' zei je na het voorgerecht.

'Iedereen kende mijn vader. Het was Jood Levi, naast metalen kocht hij ook oud papier op.'

'Hij heeft een paar keer een reis naar Lourdes betaald voor gelovigen, dat weet je?'

'Mijn moeder heeft het er weleens over gehad.'

'Mijn grootmoeder was eind jaren zeventig ziek. In die jaren heeft je vader drie keer een bus gehuurd en zieke katholieken naar Lourdes laten brengen, zodat ze daar konden bidden bij Bernadette Soubirous. Zegt die naam je wat?'

'Bernadette had als meisje Maria gezien,' zei ik. 'Ik weet waarom mijn vader dat deed. Hij zat als kind ondergedoken bij een familie die Bernadette als heilige beschouwde. Toen hij de oorlog had overleefd, nam hij zich voor iets terug te doen voor vrome katholieken. Als hij geld zou hebben.'

'Bernadette werd in 1933 heilig verklaard door Pius de Elfde. Dus die familie zat helemaal op de officiële heiligenlijn.'

'Heb jij daar iets mee?' vroeg ik.

'Nee. Jij?'

'Hangt van de dag af,' antwoordde ik.

Je lachte. 'Mijn grootmoeder heeft dankzij jouw vader bij de grot van Bernadette kunnen bidden, het hoogtepunt van haar leven. Vier maanden later is ze gestorven. Ik legde de connectie met jou pas deze week.'

'Mijn vader kon de armoede van zijn jeugd achter zich laten, hij kon zich die bustochten veroorloven, hij loste een schuld in. Hij stierf in '84. Jong. Mijn moeder moest gaan werken toen het geld op was dat ze hadden gespaard. Bij de HEMA. Hadden jouw ouders het beter?'

'Nee. Mijn vader werkte bij de Spoorwegen. Vast inkomen, maar karig. We waren met zeven kinderen thuis. Strak katholiek. Ik ontsnapte eraan, samen met Louise, m'n zus. Dat vertel ik later wel, eerst jij, vertel wat over je familie.'

Dat deed ik, over mijn moeder Sonja Polak en mijn vader Herman Levi, allebei ten tijde van de Holocaust als peuters ondergedoken bij Brabantse families. Herman was een Joodse jongen met romantische ogen die in de jaren vijftig de dorpen afstruinde op zoek naar oud ijzer en geregeld bij de boerenfamilie Van der Plas aanklopte ook al wist hij dat ze geen ijzer te verkopen hadden. Hij bleef kloppen omdat hij hoopte een glimp op te vangen van het Joodse meisje dat daar woonde. Ze trouwden en huurden een woning in de binnenstad van Den Bosch. Herman begon met de handel in autowrakken en ander metaalafval, en hij bouwde relaties op bij bedrijven als Remington en Stork, en bij handelaren op de Brabantse woonwagenkampen. Herman kon brood op de plank brengen. Ze kochten een huis op de Vliert. Ze dachten dat Sonja geen kinderen kon krijgen, maar een gewaagde hormoontherapie bij een dokter in Milaan leidde tot mijn geboorte in 1975. Daarna kreeg Sonja twee keer een miskraam, waarna de dokter haar vertelde dat ze geen kinderen meer kon baren. In 1984 stierf Herman na een hartaanval. Nog klinken in mijn oren de kreten van wanhoop en afschuw die mijn moeder tegen de onverschillige wanden in ons huis aan de Doctor Hermansstraat smeet – dat duurde vele maanden, maar misschien zijn het maar een paar weken of dagen geweest.

Herman was gelovig, mijn moeder in stilte een verklaard tegenstander van God. Sonja wilde niets met het jodendom te maken hebben, maar de joodse gemeente smeekte haar om mij op zaterdagochtenden naar de sjoel te sturen opdat ik als dat nodig was de tiende man zou zijn; er zijn tien mannen nodig voor een joodse dienst, en die waren er vaak niet, de gemeente was gedurende de oorlogsjaren nogal uitgedund. Dat deed ik tot mijn achttiende. Daarna werd ik de niet-religieuze Nico Levi, alleen in naam joods, loog ik soms.

'Waarom loog je daarover?' vroeg je toen de chique hoofdgerechten werden geserveerd, kunstwerkjes. Jij leek vertrouwd te zijn met zo veel culinaire extravagantie.

'Ik wilde niet anders zijn, niet afwijken van de norm.'

Je vroeg: 'Wat is de norm?'

'In Brabant is dat licht katholiek, beetje ongelovig. Progressief. Alles is goed. Er is een grote afstand tot het jodendom van mijn vader. Een traditie met meer dan zeshonderd geboden en verboden.'

'Meer dan zeshonderd? Hou je je daaraan?'

'Nee.'

'Hoe kijk je terug op dat liegen?'

'Het was een vorm van schamen. Nu schaam ik me voor die schaamte.'

Je zei: 'Er is veel wat we anders hadden willen doen, toch? Wat had jíj anders willen doen?'

'Ik weet niet of ik zo denk,' antwoordde ik nadat ik de tijd had genomen voorzichtig iets van mijn bord te prikken. Het gerecht werd omschreven als '*ballotine* van scharrelkwartel met het boutje gekonfijt, geschroeide coquille, cassoulet van morilles en tuinboontjes en krokante kippenhuid'.

'Ik had een boek willen schrijven over m'n ouders. En hun families die ik nooit heb gekend,' zei ik. 'En jij?'

Je wist het meteen: 'Ik had sterrenkunde willen studeren.'

'Waarom heb je dat niet gedaan?'

'Ik was bang dat ik het niet zou halen. Ik heb een lerarenopleiding gedaan, daarna de politieacademie.'

'Waarom sterrenkunde?'

'Als meisje las ik *Cosmos* van Carl Sagan. Dat gaat over zo ongeveer alles. Onze plek in de ruimte. Dat we nog maar net zijn begonnen om mens te zijn, nee, mens te worden. Apen zijn we, met een hersenafwijking. Sagan schreef over de wetenschappelijke methode. Ik wilde meer weten. Dat probeerde ik, meer te weten komen. Ik las boeken die ver boven m'n pet gingen. Ik ging sparen voor een sterrenkijker, een telescoop. Die verkocht ik later toen ik op de politieacademie zat.'

'Max vertelde dat in de kamer van Matthijs een telescoop staat.'

'Die heeft hij van z'n vader gekregen.'

'Ga 't doen, ga studeren,' zei ik.

'Je kan er zo weinig mee in de gewone wereld. Het gaat om enorme oervragen. Je kunt er geen machine op laten draaien. Of er voedsel mee maken. Zuivere kennis. Dat vond ik mooi.'

'Je buigt je nu over vuile kennis. Plekken waar een misdaad is begaan.'

'Allebei hebben we iets onvervulds,' zei je aarzelend.

Ik zie je daarna rechtop gaan zitten, Anna, vol van een gedachte: 'Laten we dat veranderen, Nico!'

'Heb je een plan?' Ik zag je ogen sprankelen.

'We maken nu een plan,' zei je.

'Welk plan?'

'Jij schrijft je boek, ik ga sterrenkunde doen.'

'Helemaal goed, dat plan,' zei ik verrast. 'Zijn er praktische bezwaren?'

'In ons hoofd,' zei je.

We aten, even stil. Voor dit soort eten, en je opmerking, was stilte passend.

'Goddelijk is dit,' zei je. 'Voorbij de sterren.'

Was dat het, het simpele zinnetje waardoor ik op je viel?

Ik knikte alleen.

'Je komt bij mij schrijven,' zei je. 'Ik heb een kamer over. Kom wanneer het je schikt. En je eet mee, samen met Maxje. Werk er zo lang aan als nodig is. En daarna draaien we het om.'

'Ik heb geen kamer over, Anna.'

'Bij mij in Vught. Jij kookt...'

'Dat ga ik leren,' zei ik, misschien net iets te gretig.
'En als je je boek af hebt, ga ik studeren. We gaan doen wat we hebben nagelaten.'
'Dat doen we... samen?'
'Als team, ja.'
'We kennen elkaar een paar uur,' zei ik.
'Afgelopen weekend en nu. Je bent de zoon van Herman, die mijn grootmoeder en andere gelovigen wilde laten bidden ook al richtten ze het gebed tot vreemde heiligen, althans voor hem vreemd. Als er iets van je vader in jou zit, dan ben je oké.'
'Hoe samen, als vrienden?'
Je zei vervolgens: 'Ik had geen idee hoe deze avond zou verlopen.'
'Ik weet wat ik hoopte,' zei ik.
'Voor de zekerheid heb ik de oppas gevraagd de hele nacht te blijven,' zei je.
Je zweeg een moment, liet je meevoeren door de smaken.
Daarna zei je: 'In Vught zijn Matthijs en Max nu als gekken aan het gamen. In jouw flat is niemand. Je bent twee keer bij mij geweest, ik wil jouw flat zien. Mag ik straks met je mee?'

Je nam een gok, en ik wilde aan je verwachtingen voldoen. Misschien is dat liefde, denk ik, het waarmaken van het ideaalbeeld dat je geliefde van je heeft. Voortdurend kwam ik naar Vught. Je gaf me de sleutel. Ik schreef. Het ging goed. We spraken over samenwonen in jouw huis. Ik moest fulltime gaan schrijven, zei je. Jij oriënteerde je op je toekomstige studie. Ik was flink op dreef. Ik heb het boek op een harde schijf staan.

Waarom schrijf ik over jou en mij? Omdat ik bang ben dat je het vergeten bent, omdat ik vrees niet meer te zijn geweest dan een vluchtheuvel op je weg naar jouw grote Rudolf. Ik hoor je en zie je bij het schrijven van dit dossier. Ik wil je tonen hoe belangrijk je voor mij bent geweest.

Jouw dessert werd omschreven als: 'parade van rood fruit met panna cotta van witte chocolade, crèmeux van Thaise basilicum en à la minute gedraaid vanille-ijs'. Ik kan me niet voorstellen dat zoiets in onze tijd – ik schrijf dit op 16 september 2044, om kwart over vijf in de ochtend – nog wordt gemaakt, en op deze manier aangeprezen. Overigens, ongegeneerd streek je met een vinger het bord leeg.

2025

Max

Toen Max het station van Breda verliet – het was 19 april, de avond voor Pasen –, wist hij dat het een tijdje zou duren voordat hij de Ginnikenmarkt zou bereiken. In de trein had hij de ov-app bekeken en het was duidelijk dat hij de bus ging missen, dus hij besloot te voet te gaan. Het openbaar vervoer leek niet veel sneller, je wist nooit hoelang je moest wachten, dus er zat niets anders op dan te gaan lopen. Kuteind. Vanaf het station strak naar het zuiden, en vervolgens over de lange Ginnikenweg naar de plek waar hij had afgesproken, een café-restaurant aan de Ginnikenmarkt. Met de auto was het sneller geweest, maar zijn vader had Anna willen helpen.

Max vond het niet erg om deze missie in zijn eentje te vervullen. Anna had zijn vader minder somber gemaakt, hoewel, somber: minder ernstig, was het misschien. Ze waren nu twee jaar bij elkaar, en de plek waar ze de meeste tijd doorbrachten was Anna's huis in Vught, vlak bij de IJzeren Man, een wit, vrijstaand huis, in alle muren ramen, rondom tuin, bomen, een heg die het huis afsloot van de straat en de buren. Max was er graag, ook om met Matthijs, een van Anna's twee zonen, dolle dingen te doen, al of niet achter een beeldscherm. Het kwam niet bij Max op om zijn vader zo te noemen, maar Matthijs omschreef de zijne badinerend als 'mijn verwekker'. De vader was rijk, woonde ergens anders met een of meerdere vriendinnen, Max had hem nooit gezien. Door dat alles – de rijkdom, de boosheid dat zijn vader geen aandacht voor hem had – gedroeg

Matthijs zich roekelozer dan Max. Slechte schoolcijfers en toch door de examens zwijnen, jointjes roken, zuipen, fietsen gappen, met meiden klooien, dat soort dingen. Wat Matthijs nog bandelozer maakte was dat Anna bij de politie werkte als rechercheur. Zij zou het vuil dat hij veroorzaakte wel opruimen, beweerde Matthijs. Misschien was dat wel zo. Hij maakte Max aan het lachen. Wat chill was, was de sterrenkijker, een behoorlijk professioneel ding dat Matthijs van zijn vader had gekregen, dus zo onverschillig was die vader niet. De kijker was het enige wat Matthijs tot rust kon brengen.

Max had geen klachten over zijn eigen vader. Ze spraken vaak over actuele dingen, zoals over Rusland en China, en samen deelden ze hun passie voor basketbal. Het was goed dat ze in Den Bosch woonden, hier hadden ze de beste basketbalploeg van Nederland. Ze waren niet rijk, maar eigenlijk speelde geld geen rol in hun leven. Ze aten goeie gezonde dingen, ze gingen kamperen, naar de film, zwemmen, alles, eigenlijk. Max' moeder woonde in het zuiden van Frankrijk met haar tweede man, ze had een nieuw gezin gesticht, en ze belde twee keer per week, wat best tof was. Ze had drie jaar geleden ontdekt dat haar grootmoeder van moederskant joods was geweest, en dat maakte van Max ook een jood, net als zijn vader. Van de ene op de andere dag was ze vroom geworden en ze wilde dat hij zich liet besnijden. Maffe gedachte, hij wilde er niks van weten. Joods van twee kanten. Hij wist er zich geen raad mee. Zijn vader was als baby wel besneden, maar hij was niet gelovig, hij was geen lid van een joodse club, en deed niet aan rituelen. Op twee dingen na: ze aten geen varkensvlees en ze koesterden een grote liefde voor Israël, een liefde die omstreden was.

Vorig jaar was er een oorlog uitgebroken met Gaza. Israël was aangevallen met raketten en had teruggeschoten. Dat was vaker gebeurd. Een deel van Gaza ging de vernieling in. De school had ook Marokkaanse leerlingen, en die waren luid en fel tegen de zionisten, zo gilden ze soms in pauzes op het schoolplein. Waarom ze zich zo identificeerden met Palestijnen ontging hem – Gaza lag op enorme afstand van Marokko, maar goed, hij, Max, had dat met Israël, en dat lag ook ver weg. Vorig jaar was de vakantie begonnen op 6 juli en de oorlog brak uit op woensdag 1 juli, dus dat waren klotedagen geweest waarop hij zijn mond hield, ook al leefde hij mee met wat ze in Israël moesten verdragen onder de rakettenregen. Zijn achternaam was Levi, hij wilde geen gezeik met de Marokkanen, er waren er zelfs twee met wie hij min of meer bevriend was. Max wilde geen buitenstaander zijn of op een verkeerde manier de aandacht trekken. Hij was gewoon een van de jongens, deed zijn huiswerk en oefende zich suf met de bal.

Ze waren van plan om volgend jaar met z'n allen naar Tel Aviv te gaan, ook met Anna en de jongens, naar de Klaagmuur in Jeruzalem en ook een paar dagen naar een kibboets in de woestijn. Hij was een paar centimeter langer geworden dan zijn vader, hij mat nu een meter vierentachtig, oftewel iets meer dan *six feet*, en gezien zijn leeftijd kon hij er nog een paar centimeter bij krijgen, maar hij was een dwerg in basketbalverhoudingen. Het voordeel was dat hij sterk was en verdomd snel. Hij had kracht in zijn armen en bovenbenen. Mensen schatten hem achttien, negentien jaar oud. Hij was vijftien, en dat kon niemand zien, net zomin als zijn Joods-zijn. Het was de bedoeling geweest om samen met Peter, de superlange klasgenoot met wie hij drie keer per week bij Den Bosch trainde, naar Breda te gaan, maar Peter moest opeens met zijn ouders mee naar zijn oma. Max' vader bracht de avond door bij Anna, althans in haar huis. Anna zelf moest door een ziektegeval opeens invallen op het bureau. Matthijs was naar een of ander wild feest op het Maurick, de school van de kakkers in Vught, wat hij niet had verteld, anders was Max met hem meegegaan. Vughtse kakmeiden waren makkelijker dan Bossche meiden, en de meiden van de hoogste klassen op het Maurick hadden de reputatie het allermakkelijkst te zijn. Max had zich op dat feest kunnen uitgeven voor iemand van twintig, en dat had zijn kansen op zoenen naar enorme hoogten kunnen laten stijgen, want oudere jongens stonden in aanzien. Anna kon Matthijs dat feest niet onthouden. Dus belde ze Max' vader toen ze niet snel een oppas vond voor Rickje, haar eigen zoon. Matthijs was het kind van haar overleden zus, dus eigenlijk was ze voor hem een tante. Dat was ingewikkeld, maar het zat zo: Matthijs en Rickje hadden dezelfde vader maar verschillende moeders, en de moeders waren zussen. Na de dood van Louise, de moeder van Matthijs, was zijn vader 'iets begonnen' met de zus van Louise, oftewel Anna, en na de geboorte van Rickje was 'de karavaan van mijn vader', zo noemde Matthijs dat, verder getrokken 'naar velden met verser gras'. Dat was nu allemaal verleden tijd. De vader van Max was dol op Anna, en op Rickje. Als hij niet in Breda had moeten zijn, had Max op het jongetje gepast, betaald en wel. Maar zijn vader deed dat nu, onbetaald en met liefde voor Anna. Max was op de trein gestapt.

Na vijfendertig minuten doorstappen bereikte hij het plein met het café. Het heette Moeke Ginniken, een grote zaak met veel hout op de muren, een onoverzichtelijke verzameling tafels, luidruchtige gasten en een lange bar met krukken onder een hele rij bovenlampen, voor elke krukzitter een. Hij zette zijn meest volwassen stem op en vroeg naar Bret.

Bret was een kleine, gespierde man met nek- en halstattoos die boven de kraag van zijn witte koksjas zichtbaar waren. Hij was kaal en had een beetje misvormde oren, zoals boksers soms hadden, bloemkooloren, noemde Max' vader ze.

Max en Bret stonden op de donkere achterplaats naast de felverlichte keuken, tussen kratten en dozen, het oogde net zo chaotisch als het interieur aan de voorkant. Max torende boven hem uit.

'Dus jij bent een fan van Kobe Bryant?' vroeg Bret toen hij een sigaret opstak. Hij sprak Engels met een Amerikaans accent. Hij had de witte plastic tas, gevormd naar de schoenendoos die erin zat, op een krat gelegd. Ook had Bret een gekke neus, zag Max nu, platgeslagen. Maar wat hem het meest interesseerde, was de plastic tas, niet de gelaatstrekken van Bret.

'Al lang, ja.'

'Je hebt geluk,' zei Bret. 'Ik heb relaties in LA, ik kan altijd aan spullen van Kobe komen.'

'Je hebt daar gewoond?'

'Zeventien jaar.'

'Je bent sporter geweest?'

'Ja.'

'Welke sport?'

'Cage. Free.'

'Wauw,' zei Max. 'Heavy.'

'De enige echte sport. De rest is shit. Behalve basketbal, natuurlijk.'

'Behalve basketbal,' herhaalde Max.

'Je hebt het geld?'

'Ja.'

'Mooi. Check and double check, man.' En hij reikte Max de plastic tas aan.

De tas voelde niet zwaar, maar dat had Max verwacht; de schoenen waren van vederlicht materiaal gemaakt. Hij legde de tas op een andere stapel kratten en trok er een donkerblauwe doos uit. Drie dunne strepen liepen over de lengte van de deksel naar de voor- en achterkant van de doos. Klopt. Voorzichtig nam hij de deksel weg, en zag ze liggen, innig naast elkaar, twee sportschoenen, speciaal voor Kobe Bryant ontwikkeld, de Crazy 1. Ze waren geel, zoals Kobe ze had gedragen. De veters waren kunstig in elkaar gewikkeld, op de manier waarop ze de fabriek hadden verlaten. Hoekige neuzen, alsof ze werkschoenen waren voor de bouw, maar dat waren ze niet: ze waren de balletschoenen van een maestro. Max nam er een in zijn handen, alsof de schoen een tere vogel was. Kobe had ermee gevlogen. Max was niet van plan zijn voeten erin te laten glijden, deze maat was te klein voor hem, maar hij wilde ze in zijn kamer hebben, een wijding, een relikwie. Hij legde de schoen naast zijn broeder en bekeek het kleine document dat ook in de doos lag, verpakt in een plastic hoesje. Hij las: 'This certificate validates the authenticity of this pair of Adidas Crazy I shoes.' Er stond een datum onder: 5.23.2013. Dat was de Amerikaanse manier van datering, de maand eerst. En over het certificaat heen had een viltstift een zwierige handtekening getrokken die uit twee delen bestond: in de bovenste was de naam KOBE te lezen, daaronder stond een krabbel die een B moest voorstellen, en een R of iets wat erop leek. Max had ze online gezien.

'Twaalfvijftig,' zei Bret.

'Twaalfvijftig?' Max slikte, geschrokken. 'Nee. De prijs was duizend.'

'Er is veel belangstelling voor, man. Kobe is al vijf jaar dood. Die zet z'n handtekening nooit meer. Ik kan ze nu voor wel vijftien verkopen.'

'Duizend,' herhaalde Max. 'We hadden een deal.'

'The market moves, man,' zei Bret.

'Deal is deal,' zei Max.

'Voor jou dan, elfvijftig,' zei Bret.

Het deed pijn, maar Max legde het certificaat terug en sloot de doos. Hij kon janken van ellende, dit was niet te verdragen. Hij kon hier niet aan toegeven, afspraak was afspraak, en daarbij: hij had het geld niet.

Max wilde Bret de plastic tas teruggeven, maar Bret hief afwerend zijn handen op, alsof hij terugdeinsde voor gevaar.

Bret zei: 'Duizend, oké, jij wint.'

Max voelde iets gelukzaligs door zijn lijf trekken, verrukking en verlossing tegelijk, een moment dat geen verleden of toekomst nodig had, puur en onversneden nu, los van tijd, chiller dan chill, alsof een meisje een hand in zijn broek liet glijden, wat hij toch een keer of zes had meegemaakt, zoiets.

Op de een of andere manier kon hij er niet toe besluiten ook de terugweg te voet af te leggen. Het tasje zou slingeren, de schoenen zouden alledaagse dingen in een doos in een plastic tasje worden.

Dus nam hij de bus naar het station vanaf een halte vlak bij Moeke Ginniken.

Het meisje zag hij meteen toen hij instapte en enkele banken verder een zitplaats vond. Hij zag continu meisjes op wie hij al in het voorbijgaan verliefd werd, één blik was voldoende. Omdat ze mooi waren, anders, mysterieus. Hij ging zitten, doos in de plastic tas op zijn schoot. Daarop legde hij beide handen. Duizend euro voor een paar sneakers dat niet gedragen mocht worden. Hij had maat zesenveertig, de sneakers waren tweeënveertig. Was het gekte om met deze rituele aankoop toe te geven aan zijn bewondering voor Kobe? Hij had veel andere dingen kunnen doen met duizend euro. Na de euforie voelde hij opeens een donkere sensatie opspelen; *buyer's remorse*, heette dat in het Engels. Maandenlang had hij naar een paar Crazy 1's gezocht, hij was twintig minuten geleden gek van vreugde geweest, en nu voelde hij spijt. Twee sneakers waarop hij niet kon spelen. Maar toch… brachten ze Kobe niet dichtbij? In zijn kamer wilde hij een speciale vitrine maken waarin ze bewonderd konden worden, de schoenen die wachtten op de geniale voeten van een meesterbaldanser, weliswaar met maat tweeënveertig, maar toch. Nee, geen spijt, dit was zijn doel geweest, zijn zelfopgelegde bedevaart naar Kobe via Breda en Bret. Niet alles was functioneel en nuchter rationeel. Het leven heeft rituelen nodig, zei zijn vader regelmatig wanneer hij iets deed wat an sich niet veel betekenis had, maar wat betekenis door de herhaling kreeg.

Er zat een handvol mensen in de bus, en toen ze het station bereikten, stapten ze allemaal uit. Tussen Max en het meisje dook een smalle jongen op, kleiner nog dan Bret, en Max zag hoe de jongen bij het uitstappen een watervlugge hand in de open tas van het meisje liet glijden.

'Hé,' zei Max, en hij duwde de jongen opzij.

'Wat is er?' zei het meisje geschrokken.

De jongen dook weg, glipte langs het meisje en zette het op een rennen. Max had een moment de opwelling achter hem aan te jagen,

maar hij had de tas bij zich en wilde de volgende trein halen.
'Hij wilde je rollen,' zei Max.
'Rollen?'
'Zakkenroller. Hij probeerde iets uit je tas te halen.'
'Shit,' zei ze.
Ze wachtten nu beiden naast de bus. Zij controleerde of ze niets kwijt was en drukte daarna de tas met beide handen tegen zich aan.
'Dank je wel.'
'Graag gedaan,' zei hij.
Ze keek hem onderzoekend aan, en hij voelde zich een ridder.
'Hij had een mes kunnen trekken,' zei het meisje met ernstige blik.
'Dat is zo. Maar dat is niet gebeurd.'
Het meisje zei: 'Ik las dat er Roemeense bendes zijn die dit doen.' Door te blijven staan en hem een gesprekje te gunnen beloonde ze hem voor zijn heldendaad.
'Is dat zo?' zei hij. Hij moest gevatter zijn.
Ze was voor een meisje vrij lang, een centimeter of vijf, zes korter dan hij, en had stijl donker haar, grote ogen, en heel mooie volle lippen, natuurlijke lippen, de opgespoten lippen herkende hij tegenwoordig direct. Ze was zeker achttien of negentien.
Hij zei: 'Moet je ook met de trein?' Domme vraag, dacht hij.
'Waar moet jij heen?' vroeg ze.
'Den Bosch. Jij?'
'Dordrecht.'
'Jammer,' zei hij.
'Ja,' zei ze, en hij hoopte dat ze niet kon zien dat hij bloosde. Holy shit.
Hij zei het gewoon: 'Mag ik je bellen? Misschien 'n keer koffie of zo?'
'Cool,' zei ze. 'Heb je schoenen gekocht?'
'Sneakers,' zei hij. 'Niet om op te spelen. Dat ik ze gekocht heb is meer een daad van bewondering.'

‘Een daad van bewondering,’ herhaalde ze. En ze keek hem onderzoekend aan. Hij moest zich niet van alles verbeelden, dacht hij, ze onderzocht niks.

‘Hoe bedoel je?’ zei ze.

‘Ik bedoel,’ zei hij, ‘ik ben een basketbalfreak. En ik heb net beroemde sneakers gekocht, het model waarop Kobe Bryant in 2000 de NBA-titel binnenhaalde voor de Lakers. Zegt je dat wat?’

‘Helemaal niks,’ zei ze glimlachend. ‘Geef even je mobieltje.’

Het was verwarrend, maar hij zette de lock uit en overhandigde het haar. Ze toetste een nummer in. Ze drukte en uit haar tas kwam de piep van een ontvangen bericht.

‘Nu heb je mijn nummer,’ zei ze.

‘Hoe heet je?’ vroeg hij voordat ze naar hun perrons liepen.

‘Rosa,’ zei ze. ‘En jij?’

‘Max.’

‘Mooi. Klopt wel,’ zei ze. ‘Jij bent een Max.’

Ze liepen het station in, beiden stil nu.

‘Een daad van bewondering,’ zei ze.

‘Ja,’ zei hij.

Zoals zij die vier woorden uitsprak kregen ze iets intiems. Waarom had hij die opmerking gemaakt? Hij had er niet over nagedacht. Maar ze klonken uit haar mond als een belofte.

Ze bleven elkaar blikken toewerpen toen ze op twee verschillende perrons wachtten op de treinen die hen van elkaar gingen scheiden. Dat was vol hunkering en smart, dacht hij, op die manier naar elkaar kijken. Wat was het leven intens en groots. Ze hief een hand toen ze in haar trein stapte. Als Max bij de flat wegfietste, dan stond zijn vader op het balkon. Max keek altijd om en zwaaide, want zijn vader verwachtte dat. Lief eigenlijk.

In de trein, de doos op schoot, drong te laat tot Max door, zoals veel dingen vaak te laat tot hem doordrongen, dat ze veel ouder was dan hij, misschien was ze al twintig, en dat ze, als ze zou horen dat hij, ondanks het feit dat hij ongewoon volwassen voor zijn leeftijd was, echt niet meer dan vijftien lentes telde, hem zou uitlachen. Als hij belde, moest hij het haar vertellen, want het zou uitkomen, geen twijfel mogelijk. Hij kon niet bellen, dacht hij. Hij moest haar, en haar belofte, aan zich voorbij laten gaan, ook al was hij blind verliefd op haar omdat ze als geen ander 'een daad van bewondering' kon zeggen, alsof het een magische spreuk was, iets klassieks van de Grieken of Romeinen. *Actus admirationis*. Hij had niet voor niets Latijn in zijn pakket. Hij belde nog even met zijn vader.

'Heb je ze, Max?'

'Ik heb ze.'

'Tevreden?'

'Ontzettend tevreden. En jij, pap?'

'Ik ben aan het werk, dus het kwam eigenlijk wel goed uit. Kom je morgen hierheen? En neem de sneakers mee.'

Max zei: 'Ja, is cool.'

'Het is morgen mooi weer.'

'Waar werk je aan?'

'Een stuk over een expositie in het Noordbrabants Museum. Doeken van Hockney hangen er weer. Daar moeten we echt heen. Je weet wie Hockney is, toch?'

'Die ansichtkaart op je bureau van een man die in een zwembad duikt, da's Hockney.'

'Leuk toch om daar samen heen te gaan?'

'Oké, pap.'

'Pas je op zo laat?'

'Ik weet wat ik doe.'

'Als er iets is, bel me,' zei zijn vader.

'Doe ik. Dag, pap.'

Misschien had Max hem om raad moeten vragen. Zijn vader had alle fouten gemaakt die een man wat betreft vrouwen kon maken, en misschien zou hij de leugen kunnen legitimeren die Max eigenlijk moest afwijzen omdat hij een moreel hoogstaand mens wilde zijn:

een leugen over zijn leeftijd. Een leugen om bestwil. Maar wat was bestwil in dit geval? De kans op een paar uur met Rosa ergens in een kamer achter gesloten gordijnen en de deur op slot gedraaid. Een uur zou ook al bestwil zijn. Halfuur zelfs. Tien minuten. Zou hij met dat doel voor ogen kunnen liegen? Hij dacht van wel. Dat was bestwil op z'n best. De belofte. Hij stelde vast dat hij tot veel in staat was als het om zijn liefde voor Rosa ging.

Hij zond zijn vader een berichtje, hij kon deze dingen met zijn vader delen: *Net een meisje ontmoet. Ouder dan ik. Ik zei dat de aankoop van de Crazy 1's een daad van bewondering was. Dat vond ze kennelijk mooi. Ze gaf me haar telefoonnummer. Wat moet ik doen? Liegen over m'n leeftijd?*

Zijn vader antwoordde: *Doe wat je moet doen. Een daad van bewondering. Ik weet niet of dat taalkundig klopt. Maar het klinkt mooi. En als je er een meisje mee verovert helemaal! Dat telt! Morgen gespreksstof te over!*

Op het station van Den Bosch, boven in de passage die de perrons met elkaar verbond, vluchtte iemand langs hem heen, een man gehuld in vrouwenkleren, dat was direct duidelijk, een verklede man, een dragqueen of zo. Max kon hem niet goed bekijken toen hij hem passeerde, maar de paniek zat in diens wilde ledematen, in het geluid van de naaldhakken op de tegels. Hij hoorde iemand roepen: 'Kutflikker, rot op!'

Vlak bij de trap en roltrap naar de hal stonden drie jongens te lachen, de vluchteling naroepend. Het was hier verlaten, tussen enkele late treinen in. Max begreep waaraan de vluchteling wilde ontsnappen. Hij wierp de jongens een blik toe, en kennelijk kon hij zijn afkeur niet verbergen, want ze richtten zich tot hem. Ze hadden zin in gedoe.

Ze waren alle drie niet zo groot als Max, maar ze zagen er getraind uit. Twee van de types kon Max hebben, maar alle drie tegelijk?

'Wat kijk jij, man?'

Max wilde doorlopen, maar ze gingen voor hem staan. Max stapte opzij, ze deden hetzelfde en belemmerden hem opnieuw de weg naar de trap en roltrap achter hen.

'Ben jij ook een flikker?' vroeg een van hen.

'Nee. Maar als dat zo zou zijn, wat maakt het uit?'

Hij had al te veel gezegd, dit soort situaties laat op de avond in een leeg station vroeg om zwijgen en wegkijken en doorlopen.

'Volgens mij ben jij wel een flikker,' zei een van de andere jongens.

Twee Hollanders en een Marokkaan, dacht Max, nee, een Turk, twee Hollanders en een Turk, misschien iets geslikt en alcohol erbij. Alle drie gekleed zoals Max: hoody, trainingsbroek, Adidas-sneakers. Als ze maar van zijn plastic tas afbleven, hij zou vechten tot de laatste snik.

Hij kreeg een duw tegen zijn borstbeen, maar hij hoefde nauwelijks achteruit te stappen om de duw op te vangen: hij had sterke benen en buikspieren en biceps en triceps. Daarmee toonde hij zijn kracht.

'Nog een keer: ik ben geen flikker. Wat doet het ertoe?'

'Voor ons doet het ertoe,' zei een van de Hollanders.

Wat een kutincident, dacht Max. Volkomen onzin. En belachelijke clichés, deze drie zakkenwassers. Maar hij was er zich van bewust dat een enkel vonkje de jongens – rond de twintig, schatte hij, net als Rosa – tot waanzin kon brengen. Hij hield het tasje nu met beide handen vast.

'Ik ben geen flikker. En jullie?'

Hoe kwam hij erbij dat te zeggen? *En jullie*? *Een daad van bewondering*? Hij had een groot taalgevoel, had zijn vader gezegd, misschien moest hij schrijver worden. Hij scoorde altijd hoog met schoolopstellen.

'Wat bedoel je daarmee, klootzak?' vroeg de Turk.

Een van de Hollanders zei: 'Je bedoelt dat wij flikkers zijn? Bedoel je dat echt?'

‘Ik bedoel dat niet,’ probeerde Max te sussen. ‘Ik wil geen gedoe. Ik wil naar huis.’

‘Waar woon je dan?’

‘Vlakbij. Kwartiertje fietsen.’

‘Je hebt ons beledigd,’ zei de andere Hollander. ‘Je krijgt een boete. Je fiets. We gaan met je mee en dan geef je ons je fiets.’

‘Ik heb jullie niet beledigd. Ik ben moe en wil naar huis.’

‘Gaat niet lukken,’ zei de Turk.

‘Je fiets of je oog,’ zei de Hollander.

Max onderdrukte de paniek die nu door zijn keel begon te gieren: ‘Hoe bedoel je?’

De Hollander haalde een boksbeugel uit zijn jaszak, liet hem over zijn vingers glijden.

Max wist dat hij weinig kansen zou krijgen om aan deze waanzin te ontkomen, dus hij moest razendsnel handelen. Hij duwde de Turk opzij en sprong naar de trap. Maar een van de jongens strekte zijn been en liet Max struikelen. Max was goed in het bewaren van zijn evenwicht, maar hij kon het tasje niet loslaten en aan de rand van de trap viel hij voorover zonder zich met zijn handen te kunnen opvangen, en hij voelde de harde treden van de stenen trap en zijn hoofd bonkte en leek te scheuren en hij dacht aan zijn vader en aan de belofte van Rosa en aan het goede weer van morgen terwijl hij het tasje bleef vasthouden tot de pijn door zijn hele lichaam schoot en hij op de vloer onder aan de trap denderde en daar gewoon geen kracht meer had de tas vast te houden; hij zag het tasje over de gladde vloer wegglijden, weg van hem vandaan, als een hockeypuck over gladgewreven ijs. En hij kon zich niet oprichten, zo veel pijn had hij nooit eerder gevoeld. En toen schopten ze op hem in. Zijn rug, zijn buik, zijn hoofd. Adidas rondom hem. Hij huilde nu ook, vernederd en overgeleverd aan deze tirannie, en hij voelde zich zo schuldig tegenover zijn vader, wiens vertrouwen hij had beschaamd. Opeens waren ze weg, hij hoorde ze gieren en brullen als apen. Overal spijkers in zijn lichaam, ook in zijn hoofd. Waar Max de kracht vandaan haalde wist hij niet. Hij kroop naar buiten, hield zich aan alles vast waaraan hij zich kon vastgrijpen, en hij besefte dat hij de Crazy 1's was kwijtgeraakt, ergens in de stationshal waren de sneakers verdwenen, misschien wel als buit meegenomen door de barbaren. Hij wist het sleuteltje te vinden en stapte op de fiets, maar hij kon geen balans vinden en na een paar meter viel hij als een blok op straat, en bleef daar liggen. Hij had het voornemen om te gaan studeren en zijn vader trots te maken met een roman of een nieuw medicijn of een beurs voor Harvard of Princeton of iets anders waardoor zijn vader hem vergiffenis kon schenken omdat hij zo dom was geweest niet snel door te lopen, met afgewend gelaat, met een knellend schuldgevoel over zijn lafheid. Hij wilde overleven en lafheid was dus soms onvermijdelijk. Waar waren de sneakers? Hij had heel wat pizza's rondgebracht om vijfhonderd euro over te houden, en zijn vader zou elke euro die hij verdiende verdubbelen. Bret the cage fighter. Papa, dacht hij, maar hij had geen idee hoe hij zijn mobiel in zijn hand kon nemen. Hij wist dat hij huilde, en dat mensen om hem heen stonden en ze spraken over hem en iemand zei niet slapen, hou je ogen open, blijf wakker, en al snel klonk de ambulance en ook andere sirenes vertelden dat ze hem kwamen helpen, en hij dacht: daden van bewondering, daar draait alles om, het leven, de liefde, bewondering als schild tegen de pijn. Hij was echt volwassen voor zijn leeftijd, hij mocht erover liegen.

2039

Europa Aleksandrovna Ivanova

Matthijs van Dam transformeerde na het faillissement van een gerespecteerde horecaondernemer in een drugsdealer. Dat ging niet overnight. Een hoop kleine stapjes, in zes maanden gezet, dreven hem zonder dat hij dat zelf doorhad naar de rand van een helse afgrond.

Alles was mogelijk, ontdekte hij op een dag. Zowel de hemel als het vagevuur. Niets was zeker, behalve de aanblik van allesverterende vlammen.

Daar, aan de rand van de afgrond, had hij bleek naar beneden gestaard. Freeway – de naam van het huismerk van Lidl's frisdranken, om precies te zijn: de sinassmaak – had Matthijs ervan weerhouden naar beneden te sodemieteren. Dat was een bespottelijke gedachte, maar Matthijs meende oprecht dat Freeway hem voor de kaken van de dood had weggetrokken.

Wat was er niet belachelijk in het bestaan van vóór en ná de ondergang?

De afgelopen drie dagen – hij was de dag en de maand vergeten, het was nu anno Domini 2039, dat wist hij wel – had hij hun voorraadje van negen flessen sinas weggedronken. Ropa dronk de cassis, die nog zoeter was dan de sinas. Deze intense drugssessies hadden ze eerder belegd en ze wisten uit ervaring dat ze er suikers bij nodig hadden. Frisdrank met suiker was duur geworden door de suikerwetten, maar onder verslaafden was er een zwarte markt ontstaan

– trouwens, ook niet-verslaafden handelden erin. De afgelopen dagen hadden ze getript en hadden ze boven de wolken gevlogen en waren ze tegen berghellingen te pletter geslagen om daarna weer, miraculeus, verder te fladderen door lichte en donkere wolken, door onweer en strelend zonlicht, enzovoorts, de cycli van de junk. Eerst was de sinas op, daarna de cassis, vervolgens de illegale mierzoete bladerdeegrolletjes en gekleurde koekjes van de Turk, die hij met leidingwater had weggespoeld.

En nu moest hij verschrikkelijk zeiken.

Een zoogdier doet niet zijn behoefte op de plek waar het eet of waar het met pillen en poeders de wereld wil verbrijzelen. Matthijs wilde opstaan om naar de wc te gaan, maar hoe kwam hij daar als hij niet overeind kon komen? Hij wilde blijven liggen en in bed zijn blaas legen, maar tegelijkertijd verzetten oude opvoedingsregels zich daartegen. Zijn moeder had hem niet zonder reden zindelijkheid bijgebracht. Ze was gestorven toen Matthijs vijf was, baarmoederhalskanker, een van de straffen van de blinde natuur die vrouwen akelig vaak troffen. Hij moest verschrikkelijk zeiken en dat maakte hem bewust van de suïcidale grenzen van de roes waaruit hij nu met duizelingwekkende pijn ontwaakte. Hij had jaren op een wolk geleefd, en die loste nu op, zo leek het. Weg uit de high, weg uit de down. Weg pillen. Poeders. Alcohol. Er heerste een gapende leegte onder hem, ofschoon hij voelde dat hij met zijn zieke lijf ergens op lag.

Ze lagen op de vloer, op een dun matras met lakens waarop ze al wekenlang gekleed en ongekleed of gedeeltelijk gekleed gerookt en gesnoven en geneukt en gedronken en gegeten hadden. Nu waren ze allebei naakt. Naakter dan ooit, met de eerste pijnlijke schaamte van Adam en Eva toen die beseften dat ze geen dieren meer waren en hun lichamen wilden bedekken.

Hij begon te kruipen – hij wist hoe dat moest. Hij bereikte de wc en daar werd een oud reptielendeel van zijn brein gealarmeerd: dit was een ruimte die stonk naar ontbinding, verval, ondergang. Het reptielenbrein stootte vervolgens een recenter deel van zijn brein wakker en hij werd zich nu bewust van een diepgaande keuze, de enige keuze die hij nog had, drong tot hem door.

Hij kon blijven liggen, half in het badkamertje, op een vloer met ondergoed en handdoeken die stonken naar schimmel en stront en pis, waar hij zijn blaas kon legen als een stervende hond (en wat gepaard zou gaan met een oeroude herinnering van vóór de zindelijkheid: de warmte die zich over zijn buik, zijn dijen verspreidde), of – het glorieuze maar zo goed als onmogelijke alternatief – hij kon zich oprichten en zijn geslacht op de pot richten en als een mens zijn giftige urine, waar zijn zwaarbelaste nieren hun stinkende best voor hadden gedaan, uit zijn lijf laten stromen.

Daar lag hij, Matthijs van Dam, nog niet zo gek lang geleden de meest succesvolle jonge horecaondernemer van Rotjeknor. Hij staarde naar de elegante vorm van die gore wc-pot en wist dat hij daarin kon verdwijnen.

'Ropa,' had ze gezegd.

Matthijs had herhaald: 'Ropa?'

Ze had iets Slavisch in haar gezicht en ze was blond en had groene ogen. Hij keek nog eens goed; ja, groen.

Ze had volle borsten die ze via een te open rood bloesje als kunstwerken aan de wereld toonde – onder het bloesje de contouren van een zwarte beha.

Slank, met misschien een kilo of twee te veel op de goede plekken.

Bredere jukbeenderen dan in Nederland normaal was.

Grote ringen als oorbellen.

Een kort, zwart rokje van een fluweelachtig materiaal, daaronder blote gladde benen die ze over elkaar had geslagen; ze glommen een beetje, alsof ze ze net had geschoren en ingewreven met een crème, speciaal voor deze sollicitatie.

O ja, hoge hakken, heel hoge.

Matthijs had direct seksuele associaties bij haar verschijning, iets dierlijks riep ze bij hem op, de behoefte om haar direct en met alle inzet te bespringen – Matthijs besefte dat dit duivels seksisme pur sang was, maar hij kon het niet onderdrukken. Wist ze dat ze die driften opriep? Natuurlijk wist ze dat. Ze speelde met de verleiding van haar verschijning. Vanaf het moment dat ze voor hem was gaan zitten, kon hij haar niet aankijken zonder dat hij bedacht hoe het was als ze naakt was. Ze keek hem aan met een blik die bevestigde dat ze wist wat hij dacht; elke man bekeek haar op die manier, ze was eraan gewend, ze was erdoor verveeld, en soms had ze er lol in – zoals nu, hoopte Matthijs.

Ropa had een tijdje in Duitsland gezeten, ze was nu terug, ze moest wat verdienen en was bereid hele dagen te werken.

Ze was zesentwintig, dat had hij haar ook geschat, midden twintig.

Wat deed je in Duitsland? vroeg hij.

Allerlei dingen, legde ze uit, tijdje model geweest, en eerder in Amsterdam had ze sociologie gestudeerd.

Zo, zei hij met onverholen bewondering. Het is hard werken hier, lange dagen, als je avonddienst hebt dan ben je tot twee, drie uur 's nachts bezig.

Ik kan hard werken, zei ze, ik ben van Russische afkomst, wij Russen zijn niet bang voor zweet en spierpijn. Dat laatste klonk in zijn oren dubbelzinnig, maar hij wist niet of dat de bedoeling was en werd er onzeker van.

In al haar Russische pracht zat ze zomaar in een van zijn cafés aan een hoektafeltje om te solliciteren. De bandjes van haar zwarte beha, de huid bij haar sleutelbeenderen. Haar oorllelletjes.

Was het zo simpel om verliefd te worden?

Matthijs zocht opnieuw iemand voor de bediening. Hij had drie eetcafés geopend op basis van een 'shabby chic'-formule met gerechten waarop hij een marge van veertig procent maakte. Succes najagen was nog mogelijk in die jaren. Het liep storm. Elke week nam hij een extra kracht aan. Ze overwogen vier, vijf, zes andere zaken te openen. Een keten. Of een franchise. De regels over alcoholgebruik en ongezond voedsel werden steeds ingrijpender, maar ze konden ermee en eromheen werken.

Toen Ropa opstond, bood ze een fractie van een seconde de kans haar dijen te bekijken, en dat deed hij. Hij keek haar na en zag dat ze volmaakte billen had. Zijn blik hield de onweerstaanbare cadans vast waarin ze bewoog, en hij besefte dat hij niet kon verbergen wat nu in zijn verbeelding speelde.

Waarom zou hij eromheen draaien? Het was allemaal geiligheid waarmee het begon. Daar was niks mis mee.

De tweede, nee, de derde nacht ging ze met hem mee.

Halfvier 's nachts.

Ze grepen elkaar vast toen hij de deur achter haar had gesloten, en haar beweeglijke tong deed hem naar adem happen. Ze duwde haar onderlijf tegen hem aan, hij hield haar bij haar billen vast en frommelde het minuscule rokje omhoog en voelde een string. Ze trok zich van hem los en opende de rits van zijn broek.

Voor de bank in de woonkamer – hij woonde toen nog in het prachtige jugendstilappartement op de Maaskade – kleedde ze zich uit en met elk weggeworpen kledingstuk onthulde ze meer schoonheid. Ze ging op hem zitten. Prachtige, harde tepels. Een huid zo wit als een Russische sneeuwvlakte. Dijen die eindigden in een geschoren schaamstreek waarboven een smal streepje rossig schaamhaar een soort uitroepteken vormde. Ze liet haar tepels beurtelings tussen zijn lippen zakken.

Holy shit.

'Europa? Niemand heet Europa,' zei hij toen ze de eerste keer om halftien 's ochtends naast hem wakker was geworden.

Hij had croissants en koffie gehaald, een beetje wankel op de benen na een veel te korte nacht, twee hevige ejaculaties en de aanwezigheid van deze volmaakte Russin die hem om de een of andere reden had uitverkoren.

'Zo heet ik nu eenmaal,' zei ze.

'Dat is heel groot, Europa, een continent,' zei hij.

'Iedereen reageert zoals jij. Daarom heb ik er Ropa van gemaakt.'

'Waarom hebben je ouders je zo genoemd?'

'Vonden ze een mooie naam.'

Hij vroeg: 'Heb je een vriend?'

'Denk je dat ik hier zou zijn als dat zo was?'

'Ik ken je toch niet?' zei hij.

'Ik ben wat je ziet,' zei zij.

'Niemand is zo,' beweerde hij.

'Ik wel. En jij? Heb jij iemand?'

'Niet vast. Niet nu.'

'Neuk je de andere meiden ook?'

'Nooit met personeel,' loog hij.

'Ik ben toch personeel?'

'Jij bent anders.'

'Ik weet dat je liegt,' zei ze.

Ze trok hem naar zich toe en hij proefde de koffie op haar lippen.

Ze duwde hem terug zodat ze hem in de ogen kon kijken.

'Je moet weten,' zei ze, 'dat ik nooit iets half doe. Behalve m'n studie, oké. Maar verder doe ik alles alsof morgen niet bestaat, begrijp je?'

Hij knikte, ook al begreep hij niks.

Hij vroeg: 'Hoe heet je voluit?'

Ze zei: 'Europa Aleksandrovna Ivanova.' En ze liet zich achterovervallen en trok hem aan zijn nek mee.

Na een paar weken was Ropa nog steeds bij hem. Dat was ongewoon, want normaal ging dit soort bloedmooie meiden er snel vandoor; ze ontmoetten een man met geld, of gingen op een cruiseschip werken, of waren gewoon weg en vonden het niet nodig iets van zich te laten horen, alsof hij net zo voorbijgaand was als het nieuws van gisteren.

Ropa bleef, en meer dan dat: na drie weken trok ze bij hem in. Ze was, zoals ze had gezegd, een harde werker en bracht de hoogste tips binnen. Altijd kort rokje, soms netkousen daaronder, bloesje met een extra open knoopje om – alsof dat nodig was – haar vrouwelijkheid te etaleren, glimlach, snel, een kont die niemand onberoerd liet.

Uit haar kamertje in Amsterdam had ze twee koffers meegenomen. Ze vulden nauwelijks een van de vele diepe kasten op de Maaskade. Ze gaf zijn voorname appartement met gelambriseerde wanden en ramen met uitzicht op de Nieuwe Maas een bohemienachtig aanzien met gekleurde lappen, afbeeldingen van Russische kerken en kunstwerken, Portugees aardewerk, versleten Perzische kleden die ze online had gevonden. Wat ook zo heerlijk was: vaak zong ze als ze in de badkamer was, soms iets onherkenbaars Russisch, maar ook melodieën die hij herkende, zoals stukjes uit de Matthäus van Bach. Als ze vrij waren, kookte ze. Ook als ze met hun tweeën waren, liet ze een teringbende achter waarvan hij niet wist hoe hij erdoorheen kon werken, want dat was de afspraak: zij kookte, hij ruimde af. Als hij daarmee klaar was, bekeken ze samen op de bank een aflevering of twee, drie van een serie. Ze kon zich heel klein maken en zich als een kind tegen hem aan schurken. Als ze ongesteld was, was ze traag en somber en in zichzelf gekeerd. Over haar studie sprak ze niet vaak, ze deed er niets aan en hij vermoedde dat ze erover had gelogen. Zelf had hij in Rotterdam een lulstudie gedaan, bedrijfseconomie, maar hij had er John leren kennen en samen hadden ze met een lening van Johns vader hun eerste café geopend. In die tijd was Matthijs boekhoudkundig gezien miljonair.

Europa Ivanova videoappte elke week met haar ouders. Die waren teruggegaan naar Moskou en moesten, zoals Ropa dat omschreef, ‘schrapen om elke dag te vreten te hebben’. Ze maakte elke stuiver die ze overhield naar hen over. Om die reden verhoogde hij haar loon.

'Ik ben een beetje een activist,' waarschuwde ze, 'dus let op, ik kan niet tegen ongelijkheid, tegen hypocrisie, tegen de arrogantie van de macht, tegen de prietpraat van de wokers, tegen het zelfbedrog waar dan ook. *Ponimajesj*?'

'Wat betekent dat?'

'Begrepen?'

In Rotterdam hadden haar ouders klusjes gedaan voor Russische handelsbedrijven zoals verpakken, met dozen zeulen, bestelbusjes rondrijden, en wat ze precies in Moskou deden, kon Matthijs niet achterhalen. Hij kon haar kwaad maken als hij zei dat ze spionnen waren geweest of werk hadden verricht dat niet geheel het daglicht kon verdragen, waarop Ropa hem iets naar het hoofd slingerde – geen woorden maar een ding zoals een kussen of een boek. Na een uur van vijandige stilte beschuldigde zij hem dan van russofobie. Ze had bloedeerlijke ouders die als kinderen van boeren weinig formele opleiding hadden gekregen en hun leven lang van baan naar baan waren gestapt. Ze hadden elkaar in de haven van Sint-Petersburg leren kennen en waren in 2009 in Griekenland op zoek gegaan naar palmbomen en de zon en baantjes als sjouwer, visschoonmaker, schilder, vorkheftruckbestuurder, tolk bij lokale Russische bedrijven. In 2010 werd een meisje geboren, hun enige kind, dat ze Europa noemden.

Volgens de mythe, die Matthijs gegoogeld had toen ze een nacht bij hem had doorgebracht, was Europa de dochter van een koningspaar. Europa was een jonge vrouw van overweldigende schoonheid met wie de oppergod Zeus seks wilde hebben toen hij haar ontwaarde op het strand van de Fenicische stad Sidon, een stad die nog steeds bestaat, nu bewoond door Libanezen. Om zijn bedoelingen te verbergen veranderde Zeus zich in een sympathieke witte stier, en hij wist haar zover te krijgen dat ze voor een onschuldig spelletje in de branding op zijn rug ging zitten. Kennelijk was dat, op de rug van een stier zitten, in de tijd waarin deze mythe ontstond een onschuldig tijdverdrijf. Maar toen ze in de golven belandden, zette

Zeus in noodvaart koers naar Kreta, zijn geboorte-eiland. Daar nam hij weer de gestalte van een mensgod aan, en kreeg hij wat hij met deze actie had gezocht: seks met de beeldschone Europa op zijn eigen geboortegrond. Als die Europa zo mooi was geweest als zijn Ropa, had Matthijs alle begrip voor Zeus' inspanningen; Ropa was een zwemtocht naar Kreta waard.

In 2015 verhuisden de Ivanovs naar Rotterdam. Ze hadden cursussen gedaan en konden daar tolken. Ropa werd in 2022 tot het Marnix Gymnasium toegelaten. Meteen na haar eindexamen in 2028 ging ze in Amsterdam op kamers wonen en begon aan een studie sociologie. Haar ouders keerden een jaar later terug naar Rusland. Dat was na de eerste oorlog; er viel daar weer veel geld te verdienen, veronderstelden ze.

Maar ze stopte met studeren: 'Ik had m'n bachelor en wilde wel door, maar ik wilde ook even iets anders. Natuurlijk wilde ik de wereld verbeteren, ik was jong en idealistisch, maar de wereld is te complex om zomaar door mij te worden verbeterd. Ik heb wel veel aan mijn studie gehad. Durkheim, Weber, Norbert Elias gelezen, wat een feest was dat, en mijn favoriet Camille Paglia natuurlijk, een arbeiderskind net als ik, Hannah Arendt, de radicale linkse types als Marcuse, en het hele rijtje van de Frankfurter Schule, Foucault en andere deconstructietypes die ik allemaal haatte. Mijn favorieten zijn nu academisch vergeten, maar ik had een maffe prof die ze in ere hield. Na zijn emeritaat werd het vooral transstudies en witteschuldstudies en intersectionaliteit en zo. Daar moest ik me ook in verdiepen en dat wilde ik niet. Dus stopte ik. Zeggen die namen je wat?'

'Een beetje,' antwoordde Matthijs met een grijns.

'Ze zeggen je geen flikker, geef 't toe,' zei Ropa lachend. 'Ik ben met een analfabeet, waar ben ik aan begonnen?'

Ze bleek meer dan twee koffers in Amsterdam te hebben, maar die kon ze niet ophalen. Op het oude adres heerste een ex-vriend, een lastige, met verkeerde relaties. Ropa was al zes maanden bij Matthijs toen ze haar oude spullen wilde terughalen.

'Heeft je ex die niet allang weg gesodemieterd?' vroeg Matthijs.

'Dat weet ik niet. Ik stuur 'm wel een appje.'

Ze wilde niet dat Matthijs haar hielp, omdat haar ex licht ontvlambaar was en verkeerde vrienden had, maar Matthijs was een horecaman en had, als dat nodig was, ook verkeerde vrienden.

Ze namen twee uitsmijters mee die voor de deur van een van de wildste zaken in Rotterdam stonden, twee enorme Serviërs die niet terugschrokken voor 'actie'.

Ropa had samengewoond met 'Fredo'. Ze beweerde dat Fredo, die vijfentwintig jaar ouder was dan zij, een bekende fotograaf en videokunstenaar was. Matthijs had geen idee wat videokunst was en wat het betekende om daarin succesvol te zijn, dus hij googelde en stelde vast dat Fredo een internationaal bekende kunstenaar en fotograaf was. Maar kennelijk een met verkeerde vrienden voor wie Ropa bang was.

Fredo bewoonde een tot atelier verbouwde bel-etage op de Amsterdamse Bloemgracht, een enorm pand dat op de huidige markt miljoenen waard was. Dat kon je je kennelijk veroorloven als je succesvol was als videokunstenaar. De twee Serviërs bleven op afstand toen Ropa onder het glazen oog van een ingebouwde intercominstallatie een knop indrukte.

Het duurde lang voordat iemand zich meldde. Ropa had er geduld voor, ze wist dat dit tijd vergde.

Een stem klonk: 'Jesus, wat ben je op tijd.' Hij sprak het op z'n Engels uit, djiezus.

Het duurde nog eens een minuut voordat Fredo verscheen, een kleine man met lang grijs haar dat in een staart was gebonden, een blik vol ingehouden furie. Hij droeg dure loafers, merkte Matthijs op, een vest dat in een boetiek in Saint-Tropez of Monaco tienduizend euro kostte, en een wijde flodderbroek die iets Indiaas had maar vermoedelijk ook in een exclusieve boetiek op bijvoorbeeld Ibiza was aangeschaft. Een designerleesbril hing aan een koordje om zijn hals.

Dit was een man die er geen misverstand over wilde laten bestaan dat hij uitgesproken artistiek was en bergen geld bezat.

'Jesus,' zei Fredo opnieuw toen hij Ropa aankeek. Hij schudde zijn hoofd.

'Fijn dat je niks hebt weggegooid,' zei ze.

'Ik heb alles laten inpakken. Ik wilde er niks mee te maken hebben. Ik wilde niks aanraken. En jij? Nieuw neukvriendje?' Daarbij wierp hij een blik op Matthijs.

'Iets meer fatsoen zou je niet misstaan,' zei Ropa terwijl ze snel een verontschuldigende blik op Matthijs wierp.

Fredo schudde opnieuw zijn hoofd, snoof als een paard.

'En die twee?' Hij maakte een hoofdbeweging naar de Serviërs, die aan de rand van de gracht een sigaret opstaken.

'Vrienden,' zei ze.

'Je had me gewoon een adres kunnen geven, dan had ik het laten afgeven.'

'Hoeveel is het?' vroeg Matthijs.

'Stuk of tien dozen. Niet veel.' Tegen Ropa zei Fredo: 'Jij komt er niet in.' Hij keek Matthijs weer aan: 'Jij kunt ze halen, zij blijft buiten.'

'I don't care,' zei ze.

'Ik wel,' zei Fredo. Opnieuw tot Matthijs: 'Ze is bij je ingetrokken?'

'Niet antwoorden,' zei Ropa.

'Waar woon je?' vroeg Fredo.

'Dat gaat je niks aan,' antwoordde Ropa. 'Matthijs, haal jij de dozen op, samen met de jongens? Ik blijf wel bij het busje.'

Met moeite hadden ze voor de gehuurde elektrische Fiat-bus op de hoek met de Prinsengracht een parkeerplek gevonden. Twee weken later zouden de parkeerplaatsen in de hele binnenstad worden opgeheven. Ropa had niet de bus van de zaak willen gebruiken, omdat daarop de namen van de cafés en hun adressen te lezen vielen.

Matthijs wenkte de Serviërs. Ropa liep terug naar de bus alsof het haar niet aanging, haar billen in hun zwoele cadans.

'Ik weet wat je denkt als je naar haar kijkt,' zei Fredo. 'Je lijkt me wel een toffe gozer, maar je hebt geen idee waar je aan begonnen bent.'

Matthijs volgde hem door een brede gang in het voorhuis. Op de vloer marmeren tegels. Aan de witte wanden hingen zwart-witfoto's van pornografische situaties. Vrouwen met mannen, met vrouwen, mannen met mannen, allen beeldschoon en sfeervol gefotografeerd, ook de erecties en de vagina's, de authentieke opwinding, ogen op het moment van ontlading. Verwarrend door de pretentie dat ze geen porno voorstelden, of wel? Ropa was er niet op te zien.

Matthijs vroeg niks, volgde de kleine grijze paardenstaart, die hen naar een fotostudio bracht, een verrassend grote ruimte achter de negentiende-eeuwse gevel, en vervolgens naar een belendende opslagruimte met fotoapparatuur.

Fredo wees op een aantal verhuisdozen. De Serviërs konden er elk drie aan, Matthijs nam er twee. Ze waren niet zo zwaar. Hij zette de dozen bij de voordeur en liep terug voor de laatste twee.

Fredo stond op dezelfde plek, leunend tegen de muur, en wierp Matthijs een meewarige blik toe. Matthijs reageerde niet, tilde de dozen op en liep ermee terug naar de gang.

Tegen zijn rug zei Fredo: 'Ze is intelligent. Mooi. En een moordenaar.'

Matthijs vertraagde een moment zijn pas, maar wat kon hij zeggen? Ze zwegen op de terugweg, de harde muziek van een of andere rockzender had sowieso geen gesprek mogelijk gemaakt. De Serviërs zaten voorin, Matthijs en Ropa achter. Met open ramen zaten ze alle vier continu te roken tot ze de Maaskade op draaiden. Ze hield zijn hand vast. Ropa een moordenaar?

Toen de dozen binnen stonden en hij de Serviërs had betaald – vijf per man voor een klusje van niks, weggegooid geld –, zocht hij Ropa.

Ze stond onder de douche te huilen. Hij drukte zijn gezicht tegen het beslagen glas.

'Roop, wat is er? Waarom huil je?'

‘Ga weg,’ zei ze. ‘Laat me, het is zo over.’

Hij had haar eerder moeten googelen. Hij tikte haar naam in en vond hits van artikelen waarin de twee woorden Europa en Ivanova voorkwamen. Bij afbeeldingen vond hij Rositsa Ivanova, een Bulgaars model dat in 2005 de mooiste van haar land was. Geen afbeelding van Ropa. Ropa Ivanova leverde een paar hits op van het Marnix Gymnasium en van een feest van een meidenhuis ten tijde van haar studie in Amsterdam. Geen Facebook, geen Instagram, geen Snapchat, geen Twitter-account.

‘Je hoeft niet te googelen,’ hoorde hij achter zich, ‘je vindt toch niks.’

Ze had een handdoek om het haar gewikkeld en hield die met een hand vast terwijl ze naar het scherm boog: ‘Het is onmogelijk om iets te vinden op mijn naam.’

‘Is er dan iets wat ik kan vinden?’

‘Waarom ben je gaan googelen? Wat heeft Fredo tegen je gezegd?’

Ze ging op de bank zitten met blote benen, niets aan haar voeten, een rood slipje, daarover een gele trui van dikke wol. Ze trok de handdoek weg, haar haren waren nog nat en niet geborsteld. Ze stak een sigaret op en maakte zich klein, haar benen opgetrokken onder zich.

‘Is er iets wat ik moet weten?’ vroeg Matthijs.

‘Je hoeft niks te weten. Mijn verleden is van mij, dat telt niet voor ons.’

‘Als het jouw verleden is, dan is dat belangrijk voor me,’ zei hij.

Ze had nooit verhalen verteld over de jaren dat ze ‘model’ was. Maar deed dat er wat toe? Ze was uitbundig en impulsief en de seks frequent en gul. Maar misschien kende hij haar niet, of in ieder geval te weinig, om de curieuze opmerking van de videokunstenmaker te begrijpen.

Haar ouders werkten in Moskou als tolk, maar dat leverde weinig op. Sommigen werden rijk, maar de meesten niet. Ropa maakte geld over, en als ze het niet had vroeg ze het aan Matthijs. Ze wilde dat hij Moskou zag en ze wist een datscha te huren.

De datsja lag tussen andere datsja's op zestig kilometer buiten de ring in een eeuwig woud met rendieren en wilde zwijnen.

Het was maart, maar de kans was groot dat er nog sneeuw lag, soms tot schouderhoogte, en dan rook het woud naar het brandende hout dat in elk huisje roodgloeiend oplichtte.

Ze waren er geweest toen ze elkaar een paar maanden kenden. Hij had in die tijd nog creditcards en pinpassen zonder limieten. Ze vlogen businessclass met Aeroflot; een aanbieding, maar toch. Ze werden door Ropa's vader opgewacht. Alexander Vladimirowitch Ivanov was een blonde man met Slavische trekken, net als zijn dochter, met helblauwe ogen en de handen van iemand die veel had gesjouwd.

In goed Nederlands zei Alexander Vladimirowitch: 'Mijn naam is in het Russisch zoiets als Henkie Pietje Jansen. Welkom, Matthijs. Je bent de eerste vriend die ze ons komt laten zien. Ze beweert dat je fantastisch bent.'

Matthijs zei: 'Wie ben ik om met haar van mening te verschillen?'

Matthijs had bij Sixt een BMW 5 Serie gehuurd, Ropa zat achter het stuur en reed bedreven om de uitgebreide stad heen naar een eeuwig woud met houten droomhuisjes.

Tien dagen in de sneeuw. Haar ouders als gast in hun datscha, Alexander en Ekaterina, oftewel Katyusha. Wodka, hertenbouten, haringsalades. 's Nachts, achter de dubbele ruiten, het stille, koude woud met zo nu en dan de droge plof wanneer een partij sneeuw van een dak of een tak gleed – en de rookslierten uit de schoorstenen van de datsja's verderop terwijl hij haar van achter nam en ze twee keer klaarkwam zonder dat ze zijn ritme onderbrak en ze kreunend in de stang achter het hoofdeinde kneep.

'Als ik fiets, kom ik bij wijze van spreken klaar,' had ze gezegd. 'Ik ben gewoon heel gevoelig, zoals sommigen een extreme allergie hebben en meteen uitslag krijgen als een kat op vijfhonderd meter afstand van een stoel springt. Vind je dat raar?'

De hele dag, altijd, mocht hij haar aanraken of haar vragen hem of zichzelf te bevredigen. Anderhalve minuut, niet meer, en dan kneep ze haar ogen dicht en zag hij hoe kleine schokjes door haar heupen trokken en ze enkele momenten loom achterover lag. Ze kon het daarna direct herhalen. 'Het record ligt op twaalf,' had ze gezegd. Hij wilde weten of ze hulp had gehad. 'Nee, in m'n eentje.' Ze hield de middelvinger van haar rechterhand op. 'De koningin van de masturbatie, deze vinger.' Ze gaf toe dat ze erna een maand lang niets meer van enige vorm van seks had willen weten, maar ze had het gedaan om te kunnen vaststellen waar het plafond van haar orgastische potentieel lag. 'Zo heeft iedereen zijn ambities,' merkte ze op.

Bij het vuur in hun datsja bekeken ze de foto's in de door haar moeder meegenomen albums, terwijl haar stralende vader bijschonk en borden met Russische hapjes vulde. Matthijs dacht dat hij haar had leren kennen, maar Fredo's simpele opmerking dat ze een moordenaar was, had overtuigend geklonken. Maar dat kon van alles betekenen, toch? De geestelijke moordenaar van Fredo, bijvoorbeeld. Wat was er de voorgaande jaren met haar gebeurd?

Twee weken na het ophalen van de dozen bij Fredo werd de eerste zaak buiten Rotterdam geopend, aan de Oudegracht in Utrecht. Het pand had een hoge pacht, maar ze verwachtten hetzelfde succes als in hun thuishaven. Ze hadden een feestelijke borrel. Zijn zakenpartner John hield een speech en dankte iedereen voor de snelle opbouw van deze zaak, een voormalig Grieks restaurant dat bezweken was onder cash-onttrekkingen waarmee de Griekse baas zijn familie in Amaliada op de been had proberen te houden.

John heette eigenlijk Johan, zijn vader was een bekende Rotterdamse advocaat, een van de notabelen van de stad. John zag er goed uit, slank, met zijn vroeg grijze kop, altijd tiptop gekleed en met de uitstraling van een macho die alles onder controle had – en dat was ook zo. Hij had aan de lopende band vrouwen, vaak modellenmateriaal uit de rechtenfaculteit van het Erasmus, en had dus veel meer sekscontacten dan Matthijs, die vrij snel met een willekeurige rok tevreden was, meestal tweede kwaliteit, maar Matthijs genoot nederig van de gunsten, van wie ze ook kwamen.

In zijn studententijd was Matthijs ernstiger en ijveriger geweest dan John, en in hun vriendschap vormde dat het spanningsveld tussen hun rollen; de flamboyante, kosmopolitische John, en de noest werkende Brabander Matthijs. Op die borrel op de Oudegracht droeg John een duur wit hemd, hij flashte zijn stralend witte tanden, de Patek Philippe rond zijn pols, de mannelijke beharing van zijn onderarmen, Gucci-loafers aan zijn voeten.

Ropa had zich ook niet onbetuigd gelaten en droeg een korte strapless jurk die nauwgezet de lijnen van haar lijf volgde en bij haar geprononceerde kont en tieten op scheuren stond. John was te aardig voor haar. Matthijs zag Ropa schateren – een fluutje met champagne delicaat tussen haar vingers, de felrood gelakte nagels – om de zonder twijfel gevatte grappen die John kon maken; hij was een eersteklas praatjesmaker die voor het bedrijf voordelige deals had binnengehengeld. Ook kon hij meiden binnen tien minuten het bed in praten. Matthijs had regelmatig verbluft gadegeslagen dat ze hem vrolijk naar zijn flat volgden na een simpele grappenintro en een opvrijperiode van een handvol minuten. Meiden wilden lachen, en John had de gave, mede door zijn aantrekkelijke machokop en de uitstraling van een man van de wereld, om elk van die meiden het idee te geven dat hij alleen voor haar zo zijn best deed en slechts één doel had in het leven: de ontsluiting van haar beha. Maar Ropa was Matthijs' verovering, hoewel: was hij niet door Ropa veroverd?

Die eerste dagen na haar sollicitatie had ze voortdurend het gezelschap van Matthijs gezocht, hem blikken toegeworpen, zijn verbeelding aan het werk gezet, ofschoon daar in zijn geval weinig voor nodig was. Maar haar hand op Johns onderarm, de manier waarop ze haar lokken achter haar oor streek en haar hals ontblootte, alsof ze niet al genoeg skin toonde, brachten Matthijs tot stille razernij.

John en Ropa waren elkaar aan het opgeilen. Het was moeilijk om het niet te zien en het weg te redeneren. Hij wist niet dat hij tot deze plotseling oplaaiende jaloezie in staat was. Hij wilde niet dat ze zijn zakenpartner opgeilde, en evenmin verdroeg hij dat van John.

Matthijs stond zich te verbijten terwijl hij deed alsof er niets aan de hand was. Hij kookte. Hij moest hun voorspel versjteren. Hij dook naast Ropa op en sloeg een arm rond haar middel. Daarmee vertelde hij dat hij alles waarnam en geen afstand van haar deed. Dat was een primitieve manier van communiceren, maar hij moest hier ingrijpen. De gedachte dat ze een vrij wezen was dat, als ze daar zin in had, ook met John kon neuken, kon Matthijs niet aanvaarden. Ze was trouw, zei ze, en hij was dat ook. Dit geflirt, met een onmiskenbare sensuele ondertoon, viel niet te verdragen.

John en Matthijs hadden elk een elektrische Porsche 911 geleased, op de zaak, met deze omzet moest dat kunnen, had John gezegd. Toen Ropa naast Matthijs in de met zwart leer overtrokken kuip zat, ving hij onder de rode jurk een glimp op van haar rode zijden slipje. Dat was op de heenweg ook gebeurd, maar nu was het anders, het maakte hem nog jaloerser, alsof haar gleufje – kut, nee: zijn gleufje – al door Johns apenvingers was betast.

'Ben je een hoer of zo?'

Hij hoorde zijn eigen pathetiek, bedrogen voordat hij was bedrogen – kleiner kon het niet.

'Waarom zeg je dat?'

'Je liep daar gewoon in je blote reet.'

'Is gewoon strak, dat is bijna altijd zo. Waarom doe je zo?'

'Als dit je nieuwe outfit is, dan rot je maar op.'

'Waarom doe je zo naar? Ben je gek geworden?' riep ze.

Hij kon het niet over John hebben, dat maakte hem nog zwakker en lulliger. Iedereen dan maar.

'Hoe je iedereen stond op te geilen.'

'Deed ik niet.'

'Dat deed je wel. Je vernederde me gewoon. Ik pik dat niet, ik kan daar niet tegen! Je gebaartjes, dat gelach, o, wat had je het leuk met iedereen. Je zag me niet eens staan. Zonder mij was je hier niet!' brulde hij.

Hij wist dat hij onredelijk klonk, maar de woede – redelijk of onredelijk – dreef hem naar een tirade.

'Als je bij mij wil blijven, dan moet je met die kutgeintjes ophouden! Er zijn regels en volgens die regels doe je niet alsof je voor iedereen je benen wil spreiden, godverdomme! Je bent met mij of niet. En dan gedraag je je als mijn vriendin en niet als een hoer die met iedereen mee naar huis gaat! Verdomme, wat een kutgedoe, dit. Waarom heb je je zo aangesteld? Waarom opfokken en opnaaien terwijl ik verdomme met je in één ruimte sta! En als ik er niet bij ben? Wie ben je eigenlijk? Waarom wil je dit? Waarom ben je bereid om me op deze manier voor janlul te zetten? Als een snotneus die niet kan zien wat je doet! Godverdomme, eigenlijk moet ik je de auto uit sodemieteren!'

'Doe dat,' zei ze, ijzig nu.

Maar hij reed door. Hij kon haar uit ergernis, woede en schaamte niet met een blik vereren, want in zijn ogen zou ze zien dat hij zelf besefte hoe zakkerig en etterig hij klonk. Het was bespottelijk dat hij zich zo liet gaan, want er was niks gebeurd, ze droeg vaker jurkjes die nauwelijks haar kont bedekten. Maar meestal droeg ze er leggings of panty's onder. Nu naakte benen en naakte dijen, waarvan de spieren waren aangespannen door die hoge kuthakken, en die hoge kuthakken waren er niet voor niets: ze spanden de spieren van haar hele bedwelmende onderlijf aan. Haar benen spiegelden gewoonweg, alles glad tot en met haar *kiska*, bekroond met een potlooddun streepje rossig-blond Russisch schaamhaar. Ze was van hem. Ze mocht hem niet bedriegen, niet verlaten, niet verraden. John, godverdomme. Tegen John kon hij niet op deze manier tekeergaan, John zou Matthijs' zwakte tot op het bot uitbenen en hem vermorzelen. Maar tegen Ropa kon hij razend zijn en zich door zijn lulligste onzekerheden laten voortstuwen, zoals deze Porsche, die hij veel te snel over de A12 joeg. Dat kon hem een bon kosten, of zelfs meer dan een. Kutpolitie.

'Je hebt van iets wat heel leuk kon zijn, wat leuk móést zijn, iets smerigs gemaakt,' zo ging hij door, zich in zijn boosheid vastbijtend om niet zijn eigen lulligheid te voelen.

'Het spijt me,' zei ze.

'Wat heb ik daaraan!' brulde hij.

'Ik wilde aardig zijn, een goeie sfeer brengen.'

'Een goeie sfeer? Je bood je aan!'

'Onzin. Dat is niet waar.'

'Ik ben niet gek. Ik weet wat ik zag.'

'Ik bedoelde er niks mee!'

Het schoot hem nu te binnen wat hij moest doen om zich van deze vernederende jaloezie te bevrijden: 'Wat heb je die man in Amsterdam aangedaan?'

'Welke man?'

'Die man! Die fotograaf!'

'Fredo?'

'Fredo, ja! Waarom haat-ie je?'

'Hou op, Matthijs, het is genoeg geweest.'

'Wat verzwijg je voor me?'

'Ik wil er niet over praten.'

'Zo erg?'

'Hou op, Matthijs.'

'Ik heb het recht om dingen van je te weten. We zijn toch samen?'

'Samen? Dat woord durf je nu te gebruiken? Je hebt geen recht. Dat was vóór jouw tijd. Vóór jouw tijd zijn er dingen gebeurd die jij niet hoeft te weten. Daar heb ik een streep onder getrokken.'

'Ik heb het gevoel dat het dingen zijn die nog steeds spelen, ook met jouw streep eronder.'

'Nee.'

Hij hield niet op: 'De laatste twee, drie jaren voordat ik je leerde kennen, dat modellengedoe. Was je model of deed je pornodingen?'

Ze zweeg. Eén minuut, twee minuten. Wat een bevestiging was, overwoog hij. Of niet. Had hij haar beledigd met zijn vraag? Porno was geen taboe voor Ropa. Ze hadden samen porno gestreamd, en hij veronderstelde dat ze dat soms ook deed als ze alleen was, maar *on-screen* alles doen wat ze zich binnen de muren van zijn appartement veroorloofde? Ze was ertoe in staat, dacht hij. Liever niet, maar hij kon het niet uitsluiten. De Porsche vloog al het andere verkeer voorbij. Hij keek even op de meter: honderdtachtig, kut. Hij vertraagde.

'Ik heb mijn kindje gedood,' zei ze.

Hij had zijn auto bij een oplaadstation geparkeerd omdat hij zijn aandacht niet bij de weg kon houden. Toen ze thuiskwamen hadden ze seks, niet alleen uit geiligheid maar ook uit de behoefte de waanzin te delen, en daarmee te verzachten, en te troosten, zoiets – precies kon hij het niet omschrijven, maar gedurende die nacht begon hij echt van haar te houden en veranderde ze van zijn minnares in zijn geliefde.

Natuurlijk had hij er in die periode geen idee van dat zijn zaken kapot zouden gaan. Er zou een dag aanbreken waarop het tot hem doordrong dat hij geen controle meer over ze had en dat John hem op een gruwelijke manier had belazerd. Niet alleen zou hij over zijn zaken geen controle meer hebben, maar ook niet over zijn eigen leven, en ook niet over dat van Ropa. Op een dag wist hij dat er niet veel voor nodig was om alles kwijt te raken, dat in het leven altijd alles zomaar kon wegvallen en dat je vermorzeld werd als er één boos genie was dat voor niets en niemand respect had behalve voor zijn eigen immorele wellust.

Met creatief boekhouden, nee: geniaal boekhouden, had John hun bloeiende bedrijf aan een faillissement onderworpen en via een stroman de cafés uit de holding weggekocht. Matthijs bleef met niets achter, ja, met een holding waarin nog zeven miljoen schuld zat. Al zijn geld zat in dat bedrijf, en John had vreemd genoeg geen enkele schuld, want hij had op tijd zijn aandelen in een bv'tje ondergebracht en liet dat uit elkaar knallen. Matthijs had dat nagelaten, want hij was er niet mee bezig geweest.

De hele ondergang had vijf weken geduurd en had hem in shock achtergelaten, verbijsterd over het verraad van zijn vriend en het ontbreken van juridische middelen om het faillissement en de manipulaties van John aan te vechten.

Vier verschillende juristen gespecialiseerd in bedrijfsrecht had hij om advies gevraagd, en allen meldden dat het een langdurig gevecht zou worden en dat de kans op een positief resultaat misschien dertig procent was. Hun rekeningen kon hij niet ophoesten. Het appartement aan de Maaskade moest hij opgeven.

Ropa kon het niet verdragen om het café waarvan zij bedrijfsleider was na Johns verraad nog langer te betreden, en daarmee viel ook de tienduizend netto van haar salaris weg, wat echt een behoorlijk salaris was. 'Wat John heeft gedaan is volgens de regels legitiem. Het kapitalisme laat zoiets toe. Je wordt door je beste vriend genaaid, en iedereen prijst hem daarvoor,' oordeelde Ropa. Ze vond een baan bij een restaurant in de Markthal, maar dat bracht met fooien maximaal vijfduizend op.

Als zij werkte en hij dus alleen was, kwamen de muren van hun benauwde appartementje op hem af – hij belandde in kroegen die hij nog uit zijn studententijd kende. Hij begon te gebruiken, ook al had hij geen geld, en omdat hij een bekende horecaman was met talloze contacten, besloten de dopeleveranciers zijn praatjes over zijn netwerken te testen, en hij bleek gelijk te hebben: hij kon dope verkopen en daarmee zijn eigen gebruik in stand houden.

Ropa ging met hem mee, ze verkochten thuis en in kroegen. Samen voedden ze de valse sensatie dat ze weer iets betekenden, deze keer aan de uiterste rand van de samenleving, omdat ze nu eenmaal voor alles voluit gingen, van *up-scale* eetcafés tot *high intensity*-pillen en -poeders, ze runden hun nichemarkt in de Rotterdamse drugsscene. Het waren smoezelige en beschamende praktijken waartoe hij zijn toevlucht had genomen, omdat hij niet bij machte was om het echec van het verlies van zijn bedrijf te aanvaarden.

Later wist Matthijs niet meer hoe hij zich in hun junkiehok had kunnen oprichten en de weg naar de wc had gevonden. Hij had geplast terwijl hij zich met een hand tegen de muur staande had gehouden. Daarna had hij zich omgedraaid en had hij gewalgd bij het zien van zijn eigen ondergangskop in de spiegel. Vervolgens was hij terug naar Ropa gewankeld, bijna blind tastend van stoelleuning naar muur, naar kastje, naar het niets waarin zijn vingers naar houvast zochten.

Ze leek niet meer te ademen. Hij schudde haar door elkaar, maar ze reageerde niet; panisch sleepte hij haar naar de badkamer, hij draaide de douche open en bleef brullen en mepte haar in het gezicht, zes, zeven keer, nee, méér, en toen kwam er beweging in haar ledematen en kreunde ze en trilden haar oogleden.

Dit moest stoppen. Hij wilde leven. Met haar oud worden.

Hij vond een schone badhanddoek met een afbeelding van een tropisch strand – uit een vorig leven herinnerde hij zich dat Ropa de handdoek had gekocht bij een bloedheet Ibizaans strandtentje van een gitzwarte Afrikaan die behangen was met kettinkjes, armbanden, een toren zonnehoeden op zijn hoofd, over zijn schouders kleurrijke badhanddoeken, en Ropa stond daar in een minuscuul bikinietje – en hij droeg haar terug naar het bed.

Ze woog bijna niks, of was hij zo sterk?

Nee, hij legde haar niet op bed maar op de vloer, zo drong tot hem door, en hij trok de lakens van het matras en verschoonde het. Verschonen, daar ging het om. Orde en netheid, daar draaide alles om, sprak zijn moeder, toen al ziek, want hij hoorde haar onsterfelijke stem in zijn hoofd. Zindelijkheid.

Ze moesten aan deze krankzinnigheid een einde maken en terugkeren naar de wereld van regels en verwachtingen en orde en succes en teleurstellingen en angsten en liefde – ja, liefde.

Ropa. Russische prinses.

Hij zag haar in zijn café, aan zijn tafeltje in de hoek. Het streepje lipstick op het kopje van haar cappuccino.

Europa Ivanova.

Dat alles kapot zou gaan, en dat liters frisdrank van Freeway, het huismerk van Lidl, hem en haar zouden redden, was toen een onmogelijk verre en totaal onzinnige gedachte. Hij had succes, en Ropa kwam erbij, als een goddelijke voltooiing.

Ze was een hevig avontuur met een lijf vol Russische passie en melancholieke ogen die treurden om de verwoestingen die de Mongolen ooit in haar dorpen hadden aangericht, haar kloosters en kerken en grafvelden. Samen met haar wilde hij alles opbouwen, uit ruïnes kathedralen maken. Niets was te dol toen hij succes en geld had. Maar de cafés waren door John gestolen, Ropa en Matthijs dealden nu met pillen die olifanten op de knieën konden brengen of ze tot suïcidale gekte konden opjagen; het was een kwestie van maanden, of misschien wel weken, voordat ze zouden bezwijken.

Maar hij moest verschrikkelijk pissen omdat hij te veel Freeway had gedronken, en wat hem in de allereerste fase van zijn bestaan door zijn moeder aan zindelijkheid was bijgebracht, luidde de ommekeer in – zindelijkheid, in kop en lijf.

Ropa bleef in haar stupor. Ze braakte, verdroeg geen licht, kreunde, leek pijn te hebben wanneer hij haar aanraakte. Hij kon haar niet helpen en was bang dat ze zou wegglijden in een coma, als ze daar niet al was. Ze moest geholpen worden.

Hij belde een ambulance en twee stoere verplegers stormden met levensreddende koffers naar boven en onderzochten Ropa alsof ze elk moment kon sterven. Hij zag dat ze onrustig werden. Ze zeiden dat Ropa meteen moest worden opgenomen.

In het Erasmus MC hielden ze haar achtenveertig uur voor observatie. Ropa kreeg een infuus, ze sliep onder toezicht. Hij viel in slaap in de bezoekersruimte en laadde zijn mobieltje op. Gemiste berichten en whatsappjes stroomden binnen; tientallen klanten op zoek naar een upper of downer. Op geen enkel bericht reageerde hij, op die van zijn vijf leveranciers na; ze hadden geen geduld meer.

'sMiddags loste hij met de laatste cash die hij in huis had zijn drugsschulden af bij de twee suri's en de mocro bij wie hij groothandelsprijzen had bedongen. Ook de Brabo Brothers, oftewel de Verhulst-tweeling met wie hij op school had gezeten en voor wie hij ten aanzien van hun product – gekmakende partypillen – verkennend werk deed op de Rotterdamse markt, liet hij op hun voicemail weten dat hij stopte als hun scout. 'Veel mazzel, Sjoerd en Tjeerd,' voegde hij er nog aan toe. Alles moest anders, dacht hij.

Die nacht, zonder Ropa, die in het EMC lag, en zonder chemie, want hij had de laatste rommel door de plee getrokken, sloeg zijn hart op hol en brak het zweet hem uit en wist hij niets beters te doen dan naar buiten te gaan en over de Maasboulevard te rennen, hoewel, rennen, hij strompelde. Waar konden ze heen? Ropa's ouders in hun zurige Moskouse armenflatje opzoeken en vragen of ze iemand kenden die oppassers zocht voor een datsja in het woud? Al een paar maanden had Ropa geen geld meer overgemaakt. Wat zouden haar ouders denken? Ropa had een Rolex, maar die mocht hij niet aanraken, dat ding was heilig.

Hij was de Nieuwe Maas overgestoken en rende, nee, strompelde over de Willemskade. Aan de overkant van het zwarte water lag een kolossaal cruiseschip, zelfs midden in de nacht verlicht als een fonkelende kerstboom, een monument van beloften en comfort en zorgeloosheid, en hij droomde over vluchten naar Zuid-Amerika of Nieuw-Zeeland. Samen met Ropa, natuurlijk, zijn onmogelijke meisje.

Matthijs staarde naar het gigantische cruiseschip, een toonbeeld van SeeSee-verspilling, rillend van de kou en het plotselinge gebrek aan drugs. Hij had dorst en honger, en geen stuiver in huis – een kleine etage boven een Turkse winkel vlak achter zijn oude appartement op de Maaskade.

Ropa lag aan slangen en buisjes in het EMC, er werd voor haar gezorgd zoals hij niet voor haar kon zorgen. Hij moest onder ogen komen wat hij had willen ontlopen: hij was alles kwijt, en nu bijna ook Ropa.

De trip van het afgelopen jaar had de kolossale klap van het wegvallen van het intense jagen op succes, van het runnen van een keten perfecte eetcafés, met een ander soort intensiteit moeten vervangen, en dat was een stupide, fatale weg geweest.

Hij liet het cruiseschip achter zich en strompelde naar de zure etage boven de Turk. Hij deed er lang over, alsof hij zich bij elke stap uit klei moest lostrekken, en in het eerste ochtendlicht viel hij in slaap. Of raakte hij buiten bewustzijn?

Rond een uur of tien werd hij wakker gebeld. Het duurde even voordat de beltoon tot hem doordrong, en hij greep vervolgens panisch naar zijn telefoon, bang dat het ziekenhuis slecht nieuws voor hem had.

Maar het was een nummer dat begon met +34, een Spaans nummer. Zijn vader, dat kon niet anders.

Zo nu en dan belde zijn vader. Hij wist dat het bedrijf van zijn zoon eraan gegaan was, maar zijn zoon had hem niet verteld dat hij erdoor vernietigd was. Zo veel schade en schande kon Matthijs niet met zijn vader delen.

Met een energieke stem kon Matthijs zijn vader misleiden. Hij ging rechtop zitten, want zijn vader zou horen dat hij nog lag: 'Goeiemorgen, papa.'

'Matthijs, goeiemorgen. Alles goed?'

'Ja, niets te klagen.'

'En Ropa?'

'Ze is naar haar werk. Alles perfect.'

‘Fijn om dat te horen. Nog plannen voor dingen?’

‘Altijd vol plannen, pap, je kent me. En jij?’

‘Ja, best, weer best, bedoel ik… je hebt al een tijdje niks van me gehoord…’

Matthijs vroeg zich af wanneer ze elkaar voor het laatst hadden gesproken. Hij kon het zich niet meer herinneren, drie weken of drie maanden, of langer geleden?

‘Ik nam aan dat je het druk had,’ zei Matthijs. Hij had zelf ook kunnen bellen.

‘Ik wilde je nergens mee lastigvallen,’ zei zijn vader.

‘Je valt me nooit lastig,’ zei Matthijs.

‘Nee? Dat is fijn… luister: zeven weken geleden werd ik opeens erg duizelig, en ik ben gevallen. Toen ben ik naar het ziekenhuis hier gebracht en ik bleek een bloedpropje in mijn hersenen te hebben. Een beroerte, een kleine. Ze waren er gelukkig snel bij en de gevolgen waren beperkt, maar toch… ik loop nog steeds wat moeilijk…’

‘Papa…’ Wat kon hij zeggen? Hij kon een verwijt proberen: ‘Waarom heb je me niet meteen gebeld? Zeven weken geleden… Ik was naar je toe gekomen, ik had natuurlijk iets willen doen! Kan ik iets doen?’

‘Nee, alles is in orde, er wordt goed voor me gezorgd. Linda heeft alles geregeld en gedaan, ik wilde je niet ongerust maken, daarom heb ik niet gebeld.’

‘Ik had dit moeten weten, pap.’

‘Ik wilde niet dat je het wist. Ik was ervan overtuigd dat ik erbovenop zou komen. Een beroerte is tegenwoordig iets heel anders dan dertig jaar geleden. Ik ben weer terug voor zeg zo’n zeventig, vijfenzeventig procent. Over een jaar ben ik weer helemaal de oude.’

‘Hoelang heb je in het ziekenhuis gelegen?’

‘Een dag of tien.’

Matthijs moest proberen hem een schuldgevoel te geven: ‘En je vond het niet nodig dat ik het wist?’

‘Dat wilde ik niet, nee. Ik wist dat ik erbovenop zou komen. Ik wilde jouw leven niet overhoophalen. Dat was nergens voor nodig.'

'Ik had je willen opzoeken, natuurlijk.'

Hij had geen idee hoe hij dat had kunnen betalen. Hoewel, zeven weken geleden had hij laden vol cash – hoe kocht je een ticket met cash geld? Ging dat tegenwoordig niet altijd met een creditcard?

'Ik wilde je leven niet verstoren,' zei zijn vader. 'Alles is onder controle, maak je geen zorgen. Hoe is het met je werk?'

'Jezus, pap, hier moet ik even van bijkomen.'

'Begrijp ik, ja. Maar hoe vaak kan ik het je nog zeggen? Alles-is-in-orde.'

'Ja, gelukkig, daar ben ik blij mee, natuurlijk, maar toch... Zijn er bijeffecten?'

'Lopen is nog niet helemaal oké, maar dat trekt bij, zei de dokter. Ik revalideer veel. Goeie mensen hier.'

Dat 'hier' was Marbella. Hij was erheen verhuisd na de zogenaamde Kazerne-affaire. In die tijd was Matthijs' vader een invloedrijke Brabantse politicus: Rudolf Pieter Marie van Dam, een grootheid in het Brabantse, de Oeteldonkse Onderkoning noemden ze hem. Hij zat vanaf zijn zesentwintigste, na zijn rechtenstudie, in de gemeenteraad van Den Bosch, was regelmatig een speler bij Provinciale Staten, soms een paar jaar ondernemer, tot hij als wethouder een van de overbodige kazernes rond Den Bosch – overbodig omdat Nederland ervan uitging dat Immanuel Kants eeuwige vrede, op enkele schermutselingen in het Midden-Oosten na, was uitgebroken – aan de bevriende projectontwikkelaar Harry Klein had gegund. Er kwam een onderzoek naar ambtelijke corruptie, vervolgens een rechtszaak die zijn vader verloor. Hij ging in hoger beroep, won deze keer met wapperende vaandels, en het OM staakte de strijd. Maar de rechtszaken hadden hem toch besmet, met als gevolg dat de landelijke VVD druk uitoefende op de lokale VVD, en zijn politieke netwerken verkruimelden.

De wrok ten aanzien van de officier van justitie die hem jaren achtervolgd had, bleef tot op de dag van vandaag hevig en moordzuchtig. Eind 2029 vertrok Rudolf naar Spanje. Daar kocht hij vlak voor de economische implosie door een verse pandemie met tachtig procent geleend geld een gigantisch appartementencomplex – een halve stad genaamd Eldorado, tweehonderdachtendertig appartementen, zesenzestig geschakelde villa's – dat binnen een paar maanden de helft van zijn waarde verloor. Het complex stond 'onder water'; zijn vader was in het najaar van 2030 de eerste die hem inwijdde in de consequenties van die term. Een paar verhuurde winkelpanden in de levendige Bossche binnenstad hielden Rudolf op de been, maar in feite zat hij aan de grond en kon dus niet meedoen toen Matthijs op zoek was naar een lening voor het caféplan dat hij met John had ontwikkeld. Hier stokte Matthijs' kennis van Rudolfs wederwaardigheden. O ja: Linda, een bemiddelde Nederlandse die in Marbella aanvankelijk in haar eentje overwinterde, was sinds enkele jaren zijn partner. Rudolf was een charmante prater, had altijd op zijn lijn gelet, en na het verstrijken van de jaren was het gerommel van het smadelijke verlies van zijn Brabantse reputatie uitgeklonken en werd hij hier en daar in ere hersteld. Onder leiding van Harry Klein kwamen de oude Brabantse strijdmakkers, allen in zeer goeden doen, hem in toenemende frequentie in Marbella opzoeken en deelden ze onder het genot van bubbels en gefrituurde visjes zijn mening dat hij slecht en onheus door het OM was behandeld. De moraal veranderde: het 'cowboygedrag' van een man als Rudolf van Dam (Matthijs had de term in de *NRC* gelezen) woog nu minder zwaar dan vroeger; een beetje op de rand van de wet lopen werd nu gezien als een bewijs van lef en passie.

'Van Dam had misschien zo nu en dan te veel hooi op zijn vork genomen, maar per saldo had hij Den Bosch en Brabant veel goeds gebracht,' stond in het *NRC*-artikel na de vrijspraak in hoger beroep.

Met Linda woonde Rudolf in een appartement met uitzicht op zee en ze bezochten Nederland alleen als er een huwelijk of begrafenis was. Er bestond een bloeiend Nederlands leven in Marbella, ze hoefden nooit meer terug. Het appartementencomplex, ooit Rudolfs achilleshiel, werd na jaren van ellende een waardevol bezit. Zijn makkers kochten zich in en verlosten hem van de hypotheekbetalingen.

'Zijn de artsen daar net zo goed als hier?' vroeg Matthijs.

Beetje lulkoekvraag; de rijken der aarde vertoefden in Marbella, Saoedische prinsen, Amerikaanse filmsterren, oligarchen, allemaal op de stranden, rond de jachthaven, en ze kwamen er ook voor medische ingrepen.

'De ziekenhuizen zijn top,' zei zijn vader. 'De beste specialisten in Europa zitten hier, de mensen die hier wonen kunnen zich het een en ander veroorloven en willen het beste van het beste.'

Matthijs meende iets slepends in zijn stem te horen. Sprak zijn vader langzamer dan anders, of verbeeldde hij zich dat?

'Ik wil je toch komen opzoeken, papa. Ik wil je graag zien.'

Dat was een opmerking die hij niet eerder had gemaakt. De afstand tot zijn vader was groot. Het was kinderachtig dat hij zijn vader nooit de relatie met tante Anna had vergeven. Dat hij dat als kind als een vorm van verraad aan zijn moeder had beschouwd, was begrijpelijk, maar dat oude gevoel had hem nooit verlaten, merkte hij. Hij had indertijd geen medelijden toen het OM op de nek van zijn vader sprong. Hij had nauwelijks contact met tante Anna en halfbroertje Rick. Dat was onredelijk van hem, maar wie zei dat hij een heilige was? Het enige goede – er was wel meer goed, maar dit sprong eruit – van Anna was dat hij als kind jarenlang door een telescoop had mogen kijken. Dat was een passie van haar, en ze had gehoopt dat hij sterrenkunde was gaan studeren, maar hij werd horecaondernemer, en vervolgens had hij ervoor doorgeleerd om een suïcidale junk te worden.

'Ja, ik wil je graag weer zien. Het is alweer drie jaar geleden, besef je dat?' merkte zijn vader op. 'Drie jaar. De tijd gaat snel als je de vijftig gepasseerd bent, alsof de klok harder gaat lopen als het einde nadert.'

'Je hebt nog veel jaren voor de boeg, pap.'

‘Ik doe m’n best om zo snel mogelijk weer fit te zijn.’

Zijn vader was zestig nu. Wat zou de beroerte uit zijn levensverwachting hebben weggesneden? De vraag schoot even door hem heen of hij een erfenis mocht verwachten, maar die gedachte was smerig en hij weigerde de grens van doodswensen te overschrijden. Die weigering was bespottelijk: hij was een verslaafde die zijn geliefde naar de rand van de ondergang had gedreven en zou profiteren van de dood van zijn vader.

Matthijs zei: ‘Je moet nog jaren mee, pap.’

Zijn vader, die misschien snel dood zou gaan, vroeg: ‘Hoe gaat het met je werk?’

Matthijs had hem wijsgemaakt dat hij consultancywerk deed voor investeerders in de horeca. Dat had hij een paar maanden ook echt gedaan, maar er waren gevestigde bedrijven die dat advieswerk deden, en als zzp’er kon hij slechts de kruimels krijgen. Wat moest hij zeggen? Hoeveel langer kon hij de schijn ophouden?

‘Op het moment een beetje stil,’ zei Matthijs zonder een spoor van wanhoop, alsof zijn dynamische leven tijdelijk een dipje kende.

‘Misschien komt het je niet uit, maar zou je tijd hebben voor iets anders?’

‘Wat bedoel je, papa?’

‘Iets anders, even een periode iets anders doen?’

‘Je bedoelt een baan?’

‘Ja, zo kun je het noemen.’

‘In Spanje?’

‘Nee, in Nederland.’

‘Wat dan?’

‘Voordat ik ziek werd, ben ik bezig geweest Eldorado te verkopen, weet je nog?’

‘Dat weet ik nog, pap.’

‘Het is gelukt. Na al die jaren. Ik heb het geruild, met gesloten beurzen.’

‘Geruild?’

Matthijs ging staan, wakker en ziek, geërgerd dat hij opeens de hoop had dat zijn vader hem kon redden.

'Min of meer. Ik heb wat ik nog van Eldorado overhad voor één euro aan Harry Klein verkocht, en van hem heb ik voor één euro Vakantiepark De Duinen gekocht. Honderden huisjes in Drunen, op een paar kilometer van de Efteling. Toplocatie. En toen werd ik ziek.'

Matthijs moest dit tot zich door laten dringen. Wat kon hij daar doen, vlak bij zijn geboortestad, die hij zijn hele leven had gehaat? Hij was achttien toen hij Vught ontvluchtte; zelfs het graf van zijn moeder had hij nooit meer bezocht. Hij verafschuwde het dialect, de Bossche basiliek, de stadswallen, de carnavalswaanzin.

'Als het opgeknapt is, is het veel geld waard. Misschien iets voor Center Parcs, als we op het terrein wat moderne leisure-dingen zetten. Zwembad, paar restaurants. Dat soort dingen. Misschien ook een soort ponypark erbij, voor kinderen. En er is genoeg grond om bij te bouwen, tien, twintig, vijftig, honderd huisjes zelfs. Er is Europees subsidiegeld voor. Harry doet mee, je kent Harry Klein toch?'

'Ja, van naam. Dat klinkt goed, pap.'

'Ik vlieg volgende week naar Nederland. Zie ik je dan?'

'Ja, tuurlijk.'

'En Ropa? Ik ken haar alleen van de telefoon.'

'Hangt er een beetje van af of ze kan. Ze heeft een onregelmatig schema.'

'Ik denk dat ik de komende tijd in Nederland blijf. Linda natuurlijk ook. We gaan een flatje in Den Bosch zoeken.'

'Zo... wat een veranderingen allemaal...'

'Ja. Nu het nog kan. We kunnen daar in Drunen iets moois opbouwen.'

'Wat wil je dan dat ik doe?'

'Ik zou graag willen – als je dat wilt, natuurlijk, als dat iets is wat in je carrièreplannen past, ik wil je niks opdringen – dat je De Duinen gaat leiden.'

'Hoe bedoel je?'

Dat woord klonk na: carrièreplannen. Matthijs kromp ineen van schaamte.

'Zoals ik het zeg: dat je daar de manager wordt.'

'De manager?'

'Ja. Dat zou mooi zijn. Ik heb de afgelopen weken nagedacht, dat doe je als je zoiets ondergaan hebt, nadenken. Ik wil wat meer tijd met je doorbrengen. Ik heb maar één leven. Rick is er ook nog, natuurlijk, dat ligt een beetje gecompliceerd, met hem wil ik ook meer contact, daar wil ik duidelijk over zijn. Ik hoop echt dat jij dat toelaat, Matthijs, dat wij gaan samenwerken. Wil je erover nadenken?'

Matthijs zakte op zijn knieën. Zijn benen trilden, maar hij wilde niet dat hij brak terwijl hij zijn vader aan de lijn had. Hij kon een paar seconden niet antwoorden, en zijn vader interpreteerde dat als een aarzeling.

'Zoals ik zei, ik wil je niks opdringen. Je bent echt vrij, laat je niet door mij onder druk zetten.'

Matthijs bracht zijn ademhaling onder controle en zei: 'Kun je me even een paar dagen geven, pap? Ik moet er even over nadenken. Maar het klinkt niet slecht.'

'Je komt in dienst van een nieuwe beheervennootschap. Daar zit Harry achter. Je krijgt een mooi salaris. Auto van de zaak, alles. Neem de tijd om erover na te denken.'

'Doe ik, pap. Sorry dat ik nu moet ophangen, ik heb een afspraak.'

'Ik wil je niet ophouden. Bel me over een paar dagen. Ik wil je niks opdringen. Maar overweeg het, oké?'

'Doe ik, pap. Sterkte! Beterschap!'

'Dank!'

Matthijs verbrak snel de verbinding, omdat hij niet verder kon praten. De dag van de redding. Welke dag was het vandaag? 18 mei 2039. Hij begon stil te huilen, liggend op bed, met opgetrokken knieën en zijn handen tot vuisten gebald, zoals hij vroeger zo vaak in slaap was gevallen na de dood van zijn moeder.

De telescoop die hij als kind van zijn vader had gekregen, had hij al verpatst, en hij was nu gedwongen de Rolex te verkopen, ook al was dat een vorm van heiligschennis, een vorm van plundering. Matthijs opende het metalen doosje waarin ze haar kostbaarheden bewaarde. Ze hadden dit moment willen voorkomen; Ropa had het een paar keer ter sprake gebracht en voorgesteld het te verkopen als ze zelfs geen geld meer hadden voor een metrokaartje, maar telkens had Matthijs met valse trots beweerd dat ze nooit zo ver zouden zinken dat ze haar horloge en ringen moest verkopen; die had hij haar geschonken toen de bomen de hemel in groeiden en hij Porsche reed en ze een lang weekend Parijs deden en hij met een klein, en dus groot, gebaar zijn creditcard op tafel legde – een zwarte Amex Centurion met een jaarlijkse contributie van vijfduizend euro; waren ze gek geweest? – om de Rolex te kopen. Alles lag nog in het doosje, de certificaten van echtheid, de kaart met het serienummer, zelfs de rekening. Het was een aanbieding geweest: € 127.899. Een Rolex Lady Datejust 26 White Roman Diamond Set Fluted Yellow Gold.

Hij moest Ropa ophalen in het ziekenhuis en hij had geld nodig voor een taxi, voor de stomerij, schoonmaakspullen, en wat cash voor de drie maanden huurachterstand, en voor de trein naar Den Bosch als zijn vader was gearriveerd en zakgeld om te eten en misschien voor als hij zijn vader en Linda voor een dinertje wilde uitnodigen. De juwelier op de Lijnbaan had er veertigduizend voor over, een fooi vergeleken met het aankoopbedrag. Bij een pandjeswinkel achter de Goudsesingel boden ze vijfenzestigduizend, plus de mogelijkheid om binnen twee maanden het horloge terug te kopen tegen 4,5 procent rente per maand. Zo lagen de verhoudingen in de wereld; wie hulp nodig had, werd nog dieper de goot in getrapt. Hij begon te onderhandelen, want de Rolex was zo goed als ongebruikt en was tweedehands minstens een ton waard, dus ze liepen geen risico en het rentepercentage was woeker. Uiteindelijk boden ze zeventig en kreeg hij drie maanden de tijd om het horloge terug te kopen met een rente van in totaal acht procent voor die hele periode. Dat leek hem te doen, maar het bleef woeker.

Gekleed in een lichtgroene ziekenhuispyjama zat Ropa in kleermakerszit te wachten, op een bed in een bloedhete ziekenhuiskamer, met een stapel tijdschriften. Ze had het koud gehad, zei ze, en de verpleegster had de thermostaat op de hoogste stand gezet. Ze was bleek, had donkere kringen onder haar ogen, en opeens leek ze heel teer en dun, alsof hij haar na een lange periode van hongersnood en chronische ziekte niet eerder had gezien – dat was in feite ook zo, haar chronische ziekte heette Matthijs van Dam.

Hij had kleren bij zich, schoon ondergoed, sokken, sneakers, en ze kleedde zich snel om en Matthijs zag dat hij zich niet had vergist en dat ze echt sterk was vermagerd, maar hij had de afgelopen tijd die vaststelling niet willen aanvaarden. Hijzelf? Hij was ook kilo's kwijtgeraakt. Ze zagen eruit als twee weggeteerde junkies, en dat waren ze ook.

Ze waren allemaal aardig hier, vertelde Ropa, en het eten viel best mee en ze voelde zich moe en kon nu meteen weer slapen, ook al had ze het gevoel dat ze dat dagenlang had gedaan. Ze hadden haar pillen gegeven waarmee je heerlijk wegdreef, ze zouden een doosje meegeven. Lekker naar huis, zei ze, lekker weer met jou. Een verpleegster kwam binnen met een invalidewagen, daarmee moest Ropa naar buiten worden gereden. Ze glimlachte. Voordat ze weg konden, moesten ze formulieren tekenen en ze beloofden dat ze contact met de huisarts zouden opnemen, ook al hadden ze geen huisarts.

In het taxiritje naar huis viel ze tegen zijn schouder in slaap. Hij droeg haar naar boven, zich manoeuvrerend in het smalle, vervallen trappenhuis. Ze woog niks, zijn geliefde. Wat had hij haar aangedaan? Ook zij was meer dan eens de aanjager geweest van hun pillen- en poedertrips, die ze niet alleen thuis maar ook op straat en in clubs en op party's uitleefden, soms vertraagd door wodka en cocktails, dan weer opgezweept door een nieuwe combi van chemische stimulansen. Matthijs voelde zich verantwoordelijk. Het contrast met het leven van John was onverdraaglijk.

John had het afgelopen jaar zes zaken geopend, waaronder twee in Amsterdam. Hij was vroeg getrouwd en had zijn zoon een verjaardagsfeest gegeven – het jochie werd dertien en wilde een soort bar-mitswafeest zoals sommige van zijn joodse vriendjes – dat vijf ton had gekost.

Ropa ging meteen naar bed en hij wikkelde haar in het dekbed.

'Blijf nog even zitten,' zei ze. 'Heb je een sigaretje?'

Hij stak er een voor haar op, daarna voor zichzelf.

'We moeten hiermee stoppen, Roopje.'

Ze knikte, had zich opgericht en steunde op een elleboog.

'We zijn verslaafd, hè?'

'Ik weet 't niet,' zei hij. 'Bijna. Net niet. We zijn net op tijd wakker geworden.'

'Ik heb zo diep geslapen,' zei ze.

'Slapen is goed. Slaap geneest,' zei hij, in navolging van zijn moeder.

Ze vroeg: 'Wat doen we als we weer wat willen gebruiken?'

'We doen dan niks. We geven er niet aan toe. We verzetten ons. Want dit is genoeg geweest. We gaan het anders doen. We gooien het roer om.'

'Het roer om,' herhaalde ze met een glimlach. 'Wat een mooie Nederlandse uitdrukking.'

'We moeten de stad uit, denk ik,' zei hij.

'De stad uit?'

'We moeten naar buiten, de frisse lucht in, aan onze toekomst beginnen.'

'Ja. Dat klinkt fijn.'

Ze ging liggen en gaf hem de sigaret terug.

Hij zei: 'Er is een plan.'

'Een plan,' zei ze met gesloten ogen.

'We gaan in Brabant wonen. In Drunen, dat is bij Den Bosch.'

'Wat is daar dan?'

'Daar heeft mijn vader een... een vakantiepark gekocht. Heel veel huisjes, een klein dorp. En daar word ik de beheerder van, de manager.'

'De manager? Mag ik je helpen?'

'Je moet me helpen. Ik kan niet zonder jou.'

'Je bent lief,' zei ze, nog steeds met gesloten ogen. 'Wanneer gaan we? Ik wil eigenlijk ook wel weg hier. Het is genoeg geweest, meer dan genoeg. Wanneer gaan we?'

'Zo snel als mogelijk is.'

'Fijn,' zei ze. 'Fijn.'

Hij bekeek haar bleke gezicht, haar lippen, haar hals, zo kwetsbaar nu.

'Ik heb de hele tijd over Irina gedroomd,' zei ze. 'Ze had geen down, ze was niet ziek. Ze zag er anders uit, maar toch was ze het. Ze was ook groter dan... toen. Ik geloof dat ze zelfs kon praten. Ze was het. Ze was zoals ze had moeten zijn.'

Tranen liepen over haar slapen, ze veegde ze weg met beide handen.

'Misschien is ze er weer als ik ga slapen.'

Modellenwerk, had ze het genoemd. Dat was ook wel zo. Maar ook in bikini. Daarna naakt. Geen actieve porno, maar blotetietenfoto's voor Oost-Europese en Britse bladen. Ze was na het afbreken van haar studie naar Berlijn gegaan en daar was ze in de modellenwereld beland, omdat de stad toch duurder was dan iedereen zei. Ze woonde bij krakers, punkers, antifa's, kunstenaars. Alles was nieuw en opwindend. Ook veel wiet en speed en eindeloze hoeveelheden bier. Elke week een ander vriendje, soms twee op een avond. Fredo vond haar in een onlineadvertentie voor webcamseks. Zelf deed ze dat niet, beweerde ze, maar haar foto werd als reclame gebruikt. Ze woonde toen al twee jaar in Berlijn en Fredo wist via via haar e-mail te pakken te krijgen. Ze maakten een afspraak.

Fredo's werk was van een andere orde. Het was confronterend en pornografisch, maar het was ook esthetisch, artistiek. Hij betaalde haar vijftienhonderd euro voor een sessie, daar kon ze een maand van rondkomen, plus tien procent van de verkoop. Voordat de maand voorbij was, meldde hij zich opnieuw. Hij had een atelier in een ander deel van de stad, waar de muren niet met graffiti bekleed waren. Hij had haar foto's groot afgedrukt. Ze lieten alles zien, meer dan wat de fotografen eerder van haar hadden vastgelegd. Haar kiska frontaal in beeld, haar lijf als tempel, noemde Fredo dat. Over haar schaambeen heen naar haar borsten, met daarachter onscherp haar neus. Dat soort dingen, legde ze uit.

Het was na de ruzie over John en de opening van hun café in Utrecht. Toen ze erover vertelde, zat ze naast hem in de Porsche, geparkeerd onder de bomen op het parkeerterrein van een Total-laadstation langs de A12.

Fredo had drie 'doeken' – hij drukte ze af op canvas – aan een Amerikaanse verzamelaar verkocht, en ze kreeg haar deel, zoals afgesproken. tien procent, honderdvijftigduizend euro. Hij had ze dus verkocht, vijfhonderd per stuk. Verbijsterende bedragen. Ze poseerde opnieuw voor hem. Ze gingen duur eten. Daarna hadden ze seks.

'Ik was nog jong, hij was veel ouder en manipuleerde me, maar dat maakte me geen donder uit. Ik kwam nu in een wereld terecht van chique galeries. Hij nam me mee naar Rome. Barcelona. New York. Houston. De artistieke jetset. Hij verdiende bakken met geld en zat niet eens in de top tien van die fotografiescene. Hij bleef me fotograferen, maar dat hield op toen hij me vertelde dat hij verliefd op me was geworden. Ik was ook verliefd, ook al wist ik niet of dat hem of dat leven betrof. Ze vielen samen, hij en z'n omgeving. In het Bernini Bristol in Rome. In Parijs in het Plaza Athénée. Ik vond het allemaal ongelooflijk. Hij fotografeerde andere meiden, bedacht nieuwe series met echt geneuk, allemaal met bloedmooie mensen, en ik assisteerde hem. We woonden in Berlijn, daar waren we het meest. We hadden een heerlijke tijd. Hij werkte hard en hij was echt heel goed in wat hij deed, en we vierden zijn succes en hij was lief en vaderlijk en aanbad me. Ik wist dat het niet voor altijd was. Wat deed het ertoe? Ik kwam in steden met magische namen, ontmoette interessante mensen, en ik ging me ook verdiepen in fotografie, want dat werkt aanstekelijk, wanneer je met iemand zoals Fredo omgaat. Hij moedigde me aan. Ik ging naar de kunstacademie daar, maar ik moest vaststellen dat ik er geen talent voor had. Het is niet alleen techniek. Talent. Fredo heeft dat, ik niet. Ik hield er dus weer mee op en ging acteerlessen nemen, want ik wilde toch bezig blijven. Ik sprak inmiddels goed Duits en ik vond dat het best lekker ging. Ik kon daardoor niet altijd mee met Fredo als hij op reis moest, en ik weet niet of hij me altijd trouw was, maar ik was dat wel. Als het echt is, ben ik trouw, zoals aan jou, Thijs. Twijfel daar niet aan. En toen... raakte ik zwanger. Het was niet de eerste keer. Ik was al een keer eerder zwanger geweest, ik had het weg laten halen, meteen nadat ik het had ontdekt, maar de tweede keer was ik laat. Ik vertelde het niet meteen aan Fredo, omdat ik niet wist hoe hij zou reageren. Hij was al vader van drie kinderen, twee van zijn eerste vrouw en van zijn tweede ook nog een kind, en dit zou zijn vierde worden? Ik durfde niet, wachtte een maand en toen vertelde ik het. Maar hij was blij en begreep niet dat ik mijn twijfels had over zijn reactie. We vierden het en we vertelden het aan onze vrienden, die voornamelijk zijn vrienden waren, maar ik had ook echte vriendinnen aan m'n tijd in Kreuzberg overgehouden. Ik ging meteen op de natuurlijke toer, alleen maar onbespoten biologisch, alleen vlees van vrije koeien, yoga, geen sigaretten of alcohol, alles deed ik om mijn kindje veilig in mijn buik te laten groeien. Het was een fijne zwangerschap. Nauwelijks misselijk. Ik werd begeleid, maar ik wilde niet te veel medisch gedoe aan m'n lijf. Ik wilde niet dat mijn zwangerschap een soort ziekte was. Het was iets van de natuur. Het was een organisch deel van het leven. Zo ging ik ermee om. Ik wilde ook thuis bevallen. We hadden een heel mooi appartement in Prenzlauer Berg, met grote kamers en een gigantische eetkeuken. Fredo was in China toen ik Irina kreeg. Hij kon niet op tijd terugkomen, ik beviel twee weken te vroeg. Het duurde wel twintig uur. En toen was ze er. Maar ik kreeg haar niet te zien, de vroedvrouw liet meteen een ambulance komen en ik bleef daar met mijn vriendinnen achter. Paniek. Met pijn. Waar was m'n baby'tje? Waar was m'n kindje? Weggehaald in een ziekenwagen. En waar was m'n moeder, wil je natuurlijk weten? Die was er niet. Die had ik het niet verteld. Dat klinkt stom. Ik wist dat ze er moeite mee zouden hebben, een kind van een man die net zo oud was als papa. Ik had me voorgenomen om het ze later te zeggen, als het er al was, wat ook stom was. Alles was er stom aan. Ze belden me uit het ziekenhuis. Er was van alles mis met mijn meisje. Ik heb alleen maar gehuild, van pijn en verdriet en machteloosheid en van het besef dat ik tekortschoot. Ik had iets verkeerd gedaan en daarom was er iets mis met Irina. Erg mis. De volgende dag heb ik een taxi genomen. Ze was een downkindje, maar erg, met een hartafwijking en andere dingen waardoor ze pijn had. Ze leed. Ze hebben haar geopereerd. Fredo kwam terug uit Shanghai en hij troostte me en zei dat hij fantastische dokters in Amerika kende en dat downmensen ook mensen waren. Fredo ís een goed mens, vergeet dat niet, hoor je? Hij wilde net als ik Irina redden. Hij heeft haar geboorte aangemeld bij de gemeente en haar als zijn kindje aanvaard. Irina Pollini. Fredo's grootouders kwamen in de jaren dertig uit Italië als ijsmakers naar Nederland. Zijn kindje heette dus Irina Pollini. Mijn meisje. Ze werd na twee weken weer geopereerd, ik kreeg haar niet mee. Ze is in totaal negen keer geopereerd. Als de Duitsers iets doen, doen ze het goed. Ze geven niet op. Ze bleven het proberen. Ze was blind. Ze had niet alleen hartafwijkingen, maar ook allerlei darmproblemen. Als ze zou blijven leven, was dat een leven in duisternis, en in stilte. Want ze was ook doof. Dat is te veel allemaal, toch, Thijs? Veel te veel ergheid, toch, voor een kindje, voor een mensje? Ik ging elke dag naar haar toe. Elke keer de spanning van zo'n operatie, het herstel. Fredo bleef me steunen, en als het kon hield hij me gezelschap. Maar op een gegeven moment moest hij toch weer aan het werk, op reis. En ik bleef bij Irina. Bij het onaffe wezentje dat ik had gebaard. Wat kon ik doen? Ik hoopte, ik begon te bidden, ik sprak tegen haar, hield haar handjes vast, want in m'n armen mocht ik haar niet nemen. En toen bereikten ze het punt dat ze het opgaven. Ze wilden haar laten "versterven", zo heet dat, dood laten gaan, bedoelden ze. Op een dag ben ik naar buiten gelopen met haar. Ik had het voorbereid. Ik had een draagtasje meegenomen, een koffertje met spullen. Ik heb de slangen losgemaakt, ik heb haar uit het bedje genomen en ben gewoon weggelopen. Het was de eerste keer dat ik haar tegen me aan hield. Ik ben niet naar huis gegaan, want ik was bang dat de politie zou komen. Fredo was in Londen. Ik heb de trein genomen naar Börgerende aan de Oostzee, daar waren we een keer geweest en ik denk dat Irina daar is verwekt. Eerst met de trein en het laatste stuk met de taxi. We kwamen daar in het begin van de avond aan. Ik ben met haar naar het strand gegaan. De hele nacht daar gelegen op een badhanddoek. Die had een afbeelding van een tropische baai met een palmboom. Het was een heldere nacht, een beetje koud. Alleen het ruisen van de golven hoorde ik. Mijn meisje was heel kalm. Alsof ze iets besefte, als een diertje, intuïtief. Ze had haar oogjes open, maar ik wist dat ze niets zag, en ook niet de zee kon horen. We zijn samen in slaap gevallen en ik hoopte dat we zouden worden meegenomen door een hoge golf, maar alleen ik werd wakker. Het was treurig en zacht, in die ochtend, in dat licht, mijn gestorven meisje en ik. Ik heb haar in een mooie lap gewikkeld, mijn lievelingsdoek, en in de tas gelegd. Toen heb ik de taxi naar Rostock genomen en daar ben ik op de ferry naar Gedser gestapt, aan de overkant in Denemarken. Onderweg heb ik de tas in het water laten vallen. Hij bleef lang drijven, maar toen zonk hij in de golven die het schip maakte. Ik heb overwogen om zelf ook te gaan; ik ben een slechte zwemmer, ik zou binnen enkele tellen zijn verdwenen. Ik huilde niet, ik heb die dag niet gehuild. Ze is nu opgelost en ze is nu in al het water van alle zeeën, als het regent, regent het Irina, als ik drink, drink ik Irina. Klinkt dat raar, of wreed, Thijs, wat denk je? In Gedser heb ik Fredo gebeld, hij riep dat ik een moordenaar was en hij belde de politie en toen ik terug was in Rostock stonden twee vrouwelijke politietypes me op te wachten. Ik heb daar acht weken in een cel gezeten. Ik werd ondervraagd en nog een keer ondervraagd, en ik moest iedere keer vertellen wat ik had gedaan. Ik ben veroordeeld voor dood door schuld, ook al was er geen lijk en was alles gebaseerd op wat ik vertelde. Die rechters wisten niet precies wat ze aan moesten met mij. Wat ik had gedaan mocht niet volgens de wet, maar mocht het ook niet uit menselijkheid? De wet is niet altijd menselijk, toch? Dood door schuld zonder oplegging van straf, maar met verpleging in een psychiatrisch ziekenhuis. Ik mocht na zes maanden weer weg uit die inrichting, ik was geen gevaar voor andere kindjes, ik was alleen maar gek van verdriet. Ik wilde daar zelf blijven en kreeg toestemming en heb zestien maanden daar gewoond, het was er veilig, in de bossen van Werder, niet zo ver van Berlijn, in een negentiende-eeuws gebouw met hoge kamers en gangen en gekken in alle soorten en een mooi park met vijvers en een soort boerderij waar je kon helpen de beesten te verzorgen. Als ik een eeuw eerder had geleefd, was ik het klooster in gegaan. Ja, ik. Fredo wilde me niet meer zien, is me niet komen opzoeken, hij was ook niet bij de rechtszaak. Hij is weggegaan uit Berlijn en ging terug naar Amsterdam. Na Werder ben ik nog een paar maanden in Berlijn blijven hangen, bij mijn oude vrienden in Kreuzberg. Waar is je kindje? vroegen ze. Doodgeboren, zei ik. Wat kon ik anders zeggen? Wil je me nog, Thijs? Nu je dit weet? Durf je met me te zijn? Ik ben een moordenaar. Ik heb m'n meisje gedood. Ik begrijp het als je me niet meer wilt, maar als je me wel wilt, blijf ik altijd bij je.'

2039

Haksloot

Nadat juwelier Henri Haksloot een paar uur beneveld had doorgebracht in zijn stamkroeg, zou hij rond middernacht twee mensen doden. Het was zaterdagavond 16 april 2039.

In het weekend hadden ze in Eetcafé De Hommel livemuziek, zelfs behoorlijke jazzgroepen kwamen daar spelen, en ook die bewuste avond was Henri Haksloot in De Hommel. Een groep van zo'n twintig wankelende winkeliers van de Grotestraat had deze avond een paar emmers bier verbruikt. Dit was een andere zaterdagavond dan andere zaterdagavonden, want ze herdachten Ton van Rooyen. Ton was afgelopen zondag door zijn zoon thuis gevonden.

Als Haksloot eerlijk was, en dat wilde hij, dan moest hij toegeven dat hij elke zaterdagavond met een ronkende bierkop naar bed ging, met of zonder jazz of herdenkingen. En in z'n eentje natuurlijk, want Connie had hem tijden geleden verlaten en een andere vrouw had Henri niet kunnen vinden, ook al had hij daar zijn best voor gedaan – hij had zich suf geswipet.

Sinds twee jaar, zo wist hij, kwam Nico Levi* geregeld bij Connie over de vloer, de ex-journalist die zich al jaren blogger noemde, wat

* Anna: het is een beetje maf dat ik mezelf er hier in schrijf, maar Henri Haksloot had me later verteld dat ik echt in zijn kop rondhing die avond, 'meer dan goed voor me was', had hij droog opgemerkt. Over het ontbreken van dat kaartje, enkele regels later, verontschuldigde hij zich.

dat ook betekende, Haksloot leefde niet online. Op de middelbare school had Henri met Nico de eerste stappen op weg naar de volwassenheid gezet, inclusief blowen, wat toen nog streng verboden was. Nico was een boekenjongen en las zelfs gedichten, het was niet gek dat hij journalist was geworden. Haksloot herinnerde zich geen enkele schrijver die hij op school had moeten lezen.

Soms kocht Haksloot boeken over geschiedenis en succesvolle zakenlui, maar hij liet ze meestal liggen tot hij ze in de boekenkast zette. Voor fictie had hij helemaal geen hoofd.

Lang geleden – een jaar of vijftien? – had Haksloot gelezen dat Nico Levi zijn zoon was kwijtgeraakt door 'zinloos geweld'; zo noemden ze dat toen in de krant. Op het station van Den Bosch was de jongen mishandeld en hij was later gestorven door inwendige bloedingen. Hij had Levi een kaartje willen sturen, maar om de een of andere reden was hij daar niet aan toe gekomen.

In de ogen van Haksloot was Nico Levi een wat verloren ogende man, wat nogal begrijpelijk was als je zo je zoon had verloren.* Toch liet Connie hem in het weekend in haar bed toe, in het huis dat Henri Haksloot had afbetaald maar dat hij niet meer in bezit had. Elke dag dacht Haksloot minstens één keer, soms vaker: het leven is niets anders dan een cynische komedie.

Henri Haksloot vond zelf dat hij er behoorlijk goed uitzag voor iemand van boven de zestig. Hij had zijn haar nog, hij las zonder bril, en hij was sinds zijn veertigste, toen hij echt perfect op gewicht was, niet meer dan een kilo of vijf aangekomen. Het was onvermijdelijk dat de tijd aan hem vrat. Hij was grijs geworden en de huid rond zijn ogen en mond was een fors craquelé gaan vertonen (zijn vader had dat ook gehad), maar hij had zich overeind gehouden, nee, meer dan dat: hij had teruggevochten. Hij kon niet anders, het was geen keuze maar zijn aard.

* Hakslots omschrijving, niet de mijne. Dit alles is gebaseerd op uitputtende gesprekken die ik met hem had. Nadat hij was hersteld, heb ik om de dag uren met hem gesproken.

Hij was ervan overtuigd dat Connie vertrokken was omdat hij een vechtershart had. Zij kon er uiteindelijk niet tegen dat hij altijd vasthield aan zijn principes en nooit nimmer niet opgaf. Zijn collega's hadden daarover andere ideeën, wat hen er niet van had weerhouden hem voor een lintje voor te dragen, juist omdat hij niet wist wat capituleren was; vorig jaar had hij het in ontvangst mogen nemen.

Zoals dat vaak ging bij de lintjesregen, hadden de aanvragers de uitverkorene niks gezegd. Met een smoesje hadden ze hem naar De Hommel gelokt. Ze stonden in de achterzaal op hem te wachten. Connie was er ook, wat een verrassing was. Hij moest huilen omdat ze het herkend, gezien, gerespecteerd hadden. Hij had geknokt. Normaal dronk hij alleen op zaterdagavond, na het lintje dus ook op dinsdag. Nadat Connie hem duidelijk had gemaakt dat zij niet met hem mee zou gaan, viel hij bezopen en alleen op bed, Lid in de Orde van Oranje-Nassau. Toen hij de ochtend erna met een erectie wakker werd, wat steeds minder voorkwam, sprak hij het in gedachten met die term toe: lid in de Orde van Oranje-Nassau. Oneerbiedig, misschien, maar het liet wel een grijns over zijn gezicht trekken.

Ton van Rooyen had zichzelf opgehangen; een ruwe manier om jezelf van het leven te beroven. Hij had een winkel met exclusieve kookspullen waar niemand meer kwam. Iedereen bestelde online tegen dumpprijzen. Zijn zoon kwam hem zondagochtend bezoeken, zoals elke zondag, en vond zijn vader hangend op zolder in het hoge huis honderd meter van Haksloots winkel vandaan. Het ging al lang slecht met Ton, ook privé. Zijn vrouw was vier jaar geleden gestorven, en sinds 'de plaag', zoals Ton de laatste pandemie had genoemd, was zijn handel opgedroogd. Tot voor kort bluften alle winkeliers over hun omzet hier in hun eigen hoek in De Hommel, maar niemand vond het meer nodig de schijn op te houden: het was kut voor kleine zelfstandige ondernemers. De grote bedrijven bloeiden, de kleintjes krompen. De oorlogen en de inflatie hadden de spaartegoeden, die in hun geval ook de zakelijke buffers waren (want zo gaat dat bij ondernemers: leven en werk zijn één), door de plee gespoeld, en omdat ze echt niks meer te besteden hadden probeerden mensen met een pensioentje wat te gappen bij de Appie – liever gappen dan in de rij bij de voedselbank staan. Als gapper stal je van het grootkapitaal, en daar schaamde je je niet voor. Er waren inmiddels hele wijken waar ze aan ruilhandel deden. Geld hadden ze niet.

Tegelijkertijd had een ander deel van de bevolking nergens last van: ambtenaren, werknemers van grote bedrijven, en natuurlijk de bestuurders. De bestuurders zorgden er altijd voor dat ze ergens een inflatie-gecorrigeerd inkomen hadden. Kamper, autodidact en rookwarenwinkelier Cor van Rekum, een boom van een vent en makker van Ton, had het vanavond nog eens op een rijtje gezet, ook al was dat niet makkelijk geweest met zo veel alcohol in zijn lijf. Cor had gezegd: 'We zijn boos omdat alle pretenties over veiligheid en zekerheid, over het vernuft van de hoogopgeleide politici, over hun programma's en vergezichten, over het wegwuiven door de experts van de gevaren van inflatie, oorlog, vaccinaties, afschaffen van gas, klimaattransitie, omdat hun pretentie alles te weten en nooit te liegen, niets anders dan luchtkastelen zijn.' Henri had gedacht: Cor had wel een beetje gelijk. Gelukkig hebben we RKC nog, had Cor erachteraan geroepen; hij was niet voor niets de godfather van de harde kern van de voetbalclub. Ze toostten op Ton en op RKC, en ze zopen zich een stuk in de kraag.

Om halftwaalf die avond, zeg maar dé avond, nadat hij met zijn collega's niet alleen over Ton van Rooyen en het economische kutklimaat maar ook over een stuk van Nico Levi in het *Brabants Dagblad* had gesproken,* liep Haksloot van De Hommel naar huis, via de Grotestraat, want hij moest even een blik werpen op de bombestendige rolluiken, zoals altijd wanneer hij zaterdagnacht uit de kroeg kwam. Hij maakte de omweg niet als het regende; als hij naar

* Dat was de reden dat ik in zijn gedachten was blijven hangen.

De Hommel ging, trok hij altijd zijn suède schoenen aan, en die mochten niet nat worden. Het waren zijn lievelingsschoenen. Hij lette er ook altijd zorgvuldig op dat er geen bierdruppels op vielen, daar bij De Hommel. Hij was een keer zo gek geweest bij een plensbui zijn schoenen onder zijn jas te houden en was op kousenvoeten naar huis gehold. Beetje maf, maar zo was hij.

Het artikel van Levi ging over de ontvoering van twee NSB'ers vlak voor Dolle Dinsdag in september 1944, een gebeurtenis met een fatale afloop die in Sprang nog altijd werd herdacht. Henri's oudoom Pieter Haksloot was bij de ontvoering betrokken geweest.

Terwijl hij hieraan dacht, liep Henri naar het tweekamerappartementje in de nieuwbouw op de Wilhelminastraat, een mooi, schoon, strak appartement. Hij had het willen kopen, maar hij kreeg geen hypotheek, ook al had hij in financiële zin een onbesproken blazoen en had hij de bungalow in Loon op Zand geheel afbetaald. Wat Connie en haar vrijer Levi daar uitspookten, wilde hij zich niet voorstellen.

Het huis hadden ze tien jaar geleden op Connies naam laten zetten nadat ze na Overval Nummer Elf geen verzekeringen meer konden afsluiten op de zaak, de inboedel, zijn leven – hij viel in een categorie van extreem grote kwetsbaarheid, had Wim van Hasselt, die al tientallen jaren zijn assurantiedingen deed, hem bedrukt verteld. En de omzet van de winkel liep al jaren terug.

Wim werd een van de aanvragers van het lintje, een goedmakertje dat Henri zonder morren aanvaardde. Wim was ook maar een tragische slaaf van de kleine lettertjes van Allianz. Geen verzekering meer op de zaak. Dus was Henri afhankelijk van de leveranciers, en die – het was verbijsterend, in de beste zin van dat woord, als zoiets mogelijk was – stonden hem een tijdje bij.

Kleine juwelier in Waalwijk.

Geen stad met een brede, gegoede bovenlaag met extraverte patsers die ongegeneerd negentig mille of meer voor een Rolex neertelden. Een enkele keer verkocht hij er een aan een van de jongens die in de stille polders langs de rivieren wiet kweekten en pillen kookten, of hoe dat ook ging. Cash. Henri had graag cash. Een deel van zijn omzet ging zwart onder de toonbank. Dat was nu eenmaal de aard van zijn handel. Toch hadden de leveranciers hem niet laten vallen. Nee, het was mooier: ze hadden hem overeind gehouden. Die leveranciers in Amsterdam waren serieuze bedrijven. Miljoenenzaken. Hij was voor hen een symbool geworden van de onverzettelijke middenstander die voor niemand opzijging. Het had hem ontroerd dat ze bleven leveren en alles in het werk stelden opdat hij zijn zaak kon openhouden na het opzeggen van de verzekeringen. Het was een ander verhaal dan je normaal hoorde, over de grote jongens die de kleine jongens lieten vallen als het zo uitkwam. Maar de afgelopen jaren moesten ook de grote leveranciers bezuinigen. De mensen hadden geen geld meer voor snuisterijen, en de jongens met cash werden door de FIOD opgejaagd. De grote klap moest nog komen: de machthebbers in Brussel wilden cash geld afschaffen.

Henri liep naar zijn zaak op de Grotestraat. Zijn vader was in 1963 begonnen, wat een grote stap was voor een telg van een familie van agrariërs. Er lagen levens in het pandje. Henri had het in 2000 overgenomen toen zijn vader ziek werd, en had het als een fort laten beveiligen. Zijn vader had nooit een overval meegemaakt, Nico maakte de eerste mee in 2002. De zestiende een jaar geleden. Misschien kwam hij in aanmerking voor vermelding in het *Guinness Book of Records*.

Het roestvrijstalen hek zag er ongeschonden uit. Het was van Duitse oorlogskwaliteit en kon een bom weerstaan. Het kon ook niet uit elkaar getrokken worden. Tegen een militaire tank zou het hek het afleggen, had de installateur gezegd, maar met zo'n ding was het overvaltuig nog niet komen voorrijden. De twee sierlijke H's van zijn initialen had hij erop laten aanbrengen.

Ze hadden in de zaak altijd met z'n tweeën gestaan. Zijn vader met zijn moeder, en Henri had Connie naast zich gehad, totdat hij met twee overvallers was gaan vechten en ze ternauwernood aan drie kogels waren ontsnapt. De camera's hadden alles vastgelegd en ze kwamen in het nieuws en in *Opsporing Verzocht*, maar Connie gaf het op. Ze hadden een moeilijke tijd achter de rug, ook in financiële zin door de opeenvolgende virus- en economische- en klimaatcrises, en daarbij kwam dat Connie in feite nooit de inseminatiebehandelingen te boven was gekomen. Het ging dus al lang slecht. De kogels rondden het aftakelingsproces van hun huwelijk af.

Haksloot deed er wat laconiek over als hem er op een beurs naar werd gevraagd, maar die schietoverval was een nachtmerrie geweest. Elke overval was natuurlijk een nachtmerrie, maar dit was de eerste keer dat ze hadden geschoten. Drie maanden later liet hij Connie het pistool zien dat hij in Antwerpen had aangeschaft. Dat was niet waar, dat aanschaffen: het was een Beretta die ooit van oudoom Pieter was geweest. Die had de Beretta in de oorlog gebruikt, en Henri's vader had het wapen later op een geheime plek in de kelder onder de zaak bewaard, voor noodgevallen. Op de dag dat hij het wapen had getoond, vertrok Connie naar haar zus in Tilburg, en een week later kwam ze terug om hem te zeggen dat hij het huis uit moest en dat ze bang voor hem was en dat ze zonder angst wilde leven nadat ze dertig jaar in de zaak had gestaan, waarvan twintig met klotestress.

De winkel had een gevel uit 1897, beetje barok met ornamenten. Hij was gebouwd als voornaam kantoor van de bond van leerlooiers, die ooit welvaart hadden gebracht langs de magere weg van Raamsdonk naar Den Bosch, dwars door velden met te weinig klei en te veel zand. Na de oorlog verliet de bond dit pand, en veertig jaar later was er niets meer van de bond over, omdat leer en schoenen uit mediterrane en Aziatische landen de eigen leer- en schoenindustrie hadden weggevaagd. Veel industrie was in die jaren weggevaagd. Maar het pand stond er nog. Henri huurde het, zoals zijn vader. In de betere jaren hadden ze er een bod op gedaan, maar de familie Van Berkel hield eraan vast, ook al liet het huurcontract slechts minieme prijsstijgingen toe. Het sentiment won, zoals altijd in deze streken.

Henri bleef in de zaak die zijn vader had geopend. Hij verdedigde hem desnoods met geweld.

Onder een gebroken wolkendek wandelde hij die nacht langs de zaak en maakte een kleine omweg, wat hij anders nooit deed, zeker niet als hij gedronken had. Had het wat uitgemaakt voor wat er zou gebeuren? Ondanks zijn benevelde kop wilde hij even de benen strekken, dat was alles.

Het regende nog niet. Het was april, de tropische bui met warme regen kwam later die nacht, zoals de laatste twee jaar vanaf april vaker voorkwam. De muziek galmde na in zijn oren. Hij wilde zich verlossen van herinneringen aan Connie en zag tussen de wolken de maan.*

Via de Sint Jan de Doper, de katholieke kerk die eruitzag als een moskee met koepels en een minaretachtige losse toren, liep hij terug naar huis. De vormen van de kerk – Byzantijns, aldus architect H.W. Valk, in de jaren dertig lid van het fascistische Zwart Front, daarna leider van de Kultuurkamer in Den Bosch, oftewel een echte collaborerende klootzak die door oudoom Pieter met overgave was geminacht – hadden hem altijd wat onrustig gemaakt, omdat ze op de een of andere manier appelleerden aan nachtmerries, net als de Sagrada Família in Barcelona, die hij met Connie had bezocht. Connie vond het bouwwerk van Gaudí mooi, hij niet, hij zag er een angstaanjagend staketsel in. Langs de Sint Jan van de fascist liep hij naar de strakke nieuwbouw er pal achter. Zijn appartement lag op de bovenste verdieping en had uitzicht op de parkeerplaats naast het nieuwe Gender Center. Een hoekappartement, dus hij had weinig last van burengeluiden.

Later stelde de politie vast dat ze via het dak waren gekomen, zich op zijn balkon hadden laten zakken en daar de deur hadden opengebroken. Die was niet beveiligd. Hij had zich nooit kunnen

* Met behulp van de beveiligingscamera's die hier en daar aan gevels in de Grotestraat bevestigd waren, reconstrueerde de politie zijn route.

voorstellen, ook al was hij door zijn beroep zo argwanend en voorzichtig als de pest, dat dit zou gebeuren. Er was niets te zien aan de voordeur van zijn flat, geen sporen die duidden op braak.

Toen hij binnen was en zijn jas in de garderobekast had gehangen, trok hij zijn 'nette' schoenen uit, product van Greve, Double Monk Magnum Brulee Shade. Hij had bij een van de Greves op school gezeten. Ze hadden hun merk in leven gehouden met exclusieve modellen zoals dit model, knap van ze. Het waren bruine suède schoenen met twee gespen, alles leer, met binnenin extra foam, die lekker liepen en veel steun gaven. Hij zette de schoenen naast elkaar voor het aanrecht.

Daarna dronk hij in de keuken direct uit de dikke fles een kwart liter water waarin hij een dag eerder met een Sodastream-apparaat koolzuur had gespoten. Het water prikte sterk, hij had vijf keer op de knop gedrukt waarmee de hogedrukcilinder werd geactiveerd die CO_2 in het water spoot. Hij vroeg zich opeens af of die opstijgende belletjes ook bijdroegen aan het opwarmen van de aarde, hij had er nooit eerder bij stilgestaan.

Toen hij zich omdraaide, stond hij oog in oog met twee mannen. Hoewel, mannen, het waren jochies.

In de loop der jaren had Henri balaclava's in alle soorten en maten voorbij zien komen. Vroeger had hij er nooit van gehoord, balaclava's, oftewel mutsen die het hele hoofd bedekten en alleen de ogen vrijlieten. Henri had meer dan eens als grap gezegd: 'Ik kan er een proefschrift over schrijven.' Op de politieacademie had hij voordrachten kunnen geven over het gedrag van overvallers, maar vreemd genoeg hadden ze hem nooit gevraagd.

Hoe waren ze binnengekomen?

Ze waren identiek gekleed: op hun sneakers stond het panterlogo van Puma, ze droegen wijde joggingbroeken met op het linkerbovenbeen het logo van Nike, jacks van Jack Wolfskin, zwarte merkloze balaclava's en handschoenen. Deze twee keken kennelijk nooit naar

Opsporing Verzocht. Ze waren twee opgefokte jongeren met (ook al was er nauwelijks iets van hun huid te zien) een 'getinte' en een 'donkere' huid, zoals dat in dat programma werd genoemd, met een combinatie van merkkledingattributen die een spoor naar hen kon trekken. Grote, donkere ogen waarin alles zichtbaar was wat er in hun lijfjes gebeurde – lijfjes, want ze waren allebei kleine mannetjes.

De adrenaline spoot door hun lijven, ze sprongen als het ware op en neer van de zenuwen.

Wat hadden ze geslikt? Ze waren jong, bloednerveus, ze zaten boordevol foute middelen, ze dreigden met messen – ja, shit, messen, geen vuurwapens, maar messen. Link.

Henri had dit soort in de winkel voor zich gehad. Maar nooit thuis.

Hoe waren ze binnengekomen?

De deur had geen teken van braak getoond. Via het balkon van de buren?

'Als je iets doet prikken we je, man!' riep een van de twee.

Luide, hoge panische stem.

Een accent. Marokkaan? Turk?

Dit was privé, bij hem thuis. De zaak in de Grotestraat was ook privé, maar dit voelde meteen anders, persoonlijker dan welke eerdere overval dan ook. Hij had zestien overvallen doorstaan. Nu moest hij zeventien verbijten. In zijn eigen flat.

Gek hoe dat ging: de herinnering aan oudoom Pieter schoot door zijn hoofd. Pieter had in Sprang-Capelle zes Joden verborgen gehouden. Twee dagen voor Bijltjesdag had hij vervolgens twee NSB'ers gegrepen en in de kelder van een andere schuur van zijn boerderij opgesloten. Pieter had een harde kop, net als zijn neef, Henri's vader George; dat waren standvastige, vierkante, gereformeerde mannen die geen twijfel kenden over het verschil tussen goed en kwaad, voor hen bestond er geen grijs gebied tussen leugen en waarheid.

Zoals bij andere overvallen gebeurde er in een handvol seconden veel in zijn hoofd. Shock. Connie had er zeven meegemaakt en was sinds de eerste in behandeling bij een psycholoog, drie keer per week, jaar na jaar, gelukkig vergoed door de zorgverzekering, of heette dat toen nog ziektekostenverzekering?

Henri herkende de messen. Ze kwamen uit zijn eigen messenblok op het aanrecht. Messen, speelgoedpistolen, honkbalknuppels, en twee keer pistolen, van alles had hij langs zien komen.

Hij had nog steeds de fles in zijn hand, voelde het gewicht omdat hij voor de helft was gevuld. Het was een opwelling, het was gevaarlijk, maar hij kon zijn woede niet onderdrukken: hij smeet de fles naar de jongen die gesproken had. De jongen was beweeglijk, maar had dit niet zien aankomen.

De fles knalde tegen zijn voorhoofd.

'Shit!' riep de andere jongen. Hij stapte naar voren en maakte een steekbeweging naar Henri. Omdat hij met zijn rug tegen het aanrecht stond, kon Henri die niet ontwijken.

Ter bescherming hief hij zijn arm, en het mes sneed door zijn trui en raakte zijn onderarm en het lemmet voelde aan alsof het heet was.

Hij wist meteen dat hij serieus was geraakt. Bloed spatte naar buiten. Hij gilde, als een kind, zag druppels op zijn mooie Greve-schoenen spatten. Misschien werd Fransje Gelderman nu wakker. Buurman Fransje was een lichte slaper. Normaal werd Fransje door alles wakker, ook door het geluid van chique Greve-zolen. Jezus, zijn schoenen. Wat kut.

De andere jongen had zich hersteld en dreigde nu met het mes, vlak onder Henri's neus.

'We willen de sleutels en de codes, anders steken we je lek, vuile jood.'

'Keys and codes, man, keys and codes,' zei de messensteker in het Engels.

'Ik ben gereformeerd,' zei Henri, alsof het van belang was dit als feit te presenteren.

'Hou je kop, flikker!'

De jongen die hem had verwond, herhaalde: 'Keys and codes. Keys and codes, come on!'

Henri drukte zijn hand op de trui om het bloed te stelpen.

'Ik heb hulp nodig, eerste hulp, laat me gaan.'

De eerste jongen, degene die de fles tegen zijn kop had gekregen, schopte hem onverwacht hard in het kruis en Henri kromp ineen, verward en hijgend naar adem om de pijn te verdragen.

Tranen schoten in zijn ogen terwijl hij op zijn knieën zakte.

Hij hoorde hoe ze hem toesnauwden: 'Vuile kutjood, we maken je kapot als je ons niet de sleutels en de codes geeft. You want kaput, you want kaput? You really want kaput, don't you? Echt, we snijden je lek, klootzak, we snijden je ballen eraf, en je vieze pik en we snijden je hart uit je lijf, kutjood! Geef ons de codes, kom op, geef ons de codes, en de sleutels! Codes and keys, codes and keys, fucking Jew!'

Henri zat op de grond terwijl de pijn door zijn onderbuik en naar zijn nieren trok. Hij wilde niet dat hij zo vernederd werd, op zijn knieën voor twee buitenlanders terwijl hij zijn gewonde arm tegen zijn buik drukte. Of misschien was maar een van de twee buitenlander, want buitenlanders hier in de streek spraken tegenwoordig met een plaatselijk accent en waren dus geen buitenlander, maar zo werden ze door iedereen genoemd. Waarom sprak die ene Engels? Kwam die niet uit de streek en was het een illegaal of een vluchteling uit een azc? Misschien waren ze dus toch allebei buitenlanders. Allerlei soorten buitenlanders bestonden er, hij had er geen mening over...

Een van de twee sloeg hem met het heft op zijn hoofd, hij zag het niet aankomen, viel bijna voorover en verbeet de pijn.

Ze bleven hem beledigen en bedreigen en hij hoorde de gekte in hun stem, een soort wreedheid die loskwam wanneer iemand door een vorm van perverse almacht werd gegrepen, iets duisters wat pas bevredigd was wanneer de machteloze was geofferd, want de machteloze smeekte erom te worden gemarteld en leeg te bloeden en door de machtige te worden gegeten.

Duivels, dacht Henri. Het gekke was dat het hem troostte dat oudoom Pieter toekeek.

De tweede slag op zijn hoofd verdoofde hem een moment, gaf hem een fractie van een seconde de kans zijn bewustzijn te verliezen. Maar hij kwam meteen terug uit het gat en voelde de pijn door zijn schedel trekken.

'De sleutels,' kreunde Henri, 'naast het bed.'

'Waar naast het bed?'

'Kluisje.'

'The codes, the codes, give us the codes, the codes!'

Henri mompelde: 'Geen code.'

'Een kluis heeft een code. Geef de code, kankerjood.'

'Nieuwe kluis. Nieuw. Vingerafdruk...'

'Kut. Sta op, open de kluis, open die kluis, hoor je, open die kluis!'

'Open open open!'

Ze waren high, buiten zichzelf high, en gek en gevaarlijk.

Opnieuw een klap op zijn hoofd. Alsof er een granaat in zijn hoofd explodeerde. Hij beet op zijn tanden, zijn gekwelde lichaam smeekte om rust en stilte en geborgenheid en vrede.

Hij had niet de kracht om zich op te richten, dus hij boog zich voorover en kroop op handen en voeten als een onderdanige hond uit de keuken naar de slaapkamer, de enige die hij had, met het bed waarin nog nooit een vrouw had gelegen, want Connie had hem verlaten en hij had niet de moed om een andere vrouw aan te spreken ook al zat hij soms op Tinder. Zijn ballen deden pijn, zijn linkerarm bloedde (later bij het onderzoek konden ze het bloedspoor volgen), en zijn kop bonkte alsof er in zijn hoofd heipalen werden geslagen.

Ze trapten hem met de zool van hun sneakers vooruit, grinnikten, genoten van zijn onderdanigheid.

'Ja, hondje, kruip maar lekker, hondje!'

'Doggie, fuck doggie doggie!'

Alles hier oogde nog steeds nieuw, aangeschaft bij Ikea in Breda. Hij had de meubels laten bezorgen, maar hij had wel alles zelf in elkaar gezet, als een ritueel waarmee een nieuw bestaan werd ingewijd.

Laminaat op de vloer, licht beige van kleur, want daarmee werd de kamer helderder. Het gele kleedje waarop hij 's ochtends om kwart over zes zijn voeten zette.

Henri trilde alsof hij in ijskoud water waadde. Hij schoof met zijn goede hand het nachtkastje opzij, onmogelijk zwaar was dat, alsof het van lood was, en erachter verscheen de deur van het kluisje, identiek aan kluisjes in hotelkamers. De rest van de kamer leek op een hotelkamer, een degelijke burgerkamer in een Van der Valk Hotel, zonder iets persoonlijks, een kamer van een gedisciplineerde eenling, een man zonder vrouw maar met een opruimmanie.

Henri strekte zijn gewonde arm, het ging om een vinger van zijn rechterhand. Hij kreunde toen hij zijn middelvinger op het venster drukte. Het lichtte op. Hij drukte nog een keer.

Een klik klonk. Het deurtje schoot open en onthulde de sleutelbos die de winkelsloten kon openen.

Ze schoven hem opzij, klommen bezeten over hem heen.

Hij kroop op het bed, zonder kracht, uitgeput was hij, hij lag er half naast, de knieën op de vloer. De medaille lag ook in het kluisje, het bewijs van zijn lidmaatschap van de Orde van Oranje-Nassau.

'The codes, we need the codes too, where are the codes?'

Opnieuw een knal op zijn hoofd. Hij wilde hier niet zijn, hoe kon hij ervoor zorgen dat hij hier niet was?

'In de kluis,' sprak hij zonder adem. Hij wilde het bed op kruipen, maar dat lukte niet.

Ze vonden het gelamineerde lijstje. De codes van de kluizen in de zaak. Ze vonden ook de medaille.

'What's that? Has it any value? A medal? What for? What for? Was he a soldier? Did he kill people in Afghanistan? Or Africa? Yes yes yes! We kill him?'

'Ja.'

Hij voelde het mes door zijn rug snijden, pijnloos bijna gleed het in zijn lichaam, en daarna werd het eruit getrokken. Zijn gewonde arm lag op bed, de hand onder zijn kussen. Het pistool lag op hem te wachten. Hij voelde de kolf. Hij draaide zich om en zijn wijsvinger vond de trekker.

Het wapen schudde bijna uit zijn hand toen de kogel eruit knalde. Lawaai, wat een lawaai. Het wapen leek een wild beest dat hij nauwelijks kon beheersen. Maar hij bleef schieten.

Aanvankelijk leken ze niets te voelen. Ze stonden daar zwijgend en verbaasd, en ze schokten licht toen de kogels zich in hen boorden. Daarna vielen ze willoos en vormeloos op het stofvrije laminaat, simpelweg toegevend aan de zwaartekracht, en stroomde er bloed uit de gaten in hun lichaam, liters bloed, overal bloed, en toen vertoonden de lichamen stuiptrekkingen – vijf, tien seconden? – en rochelden ze tot ze roerloos bleven.

Alles was voorbij.

Geen geluid, geen beweging.

Maar op de een of andere manier bleef het chaotisch in de slaapkamer: hij rook kruit en bloed en stront en pis, de geuren van wreedheid. Hij wilde aan de bloedplas ontkomen. Maar hij bloedde zelf. Hij kon niet ontkomen. Hij moest naar het aanrecht, omdat daar zijn telefoon lag. Hij had de kracht niet, voelde hoe het bloed zich plakkerig over zijn rug verspreidde. Dus bleef hij liggen. Van ver weg hoorde hij de sirenes dichterbij komen, vier of vijf door elkaar, op straat en in de lucht.

Soms verdween hij in iets wat geen tijd of ruimte kende, waaruit hij weer terug zweefde en dan merkte hij dat hij niet alleen was, dat er tegen hem gesproken werd, maar zijn oogleden waren te zwaar om ze te openen en terugspreken kon al helemaal niet, loodzwaar was alles wat met zijn lichaam te maken had. Daarna zat hij in een auto, nee, hij lag in een drone, een ambulance, en soms waaiden die sirenegeluiden in zijn oren en hoorde hij mannen praten, maar niets drong tot hem door.

Veel later, toen hij wakker werd, vroeg hij zich af waarom hij zo heftig over Pieter Haksloot had gedroomd.

Op 3 september 1944, vlak voor Dolle Dinsdag, werden bij Sprang-Capelle twee landwachters ontvoerd. Elk moment konden de geallieerden de Langstraat bevrijden, en het was zaak verraders op te pakken en daarmee de bevrijding te bespoedigen. De ontvoerders hielden het tuig vast in een kelder onder een schuur in Sprang.

Maar het tuig was getrouwd. Hun panische echtgenotes stonden op de ochtend van 5 september locoburgemeester Pieter Haksloot van Sprang-Capelle op te wachten – de burgemeester had na verraad moeten onderduiken omdat hij lid was van een verzetsgroep die neergeschoten geallieerde piloten hielp. Pieter Haksloot nam in naam het ambt voor enkele maanden over. De vrouwen eisten dat Haksloot ervoor zou zorgen dat hun mannen vrijgelaten werden voordat ze door het verzet zouden worden gedood, want dat was wat verraders te wachten stond. De vrouwen wisten niet waar hun mannen waren, Haksloot wel. De verraders waren in een van zijn schuren opgesloten. Maar hij zweeg.

Het was halftien in de ochtend toen de vrouwen het gemeentehuis verlieten zonder enige hoop dat ze hun mannen zouden terugzien. Terwijl ze daar stonden, waren ze getuige van het binnenrijden van een stoet trucks die onderweg was naar Antwerpen om de geallieerde opmars te stuiten. Het was een compagnie Nederlandse ss'ers onder leiding van Duitse ss'ers, allen buiten zinnen door het schaamteloze vertoon van Nederlandse vlaggen op hun route door de Langstraat.

Onderweg hadden ze mensen beschoten die met Nederlandse vlaggen hadden gezwaaid. Nu waren ze in Sprang-Capelle, waar ook overal vlaggen hingen, en werden ze aangesproken door twee huilende vrouwen die hulp behoefden.

Een Nederlandse ss'er drong Haksloots burgemeesterskamer binnen en eiste van hem dat de vlaggen werden verwijderd en de landwachters vrijgelaten. Haksloot zei dat hij niet wist waar de mannen waren, en gaf toe aan het bevel om de vlaggen te verwijderen. Dat was een Duitse ss-officier niet genoeg. Hij stelde Haksloot een ultimatum: binnen dertig minuten moesten de verdwenen landwachters worden vrijgelaten, anders zou Haksloot worden gedood. Haksloot hield zijn mond.

De Duitser was bitter, de oorlog was verloren, maar voor de executie van de locoburgemeester had hij meer nodig dan alleen een ultimatum – er bestond nu eenmaal een protocol voordat een executie kon worden uitgevoerd. Een van de vrouwen had een tip voor de Duitser: ze had gehoord dat bij de ontvoerders 'een jongen van Hoogeveen' zat.

Bij de familie Hoogeveen vonden de ss'ers de vijfentwintigjarige Fons en zijn broer Joop, die zeven jaar jonger was. De broers werden ondervraagd, maar ze hadden geen idee waar de verraders werden vastgehouden. Bewaakt door de ss'ers moesten de broers en locoburgemeester Haksloot op het midden van het Raadhuisplein blijven wachten tot er duidelijkheid was over het lot van de ontvoerde landwachters. Het ultimatum werd uitgesteld tot één uur.

Fons Hoogeveen beweerde opeens dat hij had gehoord waar de landwachters in Sprang werden vastgehouden. Hij moest mee met de ss'ers om hun de weg te wijzen, maar ze vonden niets in de boerderij die Fons had aangewezen – de echte plek bevond zich slechts driehonderd meter verder. Vervolgens meldde huisarts Theo Levens zich; hij had gehoord dat de landwachters zouden worden vrijgelaten, maar hij wilde niet zeggen van wie hij dit had gehoord.

Levens moest zich bij de andere drie voegen als vierde veroordeelde die geëxecuteerd zou worden, maar Pieter Haksloot overtuigde de Duitse ss-officier ervan om de dokter vrij te laten. 'Schiet mij dood, maar niet onze dokter.' Ze lieten de dokter gaan.

Haksloot had een laatste wens. Tegenover het Raadhuis op het plein woonde zijn schoonzus, en zijn vrouw wachtte daar op wat er zou komen, hij had haar achter het raam gezien. Hij vroeg om een andere executielocatie, aan de achterkant van het gemeentehuis, want hij wilde niet dat zijn vrouw kon zien dat hij werd gedood.

De twee broers en locoburgemeester Haksloot werden met hun gezichten tegen de bakstenen muur van het gemeentehuis geplaatst. Om zeven minuten over halftwee vuurden de SS'ers. Haksloot en de twee broers stierven. Enkele dagen later werden de twee verraders door Hakslootsverzetsgroep gedood. De lichamen wierpen ze in de Bergsche Maas.

Terwijl de hulpverleners in de ambulancedrone naar het Tilburgse Elisabeth-TweeSteden Ziekenhuis de bloedingen probeerden te stoppen, onderging Henri ruwe flarden van dit tragische verhaal, niet-chronologisch, en vreemd genoeg in zwart-wit.

Oudoom Pieter was een van de ontvoerders geweest van de landwachters. Ze werden vastgehouden in een kelder van zijn boerderij in Sprang-Capelle, vlak bij de schuur waar hij zes Joden had verborgen. Koortsig en obsessief was Henri daarover met hem in gesprek. Pieter was gestorven omdat hij zijn medeontvoerders niet wilde verraden, de Joden wilde beschermen, de NSB'ers geen vrijheid kon bieden. Was zijn standvastigheid ook de dood van de twee jongens Hoogeveen waard geweest? Henri had het gevoel dat hij dagenlang met dergelijke vragen worstelde, maar het lawaai van de dronemotoren bracht hem in verwarring.

2039

Connie

Met drie vrouwen heb ik in mijn leven 'iets serieus' gehad. Na Marian van Dijk en jou (in chronologische orde) werd Connie, de ex van Henri Haksloot, de vrouw met wie ik iets serieus had. Wat ik met haar had leek in niets op de intimiteit die ik met jou heb gedeeld.*

Connie ontmoette ik bij een winkelopening in Den Bosch in 2036, tien jaar nadat jij me duidelijk had gemaakt – en terecht – dat er niet met me te leven viel. Het was niet hevig wat ik met Connie had, maar wat er was, was op dat moment voldoende, en vergeleken met mijn huidige bestaan was het sensationeel. We lazen en wisselden onze ervaringen uit, zagen samen series, gingen naar de film, musea, op weekendtrips naar Praag, Wenen, Rome, die bakken SeeSee's** kostten, allemaal dingen die juwelier Haksloot nooit had gewild toen Connie nog met hem was.

* Het is pathetisch wat ik in deze voetnoot zeg, maar ik laat de woorden staan: ik kan je niet vergeten, ook al mocht ik maar twee jaar bij je zijn. Het is een wonder dat je me negen maanden lang de tijd gaf om obsessief, koortsachtig, en, ik geef het toe: verbeten, de dood van Max te onderzoeken. Ik vergat jou, mijn baan, mijn vrienden. Ik zocht je niet meer op, schaamde me voor mijn onmacht Max niet te kunnen loslaten. Loslaten, wat een kutwoord.

** Carbon Credits, afgekort tot CC's, en geschreven als SeeSee's, waren al in 2030 ingevoerd en werden naast euro's breed gebruikt – inmiddels lijkt het alsof ze er altijd al waren geweest.

Marian van Dijk had ik op de redactie van het *Brabants Dagblad* leren kennen. Zij was vier jaar ouder dan ik, getrouwd met een KPMG-accountant, maar dat had me er niet van weerhouden samen met haar een jaar lang in het redactiegebouw hoekjes en kamertjes op te zoeken, duizelig van geilheid. Eenieder die het leven op een redactie kent, heeft talloze voorbeelden van dit soort kantoorgeilheid.

Toen we werden verraden – ik weet nog steeds niet door wie –, scheidde Marian van haar accountant. In 2008 trouwden we, in 2010 werd Max geboren, en we beleefden enkele jaren van geluk tot ik moest vaststellen dat Marian nog steeds opgewonden raakte van hoekjes en kamertjes, nu met de populaire sportredacteur die ook bekend was van zijn optredens bij Omroep Brabant.

Marian ging niet in beroep toen ik het voogdijschap opeiste van Max. Dat was behoorlijk uniek, meestal vechten moeders tot het bittere einde voor hun natuurlijke rechten en maternale instincten, maar Marian deed dat niet, alsof ze voorvoelde wat er zou gebeuren met Max, en afstand wilde houden. Ik vergiste me in haar moederschap: later werd ze een goede moeder voor de kinderen die ze met Ruud kreeg, de sportredacteur. Ze verhuisde naar Brussel, waar Ruud correspondent werd voor een aantal Nederlandse kranten.

In 2023 ontdekte ze dat ze een joodse grootmoeder had. Daarna noemde ze zich Mirjam, wilde ze ineens meer contact met Max en eiste ze dat hij werd besneden. Gekte. Maar die neiging zakte na een tijdje weg. Ze kwam me een week lang uitschelden en vernederen toen Max werd begraven, gedeelde rouw kon ze niet opbrengen. Ze woont al tijden in een gehucht in Zuid-Frankrijk. Na 2040 heeft ze elk contact met me vermeden.

Vijfentwintig jaar lang ben ik redacteur geweest bij het *Brabants Dagblad*. Toen de krant in handen kwam van het Belgische De Persgroep, werd ik bij een reorganisatie met een bescheiden regeling afgevloeid. Na de dood van Max at ik mijn spaargeld op, en leefde vervolgens van een uitkering. Toen ik nauwelijks meer in staat was de huur op te brengen, ben ik gaan freelancen, móést ik gaan freelancen voor de centen. Noodgedwongen schraapte ik elke maand wat extra's bij elkaar door stukjes te schrijven, ook in het *Brabants Dagblad*, waarvoor ik één keer per maand een achtergrondartikel mocht leveren. Ik woonde klein en leefde klein, wat me geen moeite kostte, ik had kleine noden en kleine ambities. Maar ook dat kleine kent grenzen. Ik raakte uitgeput, de afgrond grijnsde me toe, en ik moest, om mezelf te redden, zo nu en dan de stupor van de rouw ontvluchten. Ik dacht: ik begin een weblog, oftewel blog. Nee, aan het boek kon ik niet werken. Dat was verbonden met jou, met Vught en met Max. Ik weet dat het een beetje een slap plan was, het schrijven van een blog, maar toch hielp het. Ik ging ervoor op stap, bezocht braderieën, winkelopeningen en -sluitingen, lintjesknipmomenten, gemeenteraadsvergaderingen en dergelijke, oftewel het kleine verslaggevershandwerk dat me verrassenderwijs voldoening gaf. Ik plaatste ook advertenties op mijn blog. Dat bracht niet veel op, maar elke stuiver telde. Soms kwam ik bij een opening of receptie – met gratis hapjes en drankjes – een oude schoolmakker tegen, zoals Henkie Haksloot.

Ik werd aan Henri voorgesteld bij de opening van een parfumerie aan de Waalwijkse Grotestraat. Met een glas witte wijn in de hand bracht Henri na de eerste uitwisseling van beleefdheden de bungalow ter sprake: ik hoorde dat je bij Connie woont, hoe is het daar, heb je nog een woning in Den Bosch, dat soort dingen. Ik hoorde bitterheid in zijn stem en om het allemaal wat minder zwaar te maken zei ik dat ik Connie weleens bezocht maar gewoon nog steeds in Den Bosch woonde.

Een halve eeuw geleden hadden Henri (toen nog Henk) en ik de eerste puberavonturen op het Willem gedeeld – de joints, de meisjes bij wie we de beha mochten loshaken, oorverdovend hard gitaarspelen –, maar die vormden nu, zo bleek, geen bron van melancholieke beschouwingen. We waren vreemden voor elkaar. Toen ik boven de witte wijn Henri's blikken interpreteerde, kreeg ik de indruk dat we op een bepaalde manier ook elkaars antagonisten waren. Henri Haksloot leek ervan overtuigd te zijn dat hij er door Connies vrijer (ik dus) uit was gewerkt, maar dat was feitelijk onwaar. Henri was er door Connie uit gewerkt, en niet zonder reden.

Tientallen jaren hadden we elkaar niet gesproken, en het was eigenaardig dat we via Connie op een bepaalde manier met elkaar verbonden waren. Er is (ik weet zeker dat je dat nog weet) een vrijgevochten periode in de Nederlandse culturele geschiedenis geweest waarin we elkaar 'kutzwagers' hadden genoemd.

Die avond was ik met Connie in Den Bosch naar de film geweest. In de bios had ik mijn mobieltje in de vliegtuigmodus gezet. Veertig minuten nadat we in Loon op Zand waren gekomen en ik mijn mobieltje aan de lader had gelegd, zag ik dat er iets was voorgevallen in Waalwijk, er kwam een stroom tweets en appjes voorbij over een schietpartij in de woning van een juwelier in Waalwijk. Op mijn laptop zocht ik naar berichten.

Connie stond in de badkamer haar gezicht schoon te maken. Ik wachtte in de deuropening en vroeg me af hoe ik het moest zeggen. Simpel en direct.

Ik zei: 'Ik moet je wat laten zien, Connie.'

'Wat?'

'Het gaat over Henri.'

'Mijn Henri?'

'Ja.'

'Wat bedoel je?'

'Er is iets gebeurd.'

'Iets naars?'

Ze kwam naar me toe, nam de laptop over en liet zich op bed zakken.

Ze las.

'Mijn god,' zei ze. 'Dit is... dit zat eraan te komen... is er iets met hem gebeurd? Leeft hij nog?'

‘Ik weet ’t niet.’

Ze gaf me de laptop terug en stond resoluut op: ‘We moeten naar hem toe.’

‘Nee. We gaan eerst uitzoeken wat er is gebeurd.’

‘Is hij dood? Zeg het me, Nico!’

‘Ik weet ’t niet. Ze hebben hem met een ambulance weggebracht.’

Terwijl ze zich aankleedde, vroeg Connie: ‘Was er een vuurgevecht? Hebben ze op elkaar geschoten?’

‘Geen idee. Er is maar één persoon afgevoerd naar het ziekenhuis…’

‘Wat bedoel je, “afgevoerd”?’

‘Gewoon, getransporteerd, vervoerd.’

‘Dood?’

‘Dat doen ze niet met een dode, direct naar het ziekenhuis brengen.’

‘Bij hem in z’n flat?’

‘Ja.’

‘In z’n flat overvallen, niet op de zaak, wat een domme grap… Met hoevelen waren ze?’

‘De een zegt drie, de ander vijf, of twee, geen idee.’

‘En maar één persoon in de ambulance?’

‘Eén.’

Ze zei: ‘Ik heb hem gezegd: “Als dat wapen blijft, ben ik weg.” Hij koos voor het wapen.’

‘Na al die overvallen was dat toch wel begrijpelijk?’

‘Nee! Dat was niet begrijpelijk. Mijn god… Ik bel Jet.’

Connies jongste zus Henriette – Jet – was hoofdverpleegster in het Elisabeth in Tilburg. Connie belde haar wakker, legde uit wat er was gebeurd, en vijftien minuten later belde Jet terug. Ze gaf mij – ‘als je m’n naam noemt vermoord ik je’ – de explosieve info die enkele uren later mijn website deed crashen.

Jet vertelde dat Henri Haksloot de ok was binnengebracht met ernstige trauma’s veroorzaakt door verschillende messteken, in de flat lagen de lichamen van twee jongens, beiden morsdood door kogelinslagen uit een pistool dat vermoedelijk toebehoorde aan Henri Haksloot. De gedode jongens werden later geïdentificeerd als een Marokkaan en een Somaliër, de eerste was een kleinzoon van migranten, de tweede een statushouder, oftewel een vluchteling die officieel asiel had gekregen, beiden uit Tilburg.

Ik had geen idee dat er in Brabant en elders in Nederland zo veel mensen wakker bleven tijdens de Nacht van Haksloot. Met mijn Twitter-account voedde ik de site. Ik overwoog om ook jou te bellen, maar het was laat, en daarbij: ik had je al jaren niet gesproken.

#DeLangstraat werd trending. Wie had dat kunnen bedenken?

Buiten brak een enorme regenbui los.

2039

Haksloot

Later* hoorde Henri dat de politie was gebeld door Fransje Gelderman, de buurman. Fransje was wakker geworden door de schoten, niet door Henri's gekerm of het getier van de doorgesnoven overvallers. Fransje sliep al een tijdje met behulp van pillen, dus alleen de knallen waren tot hem doorgedrongen. De aankomst van de ambulance had niet veel langer moeten duren, vertelden ze hem, anders was hij doodgebloed.

De eerste dagen – het waren toch dagen, of uren? – kon Henri zich niet langer dan enkele seconden concentreren op de goedwillende woorden en gezichtsuitdrukkingen van de verplegers, en viel hij telkens uitgeput en zonder adem terug in de rusteloze wereld van oudoom Pieter Haksloot, de oorlogsheld voor wiens verzetsdaden twee mensen de hoogste prijs hadden betaald. Henri ving woorden en zinnen op die hij niet begreep, tot er meer begrip ontstond en het besef tot hem doordrong dat hij aan de dood was ontsnapt.

Maar helemaal terug was hij niet. Dat zou acht dagen duren. Hij lag met kabels en slangen verbonden aan apparaten met metertjes en lampjes. Zijn long was geperforeerd, een deel van zijn lever was weggehaald. Zonder acuut ingrijpen van het ambulancepersoneel was hij in zijn eigen bloed gestikt. En hij had mazzel dat die nacht

* Alles wat volgt is door Henri met mij gedeeld.

de bestuurder van de ambulancedrone Abdel Barrada was, een Marokkaanse jongen die een talentvolle droneracer en vermoedelijk de snelste ambulancebestuurder was in zuidelijk Nederland.

Henri was in coma gehouden. Daarna lieten ze hem langzaam ontwaken. Met 'ze' bedoelde hij het team dat hem uit de vallei had opgetakeld, de vallei waarin helemaal niks bestond. Hij vroeg zich later af hoelang en hoe vaak hij in die comaweek met oudoom Pieter in gesprek was geweest, en vermoedelijk was het antwoord: nauwelijks. Alleen gedurende de wilde vlucht in de ambulance, en de rest van de dagen was er niets. Niets was niet angstaanjagend, zo besefte hij nu. Hij wist gewoonweg niet dat hij ademde en een existentie had gekend.

Toen hij terugkwam hing het woord 'vallei' in zijn hoofd, en in het zwart in zijn hoofd lichtten tekens op, letters, herkende hij, en hij las: 'Al ging ik ook in een dal der schaduw des doods, ik zou geen kwaad vrezen, want Gij zijt met mij; Uw stok en Uw staf, die vertroosten mij.' Het was Psalm 23 – een van de psalmen die aan David werden toegeschreven.

Er verschenen veel gezichten in zijn blikveld, onbekende mannen en vrouwen die hem toespraken met varianten van 'welkom, meneer Haksloot'. Hij werd door hen omringd, ze keken op beeldschermen, schreven in notitieblokken of op tablets. Er werd in hem geprikt en hij kreeg medicatie en hij voelde hoe opgewonden iedereen was. Hij viel in slaap en vroeg om een bijbel, kon dat? Maar hij had niet de kracht het dikke boek vast te houden. Een verpleegster hielp hem. Zij was geen christen, het was een jonge vrouw met grote zwarte ogen, lieflijke lippen, een hoofddoek om het hoofd, en ze had er geen moeite mee hem voor te lezen.

'Psalm 23,' mompelde hij.

Zij bladerde en las: 'Een psalm van David. De Heere is mijn Herder, mij zal niets ontbreken. Hij doet mij nederliggen in grazige weiden; Hij voert mij zachtjes aan zeer stille wateren. Hij verkwikt mijn ziel; Hij leidt mij in het spoor der gerechtigheid, om Zijns

Naams wil. Al ging ik ook in een dal der schaduw des doods, ik zou geen kwaad vrezen, want Gij zijt met mij; Uw stok en Uw staf, die vertroosten mij. Gij richt de tafel toe voor mijn aangezicht, tegenover mijn tegenpartijders; Gij maakt mijn hoofd vet met olie, mijn beker is overvloeiende. Immers zullen mij het goede en de weldadigheid volgen al de dagen mijns levens; en ik zal in het huis des Heeren blijven in lengte van dagen.'

Henri had lang gevochten tegen het besef dat hij niemand had die hem verwelkomde als hij thuiskwam, en hij had fysiek gevochten – hij was nog bezig de herinneringen in de juiste volgorde te plaatsen – tot er niets anders was dan duisternis. Hij verweet zich dat hij in de loop der jaren vergeten was hoe troostrijk die woorden van Davids psalm waren. Hij begon te huilen omdat hij opeens gelukkig en verdrietig tegelijk was.

De verpleegster greep zijn hand, voelde hij toen hij in slaap gleed.

Hij hoorde haar al een tijdje, maar hield zijn ogen dicht. Geschuifel van voeten, gertisel van kleding. Verder: geluiden die hij niet kon plaatsen, piepjes van apparaten waaraan hij verbonden was, de bewijzen van onbegrensd menselijk vernuft, nadat hij door onbegrensd menselijk kwaad was doorboord. Alles klonk veilig nu. Hij was er nog, deel van een wereld vol muziek; zo klonk het wat hij hoorde, alle geluid was muziek. Tussen zijn wimpers door zag hij Jet die met een jonge verpleegster de apparaten naliep. Ze tikte informatie in op een tablet. De wereld was gedigitaliseerd, maar niet die van juweliers. Zijn klanten en overvallers wensten nog steeds gewicht, glans, goud, met elkaar in balans gebracht door ambachtelijke vingers die nauwkeurige instrumenten lieten bewegen in piepkleine universa met een doorsnede van fracties van millimeters. Kunstenaars waren het, die instrumentenmensen van Rolex en Patek Philippe. Ook in het ziekenhuis werkten kunstenaars. Hij had dood kunnen zijn. Ze hadden hem gered. Zonder deze medische kunstenaars was hij doodgebloed.

Opeens stond Jet naast hem, naar hem toe gebogen. De jongste zus van Connie. Ook nog altijd goed geconserveerd, of mocht je dat niet meer zeggen, conserveren, wanneer het over ouder wordende vrouwen ging?

'Henk,' zei ze. 'Henk, jongen...'

Ze wierp een blik over haar schouder: 'Jannie, laat dokter Öztürk weten dat meneer Haksloot bij bewustzijn is.'

Het meisje haastte zich uit zijn kamer. Hij lag hier alleen. Het was geen gewone kamer.

'Icu?' fluisterde Haksloot. Hij had de term leren kennen bij de eerste coronagolf.

'Ja. Maar daar kun je nu uit. Straks ga je naar een herstelkamer.'

'Hoelang?'

'Dit is je vierde dag. Het is de twintigste.'

'Twintigste?' mompelde hij.

'Twintig april 2039.'

'Ach, ja,' zei hij.

'Je bent vierentwintig uur kritisch geweest, maar je bent sterk.'

'Nooit gerookt,' mompelde hij.

'Dat helpt,' zei Jet met een glimlach.

'Heb jij mij gewassen?'

'Ja, Henk, dat hoort erbij.'

'Henri,' zei hij.

'Ik heb je altijd Henk genoemd.'

'Ik ben al heel lang Henri.'

'Weet ik.'

'Had niet... iemand anders mij moeten wassen?'

Dit zat hem opeens dwars, in leven gehouden met apparaten die hij nooit zou begrijpen terwijl zijn ex-schoonzus zijn delen waste.

'Ze hebben me aangewezen hiervoor. Ik was nabij voor je. Niks aan de hand, Hen-ri. Ik heb duizenden mannen gewassen.'

'Ik bedoel... ik heb weleens gelezen, bij narcose, dat mannen...'

'Een heel enkele keer,' zei Jet. 'En als dat zo zou zijn, wat doet het ertoe?'

Hij knikte zwak, ze had gelijk, misschien had hij een erectie gehad bij de operatie, of daarna bij het wassen. In dit reusachtige ziekenhuis, deze tempel van troost en wonder, hoorde dat bij het menselijke circus.

Opnieuw was hij even weg, maar Jets stem bracht hem terug.

'Henri, dit is dokter Öztürk, de behandelend specialist.'

Ze maakte plaats voor een slanke jongeman, die misschien niet ouder was dan vijfendertig, met intelligente ogen, al vroeg kaal, wat hem goed stond. Öztürk – de naam zei waar hij vandaan kwam. Of misschien was hij in Nederland geboren, vermoedelijk wel. Hij had de huid van iemand die elke dag de zonnebank bezocht. Witte tanden, perfect in lijn – dat kon je goedkoop in Istanbul laten doen, had Henri gelezen. Daar deden ze ook aan haartransplantaties, maar daar had deze dokter kennelijk geen interesse in.

'Meneer Haksloot, goed om u nu te kunnen aankijken. U hebt uitstekend gereageerd op de operatie, de medicijnen, we brengen u over naar een gewone herstelkamer. Achtenveertig uur, denken we, misschien tweeënzeventig, dan kunt u naar huis.'

Een beschaafde stem, deze dokter. Rustig, met overwicht. Hij wist wie hij was.

'Naar huis?'

Haksloot dacht aan de chaos daar, zijn schoenen.

Hij hoorde Jet: 'De politie heeft het vanochtend vrijgegeven. Connie heeft meteen een schoonmaakbedrijf aan het werk gezet. Het ziet er piekfijn uit.'

Henri herhaalde: 'Piekfijn, ja.' Typisch een woord van Connie.

'M'n schoenen?' vroeg hij.

'Daar weet ik niks van,' zei Jet.

'Als u hier uit de icu bent zal ik u het proces vertellen, wat er aan u mankeerde, wat we hebben gedaan, en uw wonderlijk goede herstel. Over een paar weken kunt u weer de marathon lopen.'

'Een blokje om is genoeg,' antwoordde Henri, en hij glimlachte om de man een plezier te doen, maar glimlachen was lastig. Hij voelde dat alles gezwollen was.

'Over een paar uur wordt u overgebracht naar een andere kamer,' zei de Turkse dokter.

'Dank u wel,' zei Henri. Hij sloot zijn ogen.

Een andere kamer, minder apparaten en snoeren. Het was later, dat voelde hij. Het was het begin van de avond, vertelde een innerlijke klok hem.

Connie zat naast hem. Ze hield zijn hand vast. Hij sloot zijn ogen omdat haar aanblik pijn deed, ondanks de pijnstillers die via een buis zijn lichaam binnendruppelden. Hij bekeek haar toch een moment tussen zijn wimpers.

Ze kneep in zijn hand. Hij kneep terug en sloot meteen zijn ogen, hij kon het niet verdragen dat ze zomaar bij hem was. Ze was goed geconserveerd – dat dacht hij ook bij haar zus. Connie was ouder, kleurde al decennialang haar haar lichtblond, ze liet zich inspuiten met botox, deed aan yoga en rennen en bezocht een sportschool. Ze werkte er hard voor, voor dat conserveren. Niemand wil oud worden, dacht hij, behalve ik.

Ze zei: 'Klootzak.'

'Ja?' vroeg hij.

'Ja.' Ze herhaalde: 'Klootzak. Stomme, stomme klootzak.'

Met gesloten ogen fluisterde hij: 'Ik heb altijd van je gehouden.'

'Ik van jou,' zei Connie. 'Maar je bent gek. Een normaal mens had de zaak allang verkocht. Maar jij niet. Jij moest zo nodig doorgaan. Ik wist dat dit zou gebeuren. Je was bijna dood.'

'Bijna dood bestaat niet.'

'Toen ze je hierheen brachten, o jawel, bijna dood bestaat. Daarna komt echt dood.'

'Het zijn goede mensen hier.'

'Dat is mazzel hebben, dat ze goed zijn.'

'Die twee?'

'Die twee zijn dood.'

'Dood?'

'Jouw pistool.'

'Gelukkig,' zei hij. 'Niet ik, maar die hufters.'

'Domme jongens. Met ouders en families.'

Het drong tot hem door wat hij had veroorzaakt. Hij had er niet meer aan gedacht. Vergeten, was het. Ergens opgelost in de narcose en de operatiedromen.

'Mijn god,' zei hij.

'Mijn god,' herhaalde ze.

Hij durfde nu te kijken. Mooie blauwe ogen had ze. Ze had lipstick op, opgemaakt alsof ze ergens lekker ging eten. Het had hem nooit geïnteresseerd, dat eten. Nico Levi kennelijk wel. Soms dineerde Haksloot wekenlang 's avonds met een boterham met kaas en een beetje sla terwijl hij naar een serie keek. Connie was gek op lekker eten. Misschien was ze wat zwaar rond de heupen, bovenbenen, billen. Maar nog steeds was ze heel aantrekkelijk.

Hij vroeg: 'Wie weet ervan?'

Ze herhaalde vlak, zonder melodie: 'Wie weet ervan?'

'Weten ze 't in de buurt?'

'In de buurt?' Ze gromde, leek het. 'Henri, jongen, het hele land weet ervan. Op de voorpagina van *De Stem*, *Brabants Dagblad*, *De Telegraaf*, het AD, NRC en *de Volkskrant* ook, besproken in de praatprogramma's, *Veronica Variété*. Ze weten ervan, Henri. Je bent een bekende Nederlander.'

'Ja? *Variété* ook?'

'Wat denk je? Je hebt je naar eeuwige roem geschoten, schat.'

'Ja? Dat wilde ik niet. Echt niet.'

Het waren schoften. Ze hadden niet het recht zijn flat binnen te dringen en hem te martelen – was er een ander woord voor? Ze hadden geen recht op zijn horloges en sieraden. Het was een oerwet, de kernregel die de hele samenleving bijeenhield: ieder het zijne. Of werd die uitdrukking anders gebruikt, in een Bijbelse context? Hij herinnerde zich dat een jonge verpleegster hem had voorgelezen. Psalm 23. Mijn god, wat was dat mooi. Al duizenden jaren oud, door een literair genie geschreven, of was het echt door David bedacht?

'Ze willen met je praten.'

'Wie?'

'De talkshows.'

'Dat kan ik niet.'

'Wil je wel met Nico praten?'

'Nico?'

'Voor zijn website.'

'Wil jij dat, Con?'

'Wanneer je eraan toe bent. Niet eerder.'

'Daar moet ik over nadenken.'

'De politie wil ook met je praten, dat kun je niet weigeren. Ik heb een advocaat gevonden, in Amsterdam, hij is heel goed.'

'Ik ben onschuldig.'

'Dat ben je zeker.'

'En ook schuldig, in zekere zin.'

'Nee,' zei ze. 'Je bent onschuldig. Je hebt een advocaat nodig.'

Hij zei het zomaar: 'Kom je bij me terug?'

'Nee, lieverd,' antwoordde ze zonder enige aarzeling. 'Nee. Je bent bezeten. Alles draait in jouw bestaan om de zaak. Je bent er bijna aan kapotgegaan.'

'Het was oorlog,' zei hij. 'Ze hadden me de oorlog verklaard.'

'Wie?' vroeg ze.

'De rovers. De dieven. Ze lieten me niet met rust. Had ik dan moeten opgeven?'

'Ja,' zei ze, 'je had moeten opgeven.'

'Dan had ik...' Hij aarzelde. 'Als ik dat had gedaan, dan had ik mezelf nooit meer kunnen aankijken. Dan was ik liever dood geweest. M'n vader had het me nooit vergeven.'

Er gebeurde iets bij de deur van zijn kamer. Nico Levi kwam binnen.* Hij kwam dichterbij en bleef naast Connie staan, legde een hand op haar schouder. Ze sliepen samen in één bed.

'Hi,' zei Levi.

'Hi,' antwoordde Henri.

Levi zei: 'Je bent iemand, zeg. Indrukwekkend.'

'Hou op,' onderbrak Connie hem. 'Hij is gek.'

'Jij hebt kloten, Haksloot, Henkie, Henri. Het hele land is al een paar dagen bezig met je. Jezus, Henk, je bent echt iemand.'

'Henri, noem me Henri.'

'Kan ik morgen terugkomen? Ik hou het kort.'

'Waren er meer dan twee?' vroeg Henri.

Nico zei: 'Er stond er nog eentje buiten. Die is ontkomen.'

'Ontkomen,' herhaalde Henri. Echt een woord voor Levi. 'Piekfijn' was voor Connie.

Opnieuw kwamen er mensen binnen. Connie ging staan. Het was druk opeens in zijn herstelkamer.

'Hoi, Anna,' hoorde hij Levi zeggen.

Het ontging Henri niet: de blikwisseling tussen Levi en deze vrouw. Haar verschijning leek Levi in verwarring te brengen.

'Ha, Nico,' zei de vrouw. Daarna zei ze tegen niemand in het bijzonder: 'Mag ik even met meneer Haksloot alleen zijn?' Ze was vrij lang en ze had iets elegants in haar houding. Het was een mooie vrouw, net als Connie, maar langer en met donker haar, niet het type dat Haksloot associeerde met een politievrouw. Meer een advocaat. Of de CEO van een bedrijf. Donker haar, geverfd, met een rode glans. Waarom dacht hij dat ze van de politie was? Haar blik, vermoedelijk. Ze had iets onverbiddelijks en intelligents in haar ogen die ook Henri onrustig maakten, net als Levi.

Henri zag nog twee andere mensen. Achter de vrouw stonden een boertige jongeman met opgeschoren, blond stekelhaar, en een

* Nog steeds Hakslloots perspectief.

tweede vrouw, kleiner dan die andere, die de indruk wekte alsof zij de baas was – gek dat je dat aan de houding kon zien. Zij droeg een mantelpak, een ring met een behoorlijke steen, een halsketting die ook wat waard was. Er zat iets mediterraans in haar, of Marokkaans.

Connie zei: 'We komen straks terug, Henri.'

Levi vroeg hem: 'Wil je echt dat we weggaan, Henri? Anna Klerks is van de politie, die mevrouw daar, Salma Aziz, is de officier van justitie. Wij zijn nu getuigen.'

'Niet zo overdreven doen, Nico,' zei Anna Klerks. Ze kenden elkaar ergens van.

'Je bent hier, met dit gezelschap, om hem te arresteren, toch?' zei Nico Levi.

Er heerste iets gespannens tussen deze twee, Henri vermoedde een oude, tragisch verlopen liefde.

Anna richtte zich tot Haksloot: 'Mijn naam is Anna Klerks, ik ben hoofdinspecteur. Dit is Michiel Jansen, recherche, Salma Aziz, officier van dienst.'

Aziz nam het van haar over. Ze had een tablet in de hand met een roze beschermhoes: 'Ik kom u vertellen dat wij een onderzoek hebben ingesteld, meneer Haksloot. We leven in een rechtsstaat, dus we moeten de zaak onderzoeken. Ik kan alle begrip van de wereld voor u hebben, sympathie zelfs, heus, het is niet mis wat u is overkomen. Maar twee mensen zijn gestorven. En u was illegaal in het bezit van een vuurwapen. Dan begint de molen bij ons te draaien. Dit kan niet in een doofpot verdwijnen, het hele land kijkt toe. De regels zijn er ook voor gevallen zoals het uwe.'

Connie vroeg, emotioneel opeens: 'Hadden jullie niet kunnen wachten tot hij weer thuis was?'

Ze greep beschermend Henri's hand. Henri zag dat dat Levi niet ontging.

Aziz zei: 'We hebben al een paar dagen gewacht.'

'Dit wordt een zaak?' vroeg Levi.

'Dit wordt onherroepelijk een zaak,' antwoordde Aziz.

Levi bleef doorvragen: 'Illegaal wapenbezit? Dood door schuld?'

'We zijn bezig met het onderzoek,' antwoordde Aziz. 'U bent toch meneer Levi?'

'Ja,' zei Levi.

Henri zag dat Aziz een blik wisselde met Anna Klerks, de hoofdinspecteur. Aziz wist dus dat Levi en Klerks een verleden hadden.

Aziz vroeg: 'Houdt u dit even voor u?'

'Wat?'

'Ons bezoekje hier.'

'Ik denk het niet,' antwoordde Levi, nogal bars.

'We hebben persvrijheid,' zei Aziz. 'Maar een beetje verantwoordelijkheidsbesef past ook de pers. Het is onrustig hier en daar.'

Onrustig, dacht Henri, onrustiger dan in mijn flatje?

'Henri heeft een advocaat,' zei Connie. 'Die wil overal bij zijn. Hij neemt contact met u op.'

'We komen terug,' zei Anna Klerks. 'We moeten terugkomen. Dit is geen grap geweest.'

'Zie ik eruit als een grappenmaker?' vroeg Henri, ad rem opeens.

'Hij is het slachtoffer, niet die twee hufters,' zei Levi.

'Die zijn gestorven,' zei Aziz. 'Wie is de advocaat?'

'Polak?' vroeg Anna.

'Ja,' zei Connie.

Henri kende hem van televisie. Hij was beroemd, en duur. Wie ging dat betalen?

'Er is geen onderzoek nodig,' zei Henri. 'Ik beken, ik heb ze –'

'Hou je mond, Henk,' sprak Levi dwars door hem heen.

'Ik heb ze doodgeschoten, wat had ik anders moeten doen?'

'Ik heb niks gehoord,' zei Salma Aziz. 'Geen van ons heeft dit gehoord. Tot spoedig, meneer Hakshoot. Beterschap.'

2039

Langstraat

Een selectie uit mijn blogs over en rondom de rechtszaak tegen Henri Haksloot – gepubliceerd op de Langstraat-blog

4.6.2039

Henri herstelt goed, hij maakt wandelingen. Maar hij kan het niet opbrengen de juwelierszaak te openen, ondanks de steun die hij van veel kanten krijgt, ook in geld. Er komen donaties binnen om de rechtszaak te bekostigen, Polak is niet goedkoop, zelfs niet nadat ze een speciale uurprijs overeengekomen zijn. Zal de rechtbank akkoord gaan met het beroep op zelfverdediging? Nederland is niet Amerika.

Wat ik kan onthullen is dat het pistool dat Henri had gebruikt een oud exemplaar was dat zijn oudoom Pieter Haksloot in de jaren dertig had aangeschaft, een Beretta die het standaardwapen was van de politie in Italië. Henri heeft geen idee hoe het wapen in Nederland belandde, en hoe het in het bezit van Pieter is gekomen, en hoe Henri's vader het had verkregen. Het wapen lag diep weggestopt in de kelder van de winkel, en toen hij het urgent achtte dat het wapen onder zijn hoofdkussen zou liggen, wist hij waar hij het kon vinden. Online vond hij handleidingen over de schoonmaak ervan, de onderdelen, en hoe hij het uit elkaar moest halen en weer moest samenstellen. Voor een liefhebber van uurwerken leverde dat alles geen problemen op.

Er zijn nu negen weken verstreken, en er is nog steeds geen datum vastgesteld voor het proces, wat niet ongewoon is. Ik vermoed dat het OM en de rechtbank het proces voor zich uit schuiven; de gemoederen raakten verhit toen bekend werd dat het OM een onderzoek ging instellen. Familieleden van de twee (verdachte) daders, woonachtig in Tilburg, zijn lastiggevallen, en er zijn buurtwachten georganiseerd om de omgeving van de woningen van de families te beveiligen – wat weer tegenreacties heeft uitgelokt van Waalwijkers en hun bondgenoten. Bij de laatste wedstrijd van RKC werden er beledigende leuzen gebruld tegen de Marokkaanse spelers van de tegenpartij; ook bij RKC spelen Marokkaanse Nederlanders. Zij worden gezien als leden van de lokale Waalwijkse stammen.

Niet alleen bijval krijg ik binnen in de mailbox van deze site. Ik word uitgemaakt voor van alles en nog wat. Ik zou profiteren van Henri's tragedie en de dood van de twee overvallers. Voor de duidelijkheid: zeker, ik verdien aan het bijhouden van deze blog, ik plaats advertenties, want ik moet de huur betalen, maar de belangrijkste reden is dat ik niet kan verdragen dat er types in ons land rondlopen die vinden dat ze het recht hebben om een burger tot moes te slaan en met messteken te bewerken. Ik weet het, dit komt niet vaak voor, maar als het gebeurt, is het misselijkmakend. Heb ik een mening? Ja, ik heb een mening: Henri moet van rechtsvervolging worden ontslagen. Die nacht belandde hij, ongewild, zonder het te hebben gezocht, in de hel. Het Nederlandse rechtssysteem moet hem dus ontzien. Ik besef dat er pro forma iets moet gebeuren, de boekhouding moet deugen, maar laat hem niet bungelen in zo veel onzekerheden, de overheid hoeft hem niet te straffen voor zijn verweer tegen twee onbeschofte klootzakjes.

7.7.2039

Ik had de uitnodiging niet moeten aannemen, maar nadat ik er tientallen had afgewezen en de presentator me persoonlijk een paar keer had gebeld (Henri staat niemand te woord, ook ik moet er moeite voor doen), ben ik ernaartoe gegaan. De hoeveelheid bagger die ik vorige nacht na de talkshow over me heen kreeg, valt niet te beschrijven. Ik vond het gesprek behoorlijk genuanceerd, de Tilburgse buurtvader die ook was uitgenodigd ontpopte zich als een redelijk mens; ik was het met hem eens dat de familie van de daders geen enkele blaam trof. Maar toch konden de haters me vinden. Henri's handel was iets verderfelijks, schreven ze, hij was een handlanger van de onderwereld aangezien die de enige clientèle vormt die zich de onzinnige dure rommel van zijn winkel kon veroorloven. Anderen zeggen dat Henri was verzekerd en zich niet had moeten verzetten. Hij was zo vaak overvallen dat het erop leek dat hij het uitlokte. Hij was een fascist, ik ook. Enzovoorts. De meeste haters veroordeelden me omdat ik in de talkshow had bekend dat ik voor het soort mens dat Henri had overvallen de doodstraf wilde instellen. Ik had eraan toegevoegd: ik vind dat rechters de doodstraf moeten kunnen uitspreken, maar de straf wordt daarna automatisch omgezet in levenslang. Het ging me om de symboliek en het theatrale van de straf: voorname rechters die de ultieme straf oplegden. Ik was een fascist in het kwadraat. Die context werd veelal weggelaten en dan suggereerden mijn quotes dat ik geen nuances aanbracht.

's Nachts al kon de server de traffic voor de Langstraat niet aan. Veel lezers wilden zien wat ik had geschreven, en hun positieve reacties overtroffen gelukkig de kloterige.

Hoe is het om nu opeens een groot publiek aan te spreken? had de presentator gevraagd. Ik had geen idee, het is een abstractie, tot het moment dat ik in de mailbox kijk en het tot me doordringt dat Henri's tragedie tot de verbeelding spreekt. Ook al is het hun niet op die gewelddadige manier overkomen, velen voelen zich als Henri: belaagd, onbegrepen, onder druk gezet door de overheid, eenzaam, en meestal machteloos – tot de kogels uit het wapen knalden en er een held werd geboren.

Uitgeverijen hebben zich bij hem gemeld, en bij mij, voor zijn levensverhaal. Er is iets met Henri's lot wat de collectieve eenzaamheid na de pandemieën, lockdowns en oorlogen omvat. Veel Nederlanders, denk ik, hebben de relatieve veiligheid en rust van vóór maart 2020 nooit meer teruggevonden. De berichten die ik voor hem binnenkrijg, en hem doormail, liegen er niet om. Steeds meer smeekbedes of hij een politieke partij wil beginnen. Hij is nu al, bij leven, een legende geworden. Voor de volledigheid voeg ik hieraan toe: ik denk dat zoiets niet lang duurt. Er zullen andere tragediën volgen, dit slijt, en op een dag zal Henri in zijn eentje in een verlaten winkel achterblijven nadat zijn voorraad door deurwaarders is geconfisqueerd. Wie wil daar als klant over de drempel stappen zonder angst voor een mes of kalasjnikov?

Ik had natuurlijk het specifieke karakter van een deel van zijn clientèle (de drugsjongens) moeten verzwijgen – Henri stond erop dat ik dat meldde. Zonder die klanten had hij een zuinige boterham, en hij wilde over alles eerlijk en transparant zijn. Dat klonk alsof hij al een politicus was. Weinig reageerders namen hem dat kwalijk, bijna iedereen vond het moedig dat hij daar eerlijk voor uitkwam. Toch had ik het moeten deleten, want je kon er donder op zeggen dat de Belastingdienst zich zou melden, en dat gebeurde ook. Advocaat Polak dreigde dat hij zou terugtreden als ik de blogs niet vooraf aan hem liet lezen, hij en ik moesten Henri tegen zichzelf in bescherming nemen. Hij had gelijk, maar toch weigerde ik, en ik werd daarin door Henri gesteund. Polak is gebleven (sorry, Robert, dat ik dat hier meld!).

Formeel doet het OM nog onderzoek, maar wat valt er te onderzoeken? De lichamen van de overvallers, de wonden bij Henri, het wapen, alles spreekt voor zich. Verdiepen de leden van het OM zich in verzachtende omstandigheden opdat ze Henri kunnen laten lopen en zich niet belachelijk maken als ze een straf eisen? Geen enkele straf kan gerechtvaardigd zijn.

Over de daders is inmiddels het een en ander bekend. Vierdegeneratie-Marokkaan, eerstegeneratie-Somaliër. ‘Goeie jongens,’ zeiden de broers en ooms, ze waren boezemvrienden met gemeenschappelijke toekomstplannen, ze wilden monteur worden en bijdragen aan de samenleving. De Somalische jongen leerde Nederlands, de Marokkaanse jongen droomde van een eigen garage, en als dat niet zou lukken wilde hij ambulancemedewerker worden. Maar, zo vraag ik me af, waarom zag de familie niet wat de jongens naar huis brachten? Het makkelijke geld, de dure sneakers en tasjes met het logo van een Frans of Italiaans merk? Niks nieuws, niks verrassends: allebei verslaafd, nauwelijks enige educatie, de meelopers aan de periferie van ongrijpbare drugsbendes die zich schuilhouden in de 'zwakke wijken' en in de Brabantse woonwagenkampen. Ik ken kampers, hartelijke, gulle mensen, een enkeling met een iets te grote tolerantie voor schimmige zaken. Argwaan ten opzichte van wat ze 'de burgerlijke samenleving' noemen is eigen aan kampers, en vermoedelijk ook aan de migrantenkinderen die nooit welvaart en aanzien zullen vinden zonder criminaliteit – in hun kringen dwingt crimineel gedrag bewondering af. Een schaarse enkeling lukt het om uit het getto te klimmen en via een studie status te vinden bij de kaaskoppen. Ze hadden voorwerk verricht, samen met een derde jongen die nooit is gegrepen (hij staat vaag op een beveiligingscamera van een telefoonwinkel). Een week eerder hadden ze de binnenkomst gepland, via het dak, ze hadden op D-day in een oude Golf gewacht, gesnoven, geblowd. Ze waren een minuut in Henri's flat toen hij met een beneveld hoofd binnenstapte.

De vermelding van zijn lievelingsschoenen, de suède stappers van Greve, bracht een actie van de firma Greve op gang: ze nodigden hem uit om langs te komen zodat ze schoenen op maat voor hem konden maken. Henri heeft de mensen van Greve hartelijk bedankt en zal laten weten wanneer hij kan komen. Henri kennende zal hij niet gaan; de politie heeft het paar in beslag genomen, de getuigen van het schandaal dat hem trof. Waarom overkomen goede mensen kutdingen?

12.7.2039

Om halfzeven belden de buren. Tom staat altijd vroeg op, hij is hoofd van een lagere school, en ze hebben kleine kinderen. Er stond iets op de garagedeur. Sinds de overval verblijf ik bij mijn vriendin in Loon.

Het was een hakenkruis.

Een partij trollen was me al een tijd aan het bestoken, maar dit was de overgang van virtueel – dat ik met een druk op de knop kon deleten – naar materieel. Voor een groeiende groep internetters was Henri een bevoorrechte oude witte man die handelde in de symbolen van patriarchale overheersing: die glimmende dingen om de pols, die uitingen van mannelijke arrogantie. En voor het gemak werd ik, als de stadsomroeper, daarin meegenomen. En ik was een Jood – daar kwamen ze al snel achter.

Henri had heel wat andere sieraden in de winkel, ook betaalbare ringetjes en kettinkjes. Zeker, je kon ook een horloge van een ton bestellen, maar hoe vaak maakte hij dat mee? En waarom zou je hem aanvallen op zijn nering? Hij roofde niks, hij bedroog niet. Oké, hij had zo nu en dan een btw-bonnetje te weinig uitgeschreven, maar niemand had hij laten lijden. Hij had uitgerekend wat hij gedurende zijn werkzame leven aan belastingen had betaald, voor zichzelf en de onderneming. Het ging om miljoenen. Hij had bescherming door de samenleving verwacht, het toepassen van de regels die hij nodig had om te functioneren. Keer op keer hadden ze dat beschaamd, en met 'ze' bedoelde hij de autoriteiten, en ook bedoelde hij daarmee het tuig dat uiteindelijk zijn huwelijk zou belasten. Hij hield van zijn zaak, zijn beroep, zijn kennis van edelmetalen, van diamanten en uurwerken, het ambacht van smelten en zetten. Hij had als jongen de vakliteratuur doorgenomen die hem door zijn vader was aangereikt. Hij was nooit echt een sociaal dier geweest, en met deze sieraden vond hij de beste balans tussen zijn aangeboren afstandelijkheid en passie voor techniek. Hij wist hoe complex het slijpen van een diamant was, of het samenstellen van een horloge van Jaeger-LeCoultre. Wie weleens in zo'n uurwerk heeft gekeken, is voor altijd verliefd, op het object en de technici in het Zwitserse stadje Le Sentier.

De LeCoultres waren Hugenoten die in de zestiende eeuw naar Genève waren gevlucht, en vandaar naar een stuk land waarop ze een kerkje bouwden: dat was het begin van Le Sentier, gelegen op duizend meter hoogte in een vallei in de Zwitserse Jura, ten noorden van Genève, aan een beeldschoon meer. In het begin van de negentiende eeuw begon Antoine LeCoultre daar een werkplaatsje voor klokken, en in 1844 vond Antoine de *millionomètre* uit, een uiterst precies meetapparaat. Ze zijn nog steeds in Le Sentier gevestigd. Misschien maken ze wel de mooiste horloges op aarde, volgens Henri. Musea kunnen hem gestolen worden, maar de horlogemakers heeft hij bezocht. Ze zijn allemaal in Le Sentier gevestigd: Patek Philippe, Vacheron Constantin, Romain Gauthier. Als hij opnieuw geboren zou worden, zou Henri daar willen werken en was hij horlogemaker geworden, vertrouwde hij me vorige week toe. Het was een telefoongesprek, hij wil niemand zien. Hij slaapt op een veldbed achter in de zaak, houdt de veiligheidsschermen dicht, en laat maaltijden afleveren die hij via een luikje bij de achterdeur in ontvangst neemt. Eén keer per week gaat hij in zijn flat douchen. Hij wil de flat te koop zetten. Te veel ellende ziet hij als hij er is. Hij heeft het niet aan de grote klok willen hangen, maar hij vindt in de zware brievenbus van de winkel bijna elke dag anonieme brieven met hakenkruizen en ss-tekens. En andere grappen, zoals een doos met stront. Dit gebeurt er in deze bezeten tijd als je in de openbaarheid belandt: je krijgt niet alleen bijval, maar je wordt het object waarop door wildvreemden bitter ongenoegen kan worden geprojecteerd.

Een hakenkruis bij ons dus ook. Ik heb het vanochtend weggeschuurd, maar ik zag net dat ik alsnog de hele deur moet schuren, want je kunt het kruis nog vaag zien.

Volgens Polak zal binnen afzienbare tijd de zittingsdatum bekend worden, een zogenaamde hoorzitting. De hoeveelheid bezoekers van deze site neemt af, ik zeg het zoals het is. De eerste glans is eraf, de zaak is in de media aan het wegzakken. Pas op, waarschuwde Robert Polak, het komt allemaal terug, en heviger dan ooit, misschien moet je dan een tijdje ergens anders gaan zitten, anoniem.

9.8.2039

Op het plein voor het gerechtshof in Den Bosch hebben zich ruim honderd mensen verzameld, onder wie een paar hardcore RKC-fans die ik jaren eerder geïnterviewd heb over de liefde voor hun club, Waalwijkse winkeliers die hun solidariteit komen tonen, en vooral, meer dan de helft, schat ik, journalisten. Henri heeft niemand van de pers te woord gestaan, dus wenden ze zich tot mij. Maar ik heb Henri al dagen niet gesproken. Polak heeft me toevertrouwd dat de communicatie met Henri moeizaam verloopt.

Voor de winkel in Waalwijk ontstaan geregeld oploopjes. Rechtsradicalen hebben geprobeerd Henri voor hun karretje te spannen en zwaaien geregeld met bedenkelijke nationalistische vlaggen als ze door de Grotestraat lopen. Soms zingt bij het beveiligingshek een lokaal gebedsgroepje een christelijke psalm, overdag maken verloren scholieren selfies terwijl ze gekke bekken trekken.

Wat weet ik? Ik vertel de journalisten dat Henri het zwaar heeft. Hij moet zich na de nachtmerrie van de overval en de maanden van herstel nu tegen de overheid verdedigen. Ja, hij heeft vertrouwen, zeg ik, Robert Polak gaat pleiten voor een veroordeling zonder oplegging van straf. Dit is niet een nieuw bericht, Polak heeft het zelf gisteravond in een talkshow aangekondigd. Zoals Polak het zei: 'Een bewezenverklaring zonder strafoplegging kan volgen indien een rechtbank dat raadzaam acht gezien de geringe ernst van het feit, de persoonlijkheid van de dader of de omstandigheden van het geval, maar dit lijkt bij dodelijke slachtoffers niet voor de hand te liggen. Wat wel voor de hand ligt, is om Haksloot geen straf op te leggen vanwege noodweer of noodweerexces in combinatie met psychische overmacht.'

Een van de bodes komt naar buiten en maakt bekend dat de deuren van de zaal open zijn. De menigte verplaatst zich naar binnen, naar de grote zaal. De pers neemt beneden plaats, toeschouwers kunnen boven op een soort theaterbalkon een stoel vinden en van achter een glazen wand het ritueel gadeslaan. Camera's worden op statieven geschoven, microfoons aangesloten.

Twee officieren van het OM, in toga, staan al te overleggen, allebei veel te jong zo te zien, zijn ze dertig jaar oud?

Een zijdeur gaat open en Polak, ook in toga, zelfverzekerd en charismatisch als altijd, komt binnen, gevolgd door Henri Haksloot.

Boven klinkt achter het glas gedempt applaus.

De hoofdbode zwaait veroordelend met een vinger.

'Geen bijval, geen afkeuring!' roept hij.

De officieren stappen op Polak af en ze schudden elkaar de hand.

Besluiteloos kijkt Henri om zich heen en ziet me. Ik knik hem bemoedigend toe. Hij wenkt me naar zich toe. Hij omarmt me en houdt me bijna krampachtig vast. De camera's registreren het.

Hij fluistert: 'Ik kan hier niet tegen, Nico.'

'Niemand kan hiertegen, jongen.'

Henri zegt: 'Ik heb me verdedigd. Ik had geen keus.'

'Voor iedereen is dat duidelijk. Ook voor rechters.'

Zonder me los te laten kijkt Henri me aan en zegt: 'Het recht zit anders in elkaar, zei Polak.'

'De rechters zijn geen machines maar mensen.'

Die woorden kunnen Henri niet ontspannen: 'Polak heeft me gisteren voorgelezen wat hij heeft geschreven. Wat er allemaal is gebeurd die nacht. Trouwens, jij had het ook goed opgeschreven, Nico. Je hebt echt je best gedaan. Maar ik kan er niet tegen, deze kermis.'

'Dit houdt snel op. Dan kun je door met je leven.'

'Dat zou fijn zijn. Het is niet voor te stellen nu, dat ik kan doorgaan met m'n leven.'

De bode roept dat de rechters nu binnentreden, Henri laat me los en neemt zijn plaats naast Polak in.

Polak knikt naar me. Ik knik terug.

De rechters zijn twee mannen van tegen de zestig en een jongere vrouw, misschien halverwege de dertig. Ze dragen zwierige toga's en in hun handen dikke mappen. Nadat er twee jaar geleden datalekken met tablets waren gevonden, zijn ze terug bij papier. Ze nemen de tijd hun documenten op de brede tafel te ordenen en gunnen Henri daarmee de tijd te wennen aan de gedachte dat zij niet zijn vijanden zijn.

'Gaat u zitten,' zegt de president.

Dat doen we.

Henri slaat zijn ogen neer en kijkt de rechters niet aan, alsof hun aanblik pijn doet.

'Bode?' vraagt de president.

Aan de zijkant van de tafel staat een donkere bode, een nakomeling van migranten uit een voormalige Nederlandse kolonie. De vrouw heeft een zangerige stem: 'Zaak 16-42-305. De zaak-Haksloot. Bijgestaan door meester Polak.'

De president is Hugo Eerdmans, een zachtaardige, zorgvuldige rechter die ik vaker lastige zaken tot een goed slot heb zien brengen. Hij heeft een leesbril die uit twee delen bestaat en uit elkaar getrokken kan worden.

Eerdmans vraagt: 'U bent Hendrikus Josephus Haksloot?'

'Ja, edelachtbare,' zegt Haksloot zacht.

'Ik geloof de personalia,' zegt Eerdmans om Haksloot de formaliteiten te besparen. En aan Polak vraagt hij: 'U hebt alles ontvangen van het OM wat u nodig had?'

Polak: 'Zeker, edelachtbare.'

Eerdmans vraagt: 'Hoe is het met u, meneer Haksloot?'

Henri wisselt een blik met Polak, die hem met een kleine glimlach en een gebaar duidelijk maakt dat hij kan opstaan.

Henri komt uit zijn stoel: 'Ik ben in een nachtmerrie beland, edelachtbare. Ik hoop dat u me daaruit kunt halen.'

'We zullen deze zaak met de grootste zorgvuldigheid behandelen, meneer Haksloot.'

'Kunt u hem seponeren?' vraagt Haksloot.

Polak fluistert: 'Ga zitten, Henri, zo gaat het hier niet.' Het is voor iedereen verstaanbaar.

Polak richt zich tot de tafel: 'Mijn verontschuldigingen, leden van de rechtbank, dit is een gruwelijk emotionele affaire, meneer Haksloot is er nog steeds niet van hersteld, en dat zal vermoedelijk in de rest van zijn leven ook niet meer gebeuren.'

'We hebben er begrip voor,' zegt Eerdmans, met een troostvolle blik op Henri.

Polak en Henri laten zich in hun stoel zakken.

Maar meteen maakt Henri aanstalten weer te gaan staan. Polak wil hem met een arm tegenhouden, Henri duwt die weg.

Henri trilt over zijn hele lichaam: 'U moet me laten gaan, ik ben genoeg gestraft, beseft u dat niet?'

Polak gaat ook staan: 'Mag ik de rechtbank om een time-out van vijf minuten verzoeken? Meneer Haksloot moet even bijkomen.'

'Ik hoef niet bij te komen. Ik ben bijgekomen,' zegt Henri.

Geduldig zegt Eerdmans: 'U moet zich neerleggen bij de procedures hier, meneer Haksloot. Aanklagers hebben zich voorbereid, uw advocaat is een van de meest ervaren strafrechtjuristen in het land, u moet dit aanvaarden. Het duurt twee dagen, kort voor een zaak met twee slachtoffers.'

Henri zegt: 'Ik ben het slachtoffer, edelachtbare. Begrijpt u dat niet?'

'In menselijke zin wel, maar in juridische zin moeten wij, mijn twee collega's en ik, een oordeel vellen over wat het Openbaar Ministerie, en uw verdediger, aan ons voorlegt.'

'Ik ben al veroordeeld,' zegt Henri. 'Ik heb al straf opgelegd gekregen. Mijn bedrijf kan ik niet meer op een normale manier voortzetten, ik ben persoonlijk een wrak, en nu moet ik... deze kermis verdragen.'

'Het is genoeg zo, Henri,' bijt Polak hem toe.

'Nee, Robert. Jij hebt over een paar dagen weer een andere zaak, ik niet, ik ben voor altijd hierdoor getekend, overal, tot in mijn ziel.'

'U wilt vijf minuten pauze?' vraagt Eerdmans.

'Graag, edelachtbare,' antwoordt Polak.

'Ik niet!' zegt Henri met stemverheffing. 'Ik wil geen vijf minuten!'

Polak neemt hem bij een arm, maar Henri schudt zich los.

'U moet dit seponeren, rechters!' roept Henri. 'U moet genade tonen en mij niet willen onderwerpen aan deze grap. Aan deze marteling!'

Polak probeert hem nu mee te trekken, naar de zijdeur, maar Henri, taai en wanhopig, weet hem van zich af te houden.

'Ik heb het een en ander voor u opgeschreven, geachte rechters, ik wil dit aan u overhandigen.'

Nu maakt hij aanstalten naar de tafel te lopen. Drie leden van de parketpolitie snellen toe.

Ook Polak verheft zijn stem: 'Dat hoort niet, Henri! De bodes doen dat!'

'Ik wil dit aan u geven, persoonlijk!'

'Nee, Henri!' roept Polak.

Henri slaat hem met wilde bewegingen van zich af en zet een stap in de richting van de rechters.

'Ik wil geen veroordeling! Ik ben niet schuldig! Ik wil niet dat u mij veroordeelt, ook niet zonder oplegging van straf! Ik wil geen straf, ik wil vrijspraak, nee, dat ook niet, ik wil dat dit nu ophoudt! Ik heb het opgeschreven.'

Hij wil een agent opzijduwen, maar de agent is een sterke, brede man die van geen wijken weet. Henri slaat met gebalde vuist tegen de schouder van de man, waarop twee andere politiemannen hem vastgrijpen. Henri verzet zich heftig: 'Laat me los! Laat me los! Rechters! Hou hiermee op!'

De politiemannen slepen Henri naar een deur in de achterwand. Polak loopt machteloos achter hen aan.

De rechters gaan staan, Eerdmans hamert snel af: 'De zaak is geschorst tot nader order!' Ze haasten zich uit de zaal zonder hun mappen mee te nemen. De officieren glippen weg door een deur aan de andere kant van de zaal.

Ik draai me om en kijk naar de publiekstribune boven. Het balkon is afgesloten met een glazen wand, desondanks klinken beneden verwensingen door. Ik zie ook Connie staan. Ze heeft me niet verteld dat ze zou komen. Ze huilt.

Een andere bode verschijnt: 'U wordt verzocht de zaal te verlaten. De zaak komt vandaag niet meer voor.'

Journalisten van de grote kranten komen naar me toe, willen weten of het eerder duidelijk was dat Haksloot dit mentaal niet aankon.

'Had Polak dit niet gezien? Met zijn ervaring?' vraagt een van hen.

Ik weet het ook niet. Ik ben deze weken niet dichter bij Haksloot dan wie dan ook.

We verlaten het gebouw.

Buiten op het plein wacht Connie.

Verderop staan de voetbalmannen wild te gesticuleren en roepen dingen die ik niet versta.

De journalisten staan in plukjes bij elkaar.

'Wat nu?' vraagt Connie.

'Geen idee.'

'Wordt-ie opgesloten?'

'Waarom?'

'Weet ik niet, verzet of zo,' zegt ze. 'Hij kan helemaal door het lint gaan. Zo is-ie. Hij is altijd opvliegend geweest, boem, van het ene op het andere moment.'

'Ik denk dat ze hem met de grootste voorzichtigheid behandelen.'

'Kut,' zegt ze.

Mijn mobieltje trilt. Polak. Hij zegt: 'Nico, het is goed mis.'

'Hoe bedoel je?'

'Hij is gaan vechten met ze, een van de agenten heeft z'n pols gebroken. Ze houden hem nu vast voor geweldpleging.'

'Nee.'

'Dit doet z'n zaak niet goed.'

Het geluid van een ziekenwagen galmt ergens achter de gebouwen.

'Wat is er gaande?' vraagt Connie.

Ik vraag Polak: 'Hoelang houden ze hem vast, denk je?'

'Niet meer dan één nacht, hoop ik. Maar het kunnen er meer worden.'

'Hem vasthouden?' zegt Connie. 'Waarom houden ze hem vast?'

Ik zeg tegen Polak: 'Hij heeft pillen nodig. Dit mag niet nog een keer gebeuren.'

'Die heb ik hem gegeven, weken geleden al. Maar hij slikt ze niet,' zegt Polak.

'Houden ze hem hier op de rechtbank?'

'Wat is er aan de hand?' sist Connie. Ze knijpt in mijn arm.

'Hij gaat naar het bureau. Daar zijn cellen. Ik ga in overleg voor een nieuwe zittingsdag. Je hoort van me.' Polak verbreekt de verbinding.

Connie kijkt me aan: 'Wat is er?'

'Hij is gaan vechten.'

'Henri is gaan vechten? Mijn oude Henri?'

'Ja. Een van de mannen van de parketpolitie heeft z'n pols gebroken.'

'Nee.'

We omarmen elkaar.

'Laten we naar mijn huis gaan,' zegt Connie.

We laten elkaar los. De camera- en geluidsmensen komen naar buiten met het laatste nieuws en delen dat direct met hun collega's. Kennelijk heeft een bode zich iets laten ontvallen. Een vrouw van *De Telegraaf*, die de zitting liveblogt, zet het bericht online. Enkele seconden later bereikt het de voetbalbalfans aan de zijkant van het plein, we zien het bericht als het ware over het plein waaien.

Een Waalwijkse winkelier komt naar me toe, mobieltje in de hand. Zijn collega's volgen hem.

'Ze houden Henri vast. Heb je het gehoord? Dat kan niet. Dit is zo onrechtvaardig. Wat vind jij, Nico?'

'Het is verschrikkelijk,' zeg ik.

'Henri is maf, maar dit gun ik hem niet.'

Met zware stappen naderen de voetbalmannen, met gebalde vuisten, de blik in oorlogsstand.

De wildste man, met rechtopstaand rood haar, zegt: 'Levi, dit pikken we niet.'

De winkelier valt hem bij: 'Ze mogen hem niet vasthouden. Alsof hij niet genoeg heeft meegemaakt.'

'Het is allemaal zo wreed,' zegt Connie.

Een andere voetbalman schreeuwt: 'We gaan naar binnen en halen hem daar weg!'

De vrouw van *De Telegraaf* voegt zich bij ons: 'Wat gaan jullie doen?'

Connie antwoordt: 'We gaan hem daar weghalen.'

'Con,' maan ik.

'Dat lijkt me niet zo verstandig,' zegt de *Telegraaf*-vrouw.

Ik zeg: 'Connie, hou je hoofd erbij.'

Connie richt zich tot mij: 'Ga je mee, of niet?'

'Ik ben verslaggever.'

'Gelul. Dus dan doe je niks?'

Ik fluister in haar oor: 'Wat is er in je geslopen?'

'Dit is niet te doen, ik verdraag dit niet,' antwoordt ze. Ze richt zich daarna tot de voetbalfans en winkeliers, en roept: 'Wie gaat er mee Henri bevrijden?'

Ze joelen en brullen. De strijders trekken op. De cameramensen ruiken wilde beelden en komen snel dichterbij, hun dikke camera's (waarom zijn die nog steeds log en zwaar?) tijdens het hollen met beide handen vasthoudend.

In een handomdraai is Connie de leidster van een opgewonden groep Vikingen, weliswaar zonder zwaarden of helmen met hoorns, maar toch: verzetsstrijders. Vol dadendrang beent ze naar de ingang van het gebouwencomplex. Ik versnel mijn pas en grijp haar hand. What the fuck is er in haar geslopen?

'Connie, ophouden hiermee.'

'Is niks doen beter?'

'Wees reëel, hij komt nu niet vrij. Deze ene nacht zal hij moeten blijven. Morgen halen we hem op.'

'Die ene nacht is net een nacht te veel.'

Ik laat haar los en spreek de strijders toe: 'Mensen! Mensen! Laten we niks geks doen! Laten we even goed beseffen wat er aan de hand is! Dit is onzin, ze laten Henri niet gaan omdat wij dat zo belangrijk vinden! Laten we ergens gaan zitten, met een pilsje erbij, en bespreken wat we voor Henri kunnen doen!'

Niemand stoort zich aan me, ze lopen langs me alsof ik niet besta. Ik heb ook met Henri te doen, maar dit is waanzin. Connies wilde mannen volgen haar naar de ingang van de rechtbank. Terwijl de camera's toekijken, trekt Connie aan een van de glazen deuren. Daarna probeert ze andere deuren, maar geen enkele geeft mee. De voetbalmannen proberen het nu ook, met brute kracht. Natuurlijk worden we in het oog gehouden door de beveiligingscamera's. De toegang zit potdicht.

De rossige beer, genaamd Jean, een bekende RKC-hooligan, begint tegen een van de deuren te trappen. Zijn makkers volgen zijn voorbeeld. Waar is Cor van Rekum, hun godfather? Hun *chief warrior*? Die had de boel kunnen de-escaleren.

Ik draai me om. Een politiebus komt het plein op gereden. Die had zonder twijfel om de hoek gewacht voor het geval er gedoe zou ontstaan. De winkeliers, beducht voor schade, manen de deurenrammers tot kalmte terwijl zes politiemannen, zonder knuppels of schilden, uit de bus stappen.

De oudste zegt wat oudere politiemannen onder die omstandigheden zeggen: 'Zo, mannen, is het niet tijd om naar huis te gaan?'

Jean geeft nog een laatste trap, zoals dat hoort bij een eervolle man die een laatste punt moet scoren. De politieman weet dat dit erbij hoort en zegt: 'Zo is het goed, Jean.' En Jean verwijdert zich met de tred van een jager die net een mammoet heeft geveld.

's Nachts geschreven en niet online gezet:

Ik grijp Connies hand en trek haar mee in de richting van de parkeergarage.

'Ik wist dat het je aangreep...' probeer ik.

'Jou niet?' zegt Connie.

'Ja. Maar jij hangt opeens de activist uit.'

'Als dit gebeurt, deugt er iets niet aan ons rechtssysteem.'

'En dat los je op door die deuren in te rammen?'

'Dat ga je doen als je je machteloos voelt.'

'We zijn niet machteloos. We kunnen ons voor hem inzetten, we kunnen hierover schrijven.'

'Doe niet zo naïef.'

'Het systeem werkt behoorlijk goed, maar nu even wat minder,' moet ik toegeven.

We zijn even stil als we het vierkante plein verlaten waaromheen het carré van het kolossale Paleis van Justitie is opgetrokken.

Connie zegt: 'Ik wil niet naar huis. Laten we even wat drinken in de stad. Misschien wat eten.'

'Goed. Ik haal de auto.'

'We kunnen lopen, Nico.'

'Nee.'

'Het is vlakbij.'

'Dat wil ik niet,' zeg ik. 'Of we lopen om het station heen.'

'Het is lang geleden.'

'Het was gisteren.'

'Dus we halen de auto op, moeten om de hele binnenstad rijden en dan hopen dat we ergens een plekje vinden?'

'Ja.'

'Ik ga lopen.'

'Ik loop niet door het station.'

'Waar spreken we af?'

'Bij Central maar even.'

'Saaier kan niet. Oké, tot zo.'

Ze loopt in de richting van het Bossche station. Ik ga in mijn auto zitten en zet snel een bericht op mijn site: *Haksloot gearresteerd na geweld met rechtbankbodes.*

In Central werk ik op mijn laptop de reportage uit over de zitting en zet die ook online. Later belanden we bij de Gastrobar in de Karrenstraat. We hebben een tafel met uitzicht op de keuken. Connie heeft wat tijd nodig, maar na twee glazen wijn ontspant ze eindelijk. We horen een sirene, we kijken er niet van op. Na de vijfde sirene dringt het tot ons door dat er iets gaande is.

Ik wil gaan kijken, maar Connie ziet er de kick niet van in. Ze heeft inmiddels te veel gedronken en is moe.

'Wat heb je eraan?' vraagt ze.

'Ik wil het zien,' zeg ik.

'Nepreporter,' noemt ze me als ik opsta.

'Neem een dessert, ik ben zo terug,' zeg ik.

'Jij ook?' hoor ik haar nog vragen. Ik maak een gebaar, nee.

Dertig seconden later, één steeg verder, sta ik op de Pensmarkt, voor de HEMA waar mijn moeder heeft gewerkt.

De oude panden hebben als een geluidsmuur de intensiteit van het geweld uit de Karrenstraat geweerd. Als ik buiten sta hoor ik gegil en geschreeuw. Achter een rij politiebussen die de Markt afsluit heerst tumult, er hangt iets beestachtigs in de lucht: zweet, adrenaline, de diepe bevrediging van geweld. Dit heeft niets met Henri te maken. Kennelijk heerst er veel onvrede, en wachten velen op een Henri. Politiemensen met honden passeren me.

Op de markt houdt de harde kern van RKC zich bezig met een kwaliteitstest van de winkelruiten. Ze wrikken tegels los en smijten die naar zowel de ruiten als de politie. Ze brullen 'Henri moet vrij!' Achttien arrestaties, tienduizenden euro's schade, één zaak leeggeplunderd (een avondwinkel met een grote voorraad alcoholische dranken en rookwaren), drie agenten en negen relschoppers met verwondingen, zo hoor ik later.

Ik neem foto's van gebroken winkelruiten. Gebroken winkelruiten hebben nare associaties.

2040

Anna

Anna Klerks had haar auto bij Kort Parkeren achtergelaten en pas daarna op de schermen gelezen dat Rick veertig minuten vertraging had. Aankomsthal 2.

Misschien had ze ergens anders goedkoper kunnen parkeren, alles was peperduur op Schiphol. Rick kwam uit Buenos Aires, via Madrid, met de minste SeeSee's die hij online had kunnen vinden. Anna had klimaatpunten moeten overmaken op zijn ABN-rekening, want al zijn punten waren na tien maanden uitgegeven, op markten en in jeugdherbergen. Ook Marjolein was als het ware uitgegeven; in Peru had ze Rick verruild voor een Australische jongen met wie ze enkele weken waren opgetrokken.

Rick had Anna geappt dat het uit was met Mar en dat hij haar zou vermoorden als hij haar weer tegenkwam. Die kans was klein, hoewel, al die jonge reizigers schenen dezelfde trekpatronen te volgen op het Zuid-Amerikaanse continent, de klimaatneutrale highlights van Lonely Planet, dezelfde geheime B&B'tjes en achterafcafés en ongerepte surfstranden.

Marjolein was een stoere meid. Anna had haar jarenlang, sinds hun zestiende, als schoondochter gehad. Daaraan was nu, na zes jaar, een einde gekomen. Anna wist niet of ze het had zien aankomen, misschien wel. Marjolein was in Tilburg gaan studeren en Rick had tijd nodig, zoals veel van zijn vrienden, geen van allen hadden ze enig idee hoe ze in een gefeminiseerde samenleving hun plek konden vinden.

Na het vwo had Rick zijn spierkracht benut als uitzendkracht. Hij deed hier en daar vrijwilligerswerk en had voor de reis gespaard. Marjolein had het geld van haar bemiddelde ouders als cadeau gekregen omdat ze binnen drie jaar haar BA had gehaald. Rick en Marjolein gingen dus samen tien maanden door Zuid-Amerika, SeeSee-vrij.

Na de breuk waren Marjoleins ouders bij haar op de koffie gekomen – te voet, ze woonden twee straten verder – en ze hadden zich bij de feiten neergelegd. In ieder geval kwam Rick gewoon naar huis. Marjolein was verder getrokken, ze zat inmiddels in Australië, en het was nog maar de vraag of ze op korte termijn thuiskwam. Ergens was Anna blij dat het uit was. Anders had Rick misschien ook in Australië rondgehangen, of was dat een gekke gedachte?

Marjoleins ouders hadden foto's van haar nieuwe beau: een kleine jongeman, veel kleiner dan Rick, iets Indiaas in zijn gelaat, met een schichtige blik en slechte tanden. Had ze Rick voor deze jongen opgegeven? Had Marjolein zich zo aan Rick geërgerd? Anna kon zich voorstellen dat Rick in die jongen geen gevaar had ontdekt – op die leeftijd zagen jongens voortdurend mogelijke concurrenten in het gevecht om het vrouwtje – en hem achteloos op sleeptouw had genomen, maar misschien was de jongen geestig, intelligent, ondernemend. Anna had medelijden met haar zoon. Dat had ze eigenlijk al sinds hij er was. Door hem geboren te laten worden voelde ze zich schuldig ten opzichte van haar overleden zus – hoe maf kun je zijn?

Het wachten bij de aankomstdeuren op Schiphol had niets feestelijks. Een café bood wat versnaperingen, er was een kofferwinkel, niets van de levendigheid van de grote hal met winkels en eetgelegenheden waar ze net doorheen was gelopen. Ze was geen ervaren reizigster.

Na Louises dood, toen ze met Rudolf een verhouding kreeg, had ze een paar keer gevlogen. Rome. Londen. Nice. Relatief korte vluchten. Ze was nooit de oceaan over geweest. Dat interesseerde haar niet. Ze had Rick en de zoon van Louise in feite in haar eentje opgevoed. Hun vakantiebestemmingen bestonden uit kampeerterreinen die ze binnen een halve dag rijden met de auto konden bereiken. Ergens in Duitsland, Noord-Frankrijk. Daar konden Rick en Matthijs met leeftijdgenoten spelen en had ook zij aanspraak rondom de tenten. Zij had fijne herinneringen aan lome avonden met lauw bier en zwetende kaasblokjes, soms met een aardige alleenstaande vader erbij voor schaamteloze vakantieseks.

Ze hoefde het huis niet uit voor bomen en grasprieten. Ze had indertijd, vlak na Ricks geboorte, het kleinste huisje in de dure wijk bij de IJzeren Man gekocht. Eerlijk is eerlijk, Rudolf had het voor haar weten te ritselen als een soort afkoop, en hij had maandelijks de hypotheek afbetaald, op een restantje na dat Anna zelf wilde aflossen. Het was duidelijk dat Rudolf geen idee had hoe hij Matthijs kon troosten en opvoeden. Anna was dol op haar neefje, en op de man van haar overleden zus. Maf hoe die dingen liepen. Ze miste Louise nog steeds. Ze had ook het gevoel dat ze haar had verraden door het aan te leggen met haar weduwnaar, een onbetrouwbare rokkenjager, zo stelde ze te laat vast, maar ze had het kunnen weten.

Rokkenjager – beetje ouderwets woord, maar Rudolf voldeed eraan: bosje bloemen, sieraadje, etentje. Hij zag weinig van zijn zoon. Anna deed haar best bij de twee jongens enige vorm van broederliefde te kweken, maar ze hadden een leeftijdsverschil van zeven jaar en ze bleven vreemden voor elkaar, ondanks de belendende slaapkamers. Ze had dit allemaal op zich genomen. Ze had het voor Louise gedaan, zeker, aan wie ze had beloofd dat ze op Matthijs zou passen, maar ook om Rudolf aan zich te binden. Dat binden was niet gelukt.

De jongens waren geen van beiden studiehoofden, maar ze haalden op het Maurick het vwo zodat ze uitzicht kregen op een behoorlijke toekomst. Rick had beloofd te gaan studeren als hij terug zou zijn uit Zuid-Amerika; rechten, misschien, of iets anders dat hij met zijn pakket kon doen, hij was een ouderwetse alfa. Matthijs was in Rotterdam bedrijfseconomie gaan studeren en had dingen in de horeca ondernomen voordat hij het vakantiepark van zijn vader was gaan leiden.

Thuis ontspande ze voor de tv of met een boek of een serie. Geen NCIS, liever een stijlvolle Britse detective, of iets duisters Scandinavisch waarin het rechercheren geen rol speelde. Zouden dokters naar een ziekenhuisserie kunnen kijken zonder elke minuut het scherm toe te roepen dat de procedure of het protocol niet deugde? De afgelopen tijd was ze eigenlijk continu onrustig geweest en ze had geen plezier gehad met de dingen die haar anders verstrooiing brachten – het was een akelig gevoel dat Rick ver weg was. Ze wist dat ze eraan moest wennen dat ook hij het huis zou verlaten, maar het voelde onnatuurlijk voor haar; ze had in het moederschap haar levensvervulling gevonden.

Tussen een stuk of dertig anderen, onder wie een familie met Zuid-Amerikaans-indiaanse trekken, kennelijk ook uitkijkend naar familie die via Madrid vloog, stond Anna op Rick te wachten, haar zoon die zich sterk hield maar leed onder het verraad van Marjolein. Plots herkende ze achter de dikke ruiten van de bagagehal een man in een rolstoel, door een Schiphol-employee voortgeduwd, en naast hem een vrouw: het was Rudolf in die stoel, geflankeerd door Linda.

Anna had hem al jaren niet gezien, maar er was geen twijfel mogelijk. Hij had lichtgrijs haar, beetje artistiekerig lang, niet kalend zo te zien, en naast hem Linda, ook zestig maar jaren jonger ogend dan Rudolf.

Meteen deed Anna een paar stappen terug omdat ze niet wilde dat ze haar zagen.

Een maand of tien geleden was ze door Matthijs gebeld. Hij was daarna één keer langsgekomen, ook al woonde hij nu op twintig minuten rijden van haar huis. Hij vertelde dat Rudolf een beroerte had gekregen, maar dat het beter ging en dat hij langzaam aan het revalideren was. 'Het duurt langer dan verwacht,' had Matthijs gezegd.

Daarna had ze in de krant gelezen dat een groot vakantiepark in Drunen was aangekocht door Rudolf van Dam, berucht en beroemd van de door hem gewonnen Kazerne-fraudezaak. Het vakantiepark was al jaren zieltogend omdat het niet de voorzieningen had van parken zoals Center Parcs, maar Rudolf had investeerders en ze wilden er voor milieubewuste mensen een ecologisch vakantiepark van maken dat klimaatneutraal was. Ze herinnerde zich niet dat Rudolf milieubewust was, misschien was hij dat geworden omdat dat al enkele decennia het sleutelbegrip was voor succesvol zakendoen en succesvol subsidies vergaren. Matthijs was de manager in het vakantiepark van zijn vader, vertelde hij trots toen hij belde.

Rudolf. In een rolstoel. Hij was zoveel ouder, maar had nog steeds een kop als Richard Burton, mannelijk en bozig ondoorgrondelijk, niet alleen klimaat- maar ook emotieneutraal. Ze stopten aan het einde van de band, waar andere passagiers hun koffers op die onhandige Schiphol-trolleys laadden. Linda hielp hem met opstaan. Het kostte hem moeite, en ze zag dat hij daarvoor geen geduld had. Geïrriteerd nam hij Linda's hulp aan, ze overhandigde hem een wandelstok, en direct daarna stapte hij met kwaaiige ellebogen opzij en onttrok hij zich aan Linda's toezicht. Hij sleepte met een been, onmiskenbaar. Zoiets was het gevolg van een beroerte. Anna kende hem veel langer dan Linda, ze wist precies hoe hij zich voelde, machteloos door zijn haperende lichaam. Och, Rudolf.

Linda droeg een grote Gucci-tas, een originele. Ze was slank, deed zonder twijfel aan een of andere vorm van yoga, en haar gave gezicht liet niet zien wat haar leeftijd was, een heel goede botoxdokter had ze in Marbella.

Linda keek Rudolf met dezelfde bezorgdheid na als Anna.

Ze hoorde een stem, vlakbij: 'Hee, mam.' Een hand op haar schouder.

Ze draaide zich om en in die seconde loste de druk op die ze eigenlijk sinds zijn vertrek had gevoeld, alsof ze zich al die maanden op zijn veiligheid had moeten concentreren en hem daarmee had beschermd, alsof zoiets mogelijk was. Maar ze had het gedaan, hem vanuit Brabant in de geest beschermd.

Ze nam met hevig oplaaiende emotie zijn gestalte en gezicht in zich op, greep hem vast, sloeg haar armen om hem heen en drukte hem tegen zich aan, voelde zijn grote, sterke mannenlijf, haar zoon.

'Rick, Rick, Rick,' mompelde ze terwijl ze tranen voelde.

Dat wilde hij natuurlijk niet, dus ze deed haar best niet in huilen uit te barsten. Ze voelde hoe krachtig hij haar vasthield, haar zoon die bijna een kop groter was dan de rest van de familie, langer ook dan Rudolf, met dezelfde klassieke kop als zijn vader, maar donkerder.

Ze lieten elkaar los en ze keek hem aan. Ze glimlachten allebei. Hij had een baard van een paar weken, zijn huid was diep gekleurd door maanden vol zon en tochten over bergpaden, en hij had geen gram vet meer over. Hij rook naar iets dierlijks, had misschien al dagen niet gedoucht, en alles wat ze aan moederlijke sentimenten had, en dat was veel, werd nu wakker. Hij moest zich wassen, hij moest gevoed worden. Zij zou daarvoor zorgen.

Ze zei: 'Ik zag je niet naar buiten komen.'

'Ik had de andere uitgang genomen,' zei hij. Was zijn stem zwaarder? Er was iets volwassens in zijn ogen ontstaan. Een volwassen man was hij nu. Dat had de reis van hem gemaakt. Of het vertrek van Mar?

'Ben je moe?'

'Ik ga een week slapen.'

'Ik heb al boodschappen gedaan, je gaat eerst eten. Nee, eerst douchen, je stinkt een uur in de wind.'

'Ik neem een bad, daar verheug ik me al dagen op.'

'De auto staat vlakbij.'

Hij tilde zijn zware rugzak op en ze hield zijn arm vast en haastte zich met hem uit het blikveld van Rudolf. Ze wilde niet dat Rudolf haar zag – ze wist niet waarom. Misschien omdat ze dit moment niet met Rudolf wilde delen.

In de grote hal van het AH-Center 2Go kocht ze drie haringen voor hem. Ze waren gemaakt van kunstmatig geproduceerd visvlees, en ze oogden en smaakten als het origineel. Op echte vis mocht niet gevist worden.

Hij zei: 'Haringen, Calvé-pindakaas, Engelse drop, zwart-witjes, ik ga me er de komende weken helemaal mee volproppen.'

'Je kunt wel wat gebruiken,' zei Anna terwijl ze in zijn arm kneep. 'Je bent afgevallen.'

'Ik denk dat 't wel meevalt. Ik heb eigenlijk de hele periode bewogen. Berg op, berg af, lange wandelingen, zo weinig mogelijk gemechaniseerd transport genomen. Dat was erg fijn.'

De parkeersessie kostte honderdzestig euro, bespottelijk. Ze stapten in en hij opende de zak van de vishandel terwijl ze een handvol servetten op zijn schoot liet vallen. De auto vulde zich met de geur van verse neoharing.

Hij vroeg: 'Heb je een nieuwe auto?'

'Het is een leenauto, ik moet er per kilometer voor betalen, geen zooi maken.'

'Wat is er met de Citroën?'

'Onderhoudsbeurt. Er was iets mee, het duurt 'n paar dagen.'

'Ongelooflijk, dit land,' zei hij, naar buiten kijkend. 'Zo goed geregeld, zo schoon, zo overzichtelijk. Krankzinnig.'

'Ga je me alles vertellen? De foto's die je mailde zijn prachtig, maar nu wil ik de verhalen horen.'

'Die krijg je. Heb je contact gehad met de ouders van Mar?'

Ze wierp een blik opzij. Secuur prikte hij de stukjes gesneden haring uit het bakje, hij lette erop dat hij geen gesnipperd uitje verspilde.

'Ze zijn langsgekomen. We waren allemaal verdrietig, een beetje onthutst. Heb je nog iets van haar gehoord?'

'We appen.'

'Ja?'

'Het is oké. We zijn weer on speaking terms.'

Anna zei: 'Ik was er echt ondersteboven van.'

Of mocht ze zoiets niet zeggen, was het beter om niet aan de pijn te refereren?

'Ik heb het daar gelaten, achter me in Zuid-Amerika,' zei hij.

‘Ik ben blij dat je terug bent.’

Moest ze zo’n opmerking ook vermijden? Ze wist het niet. Ze was zijn moeder, moest hem sterk de wereld in laten gaan. Maar ze wilde dat hij in haar nabijheid bleef. Was dit wat alleenstaande moeders met één triomfantelijke zoon kwelde? Hij was de man in haar leven. Niet Rudolf. Niet Matthijs, die Ricks halfbroer en haar neefje en petekind tegelijk was. Matthijs was al lang geleden aan haar zorg ontsnapt, en Rick had ritme en inhoud aan haar leven gegeven. Tot hij met Marjolein naar de Machu Picchu wilde. Naar stranden in Chili. Naar Montevideo. Ze had de reis online gevolgd wanneer hij een bericht had gestuurd. Dat deed hij plichtsgetrouw en het gaf haar het gevoel dat ze over zijn schouder kon meekijken.

‘Ja, het is cool om terug te zijn. Ik denk wel dat ik het ga missen.’

‘Wat ga je missen?’

‘Ik weet het niet. Het is daar wel echt. Echter dan hier. Struggle for life. Dat maakt mensen... aardser of zo. Geworteld. Er was daar ook zoveel te ruiken. Hier zijn alle geuren weg, heb je daar weleens bij stilgestaan, mam?’

‘Ik ruik nu anders behoorlijk veel haring en uien.’

Haar zoon grinnikte. Ze hoorde hem smakken. Alles was goed nu, over de A2 terugrijdend naar Vught, naar haar huis in de bossen rond de IJzeren Man, met haar zoon naast zich, een man met wilde reisverhalen en een gebroken hart. Dat maakt je volwassen. Daar wist ze alles van.

Na Rudolf had ze Nico Levi misbruikt, de man die Rudolf naar de vergetelheid moest verbannen, maar het werd zwaar met Nico, te zwaar toen zijn zoon stierf. Ze had hem niet goed behandeld. Maar ze kon zo veel rouw niet delen of dragen met twee opgroeiende jongens thuis. Ze schudde even haar hoofd, alsof ze op deze manier de beelden kon verdrijven. Nu wilde ze uitsluitend genieten van deze rit, waarnaar ze, sinds ze hem had uitgezwaaid, had verlangd. Terug was hij, haar zoon.

Rick ging toch liever douchen in plaats van in bad, want dat ging sneller en dan kon hij ook eerder eten. Bij het AH-Center in het stadshart had ze voor hem een peperdure biefstuk van drie ons en een kleine voor zichzelf gekocht (originele, geen vervangers). Ze maakte puree en kookte broccoli, simpel voedsel met alles wat hij nodig had en lekker vond; dit was zijn favoriete maaltijd. Hij verscheen in een strak T-shirt aan tafel, zijn biceps tekenden zich af terwijl hij zonder enige vorm van decorum mes en vork in zijn sterke handen hield, alsof ze gereedschap waren. Ze zaten in de keuken, de veiligste plek op aarde. Toen hij beneden was gekomen, had hij in één beweging een Grolsch leeggedronken. Een tweede flesje stond naast zijn bord. Anna had een glas rode wijn, nee, haar tweede. Het vlees was in no time verorberd. Ze sneed de helft van haar biefstukje af en legde die op zijn bord.

'Dank je wel, mam.'

'Je hebt daar zeker veel vlees gegeten. Daar kan het nog.'

'Nee. Juist niet.' Hij kauwde en sprak: 'We zijn daar vleesloos gebleven. Mar is in de eerste week vegetariër geworden en ik deed een beetje mee. Zo nu en dan een keer een hamburger.'

'In Zuid-Amerika en dan geen vlees?'

'Juist daar is vegetariër worden een daad. De vleesindustrie is er niet te verdragen machtig.'

'Er leven een hoop mensen van.'

'Broeikasgassen, mam. De scheten van de koeien.'

'Ik weet 't,' zei ze.

'Mar heeft me echt wat dat betreft veranderd. Ik heb daar wel echte vis gegeten. Best lekker eigenlijk.'

'Ik vind het allemaal goed,' zei ze. 'Heb je plannen voor de komende tijd? Heb je je ergens ingeschreven?'

'Nee. Ik ga me eerst oriënteren.'

'Heb je nagedacht onderweg?'

'Nee.'

'Nee?'

‘Ik wilde niet aan de toekomst denken.’

‘Voordat je op reis ging wilde je ook niet nadenken.’

‘Mam, het komt vanzelf. De komende weken, wanneer ik weer gewend ben, dan maak ik een lijstje, of tien lijstjes, en dan ga ik afstrepen, oké?’

‘Je bent meerderjarig. Het is jouw leven.’

‘Absoluut. Mam. Komt wel goed. Echt.’

‘Ik vertrouw je, natuurlijk.’

‘Dat weet ik.’

Ze wilde geen stilte laten vallen: ‘Ga je me straks alle foto’s laten zien? Ik wil alles horen. Echt.’

Hij hielp haar de afwasmachine in te laden. Daarna belde hij in zijn kamer met vrienden. Ze zette een Bossche bol voor hem klaar van bakker Jan de Groot, de Bocuse van de Bossche bol, maar Rick was na een uur nog niet beneden. Ze luisterde onder aan de trap, en toen ze niks hoorde ging ze kijken. Hij lag in bed. Zijn kleren lagen op de grond, hij ademde diep en langzaam. Ze bleef even naar hem staan kijken, ontroerd, gelukkig, verbaasd, verliefd.

Beneden at ze in haar eentje een kwart bol, de rest bewaarde ze omdat ze niet wist of hij nog wakker zou worden. Ze keek met een half oog naar RTL4 en bladerde op haar tablet door kledingwebsites. Misschien was dit het hoogtepunt van zijn terugkeer. Hij was boven en sliep, en zij hield beneden de wacht. Later op de avond, kijkend naar een talkshow, at ze de rest van de bol, maar daar had ze spijt van toen ze in bed stapte.

De volgende ochtend was de deur van zijn slaapkamer nog steeds dicht. Anna had zo weinig mogelijk geluid gemaakt, wat niet echt nodig was, omdat de kans groot was dat een bombardement hem niet uit zijn bed had kunnen schudden, en liet hem liggen. In de keuken zag ze de bewijzen van een pindakaasfestijn dat Rick kennelijk ’s nachts had aangericht: een pot Calvé, een bord met kruimels, een mes, een glas met een bodempje nepmelk. Ze had een nieuwe pot Calvé gehaald, en die was nu voor een vijfde geleegd. Ze schatte dat hij acht sneetjes had weggewerkt.

Ze dronk een kop koffie en schreef een briefje: 'Lieve Rick, ben naar het bureau. Ben hoop ik op tijd thuis. Ik laat wat geld achter. Je fiets heb ik laten nakijken, daar kun je zo mee de weg op. Tot straks! Mama.'

Toen ze in de auto stapte, werd ze door het OC gebeld, het Operationeel Centrum. Twee lichamen ten oosten van de Zuiderplas. Twee maar liefst. Dat was uitzonderlijk. Vermoedelijk een onderwereldafrekening, of een dubbele suïcide. Als het een afrekening was, waren de daders voor zo'n klus overgekomen uit een Oost-Europees land, of uit Turkije, en waren ze allang weer verdwenen. Maar het was ook mogelijk dat het geliefden waren die er samen een einde aan hadden gemaakt, om welke reden dan ook. Voltooid leven? Wat een belachelijke term, kon het leven ooit voltooid zijn? Of moord? Twee lichamen? Altijd een bijzonder verhaal. Het OC had de teams al naar de plaats delict gedirigeerd.

Ze kreeg de precieze locatie door en ze reed er binnen acht minuten heen, via de Zonneweilaan naar de Helvoirtseweg, stukje A2, bij de Pettelaar eraf, vervolgens het bos in dat vroeger bekendstond als het bos van De Gruyter, de familie die ooit de grootste supermarktketen van Nederland in bezit had en in dat bos een landhuis had bewoond. Een geüniformeerde surveillant – Anna had eerder met hem gewerkt, maar ze was zijn naam kwijt – stond bij het toegangshek met een onbekende burger met twee golden retrievers en een zwarte labrador, alle drie met aandoenlijk melancholieke ogen.

Toen ze de oprijlaan insloeg, zag ze dat de bus van de forensische opsporing haar volgde. Behalve de surveillancewagen en een personenauto stonden er nog geen voertuigen van de teams.

'Hee,' zei ze tegen de uniformdiender. Hij knikte haar toe. De onbekende burger met de honden begroette ze met een handdruk.

'Rechercheur Klerks,' zei ze.

'Ferry Veerman.'

'Ik zal het grapje niet maken,' zei ze.

'Voluit Ferdinand,' voegde de man onverstoord toe.

Hij was een jaar of zestig, Rudolfs leeftijd. Blauwe ogen met iets van ironie erin, radicaal terugtrekkende haarlijn, sterke mannenhanden, lengte iets van een tachtig, misschien iets minder, schoenmaat vierenveertig, zoiets. Anna's lengte bedroeg een zesenzeventig en ze had kleine voeten voor haar lengte.

'U bent de vinder, neem ik aan.'

'Zeker.'

'Meneer Veerman belde exact...' – de agent keek op zijn smartphone; hoe heette hij ook alweer? – '... achtentwintig minuten geleden. Wij waren er tien minuten later, we hebben de centrale ingelicht en die ging op zoek naar de chef van dienst, Gerard Kromwijk. Die was net naar huis, dus bent u kennelijk gebeld.'

'Ik ging net de dienst in,' zei ze.

Veerman zei: 'Valt er iets uit te leggen?'

'Het is duidelijk,' zei Anna. 'U liet de honden uit en de honden vonden de lichamen. Twee maar liefst.'

'Beter kan ik het niet samenvatten.'

'U hebt de lichamen niet aangeraakt?'

'Dat is niet mijn gewoonte, nee.'

'U laat hier vaker de honden uit?'

'Nee. Alleen vandaag.'

'Alleen vandaag? Waarom vandaag?'

'Wilt u dat echt weten?'

'Dat is de kern van mijn vak. Ik wil alles weten.'

Veerman glimlachte: 'U doet uw werk, begrijp ik. Waarom moet ik nu hier zijn met mijn honden? Omdat ik niet op de plek wilde zijn waar ik normaal mijn dieren uitlaat.'

'Goed.' Ze zou later wel met hem praten. Om de een of andere reden wilde Veerman niet onthullen wat hem naar deze plek had gedreven, of misschien wilde hij op zijn strepen staan en geen medewerking verlenen, er waren mensen die daarin een of ander sacraal principe leken te huldigen.

De uniformdiender zei: 'We hebben alle gegevens van meneer. Genoteerd in het logboek.'

Hij heette Korsten, schoot haar te binnen, Victor Korsten.

'Goed,' zei Anna. 'Dank u wel, meneer Veerman, voor uw melding. Ik kom later nog een keer bij u terug, als u dat goedvindt.'

'Ik kan gaan?'

'Niks gezien, niks gehoord?' vroeg ze voor de zekerheid.

'Ik liep op m'n telefoon te kijken toen m'n dieren aansloegen. Niets.'

'Goed. Dank u wel.' Ze richtte zich tot de agent: 'PD afgezet?'

'We hebben linten gespannen. M'n collega houdt daar eventuele passanten op afstand. Maar we hebben nog niemand gezien.'

'Waar is de officier van dienst?'

'Zij was vertraagd. Ze hebben het protocol een beetje omgegooid, daardoor bent u er eerder dan de OvJ.'

De forensische rechercheurs hadden hun koffers uit hun bestelbus gehaald en liepen naar haar toe.

'Hee,' zei Anna. Ze kende deze mannen goed.

'Ha, Anna,' zei Geert van Halen, de teamleider van de forensen. 'Twee stuks?'

'Schijnt zo.'

'Waar is de OvJ?'

'Onderweg,' zei de agent.

'Wie is het?' vroeg Anna.

'De Pink Lady,' zei Korsten. 'Sorry, ik bedoel mevrouw Aziz.'

'Op haar wachten?' vroeg Van Halen.

'Laten we alvast gaan kijken. Het OC heeft me niet voor niets gebeld. Dit is iets voor het TGO. Dat is duidelijk.'

TGO was het Team Grootschalige Opsporing. Anna was daarvan teamleider.

'Ik ga u voor,' zei de agent.

Ze liep met de drie forensen over een ingesleten pad het bos in. Het terrein was niet geëgaliseerd, een oorspronkelijk stuk bos buiten de stadsmuren van Den Bosch, met zware bomen en dichte ondergroei, nooit gebruikt als weiland of voor akkerbouw. Anna had hier als kind gespeeld. Koortsig en wild, als de halve jongen die ze was had ze de ingebeelde avonturen met haar broers gedeeld, soms als indiaan, dan weer als cowboy – speelden kinderen dat nog, of was dat cultureel ongevoelig? Later kwam ze hier met een buurjongen en hield ze voor het eerst een opgewonden piemeltje in haar vuistje waaraan ze, ze wist niet beter, ze dacht dat dat moest, heel hard trok terwijl de tranen in de ogen sprongen van de buurjongen, maar hij zei niets. Arme Lex van Duren. Hij was nu hoogleraar Overheidsfinanciën, zoiets, dacht ze, in Groningen.

De linten waren gespannen en liepen van boom naar boom. Een andere uniformdiender, Peter Krul, zoon van een collega, stond met de PD-tablet en een stylus klaar. Dit koppeltje wist wat er van hen werd verwacht.

Ze noemden hun naam en functie en de logboekhouder noteerde daarnaast ook de tijd van aankomst. Voordat ze het afgezette bos betraden, trokken de forensen hun witte pakken en overtrekschoenen aan, trokken een haarnetje over het hoofd. Ook Anna schoof blauwe kunststofzakjes over haar schoenen, ook al was ze niet van plan binnen de afzetting te gaan. Ze friemelde haar vingers in de latex handschoenen terwijl ze de omgeving in zich opnam.

'Is je zoon nog op reis?' vroeg Van Halen.

Anna wist niet meer wanneer ze over Ricks Zuid-Amerikaanse reis had verteld.

'Nee, hij is gisteren teruggekomen. Helemaal heel.'

'Godzijdank,' zei Van Halen. 'Waarom doen ze dat als ze van school komen? Wat dat aan SeeSee's kost... Online kunnen ze toch alles zien?'

'Ze willen het meemaken, Geert. Beleven hoe het is, landen met een minimum aan regels. Daar gaat het tegenwoordig allemaal om, de belevenis, virtueel is niet genoeg,' zei ze stoer.

Acht jaar eerder, nadat ze samen tot diep in de nacht op een pd hadden doorgewerkt, waren ze nog even wat gaan drinken bij een kroeg in de stad die tot in de ochtend openbleef. Daarna bracht hij haar thuis en hadden ze even aan elkaar gezeten, tot het tot hen doordrong dat ze iets stoms aan het doen waren. Geert was getrouwd, ze waren collega's. Nooit meer een woord aan vuilgemaakt.

De forensische rechercheurs gingen aan het werk. Anna liep langs het lint over een stijgend pad, drie meter hoger dan waar ze net met Geert en de anderen had gestaan. Hier had ze beter zicht op een soort krater, of eigenlijk meer een natuurlijke kuil met een diameter van een meter of tien, twee meter diep, omgeven door bomen en struiken maar ook met open plekken.

Daar lagen twee mannen, slordig neergegooid, zo leek het. Ze hadden allebei de handen gebonden op de rug.

Niks liefdespaar.

Onderwereldafrekening.

De mannen lagen voorover op de grond, beiden waren door het achterhoofd geschoten, hier ter plekke. Hun mond was afgeplakt met ducttape, de uittrede van de kogels had hun gezicht verminkt. Ze lagen op donker zand, verzadigd van bloed. Ze waren op slag dood geweest.

In de Brabantse onderwereld circuleerden er kalasjnikovs, en kogels uit dergelijke wapens veroorzaakten grote schade in een menselijk lichaam. *Low-velocity*-wapens veroorzaakten als het ware een tunnel in het lichaam, namelijk de baan die door de afgevuurde kogel werd afgelegd, maar een kogel uit een *high-velocity*-wapen deed meer dan alleen een tunnel boren: de snelheid verscheurde al het weefsel waar de kogel doorheen trok, en dat was bij organen als hart en hersenen ogenblikkelijk fataal. De forensen zouden meer details vinden als ze straks de 3d-scanner aanzetten. Ook later in Maastricht zouden ze allerlei soorten scanners op de lichamen loslaten, de sectie Wapens en Munitie zou het gebruikte kaliber vaststellen.

Beide slachtoffers droegen een spijkerbroek, zo te zien designerjeans. Nikes, de een zwarte, de andere met allerlei kleuren. T-shirt, ook allebei, de een rood, de ander groen, met een afbeelding op de voorkant, maar dat was niet helder te zien. Redelijk gemiddeld van lengte. Slank, goed getraind. Leeftijd lastig te schatten met die kapotte gezichten, ergens tussen dertig en veertig. Als dit een onderwereldafrekening was, dan was het zo goed als zeker dat de slachtoffers eerder in aanraking met justitie waren geweest, en kon ze in een mum van tijd via hun vingerafdrukken hun identiteit vaststellen. Vervolgens kon ze preciezer onderzoek doen in de hoop de laatste achtenveertig uur van hun leven in kaart te brengen. Achterzakken leken leeg, geen bobbel van een portemonnee. Misschien in de voorzakken nog een aanwijzing.

'Hee, Anna,' hoorde ze.

Achter het lint aan de overkant van de kuil stond de Pink Lady, Salma Aziz, de dienstdoende officier van justitie. Ze was onmiskenbaar zeven maanden zwanger en kilo's aangekomen in haar bovenbenen en kont, geprononceerd zichtbaar door de leggings die ze nog steeds droeg, wat Anna een tikkie aanstellerig vond. Blonde haarspoeling, donkere, opgewekte ogen, en op de PD altijd in de aanslag met een ouderwetse tablet in een roze cover en een stylus die aan een koord om haar hals hing, ook roze.

'Hee, Sal,' zei Anna.

'Ik was net op controle en niemand kon me vervangen. Sorry.'

'Alles is goed. We zijn hier nog maar net.'

'Ziet er niet goed uit,' zei de OvJ.

Ze maakte aanstalten het stijgende pad op te lopen, maar Anna zag dat ze zich niet zeker voelde. Anna kwam naar beneden en stak haar een hand toe. Met kleine stapjes kwam de OvJ naar boven.

'Geert heeft me geholpen met de overschoentjes,' zei Salma. 'Ik kon niet bij mijn voeten.'

'En thuis?'

'Mijn geliefde knielt elke dag een paar keer voor me. Maar dat houdt na de bevalling op.'

Ze keken uit op de lichamen.

Salma zei: 'Afrekening, lijkt me.'

'Het zou een curieuze manier zijn om zelfmoord te plegen,' antwoordde Anna.

De drie forensen, nu in witte pakken, daalden met hun tassen de kuil in. Peter Krul kwam naar Salma toe met de tablet en maakte aantekeningen.

'We volgen het standaardprotocol,' zei Krul. 'Sporenonderzoek hier op PD, ze zijn zo te zien hier gedood. We kunnen een tijdstip vaststellen als de schouwarts is geweest. We zien geen hulzen, vermoedelijk hebben ze die meegenomen. We laten een flink deel van het bos afzetten. Zeg een kwadraat van honderd bij honderd. We moeten meer uniformen hebben.'

'Camera's op de weg hierheen?' vroeg Salma. 'Misschien op de Pettelaar, in de richting van Gestel? Waren er surveillancedrones in de lucht gisteren en vannacht? Telefoonmasten in de buurt? Noteer je alles, Krul?'

'Zeker, mevrouw.'

'We zijn hier nog wel even bezig,' ging Salma door. 'Graag een werkbusje. En zorg voor een Hotel 10. Ik moet vaak plassen.'

Anna grinnikte, maar de mannen durfden niet te reageren. Hotel 10 was een bus met een toiletgroep en een kleine kantine met koffievoorzieningen. Op een PD werd onafgebroken koffiegedronken.

'Schouwarts?' vroeg Geert.

'Vanzelfsprekend.'

Salma draaide zich om en keek omlaag naar de plek waar ze terecht wilde komen, maar ze zag dat die zonder assistentie niet bereikt kon worden. Ze wisselde een blik met Anna. Anna gaf haar een arm en ze leidde Salma de helling af naar de ingang van het landgoed.

Salma vroeg: 'Jij hebt de vinder nog gesproken?'

'Ja. Hondenman. Hij oogde als een serieuze burger. Hij wilde toch een beetje de lastpak uithangen. Was hier nooit eerder geweest, zei hij. Ik wil hem toch even natrekken.'

'Het ziet eruit als professionele hits. De daders zijn natuurlijk al lang verdwenen.'

'Dat denk ik ook.'

'Ik ben wel benieuwd wat de inzet was,' zei Salma. 'Hadden ze gestolen, niet op tijd betaald? Cocaïne? Heroïne? Wiet?'

'We moeten alle drugs vrijgeven,' zei Anna. 'Ook de troep. Wil je dood? Ga je gang, spuit jezelf de verdommenis in. Dan kost die rommel niks meer en hebben we geen lichamen meer in het bos.'

'Maar wel junkielichamen in keldertjes, allemaal od'd.'

'Ik heb geen medelijden met ze,' zei Anna.

'Ik eigenlijk ook niet,' zei Salma. 'Maar het kan niet, en zal nooit kunnen. We zullen tot het einde der tijden geëxecuteerde lichamen in het bos vinden. Dat was het wel, hè? Executiestijl.'

'Vakwerk,' zei Anna.

Bij het hek stond een uitklapstoel. Victor Korsten schoot eruit toen hij de twee vrouwen zag naderen.

'Zwangerenstoel,' verklaarde Salma, 'voor mij.'

Ze liet zich er langzaam op zakken.

'Ik wou dat ik een vent was,' zei ze. 'Ik ben al zo zwaar. Dat had ik niet bij Alina. Dat was een poppetje. Maar deze vent moet een reus zijn. Hij kan niet van Mo zijn. Als hij op zijn lievelingsnaaldhakken staat, is hij nog altijd drie centimeter korter dan ik.'

Anna glimlachte. Mohammed Aziz, de man van Salma, was decaan bij een scholengemeenschap in Den Bosch, een beetje een kleurloze man, maar toegewijd en altijd opgewekt.

De bevalling van Rick was redelijk soepel geweest, voor zover een bevalling ooit soepel kon zijn. Bij elke geboorte, een explosie van intense pijn, strafte God de mens voor de oerzonde. Anna kwam uit een conservatief-katholieke familie, die net zo donker in de leer was als orthodox-calvinisten. Wat haar ouders dachten als ze het deden

– ze had drie broers en drie zussen – moet huiveringwekkend zijn geweest; gelukkig konden ze te biecht gaan.

Toen ze een relatie kreeg met Rudolf en zwanger van hem raakte, keerde Anna's familie zich van haar af. Ze was toen zelf nog redelijk gelovig, dus was het ondenkbaar dat ze de zwangerschap zou afbreken. Maar ze vond het te vroeg om binnen enkele jaren na de dood van Louise met Rudolf de huwelijksakte te tekenen, en toen hij onbetrouwbaar bleek en overal een vrouwtje bezocht – dit soort mannen kon alleen floreren bij de gratie van een netwerk van gewillige en net zo onbetrouwbare vrouwtjesdieren die zo'n mannetje aan zijn gerief hielpen in ruil voor... ja, wat eigenlijk? – deed ze in feite hetzelfde als de vrouwtjes die hij voor een nacht gezelschap hield.

Rudolf was attent wanneer hij naast haar in bed lag, zoals zonder twijfel bij de anderen. Hij nam voor alles de tijd, was geestig en romantisch, en bleef ondanks alle aandacht een egocentrische man; die synchrone nabijheid en afstandelijkheid waren wat vrouwen kennelijk prettig vonden. Anna had het zichzelf makkelijk kunnen maken en een gescheiden advocaat of ambtenaar op sleeptouw kunnen nemen, maar ze had thuis twee kinderen om voor te zorgen en ze had haar werk. Na de relatie met Nico Levi was ze alleen gebleven, en dat waren al zo veel jaren dat ze niet meer aan een voortdurend aanwezige kerel zou kunnen wennen. Als ze genoeg wijn had gedronken, had ze de moed voor een of twee nachten, en dat was soms prettig, vaak gênant. Intervallen van enkele maanden kenmerkten haar seksleven. Ze had er zich bij neergelegd. En dan nu de overgang.

Ze bleef bij Salma tot de container van Hotel 10 werd geplaatst. Salma maakte er meteen gebruik van, trapje op naar de wc's, daarna warme chocomel. Aan de buitenwand kon je uit een automaat koffie, heet en koud water, en chocomel tappen. Er hing ook een rekje met verschillende soorten thee en zakjes Cup-a-Soup. Niks was lekker, ofschoon op koude dagen hete Cup-a-Soup populair was. Iedereen wilde dan wat zouts.

'De zaak-Haksloot is weer uitgesteld,' zei Salma.

'Ik hoorde het,' zei Anna. 'Hij is opgenomen, de weg kwijt. Treurig. Hebben jullie nog overlegd over seponering?'

'We kunnen niet verschillende regels toepassen. We moeten 'm laten voorkomen. Maar ze geven 'm net zo veel tijd als nodig is.'

'Ik denk niet dat hij dat kan doorstaan. En de straat zal reageren.'

'Moeten we daaraan toegeven, aan de straat?'

'Nee. Maar soms, wanneer iemand zoiets is overkomen, dan twijfel ik,' zei Anna.

Een halfuur later kwam de container met de commando-unit. De interne koffiemachine bood bagger, maar was in ieder geval onder handbereik wanneer er een PD was waar minstens een halve dag minutieus moest worden gewerkt. Wat honing voor de beer is, is koffie voor de smeris, leert iedereen op de politieopleiding.

Toen de lichamen waren gedraaid, werden ze gehaald om de mannen te bekijken, voor zover ze herkenbaar waren door de uittredewonden. Anna hielp Salma bij het teruglopen.

De forensen stonden buiten de afzetting een sigaretje te roken.

Toen ze bij hem stonden, zei Geert: 'Het is een tweeling.'

De Brabo Brothers, Sjoerd en Tjeerd Verhulst, hadden al jaren een serieuze reputatie zonder dat ze konden worden gegrepen. Allebei waren ze op jeugdige leeftijd vindingrijk in de illegaliteit aan het werk geweest. Daarin hadden ze Matthijs, Anna's neefje, bijna meegesleept.

Matthijs was in de derde van het Maurick met de Verhulstjes bevriend geraakt. Als zoon van een bekende politicus, en ook als pleegzoon van een politievrouw, was Matthijs een begeerde curiositeit. Sjoerd en Tjeerd waren standsbewuste jongens uit een chique Brabants-Zeelandse familie met oud geld en antiek en een landhuis aan de rand van Vught. Vader bedrijfsjurist, moeder rechter bij het Gerechtshof Den Bosch.

Een golf aan inbraken in de voorjaarsvakantie – Matthijs kreeg gedurende die twee weken bijles omdat het erop leek dat hij zou blijven zitten – had de villawijk rond de IJzeren Man opgeschrikt. Het was een jaar eerder ook gebeurd, ook ten tijde van de voorjaarsvakantie.

Hier woonden de notabelen van Vught en Den Bosch, artsen, advocaten, topbestuurders van bedrijven, allen met eersteklas contacten en zelfbewust genoeg om het OM toe te brullen dat ze een stapje sneller moesten lopen. Anna kwam pas later bij zware criminaliteit. De eenheid Den Bosch maakte een kleine taskforce en Anna werd daaraan toegevoegd omdat zij de wijk goed kende, zij woonde er immers.

De inbraken kenden één gemeenschappelijkheid: de bewoners waren op skivakantie ten tijde van de inbraak. Was er een link naar een reisbureau? De bewoners maakten gebruik van verschillende bureaus, dus er werd geen inbraakinfo gelekt door medewerkers van die bureaus, tenzij alle medewerkers met elkaar samenzwoeren. Het telefoongedrag van die medewerkers werd gecheckt, en daarbij kwamen geen onderlinge contacten boven water. Misschien een link op de vakantieplek? Die waren ook divers. Taxichauffeurs? De meeste bewoners waren met eigen vervoer naar hun skibestemming gereden, andere hadden het vliegtuig genomen en waren met eigen vervoer naar Schiphol of Eindhoven gegaan.

Beveiligingscamera's op de toegangswegen werden gecontroleerd, en ook daar was geen patroon te herkennen. Telefoontaps aanleggen had geen zin. Loodgietersbedrijven, tuinonderhoud, elektriciens? Geen overlappingen. Sommige families waren met elkaar bevriend, maar het waren geen hechte groepen. Wel hadden ze allemaal een of twee of drie kinderen op het Maurick, met name in de klas van Matthijs en een jaar hoger, of kinderen die het huis verlaten hadden en studeerden. Dat die kinderen het Maurick bezochten, was geen toeval: het was de school van deftig Vught. Zaten er zwakke plekken bij de kinderen? Werden die zonder dat zij dat wisten door een inbraakploeg gevolgd of werden ze onder druk gezet of op een andere manier gemanipuleerd? Met toestemming van de ouders werden de telefooncontacten van de kinderen van de getroffen families in kaart gebracht. De taskforce stelde vast dat vlak voor de vakanties van de families steevast het telefoonverkeer met de jongens Verhulst was opgelaaid. Iemand in die families belde twintig, dertig keer met de mobiele telefoons van de Verhulstjes, en dat gebeurde altijd vlak voor het afreizen naar de vakantiebestemming. De onaangename gedachte ontstond dat de inbraken vermoedelijk niet door een groep professionele Italianen of Roemenen werden uitgevoerd – of misschien ook wel –, maar in ieder geval werden geïnitieerd door Sjoerd en Tjeerd, de tweeling van een gerespecteerde rechter.

Ze werden getapt. De tweeling voerde gesprekken met hun oudere broer Wijnand, die al twee jaar in Boston studeerde. Ze spraken over *shipments*, over veilingen in stadjes in Massachusetts, over betalingen via Western Union.

De zaak werd helder, en verdrietig: hun vrienden in het Vughtse netwerk meldden de Verhulstjes wanneer ze met hun ouders op vakantie gingen en wat er thuis te stelen viel. Ze kregen de helft van de opbrengst van de veilingen na aftrek van transport- en veilingkosten; daarin waren Sjoerd en Tjeerd heel precies, ze rekenden correct af. Ook werd er een gesprek getapt tussen Sjoerd en Matthijs.

Officier van justitie Karel Meerman, die later de fraude- en corruptiezaken tegen Rudolf zou leiden, had Anna apart genomen om haar het gesprek te laten horen.

'Hee pik.' Dat was Sjoerd.

'Hee,' zei Matthijs.

'Nog niks?'

'Nee. Ze heeft een password op haar computer. Ik heb er al honderden keren geprobeerd. Ze is slim, mijn tante. Haar inlognaam is gewoon haar naam, maar het password is... echt moeilijk.'

'Je moet er gewoon bij gaan staan als ze het intikt.'

'Dat valt op. Gaat niet zo makkelijk.'

'Het is goed dat je voorzichtig bent. Kom je zondag na hockey zwemmen bij ons?'

'Chill, ja,' zei Matthijs.

Hij had daarover verteld, herinnerde Anna zich, dat hij mocht zwemmen in het gigazwembad in de tuin van Verhulst. Hij was uitverkoren.

'Voorzichtig, pik.'

'Ja.'

De taskforce werd ontbonden, Meerman hield de dossiers bij zich, en in de loop van de laatste maanden van dat schooljaar verdwenen Sjoerd en Tjeerd en een zoon per getroffen familie geruisloos van school. Ze belandden op kostscholen in Engeland en Zwitserland. De inbraken bleven formeel onopgelost.

Rick was tien en ging redelijk vroeg naar bed – Anna had daarop gewacht voordat ze Matthijs aansprak.

'Wat moest je van Sjoerd Verhulst met mijn computer doen?'

'Hoe bedoel je?'

'Zoals ik het zeg. Hij wilde toch dat je het password te pakken kreeg?'

Matthijs, zeventien jaar, was na de dood van Louise een boze, introverte puber geworden. Zijn vader had hem min of meer vergeten. Zijn tante had hem met een halfbroer opgezadeld. Ze zag hem denken, de mogelijkheden aftasten, afwegen hoe erg dit was.

'Dat was niks, gewoon een geintje, dat deden we allemaal, kijken of we de passwords van de computers konden pikken.'

Hij keek haar niet aan terwijl hij sprak. Het was dan ook een zwakke kutsmoes.

'Dat is alles?'

'Wat anders?'

'Ik geloof je niet.'

'Dan niet.'

'Het is vrij belangrijk dat ik je geloof.'

'Er is toch niks gebeurd?'

'Er had veel kunnen gebeuren, met ernstige gevolgen voor Sjoerd en zijn broer en heel veel anderen. En misschien gebeurt dat nog. Wil je me iets vertellen?'

'Ik heb niks te vertellen.'

'Ik denk het wel, Matthijs.'

'Wat zou ik moeten vertellen?'

'Wat heb je met Sjoerd en Tjeerd? Het klinkt trouwens vrij belachelijk, die namen zo achter elkaar.'

Hij glimlachte een moment, maar zei niets.

'Dat password was voor iets bedoeld. Loginnaam en password. Wat was de bedoeling, Matthijs?'

'Waar heb je het over?'

'Het heeft geen zin om te ontkennen. Heb je niks te vertellen?'

Hij bleef stil, bewoog niet.

Ze schoof een USB-stick in de computer. Ze zocht de inhoud van de stick op en klikte op de code.

Het telefoongesprek tussen Matthijs en Sjoerd klonk.

Hij verroerde zich niet. Ze keek hem aan en wachtte. Hij had zijn hoofd gebogen en staarde naar zijn handen, ook na de laatste woorden van de tap.

'Heb je nog steeds niks te vertellen?'

'Je hebt het toch?' viel hij opeens uit.

'Wat wilde Sjoerd daarmee?'

'Weet ik niet.'

'Thijs: dit is m'n vak. Dingen uitzoeken, bewijzen vinden, doorvragen. Ik ben ervan overtuigd dat jij weet wat Sjoerd Verhulst met mijn inlognaam en password van plan was. Ik vind het heel onaangenaam om dit uit te spreken. Ik had liever gewild dat jij dat had gedaan, je uitspreken. Maar je wil niet. Dan moet ik het hard spelen. Ik zal dit met je vader overleggen. Want het gaat om ernstige zaken. Ik denk dat jij weet wat Sjoerd en z'n broer op hun kerfstok hebben. Het gaat om een grote groep jongens, en jij hoort daarbij. Misschien niet bij de leiders, maar jij weet ervan. Sjoerd heeft jou geld geboden, een deel van de opbrengst, als jij hem de mogelijkheid gaf om met mijn naam en password in het systeem van de politie te komen. Om te kijken of er iets te vinden viel over het onderzoek naar de inbraken. Want hij was ongerust geworden. Jij weet daarvan, Matthijs. Je had me moeten antwoorden. Nu moet ik om sancties bij je vader vragen. Jammer, echt jammer.'

Hij haalde zijn schouders op, deed alsof het hem geen reet kon schelen. Maar dat geloofde ze niet.

Ze zei: 'Het zou zo simpel zijn geweest als je me had geantwoord.'

'Je bent m'n moeder niet.'

'Geloof me, dat besef ik, ik kan haar verlies niet goedmaken. Maar ik doe m'n best. En dit gaat niet over iets huiselijks, over school, over een meisje, weet ik veel, Matthijs: dit gaat over criminaliteit. Het gaat over ernstige zaken. Het gaat over grenzen waar je nooit, maar dan ook nooit overheen mag stappen, begrijp je?'

Hij mompelde iets, maar ze verstond hem niet.

'Wat zeg je?'

Hij herhaalde het: 'Rick11uur23.'

Ze keek hem een moment verward aan – het was haar password. De naam van haar zoon, zijn halfbroer, en het tijdstip van zijn geboorte.

'Ik wist het, maar deed net of ik het niet wist,' zei hij. 'Ik wilde het niet geven.'

Hoe moest ze reageren? Met boosheid? Hem vertellen dat ze verbijsterd was dat hij het password had weten te achterhalen? Of was ze juist gerustgesteld? Want het was duidelijk dat hij het password voor zich had gehouden. Ze wist zich geen houding te geven. Hun relatie was nooit goed geweest, maar vanaf dat moment ontglipte hij haar volledig.

'Goed,' zei ze. 'Goed. Ik laat het hierbij. Je kunt naar je kamer.'

De commandopost was een container met een aggregaat, een tafel met vier redelijk comfortabele stoelen, aansluitpunten voor computers, een draadloze netwerkverbinding, whiteboard, koelkast, en zelfs het bedieningselement van een externe lichtkrant waarop mededelingen voor passanten en tegenwoordig ook codes voor het team konden worden gezet – Geert laadde de vingerafdrukken en mailde ze naar het bureau. Eeneiige tweelingen hebben hetzelfde DNA, maar hun vingerafdrukken verschillen. HAVANK, oftewel Het Automatisch Vinger Afdrukkensysteem Nederlandse Kollektie, bevestigde twee minuten later de identiteit van de slachtoffers. Ze hadden een strafblad: openlijke geweldpleging en mishandeling, waarvoor ze beiden twaalf maanden hadden gekregen. Na aftrek van voorarrest hadden ze daarvan vijf maanden uitgezeten.

Anna was redelijk op tijd thuis. Ze had Rick niet gebeld in de loop van de dag, en hij had haar niet gebeld of gewhatsappt. Ze had op het bureau de dienstwagen verruild voor de leenauto, en ze parkeerde die op de oprit naast haar huis. Na al die jaren was het nog steeds een hemels geschenk om hier uit te mogen stappen, bij haar eigen, met een rieten hoed bedekte villa die niet veel groter was dan een rijtjeshuis in een Vinex-wijk maar die op een exclusieve locatie lag met een fijne tuin met drie volwassen beuken, een enorm gazon, een strook rozenstruiken, en een twee meter hoge haag van volwassen coniferen die geen inkijk toeliet. De waarde was nu vijf keer zo hoog als de aankoopprijs, een halfjaar na Ricks geboorte. Ze had een hypotheekje dat ze rustig kon aflossen tot haar pensioen, en mocht ze vervolgens het huis verkopen, dan was ze financieel onafhankelijk en kon ze zich een tweede leven in Spanje of Portugal veroorloven, ofschoon ze zich daarvan geen beeld kon vormen.

Via de achterdeur kwam ze binnen, rechtstreeks de keuken in. Tegenover het aanrecht was de wand opengemaakt, zodat er een open verbinding met de woonkamer was. Er stond een werkblad met vier krukken, de ontbijtlocatie.

Rick zat op de bank met zijn laptop op schoot. Twee lege flesjes pils op tafel.

'Hee, mam.'

'Hoi.'

Ze zette tassen met boodschappen op het werkblad.

'Heb je iets leuks gedaan?' vroeg ze.

'Eigenlijk de hele dag gepit.'

'Heb je niemand gezien?'

'Ik heb wel gebeld. Ze waren allemaal bezig, maar dat was oké. En jij?'

'Heavy shit vandaag.'

'Ja?'

'Het zal morgen wel overal in de media komen. Dubbele moord.'

'Dubbel? Jezus...'

'Dat hebben we niet vaak, zoiets.'

'Hoe gaat zoiets? Is iedereen dan... opgewonden dat het zo groot is?'

'Als je de lijken ziet, dan denk je alleen maar: dit is ziek, obsceen.'

'In de familiesfeer of bekenden?'

'Bekenden.'

'Onderwereldshit?'

'Daar lijkt het op.'

'Oorlog in die kringen?'

'Geen idee. Was het incidenteel, of het begin van een slachtpartij zoals in Amsterdam? We doen nu onderzoek bij die jongens thuis.'

'Jongens?'

'Mannen. Echte mannen. Ze staan bekend als de Brabo Brothers.'

'Dat klinkt als een antieke rockband,' zei Rick grinnikend.

'Ik heb een heerlijke gegrilde kip, de laatste bij de poelier. Ze maken met vervangers kip die lekkerder is dan een geslachte.'

'Top.'

Ze vroeg: 'De politieacademie, is dat iets voor jou?'

'Voor mij? Nee.'

Ze pakte de tassen uit. Rick stond op om haar te helpen. Ze wilde hem alleen maar uitdagen. Ze had geen idee wat hij nu van plan was: 'Vroeger zei je dat altijd.'

'Mam, ik was zes, of vier, natuurlijk wil je dan politieman worden. Of brandweerman.'

'We zijn ooit nog eens naar de academie gereden in Apeldoorn, weet je nog?'

'I know… ik was vier. De echte reden was dat je een lezing moest geven en geen oppas kon krijgen. Ik heb daar de hele middag bij de portier gezeten.'

'Ik schaam me er nog voor.'

'Ze waren aardig. Je had het toen uitgemaakt met die journalist. Dus geen oppas.'

'Groente onderin, in de lade,' maande ze toen hij ergens halverwege de koelkast broccoli en prei wilde opbergen. Ze was toe aan een nieuwe koelkast. Er stonden zij aan zij twee oude Liebherrs, ooit aangeschaft om genoeg gekoelde voorraad te hebben voor twee opgroeiende jongens. Rudolf had ze betaald. En Nico, die journalist – ze was na de dood van zijn zoon nog een jaar bij hem gebleven. Hij keerde geheel in zichzelf. Misschien moest ze hem een keer bellen; waar zou hij nu wonen? Hij scheen op te treden als woordvoerder van Henri Haksloot.

'Mam, kan ik wat lenen voor het weekend? De jongens vroegen of ik mee uitga in Den Bosch. Je krijgt het terug.'

'Hoeveel?'

'Driehonderd?'

'Oké.'

'Ik neem een baantje.'

'Het is goed, Rick.'

'Ik ga iets in Tilburg doen, denk ik.'

'Ja?'

'Ja. Dan kan ik gewoon heen en weer met de trein.'

Hij zou dan thuis zijn, bij haar, gewoon in zijn kamer.

'Wat jij wilt,' zei ze.

Ze sprak hem niet tegen. Het zou heerlijk zijn als hij nog een paar jaar thuis zou blijven. Als hij zich aan zijn voornemens zou houden.

Ze vroeg: 'Wat wil je doen, denk je?'

'Rechten.'

'Daar kun je altijd je boterham mee verdienen. Strafrecht?'

'Nee. Internationaal.'

'Echt?'

'Misschien dat ik iets bij ngo's of zo wil doen.'

'Ngo?'

'Non-Governmental Organizations.'

'Als dat jou trekt.'

'Er is overal zoveel te doen. Wat ik daar gezien heb...'

'Ik wil weten wat je daar gezien hebt.'

'Waar wil je deze pakjes neptonijn?'

Ze had een klein stukje borst voor zichzelf afgesneden, de rest van de kip werd door Rick volledig weggewerkt. Wat overbleef was een kaal geraamte, zoals bij een echte kip. Ze genoot als Rick zoveel at, dat deed hij als baby, dat deed hij nog steeds, en hij was niet zwaar, integendeel, Rick was slank en goed gespierd. Nadat ze hadden afgeruimd, ging Anna terug naar het bureau.

De woonboerderij van de broers was door onbekenden overhoopgehaald en vanbinnen zo goed als verwoest. De beveiligingscamera's waren verbonden aan een in een kluisje opgeborgen computer, althans, daarheen liepen de kabels, de computer was weg. De broers hadden zeven wagens tot hun beschikking, wat letterlijk moest worden begrepen: ook de auto's stonden niet op hun naam maar waren het bezit van zeven verschillende bv's, alle zeven op Curaçao gevestigd. Vier Porsches, twee Maserati's en een enorme Cadillac Escalade, gestald in een schuur naast de boerderij – maar in het stalen sleutelkastje naast de wijde deuren van de garageschuur ontbraken de sleuteltjes onder de sticker met de naam Escalade.

Het was een kwestie van tijd voordat de Escalade ergens zou worden aangetroffen, waarschijnlijk net als de boerderij verwoest, tenzij de daders de SUV naar Oekraïne of Rusland aan het brengen waren. Ze wisten nu welk model en merk ze moesten zoeken op de harde schijven van de beveiligingscamera's die langs de routes van Schijndel naar het bos van De Gruyter stonden opgesteld. Ze had daarvan nog geen overzicht, maar ervaring leerde dat er altijd wel een paar bij winkels en oplaadstations hingen. Het was zaak om ze te vinden voordat de bestaande beelden werden overschreven met nieuwe. Vanwege achterhaalde privacywetgeving mochten ze niet langer dan drie weken worden bewaard.

De teams wisten wat hun te doen stond. Hedendaagse georganiseerde misdaad richtte zich hoofdzakelijk op drie producten: drugs, prostitutie, mensenhandel. De onderlinge communicatie daarover verliep via versleutelde softwareprogramma's. De boerderij was het hoofdkwartier van de tweeling, en de 'burners', antieke mobieltjes die een of twee dagen actief waren, gaven een netwerkpatroon: ze doken opeens op, lieten gedurende twee of drie dagen honderden contacten zien, en daarna zwegen ze voor immer. Met de gebelde en ontvangen telefoonnummers konden netwerken in kaart gebracht worden. Een enkele keer was de illegale slager in het dorp gebeld voor twee of drie kilo zwarte biefstuk, maar meestal ging het om onderhandelingen, bestellingen, bedreigingen, deals, leveranties. De andere elementen in de netwerken werkten ook met burners, maar daarmee werden regelmatig fouten gemaakt: de burners waren op een dag in een telefoonwinkel of supermarkt aangeschaft, vaak door een verslaafde koerier, en dat moment kon door een beveiligingscamera zijn vastgelegd. Het was een hoop werk, het natrekken van die nummers en winkels, ook met computers. Maar zodra ze een gezicht op een camera met een besmette burner in verband hadden gebracht, konden ze meestal binnen vierentwintig uur de junk een verhoorkamer binnenleiden. Tenzij er van directe getuigen sprake was, of van heterdaad, was het analyseren van DNA en communicatiemethoden tegenwoordig het belangrijkste opsporingsmiddel. Er werd gesproken over de aanschaf van een quantumcomputer die alles kon versnellen, maar zover was het nog niet. Bij zware zaken, en dit was er een, konden ze bij het Nationaal Centrum Informatie een verzoek indienen voor het gebruik van hun databanken. De NCI registreerde alle communicatie in Nederland.

Anna werkte tot een uur of twee door op het bureau, samen met haar assistente en enkele coördinatoren die de info van de verschillende units hadden ontvangen, en een techneut zette alles in haar cloud zodat ze de volgende ochtend een presentatie kon geven. Ze was uitgeput maar hoopte op een diepe, genezende slaap.

Rick was op de bank in slaap gevallen, de televisie blèrde de herhaling van het late *Journaal*. Hij was te groot om naar boven gebracht te worden, dus ze haalde een deken van boven en sloeg die over hem heen. Ze kuste hem op zijn hoofd, op zijn dikke, jonge, krachtige haar. Ze rook dat hij het vanavond had gewassen.

Het probleem bood zich zestien dagen later aan. Hoewel, probleem: het was een crisis die haar ertoe bracht haar zuivere toepassing van de regels – altijd, vanaf het begin van haar loopbaan bij de politie – af te zwakken. Want het ging om familie. Familie gaat altijd voor, zei elke maffiafilm.

De ouders van Sjoerd en Tjeerd werden in verlegenheid gebracht toen de publiciteit over hun vermoorde jongens de Brabantse en nationale media bezighield, tot aan *Veronica Variété* en *Avondnieuws* toe, maar Anna wist de crisis te bedwingen voordat die Matthijs had kunnen meesleuren. Daarvoor had ze de welwillendheid van een jonge collega nodig. En die kreeg ze.

Michiel Jansen had zich beziggehouden met het telefoonverkeer van de gebroeders Verhulst. Tot twee jaar terug maar liefst. Via de NCI kregen ze een overzicht van de burners die Sjoerd en Tjeerd hadden gebruikt, en vervolgens boog Michiel zich over de andere nummers die ermee in verband gebracht konden worden. De NCI werkte volop mee, het ging per slot van rekening om een dubbele moord. Michiel schreef er een extra programmaatje voor, hij was van oorsprong datatechnoloog.

De Brabo Brothers hadden intensief contact gehad met een flink aantal centra, met name in Brabant, maar ook buiten de provincie: Arnhem, Venlo, Vlissingen, Rotterdam. Daar werden burners soms te nonchalant gebruikt. Dat was ook in Rotterdam het geval. In alle gevallen waren de Rotterdamse burners in een winkel met beveiligingscamera's gekocht, een winkel in de Afrikaanderwijk. Het was een Turkse telefoonwinkel waar ook computers werden gerepareerd, gebruikte mobieltjes werden verhandeld, en vermoedelijk was er ook sprake van illegaal bankverkeer, hawala, een Hindiwoord dat 'vertrouwen' betekende. Michiel had er zich mee beziggehouden, maar onderzoek naar hawala was in deze moordzaak niet aan de orde. Een klant betaalt een hawalafiliaal cash, een ander filiaal waar de ontvanger wacht wordt ingelicht dat het geld binnen is, en dan kan worden uitbetaald. Simpel, anoniem, informeel, en de vraag of het geld wit of zwart is, is van geen enkel belang. Michiel overtuigde de Turkse eigenaar ervan dat hij geen onderzoek deed naar hawala; het ging om een moordzaak. De Turkse man kon meewerken of anders een formele vordering krijgen. Michiel mocht de tapes zien. De Turk had camera's opgehangen om mogelijke onduidelijkheden over betalingen of uitbetalingen te voorkomen, veronderstelde Michiel: de klanten stonden pontificaal in glasheldere hd-kwaliteit voor de toonbank. Ook de Turkse jongen die de Rotterdamse burners hier kocht, kwam met elke wimper in beeld. De telefoonman kende hem: hij was de zoon van een kruidenier op het Noordereiland.

Rotterdamse collega's zochten de winkel op, een succesvolle levensmiddelenzaak op het Burgemeester Hoffmanplein. In aanwezigheid van de vader, die in een opslagruimte achter de winkel door de surveillanten moest worden gekalmeerd nadat hij zijn zoon een klap in het gezicht had gegeven, bekende de jongen dat hij om de paar weken de burners had gekocht op verzoek van het paar dat boven de winkel woonde, op de derde verdieping. Hij kreeg er telkens een zakje coke voor. Het pand was van de Turkse winkelier; het paar was een maand of acht geleden vertrokken. De man had hun adres, want soms kwam er nog officiële post die hij doorstuurde. Het was een vakantiepark in Brabant, in Drunen om precies te zijn.

Michiel Jansen had haar niet op het HB in Den Bosch willen spreken. Ze zaten bij Café Reinders in de Kruisstraat. Hij was een beetje een nerd, die Michiel, intelligent, ijverig; hij had in het bedrijfsleven een goedbetaalde baan kunnen krijgen, beter betaald dan wat hij voor zijn recherchewerk maandelijks opstreek. Klein, een beetje zwaar, een forse, avondlijke bierdrinker, schatte Anna, ongehuwd, een loner die daar niet onder leed.

Vakantiepark in Drunen.

Een dag eerder had Anna op haar privénummer zeven oproepen van Matthijs binnengekregen. Ze was laat thuisgekomen en had hem op dat tijdstip niet willen terugbellen. Maar op haar werkmobiel kreeg ze rond middernacht nog een telefoontje, van Michiel. Hij moest haar dringend spreken, niet op het HB maar ergens anders.

In Café Reinders vroeg Anna: 'Ben je naar Drunen geweest?'

'Dat ben ik, mevrouw Klerks.'

'Anna.'

'Anna.'

'Wanneer?'

'Gisteren.'

'Heb je een pv opgemaakt?'

'Nee. Ik wilde eerst met u praten.'

'Met jou.'

'Met jou.'

'Vertel.'

'Eerst ben ik wat gaan zoeken over dat paar. Een Russische vrouw, ook met een Nederlands paspoort, dus een dubbele nationaliteit, en een man, Nederlander. De man had geen strafblad. Maar de vrouw... is twee keer gepakt voor winkeldiefstallen in Amsterdam. Het was niks ernstigs, hoewel, de tweede keer ging het om sieraden bij de Bijenkorf, dat was een beetje een domme actie omdat het daar volhangt met camera's, maar toch: ze kreeg een werkstraf omdat ze bekende dat ze sinds ze in Amsterdam woonde gestolen had, van de markt tot aan Albert Heijn. Ze studeerde sociologie, daar is ze toen door die werkstraf mee gestopt.'

'En daarna?'

'Ze heeft een eigenaardige voornaam: Europa.'

'Zoals het continent?'

'Europa Aleksandrovna Ivanova.' Bij het uitspreken brak hij de tweede naam in stukjes: Alek-san-drov-na. 'Ze noemt zich Ropa, kennelijk zijn dat Europa en die andere naam toch een beetje onhandig. Die andere naam is een patroniem, oftewel de voornaam van de vader. Haar naam komt in Duitsland voor in een gesloten dossier; dat is zij, dat kan niet anders. Er was een zaak in Berlijn, maar die zit daar achter slot en grendel. Ik kreeg er niks over los. Toen ben ik naar Drunen gegaan.'

'Daar wonen ze allebei?'

'Ropa Ivanova en Matthijs van Dam. Hij is de beheerder daar, en zij is zijn vriendin.'

Anna knikte beheerst, ofschoon haar oren gonsden.

Michiel zei: 'Ik heb haar eerst gesproken, Matthijs van Dam was er aanvankelijk niet. Ik hoefde niets uit te leggen. Ik vroeg of ze de Brothers had gekend en ze zei dat ze had gebruikt en dat haar vriend onschuldig was, ze had inderdaad contact met een van de Verhulsten, bij wie ze voor eigen gebruik inkocht, zei ze. Dat is onzin volgens mij, want de tweeling deed alleen zaken met serieuze inkopers. Zij waren de groothandel. Dus ik denk dat Europa wel degelijk handelde. Maar ze was clean en werkte nu hard en alles ging goed en ze smeekte om haar en haar geliefde met rust te laten. Toen kwam Matthijs van Dam erbij staan en die ging helemaal los. Hij zei dat ik niet met zijn vriendin had mogen praten zonder advocaat erbij en hij zei dat hij u kende, en dat hij ervoor zou zorgen dat ik ontslagen werd…'

'Ja, ja…' Meer kon Anna niet mompelen.

'Daarna kalmeerde hij. Hij zei dat zijn vriendin volkomen onschuldig was, maar hij wilde verder niks zeggen tot zijn advocaat erbij was. En hij noemde u opnieuw. U was… u was zijn tante, zei hij.'

'Ja,' zei Anna. 'Dat klopt.'

'Dus ik dacht: ik wil eerst even met u overleggen voordat...'

Ze kapte hem af: 'Dit stel ik enorm op prijs, Michiel. Denk je dat ze iets te maken hebben met de moord op de broers?'

'Nee. Ik denk dat ze zaken deden met de Brothers, maar ze lijken me mensen die kortgeleden opnieuw zijn begonnen. Ze wekten niet de indruk dat ze nog gebruiken. Ze waren hard aan het werk daar, dat park is flink onder handen genomen.'

'Wat ben je van plan met de info? Ga je er een pv over maken?'

'Ik denk niet dat de zaak er iets mee opschiet, eerlijk gezegd. En die twee mensen… die schieten er ook niets mee op. Ik heb een cybercrimecursus gedaan, ik heb gisteravond gezocht tot ik wat vond. Foto's van Europa, die vrouw. Naakt, maar ook kunst. Ik heb de fotograaf gebeld, dat schijnt een beroemde man te zijn. Hij woont in Amsterdam. Fredo Pollini.'

'Dat zegt me niks.'

'Pollini vertelde over haar, over die zaak in Berlijn. Hij mailde me vannacht nog het bestand toe. Het ging over een kindje. Een verdrietige zaak, mevrouw Klerks.'

'Anna.'

'Ik wil deze mensen met rust laten. Als ze gebruikt hebben, dan begrijp ik waarom.'

Hij schoof een envelop naar haar toe.

'Ik heb het uitgeprint. Als u het leest, dan bent u het misschien met me eens. Geen pv.'

Ze wachtte tot ze alleen was. Ze las het dossier. Daarna werkte ze in de wc haar make-up bij omdat ze had gehuild.

Buiten op straat belde ze Matthijs.

'Hoi, tante Anna.'

'Matthijs,' zei ze.

'Fijn dat je terugbelt,' zei hij. 'Want ik zit een beetje in de shit, geloof ik.'

'Ja,' zei ze, 'ik weet ervan.'

'Ja? Heb je die rechercheur gesproken?'

'We moeten praten.'

Ze maakte wat klaar voor Rick – een eenpansgerecht met rijst en gemengde groente en namaakgehakt, dat hij kon opwarmen in de magnetron, hij was met vrienden op stap – en reed naar Drunen.

In het laatste licht van de dag nam ze de binnenroute via Cromvoirt en Giersbergen, een van de mooiste streken van Nederland. Het park lag aan een zijtak van de Duinweg, direct aan de Loonse en Drunense Duinen.

Vakantiepark De Duinen bevond zich achter een heuse slagboom en een gloednieuw hek, dat, voor zover ze kon zien, om het hele terrein heen liep, dwars door het bos, een meter of drie hoog. Geen hek van een vakantiepark, meer van een industrieterrein. Ze drukte op een knop in de communicatiezuil naast de slagboom. Ze hoorde Matthijs' stem: 'Ik doe hem open, tante An.'

Ze reed het parkeerterrein op achter de boom. Er stonden drie bestelwagens van een installatiebedrijf, twee van een 'afbouwbedrijf', en een truck van een keukenhandel. Matthijs stond al naast haar toen ze uitstapte.

Hij vroeg: 'Heb je het makkelijk kunnen vinden?'

'Ik reed hier zo naartoe.'

Drie kussen.

Hij zag er goed uit, Ricks oudere halfbroer. Beiden met hun vaders mannelijke, vierkante kop, goedgebouwd. Rick was langer, Matthijs misschien iets breder. Ze had hem voor het laatst in Rotterdam gezien, toen hij zijn eerste café opende. Dat was jaren geleden. Sinds hij zijn eindexamen bij het Maurick had gedaan, was hun contact stroef en karig geweest, wat ze betreurde.

'Hier woon ik dus nu. Het beheerdershuis is heel comfortabel. Het is heerlijk om hier in het bos te wonen na die jaren in Rotterdam. Heb je gegeten? Ropa heeft wat hapjes klaargemaakt. Russische hapjes. Ze is van oorsprong Russisch. Je ziet er goed uit, tante An. Jonger dan ooit.'

'Vleien is een vak,' zei ze.

'Ik spreek de waarheid.'

'Die wil ik graag horen, ja.'

Hij knikte: 'Ik vertel je alles.'

Via een pad achter het parkeerterrein bereikten ze een ruim houten huis met een plat dak. De voordeur stond open. Eenvoudig ingericht, Ikea, zo te zien, maar warm en aangevuld met persoonlijke versieringen en ornamenten. In de woonkamer stond een blonde vrouw met groene ogen – Anna keek nog een keer: ja, groen – met een grote boezem en heupen waarop elke man zijn handen zou willen leggen om haar naar zich toe te trekken. Ze droeg een strakke zwarte legging zonder beschermend rokje, een zwart T-shirt, ook strak, laag uitgesneden. Aan haar voeten had ze witte gympen. Ze was een oervrouw voor wie Anna meteen bewondering had, en die haar ook een beetje imponeerde. Deze Europa had zo veel schoonheid dat ze elke vrouw onzeker maakte. Anna had het Duitse dossier gelezen en kende haar verhaal. Een emotioneel dier, dacht Anna toen ze Ropa zag bewegen met dat Bardot-achtige lijf. De Russin zocht een tikkie zenuwachtig naar een kurkentrekker.

'Het is alweer een tijdje geleden dat we alcohol in huis hadden,' zei Ropa. 'Waar is dat ding?'

Ze schonk een glas witte wijn in, de hapjes stonden al op tafel.

Matthijs vertelde het verhaal over de cafés, en samen met Ropa vertelde hij zonder omhaal, maar beschaamd, over de ondergang en de pillen en poeders en de bestellingen bij Sjoerd en Tjeerd.

Matthijs speelde inderdaad open kaart met haar, en dat versterkte haar voornemen om hun namen uit het onderzoek te houden. Het was een ethisch grensgeval – of toch een geval waarvoor ze disciplinair gestraft kon worden? –, maar ze kon de jongen voor wie ze jarenlang had gezorgd niet laten vallen. Die jongetjes Verhulst waren vergif voor hem geweest. En Ropa?

Anna vroeg niet naar het incident in Duitsland. Ropa vertelde over haar studie, over haar modellenwerk in Duitsland, maar repte met geen woord over het kind. Ze waren nu gelukkig hier. Dankzij Matthijs' vader, Rudolf, was er hoop en hadden ze een toekomst. Rudolf had op het juiste moment dit park gekocht, min of meer geruild tegen het Eldorado-complex bij Marbella, en nu had Rudolf opnieuw mazzel, want de overheid had het hele complex gehuurd voor het onderbrengen van asielzoekers.

Later, toen ze aan dit moment terugdacht, herinnerde Anna zich dat ze daarbij een blik op Ropa wierp en dacht: ik hoop dat ze zich anders gaat kleden als buitenlandse mensen met andere tradities hier komen schuilen.

2040

Europa Aleksandrovna Ivanova

In Rotterdam was er nauwelijks een week voorbijgegaan zonder het ritueel van extra make-up, het uitzoeken van de outfit die bij de stemming en de gelegenheid paste, de schoenen, zelfs de lingerie was van belang, ook al was die alleen voor Matthijs zichtbaar. Ropa kleedde zich, zoals ze dat noemde, 'strak'. Ze wist hoe ze oogde, hoe ze een ruimte beheerste als ze die betrad, de blikken, de bewonderaars, de bozeriken.

Ze ontdekte wie ze was toen ze een jaar of veertien was en meisjes haar vriendin wilden zijn om zowel in haar aantrekkingskracht te delen als die te neutraliseren. Hou je vrienden dicht bij je en je vijanden nog dichterbij, dachten haar vriendinnen, ook al was dat te grof geformuleerd nu, ze had wel degelijk vriendinnen bij wie ze puberaal onbezonnen of juist te zwaarmoedig volwassen had kunnen zijn. Ropa liet het gebeuren, aantrekken en afstoten, want er stak niets kwaadaardigs in, behalve het risico dat de leukste jongens dicht bij haar wilden zijn en de vriendinnen afhaakten als ze merkten dat ze veroordeeld waren tot een bestaan in haar schaduw. Natuurlijk had ze domme dingen gedaan, was ze te makkelijk en te meegaand geweest, maar ze had alles doorstaan, inclusief het afscheid van haar meisje. Irina's dood stemde elke dag tot momenten van schreeuwende treurnis, en dat uitte zich vaak ook letterlijk in een schreeuw, maar ze kon daarna de nieuwe dag begroeten en de taken op zich nemen die op haar wachtten. Zoals het feestje van vandaag.

Ze gingen over drie dagen, maandag 25 juni, open als azc. De huisjes waren luxueus afgewerkt en de weekprijs lag hoog, maar in deze tijd moesten zo veel vluchtelingen worden opgenomen dat nu ook dit soort high-end vakantieparken door de overheid werden gehuurd. De huisjes hadden, afhankelijk van het type, een tot drie slaapkamers, een woonkamer met open keuken en een badkamer met inloopdouche, ligbad en dubbele wastafel. Ze waren klein, veertig tot zeventig vierkante meter, maar oogden als vijfsterrensuites, en dat waren ze ook. De meeste mensen in Nederland hadden zoiets niet als eigen huis, en toen bekend werd dat het park voor vluchtelingen zou worden geopend, ontstond er op een warme zaterdag voor de poort een luidruchtige demonstratie. 'Ik weet wat ik moet doen,' zei ze tegen Matthijs. Strak gekleed duwde ze een serveerwagen naar buiten met koude flesjes water, frisdrank, en bier – Matthijs wist niet of dat een goed idee was, bier, maar ze was zeker van haar zaak – en ze lachte iedereen toe, wat meteen de scherpte uit het oploopje trok. Het waren niet meer dan vijftig mensen, op drie na allen mannen, en binnen enkele tellen had ze een feestje voor elkaar met vrolijke drinkers die zich verbroederden met de twee motoragenten die in hun zware pakken stonden te lijden en dankbaar de frisdrank aanvaardden terwijl ze net deden alsof ze Ropa's borsten en billen niet bewonderden.

Ze gingen nu het ponykamp officieel openen. De burgemeester kwam, en Matthijs' vader en zijn vrouw Linda kwamen ook, evenals een reeks investeerders en politici, hotemetoten van de provincie en lokale banken, Levi, de persman van de Langstraat, en zelfs Henri Haksloot zou komen, hersteld na een verblijf van zeven maanden in een hersteloord in Duitsland, zijn eerste uitje, aldus Levi. Ze kende zo'n hersteloord en wilde dat met Haksloot delen – of was dat niet goed? Ze wist niets meer van hem dan wat ze over hem had gelezen, over de overval en de dood van de twee daders. Waren Haksloots daden erger geweest dan wat zij haar eigen meisje had aangedaan? Haar meisje had gedurende haar korte leven uitsluitend blootgestaan aan pijn, en nog steeds vond zij dat zij haar van nog meer pijn had bevrijd. Dat was een andere situatie dan de situatie waarin Haksloot door de daders was gedwongen. Haksloot handelde uit noodweer. Haar eigen meisje had geen besef, een klein hoopje tragiek.

Het ponykamp telde nu vier pony's, en wat nog leuker was: ze hadden zes jonge alpaca's. Ze waren allemaal onbeschrijflijk lief, ook de pony's lieten zich knuffelen. De omgang met de dieren zou de vluchtelingen helpen, zo hadden ze bedacht, en dat had hen ook op het idee gebracht een hondenasiel te openen, tot iemand vertelde dat in sommige culturen honden als onrein werden beschouwd, dus dat gaven ze op. Ze hadden een statushouder gevonden die dierenarts was, en ze hadden subsidie gekregen voor de stallen en zijn salaris. Hij heette Da'ud, een aantrekkelijke en gedistingeerde man uit Syrië, slank, grijzende slapen, iets in de vijftig, dus rustig en ervaren. Matthijs had het te druk met andere zaken en zij had hem aangenomen. De Syriër had zich goed op de sollicitatie voorbereid en wist alles te vertellen over ponyrassen en het leven van alpaca's in de Andes. Hij deed dat zelfs in het Nederlands: schofthoogte negentig centimeter, lange vacht, soms tot op de grond, ze konden wel vijfentwintig jaar oud worden. Er was niets opdringerigs aan hem, het leek er zelfs op dat hij de contacten met haar tot het minimum beperkte en haar zoveel mogelijk ontliep.

Het park had zijn eigen restaurant met grote eetzaal, en ze hadden het plan om de vluchtelingen zelf menu's te laten samenstellen. De opening werd gecaterd door Maison van den Boer. Ze rekenden op honderd gasten, de cateraar had twaalf mensen gestuurd. Ze had met de supervisor de locatie doorgelopen, de truck met de hapjes was al eerder gearriveerd, de dranken waren gisteren afgeleverd, en ze hadden het draaiboek vastgelegd. Matthijs, nog in zijn werkkleren, was in de ontvangstzaal in gesprek met zijn vader en met diens vriendin Linda, te midden van een groep mannen die verschrikkelijk hard om hem lachten. Matthijs deed druk, ze zag dat hij zich aanstelde.

Die mannen om hem heen waren ook aanstellers, maar ze hadden geld, aldus Matthijs, die werkte aan een plan om het concept van het park, zoals hij dat noemde, 'internationaal te brengen'. Met het naderen van de openingsdag, en de aankomst van de vluchtelingen, die enkele weken in beslag zou nemen en het team op de proef zou stellen, was hij net zo gespannen geraakt als vroeger in Rotterdam. Zij had, zoals toen, een paar van zijn woede-explosies beleefd, hevige momenten voor relatief kleine incidenten zoals een lekkage, een wc-probleem, er was altijd wel iets te herstellen in een park, een stad bijna, met zo veel huizen. Soms was hij een paar uur niet te vinden. Hij zei dan dat hij was gaan wandelen, even alles op een rijtje zetten. Ze leidden een team van tachtig medewerkers, ze verwachtten zeshonderd vluchtelingen met hun eigen trauma's en hebbelijk- en onhebbelijkheden, en Matthijs wilde alles perfect plannen en leiden, samen met gespecialiseerde overheidsdiensten. Ze zag dat hij zich tot het uiterste inzette.

Ropa koos voor een rode jurk, wijder dan anders, tot op de knie, wel met een strak lijfje, wat niet anders kon met haar vormen. Daaronder droeg ze lage zwarte laarsjes die een beetje punk waren. En ze zou haar Rolex dragen die door hem was teruggekocht van een leenbank, als teken dat de goede tijden waren teruggekeerd.

In hun slaapkamer had hij alvast zijn donkerblauwe kostuum aan de kastrand gehangen. Matthijs moest zich nog omkleden, er was niet veel tijd meer. Maar ze zag hem liever in het grijze kostuum, dat was ook wat moderner van snit, en een wit hemd in plaats van het lichtblauwe dat hij erbij had gehangen. Dus ze verwisselde de kostuums, hing het gladgestreken hemd erbij, zette zijn zwarte Van Bommels klaar en legde er zwarte sokken in. Ze merkte een oneffenheid in het colbertje op, liet haar hand in de zak glijden, en vond een zakje met wit poeder.

Toen hij binnenkwam, had ze haar make-up bijgewerkt. Als hij haar goed had aangekeken, had hij kunnen zien dat ze had gehuild, maar hij keek niet goed. Toen het tot hem doordrong dat het grijze kostuum er hing, las ze iets aan zijn houding, een vertraging, een moment van verwarring, maar hij liet niets merken en zei dat ze binnenkort een bijeenkomst hadden met geldmannen die wilden praten over meerdere high-end parken in heel Europa. Opgewekt reageerde ze op wat hij vertelde, vroeg hoe ze eruitzag, en hij glimlachte zoals hij altijd glimlachte, en ze besefte dat hij een doorgewinterde leugenaar was. Hij kwam naar haar toe om haar te kussen, maar ze draaide haar hoofd en zei: 'Op de wang, anders moet ik opnieuw lipstick opdoen.' Hij deed dat, liet snel een hand onder haar rok glijden en omvatte een van haar billen.

'Je bent onweerstaanbaar,' zei hij.

'I know,' antwoordde ze.

Ze hield hem in het oog. Als partners begroetten ze samen de gasten, zij aan zij, en tegen beter weten in hoopte Ropa dat het zakje iets anders bevatte dan coke, een poeder tegen hoofdpijn of migraine, daar had hij de laatste tijd last van, zoals in zijn jeugd, had hij verteld. Het was een milde dag, met zon en warmte. De deuren van de zaal stonden open, alles stond in bloei in dit bevoorrechte deel van de wereld. Het had vannacht geregend, de lucht was helder en het gras in de tuintjes rond de bungalows noemde ze 'sappig'. Hun park leek op een toplocatie van Club Med, en ze was er trots op. Na de ontvangst moest Matthijs een welkomstwoord afsteken, maar hij moest eerst naar de wc, fluisterde hij haar in het voorbijgaan toe. Hij liep terug naar hun huis in plaats van naar de wc's achter in de grote zaal. Daar was geen reden voor, behalve voor het zakje. Energiek kwam hij terug. Vrolijk en druk met het uiten van complimenten. Maar ze kende hem, ook als hij had gesnoven, en dit waren zijn betere momenten van controle over de rush door zijn kop.

Hij sprak goed, al was het wat snel. Geen verspreking. Hij had het over morele verantwoordelijkheid, over maatschappelijk en sociaal ondernemerschap, over klimaatbewustzijn en hun groene, zo goed als klimaatneutrale park met eigen waterbron, waterzuivering, en duizenden zonnepanelen verwerkt in de daken. Hij sprak over de meertalige psychologen die ze in dienst hadden genomen, over respect voor alle culturen die, ook al waren ze niet gelijk, wel gelijkwaardig waren. Ook vertelde hij dat het park specifiek bedoeld was voor de opvang van vrouwen en kinderen. Ropa had hem bij het schrijven geholpen – hoewel, geholpen: vijfennegentig procent was van haar. Ze was meer belezen dan hij. Ze had meer aandacht voor politiek en actualiteit. Matthijs was een doener die biografieën las over leiders in heden en verleden, en managementboeken geschreven door deskundigen die rijk werden met vertellen hoe er gemanaged moest worden zonder zelf Apple of Tesla te hebben opgezet. Maar hij had nooit een regel Poesjkin of Dostojevski gelezen.

'Ik begrijp niet dat je die rommel leest,' zei Ropa.

'Theoretici zijn ook nodig. Zij denken na over de structuren onder het succes. Daar denken veel ondernemers niet eens over na, ook als ze succes hebben. Kijk, dit boek is door Bill Gates aangeprezen. Hij is vijfentachtig en nog steeds nieuwsgierig.'

'Voor een percentage van de opbrengst, ja,' wist ze beslist.

De speech van Matthijs werd uitbundig toegeklapt. Ropa dacht: allemaal fake, dopehead. De mannen met de brede grijnzen knikten goedkeurend. Zij waren de eersten op wie Matthijs na de toost afstapte, niet op haar. Dit waren zijn vips. Rudolf, zijn vader, liep met een stok naar hem toe, naast hem Linda, en Matthijs greep zijn vaders arm en hield die vast, vol vertrouwen en genegenheid. Ze zag dat Rudolf ervan genoot. Naast Rudolf stond Linda er een beetje onthand bij, dit was normaal gesproken haar taak, maar ze nam het goed op, vanzelfsprekend, vader en zoon. Het had Ropa vertederd dat Matthijs de laatste tijd zo ontspannen met zijn vader leek om te gaan, maar ze vergaf hem nu niets, Matthijs was op de vlucht. Hij speelde de supermanager; in werkelijkheid stond hij op breken.

'Mevrouw Europa,' hoorde ze achter zich.

Ze herkende Nico Levi, naast hem Henri Haksloot en een onbekende vrouw. Ropa had beide mannen nooit ontmoet, maar herkende hen van de foto's op de Langstraat-blog.

'De mooiste naam in de wereld,' vervolgde Levi. 'Mag ik u voorstellen? Henri Haksloot, Connie Damen.'

'Europa Ivanova,' zei ze, en ze schudde handen. 'Ropa.'

'Hoe komt u eraan, uw naam?' vroeg Haksloot.

Ze vertelde kort over haar ouders en hun verblijf in Griekenland.

'Indrukwekkend wat jullie hier hebben gedaan,' zei Levi. 'Is het niet te luxueus?'

'Het park was bedoeld voor commerciële exploitatie. We zouden in heel Europa gaan adverteren, we waren in gesprek met reisbureaus en zo, en toen veranderde alles. Wij wisten ook niet wat er in de wereld zou gebeuren, niemand wist dat, toch? En toen kregen we bezoek van de burgemeester, daarna mensen van de provincie en een hele rits ministeries, en ze besloten om hier vrouwen onder te brengen of vrouwen met kinderen. Geen mannen.'

'Dat is wel zo rustig,' zei Connie.

'De vrouwen die we hier ontvangen zijn statushouders,' legde Ropa uit, 'dit is een overgangspark. Ze zullen niet langer dan vier maanden blijven. Maar deze week hoorden we dat ze toch ook alleenstaande mannen willen sturen. We moeten ons daarop voorbereiden. We moeten een mannendeel maken.'

Haksloot zag er breekbaar uit, ouder en dunner dan op foto's.

'En aan pony's en alpaca's geeft u ook onderdak,' zei Levi.

'Ze zijn zo schattig. U moet straks even gaan kijken. We willen echt veel meer dieren. Geen wilde bijters, wel konijnen en herten. We hadden ook honden gewild, maar dat ging niet.'

'Varkens ook niet,' merkte Haksloot met enig sarcasme op.

'Nee. Zo heeft alles z'n beperkingen,' zei Ropa koeltjes. Ze zag dat Matthijs zich in de richting van hun huis haastte. Hij passeerde Da'ud.

Ze wenkte Da'ud. Hij wees vragend naar zichzelf, bedoelde ze hem? Ze knikte. Hij kwam naar haar toe.

'Ik wil jullie voorstellen aan onze eigen dierenarts. Hij komt uit Syrië en is bezig zijn artsenpapieren hier in orde te krijgen, het ziet ernaar uit dat dat gaat lukken, Hij mocht alvast aan de slag hier. Da'ud...'

Hij kwam naast haar staan. Stevig greep ze zijn bovenarm en trok hem naar zich toe, en ze hield hem vervolgens ook met haar andere hand vast, bij zijn behaarde pols. Zo dichtbij was Da'ud nooit eerder geweest, arm tegen arm. Hij lachte zijn ongemak weg met een charmante grijns. Ze wilde dat Matthijs dit zag.

Ze spraken in het Engels. Levi was geïnteresseerd in hem, een Syrische dierenarts verdwaald in een azc in Drunen, en vroeg naar zijn gegevens, want hij wilde hem bellen voor een gesprek, als dat mocht. Levi en Da'ud stapten daarvoor opzij – ze moest hem loslaten – en wisselden telefoonnummers uit.

Ropa stond daar nu met Henri Haksloot en Connie Damen en vond dat zij hun een minuutje aandacht moest geven.

Zij vroeg: 'Hoe gaat het met u, meneer Haksloot?'

Haksloot zei: 'De uitspraak komt volgende week.'

'Ik denk dat het goed komt,' zei Ropa.

'Dat zegt iedereen, maar ik weet 't niet.'

'Het komt goed,' herhaalde Connie.

Connie was de ex van Haksloot maar was nu met Levi een setje, voor zover Ropa wist.

Haksloot knikte, dankbaar voor haar woorden. Connie streelde zijn schouder.

'Ook de rechters weten dat we allemaal achter u staan,' zei Ropa.

'Ze leven vaak in hun eigen bubbel, rechters,' zei Haksloot.

Ze aarzelde, maar zette toch door: 'Ik heb ze meegemaakt, rechters, in Duitsland.'

'U?' vroeg Haksloot verbaasd.

'Jij,' zei ze. 'Geen u maar jij.'

'Tutoyeer mij dan ook, Ropa.' Haksloot glimlachte: 'Wat een leuke naam als je 'm uitspreekt. En je krijgt dan lippen alsof je gaat zoenen, die lange o gevolgd door een p en de a. Sorry, dit had ik niet mogen zeggen, mijn verontschuldigingen.'

'Natuurlijk wel, Henri. Mijn naam is als een zoen. Ik geef u, je, een zoen.'

Ze boog zich naar hem en drukte een moment haar lippen op zijn wang.

'Dat is een fijn cadeau,' zei Henri.

'Op een dag als deze hoort een zoen erbij.'

'Hier, van mij ook een,' zei Connie. En ze kuste hem op de andere wang.

'Nou, waar heb ik dit aan verdiend,' zei Henri verlegen lachend.

'Omdat we feest hebben hier,' zei Ropa.

Hij zei: 'U, jij, kent rechters in Duitsland?'

'Ja. Ik heb daar… het is nog steeds moeilijk om erover te praten, ik denk dat jij dat ook hebt.'

'Ben jij ook in Duitsland in een psychiatrische instelling geweest?'

'Ja,' zei ze.

'Waar?'

'Werder. Bij Berlijn.'

'Werder…' herhaalde Haksloot. Hij slikte en boog zijn hoofd. 'Sorry. Sorry…'

'U bent ook in Duitsland geweest,' zei ze.

'Ja,' zei Haksloot.

'Ook Werder?'

'Werder, ja. Mijn goede vriend Nico had het me aangeraden.'

Ropa wierp een blik op Levi, enkele meters verder in gesprek met Da'ud. Da'ud voelde haar blik. Zij wist dat ze hem niet te lang moest aankijken. Ze merkte ook dat Levi in de gaten hield hoe Haksloot door Connie werd vastgehouden. Er was meer gaande tussen die drie, dacht ze, een onprettige spanning. Maar dat was haar zaak niet.

Het was geen toeval dat Haksloot ook in Werder was verpleegd.

Iemand had hem kennelijk over haar verblijf daar verteld, en vervolgens had hij om die reden voor de inrichting gekozen. Anna, Matthijs' stiefmoeder die politiebazin was? Die liep hier ook rond. Wat een netwerk was dat hier, iedereen kende elkaar, was familie of had een keer een verhouding gehad of geheime seks. Het raakte haar, ook al wist ze niet precies waarom dat zo was.

'Mij heeft het enorm geholpen,' zei Ropa tegen Haksloot.

'Dat is mooi, ik weet niet of ik... zolang ik daar was, ja, maar bij terugkeer? Ik durf nog steeds mijn huis niet in. Terwijl ik me daarop zo had voorbereid. Maar het lukt niet. Na een paar uur, als ik daar ben... Nico was bij me, anders had ik...'

'Waar woont u, jij, dan nu?'

'Ik logeer bij Connie.'

Connie glimlachte, maar er was iets wat haar onrustig maakte. Hij was een last voor haar, dacht Ropa. Of was het Levi?

'Nico en ik zijn al een tijdje een paar,' zei Connie, die aanvoelde dat Ropa naar enige verduidelijking zocht. 'Maar Nico heeft zijn eigen flat in Den Bosch en Henri logeert nu tijdelijk bij mij.'

Haksloot zei: 'Ik ben op zoek naar andere woonruimte, dit is niet ideaal.'

'Je bent welkom,' zei Connie. 'Blijf.'

'Ik heb geen inkomsten meer, dus...'

Ropa was vrijzinnig en modern en progressief, maar hing aan klassieke patronen en aan eenvoud en trouw.

'Ik ga u nu iets zeggen...' Ze keek Connie aan: 'Mag ik hem even meenemen?'

'Ga je gang,' zei Connie.

Ropa trok Henri een meter met zich mee: 'Nu ga ik u iets –'

'Je,' zei Henri.

'Ik ga je nu iets zeggen... we hebben drie reserve-units. Niemand weet daarvan. Echt voor noodgevallen. Ik kan niks beloven, maar ik ga het er straks met Matthijs over hebben en kijken of hij het ook een goed idee vindt. U moet wel beseffen: het wordt hier druk binnen een paar weken. Heel veel mensen, heel veel kinderen, maar dat is misschien wel fijn. Misschien kunt u een cursus geven of zo, iets met sieraden maken, dat zullen een hoop mensen leuk vinden.'

'Denk je?'

Ze zag Matthijs terugkomen, energiek, affectief met zijn handen Jan en alleman aanrakend, brede glimlach. Ze stierf. Alles was schijn.

'Ja,' zei ze. 'Ik denk dat kinderen, maar ook volwassenen dat enorm zouden... Sorry, ik moet even iets...'

Ze glimlachte en knikte. Ze zag hoe Matthijs opnieuw met provinciebobo's in gesprek ging, een arm geslagen om zijn stiefmoeder Anna, de politietante. Ropa haastte zich naar hun huis, zocht in zijn blauwe kostuum. Andere colberts. Waar had hij het verstopt? Ze trapte haar schoenen uit, zocht in zijn kleren, in de laden, in de keuken, onder de kussens, zocht in de afvalemmer naar het lege zakje, misschien had hij alles al weg gesnoven. Er was geen reden om terug te vallen, om weer te vluchten en op jacht te gaan.

Er werd op de deur geklopt. Ze deed open.

'Sorry,' zei Da'ud. 'I saw you... running almost... Is there something I can do? You need help?'

Ze pakte zijn hand en trok hem naar binnen, sloot met een trap van haar voet de deur achter zich dicht, sloeg haar armen om zijn nek – wat was hij lang opeens – en kuste hem wild. Hij greep haar met beide handen om haar billen, tilde haar op, maar hij wist niet waarheen hij haar moest dragen. Ze ging staan en sleurde hem uit de kamer naar het rommelhok bij de achterdeur. Ze trok haar slipje uit en opende zijn broek, ging op de tafel liggen waarop anders gestreken wasgoed en dagelijkse inkopen lagen, zoals groenten en tofu en tomaten, en ze leidde hem bij haar naar binnen. Hij had niet lang nodig. Daarna hing hij hijgend over haar heen.

Ze kon hem niet aankijken.

Het verraad.

Na een minuut of zo zei ze: 'Please go.'

Hij zei niets. Hij sloot met trillende vingers zijn broek.

Ze vroeg, bars opeens: 'Why did you follow me?'

Hij maakte een verontschuldigend gebaar: 'You seemed... distressed... I don't know, but I basically had a question. My fiancée survived, I heard today. She's in Germany. A long story, old story. I wanted to ask... she's a pharmacist. Could you allow her to stay here for some time?'

Ropa had geen idee wat ze moest zeggen.

Hij duwde de slippen van zijn hemd in zijn broek.

Ze zei: 'Take this door.'

Ze zag zijn vernederde rug toen hij de achterdeur opende en het huis verliet. Ze bleef even liggen. Daarna waste ze zich. Herstelde haar make-up. Voelde zich smerig tot in haar ziel. Ze had recht op wraak, zelfs dit soort wraak. Desnoods met een uitgehongerde dierenarts uit Syrië.

Zo keerde ze terug naar het gezelschap, stralend.

Te veel gasten bleven na acht uur hangen, de aangekondigde slottijd van de receptie. Voor de zekerheid was de cateraar tot tien uur besteld, maar Ropa wilde afronden, afsluiten, beëindigen – er was niks meer om te vieren. Om halfnegen gaf ze de supervisor van Van den Boer toestemming alvast met opruimen te beginnen, wat door de gasten werd begrepen. In groepjes begonnen ze afscheid te nemen. Ook Rudolf en Linda gingen weg, begeleid door Matthijs.

Hij had Ropa niet gemeden, integendeel, hij legde telkens in het voorbijgaan een hand op haar schouder of rug, stelde haar aan iemand voor, waarna ze haar charmes etaleerde. Da'ud was nergens te zien.

Anna, de tante van Matthijs, was een roker, wat een ontstellend dure gewoonte was. Ropa vroeg haar om een sigaret.

'Begin er niet aan, meid,' zei Anna. Ze hield het pakje voor Ropa op.

Een zachte avond was het. De heaters hoefden niet te worden ontstoken. Ze stonden op het pleintje voor de restaurantzaal. Straks zouden de lantaarns automatisch aanspringen, sprookjeslantaarns zoals in de Efteling, niet ver hiervandaan. Het was ooit de bedoeling de topbezoekers van de Efteling hierheen te lokken voor overnachtingen en sterrendiners. Maar de wereldpolitiek had anders besloten.

Anna zei: 'Wat goed dat Rudolf dit allemaal heeft gedaan.'

'Onderschat Matthijs niet,' zei Ropa.

'Ik weet het, jullie hebben het waargemaakt, Rudolf heeft het me allemaal verteld. Ik ben ook blij dat jullie... op weg zijn, het verleden hebben afgesloten.'

'Ik ook,' zei Ropa. 'Het zal nooit meer gebeuren... zoals toen.'

'Jullie gaan een groot bedrijf runnen, tachtig man personeel is niet niks.'

'We waren vroeger wel wat gewend met de cafés. Daar hebben we van geleerd.'

'Mooi,' zei Anna. 'Weet je, er is weinig strooilicht hier in het bos. Als je de verlichting uitzet, kun je veel zien boven.'

'Boven?'

'De sterren. Kleine Beer. Grote Beer. Draak. Met een beetje telescoop kom je heel diep.'

'Goed idee,' zei Ropa lachend. Ze zag het meteen voor zich: 'Nog iets om toe te voegen aan het park. Er zullen altijd mensen zijn die 's nachts wakker liggen, en dan helpt dit.'

'Ik kom je graag helpen.'

'Is het je hobby?'

'Zeker,' zei Anna.

Een mannenstem klonk: 'Hé. Alles goed?' Dat was de rechercheur aan wie ze hun vrijheid hadden te danken, Michiel Jansen, een collega van Anna.

'Hi,' zei Ropa.

'Ik heb Michiel gevraagd mee te komen om te zien wat jullie hebben opgebouwd hier.'

'Indrukwekkend. Helemaal top, zeg,' zei hij. Blozend gezicht, verlegen blik.

Rick, de halfbroer van Matthijs, sloeg van achteren zijn armen om Anna heen. Ze keek verliefd naar hem op.

'Mam, ik zou nog wat met de boys gaan doen vanavond.'

Het was vrijdagavond, dus een uitgaansavond in de binnenstad van Den Bosch. Ropa benijdde hem, wilde mee. Hoe kon ze deze nacht doorkomen als ze Matthijs niet zou confronteren met hun beider verraad?

'We gaan zo, ja.'

'We gaan maandag los, Rick,' zei Ropa.

'I know. Ik vind dit echt fantastisch, hier een tijdje werken. Precies wat ik wilde, iets sociaals.'

'Ik denk dat je heel goed zult zijn in lesgeven,' zei Anna.

'Die kids spreken in no time Engels!'

'Geen Nederlands?' vroeg Michiel.

'Als ze teruggaan hebben ze meer aan Engels. En als ze hier blijven komt dat wel.'

Anna zei: 'Nico vertelde dat het gerucht gaat dat er in plaats van moeders en kinderen jongemannen komen uit Noord-Afrika om banen te vervullen. We hebben te weinig jongens, dus halen we ze ergens vandaan.'

'Dat is zo,' zei Ropa, 'daar waren we niet op voorbereid. Dit is een park voor moeders en kinderen. Voor mannen heb je sportruimtes nodig en zo. Die moeten er nu ook komen. En wat doen ze met seks? Komen er twee of drie keer per week hoeren op bezoek?' Dat laatste zei ze cynisch.

Voordat Anna kon antwoorden, werden ze afgeleid door geluiden in de buurt van het ponykamp. Luide, boze stemmen klonken vanuit die hoek.

Matthijs rende direct op het lawaai af, Ropa volgde met Rick en Anna en Nico Levi en Michiel Jansen. Ook een paar mensen van de cateraar volgden.

In de ponykraal, achter het hek, stonden Haksloot en Da'ud tegenover elkaar. Haksloot had een stok in de hand en dreigde ermee te slaan. Matthijs sprong tussenbeide en probeerde de stok af te pakken, maar Haksloot weerstond dat. Zijn colbert en broek vertoonden vlekken van stof en uitwerpselen.

'Meneer Haksloot,' zei Matthijs, 'er is geen noodzaak voor die stok.'

Ropa riep: 'Meneer Haksloot, kunt u die stok alstublieft meteen wegdoen?'

Da'ud wees op Henri: 'That man... he was hitting this small pony. I pulled him away from the animal, and then he started hitting me.'

'Henri?' zei Ropa. Hij leek niet bij zinnen.

'Ik was als kind gek op paarden. Maar ik raakte de pony aan en hij beet me, hier!' Hij liet een bijtplek zien, op de rug van zijn hand. Het bloedde. Hij drukte de plek tegen zijn mond. 'Ik sloeg. In een reflex. Sorry, dat was niet goed van me.'

'Kom, vriend, het is oké,' zei Levi.

Connie probeerde Haksloots hand te pakken, maar hij ontdeed zich van haar greep en leek nu opnieuw, na Connies poging hem hier weg te halen, te beseffen dat hem diep onrecht was aangedaan. Anna en Michiel Jansen kwamen dichterbij maar grepen nog niet in.

Hij wees op Da'ud: 'Maar toen viel deze wildeman me aan. Ik ging tegen de grond. In de stront, ruiken jullie het? Ik heb m'n schouder ontzet.'

Levi vroeg: 'Did you hurt him?'

Da'ud zei: 'No, no, he fell lightly, not seriously.'

'Waar kom je vandaan? You are an Arab, aren't you?' vroeg Henri.

'Syria. I am a refugee. I am statushouder.'

'You are an awful man,' zei Henri.

'Genoeg zo, Henri, kom,' zei Connie, 'er is niks aan de hand.'

Met Levi liep Ropa de kraal in, elkaar een blik toewerpend. Beiden wisten dat Henri niet geheel onschuldig was en zich in een kort moment kon verliezen in woede en ergernis. Een volwassen man die een minipony slaat? Gelukkig leek het diertje onberoerd, aandachtig stond het erbij.

Henri zei zacht, maar voor iedereen hoorbaar: 'Dirty Muslim.'

Zonder te wachten sloeg Da'ud hem vol in het gezicht, snel en precies, als een ervaren vechter.

Iedereen verstarde een moment.

Henri wankelde, herstelde zich, haalde uit met de stok en probeerde Da'ud te slaan. Maar Da'ud stapte opzij en Henri verloor zijn evenwicht en viel languit voorover op het met poep bedekte zand.

'Henri, hou op!' siste Levi. Hij wilde Henri helpen bij het opstaan, maar Henri sloeg zijn hand weg en worstelde zich omhoog. Ook Connies handen wuifde hij weg.

Ropa richtte zich tot Da'ud: 'Bad things, really bad things happened to him, he will apologize, this will not happen again.'

Da'ud keek haar verslagen aan: 'Bad things happened to me as well.' Hij liep langs haar heen in de richting van de personeelskamers.

'We gaan naar huis,' zei Levi.

Henri keek hen bitter aan: 'Nee, laat me met rust, jullie allemaal, laat me met rust! Jullie zijn allemaal gieren! Kijk, m'n kostuum. Godverdomme.'

'We gaan samen!' zei Levi.

'Nee! Ik wil alleen zijn. Laat me alleen.'

Connie riep: 'Henri, doe niet zo, kom mee! Laten we je kleren even onder het water houden!'

Hij maakte een gebaar alsof hij zijn afschuw naar hen wierp, en wankelde naar de uitgang.

De sprookjeslantaarns sprongen aan.

'Henri!' riep Connie, en ze holde achter hem aan.

'Waarom moet dit allemaal?' vroeg Anna.

'Ik weet het niet, mama. Het ging te goed. Dan slaat opeens alles om en gaan dingen kapot,' verklaarde Rick, die weinig onder de indruk leek van het opstootje.

'Ik ga wel achter hem aan,' zei Michiel.

Ropa hielp de cateraars met opruimen. Matthijs was nergens te zien en reageerde niet op haar appjes. Connie was onverrichter zake teruggekomen, vertelde dat Henri per se wilde lopen. Ze wachtte op Levi, die op zijn beurt de dierenarts zocht om hem ervan te verzekeren dat niets hiervan op zijn blog zou verschijnen. Maar hij kon de arts niet vinden.

Ropa vergezelde Connie naar de uitgang, achter Levi die Henri belde maar geen gehoor kreeg.

'Stuur hem een appje,' zei Connie.

'Heb ik al gedaan.'

'Wat heb je gestuurd?'

Levi las voor: '*Waar ben je? We komen je halen.*'

Connie zei sarcastisch: 'Briljant.'

Om halftwaalf reed de truck van Maison van den Boer onder de open slagboom door. Zo was het park op z'n mooist, dacht ze. Geen mensen. Zo hoorde het te zijn, perfectie die nooit getest of aangetast zou worden. Zo, voor altijd.

Ze zat buiten voor hun huis te roken – Anna had haar kostbare sigaretten bij haar achtergelaten – toen Matthijs terugkwam. Veel te beweeglijk. Veel te energiek.

'Is iedereen al weg, schat?'

'Waar ben je geweest?'

'Ik heb wat mensen weggebracht. Nog iets drinken?'

Hij wilde langs haar heen lopen.

'Waar heb je gescoord? Heb je een vaste dealer?'

Hij bleef zogenaamd verrast stilstaan, achter haar. Ze kon hem niet zien.

'Wat zeg je?'

'Je hoort me toch? Ik zeg de waarheid. Ik heb de coke vanmiddag gevonden in de zak van het colbertje dat je nu draagt. Je bent een leugenaar.'

'Ik gebruik niks. Dat was een poedertje.'

'Poedertje my ass. God, wat een kutleugenaar ben je.'

'Ik ga niet met je in discussie.'
'Je stopt er meteen mee.'
'Ik hoef niet te stoppen, want ik gebruik niet.'
'Als je niet meteen stopt, vertel ik het aan Anna.'
Hij was even stil. Toen stapte hij terug, haar gezichtsveld in: 'Als je dat doet…'
'Dan wat? Jij bent de klootzak hier, niet ik.'
'Je vergist je, ik gebruik niet!'
'Morgenochtend gaan we jou laten testen. Morgenochtend!'
'Laten we gaan testen. Wat zul jij voor lul staan.'
Ze wist dat hij 's ochtends een poging zou doen de test uit te stellen, maar ze ging hem geen uitstel geven. 'Als je niet meegaat voor de test, bel ik Anna.'
'Ik ben daar niet bang voor. Ik wil ook een sigaret.'
Ze wierp hem het pakje toe. Hij nam de aansteker uit haar hand.
'Het was een goeie dag, maar het einde *sucks*,' zei hij.
'Daar draag jij fors aan bij,' zei ze.
'Wat moest die maffe Haksloot? Da'ud zo beledigen?'
'Als de test positief is, licht ik Anna in, en je vader. Ik wil niet dat je in deze conditie aan dit avontuur begint. Met mij. Met mij, godverdomme!'
Ze stond op en wilde hem nu in zijn gezicht smijten dat ze de Syrische dierenarts had geneukt. Maar ze kon niet. Het was allemaal shit genoeg voor vandaag.

Toen ze gedoucht had, was Matthijs nog niet binnen. Ze liep naar de voorkant van hun huis en hoorde dat hij met Da'ud sprak. Ze hadden twee stoelen uitgeklapt en ze zaten buiten te roken in het sprookjeslicht. Ze zag ook lege flesjes bier. Ze ving flarden op van wat Da'ud vertelde, over zijn tijd als vechter tegen de tiran en de gelovigen.
'Did you kill people?' vroeg Matthijs.
'I did,' antwoordde Da'ud.

Ze wilde dit mannengelul niet aanhoren. In bed las ze de appjes van haar ouders in Moskou die haar feliciteerden met het park. Ze bekeek een paar Instagram-accounts en hoorde een auto vertrekken. Klootzakken, dacht ze, allemaal.

Voordat ze sliep, pingde WhatsApp. Een bericht van Matthijs: *We zijn naar Frankfurt. Verloofde van Da'ud ophalen. Hij is zielsgelukkig.*

23 juni 2040

Langstraat

9.14 uur

Een uur na middernacht belde Connie: het voelt niet goed, ik ga hem zoeken.

Ik was nog wakker en we zijn gaan rijden, Connie met haar Kia, ik kwam met de Subaru uit Den Bosch. Het was gaan regenen, een van die felle tropische buien die steeds vaker overtrekken. We hebben nauwelijks geslapen, hebben tot halfvijf rondgereden, achter zwiepende ruitenwissers. Daarna thuis geslapen. Ik krijg nu het bericht binnen: op de Schoorstraat bij de Loonse Hoek is vanochtend vroeg een overleden man aangetroffen. De omgeving is afgezet en de politie doet sporenonderzoek. Het regenwater is verdampt of al opgezogen door de dorstige grond. Het ruikt buiten naar – ik zoek een woord: eeuwigheid. Niks kan naar eeuwigheid ruiken, maar het geeft aan wat ik niet anders kan uitdrukken. Ik bedoel onstuimige, niet te beheersen natuur die tot overgave dwingt.

9.48 uur

Er gaan geruchten dat het gaat om Henri Haksloot, de Waalwijkse juwelier die landelijk in het nieuws kwam toen hij thuis werd overvallen en zich met een illegaal wapen verdedigde. Haksloot is een getergde, vermoeide man, die vermorzeld werd door het systeem.

De rechtszaak tegen hem zou binnenkort worden afgesloten met een uitspraak van de rechtbank in Den Bosch. Ik geef dit nu al door, ook al heb ik de definitieve bevestiging nog niet gekregen, maar mijn bron beweert dat er geen twijfel is. En ik ben bang dat de bron gelijk heeft.

10.16 uur

Het lichaam is inderdaad van Henri Haksloot. Hij zou door een auto zijn aangereden; kennelijk is de automobilist doorgereden, 112 is niet gebeld. Henri werd gevonden door twee vroege/late fietsers, tieners. Connie is ingestort. Blijf mijn blog in de gaten houden, ik zal de hele dag hierover blijven berichten.

11.41 uur

Ik zie vragen binnenkomen, de meest gestelde is: wat deed Henri daar? Ik weet wat hij daar deed. Ik was namelijk bevriend met Henri. We zijn gisteren samen naar de opening geweest van het prachtige vakantiepark van Rudolf van Dam, De Duinen. Henri had een ontspannen avond, maar aan het slot ontstond er wat ergernis aan zijn kant. Hij besloot te gaan lopen, ook al zou het een fikse wandeling worden. Hoe hij op de Schoorstraat belandde, is niet bekend.

11.48 uur

Deze vraag krijg ik binnen: het verhaal gaat dat Henri bij jou logeerde. Antwoord: nee, dat klopt niet. Sinds dat gruwelijke incident in zijn flat wilde hij niet meer thuis slapen. Hij logeerde bij Connie in Loon, zijn ex. Dit was de situatie: hij zocht rust en bescherming, en die vond hij bij haar. Henri heb ik goed leren kennen. Zijn wanhoop na het incident, de stilte die hij zocht, heb ik van nabij meegemaakt. Andere vraag: wat betrof de ergernis aan zijn kant? Dat ging over een misverstand over de dieren in De Duinen. Er ontstond enige spanning en Henri wilde even alleen zijn. Ik heb hem daarna een paar keer gebeld omdat ik hem wilde ophalen, maar hij antwoordde niet. Ik ga straks een verklaring bij de politie afleggen.

12.17 uur

De eerste indrukken van de politie doen het vermoeden ontstaan dat Henri op straat liep en werd aangereden op het enige deel waar het donker is. Daar zijn vier achtereenvolgende straatlantaarns al wekenlang defect. Wilde hij doorsteken via de duinen naar Drunen? Hij kende daar elk pad en het was een heldere nacht. Maar het was de bedoeling dat we samen zouden terugrijden, niet dat hij in zijn eentje zou teruglopen.

12.23 uur

Ja, ik zie de vragen binnenkomen over de Syrische man, over hem doen geruchten de ronde. Een dierenarts, om precies te zijn. Ja, het klopt dat hij en Henri een conflict hadden, maar ten tijde van de aanrijding zat de Syriër in een auto op weg naar Duitsland. Het is onmogelijk dat hij betrokken was bij Henri's dood. Ik kijk nog een keer naar die twee woorden: Henri's dood – het is verschrikkelijk.

12.39 uur

Het is allemaal veel te voorbarig om nu aan te nemen dat familieleden van de twee overvallers die Henri (uit noodweer) heeft gedood hiervoor aansprakelijk zijn. Het meest voor de hand ligt dat Henri door een ongeluk, een stompzinnig ongeluk, om het leven kwam. Maar ook deze stelling is voorbarig. We weten niks, behalve dat Henri, die ik al mijn hele leven ken, met wie ik op het Willem van Oranje College zat, mijn vroegste beste vriend, er niet meer is.

12.58 uur

In Tilburg, in aandachtswijk Vlashof, is een brandbom naar een moskee gegooid. De brand werd snel geblust. Het lijkt me allemaal niet verstandig. We weten niks, en zelfs als we het zouden weten, is zoiets onaanvaardbaar.

13.14 uur

In Leeuwarden is ook gepoogd brand te stichten bij een moskee. Waarom Leeuwarden? Mensen, denk na. Er is niets bekend. Iedereen is onschuldig tot het tegendeel bewezen is. Vraag: is het waar dat Henri sinds dat incident met de dood werd bedreigd? Ja, dat is waar. Maar doodsbedreigingen zijn een soort folklore geworden. Het lijkt wel of het uiten van een bedreiging voor sommigen hetzelfde is als een tas koffie tot je nemen. Dat is het niet. De dreigementen die Henri kreeg, raakten hem tot in zijn ziel.

13.51 uur

In Tilburg is in de wijk Vlashof een politiewagen beschadigd door lokale 'jongeren'. Naar verluidt zijn er op straat snoepjes uitgedeeld om de dood van Henri Haksloot te vieren. Ik kon dat laatste niet bevestigd krijgen. Tegelijkertijd zijn er voor de juwelierszaak van Henri bloemen gelegd en kaarsen aangestoken. De toeloop is zo groot dat de politie besloten heeft de Grotestraat af te zetten. Ik zal zo meteen vanaf die locatie verder verslag doen.

13.58 uur

Ik krijg nu een verhaal onder ogen over het moedwillige vernielen, een paar weken geleden, van de straatlantaarns op de Schoorstraat waar Henri is aangereden. Gesuggereerd wordt dat dat ter voorbereiding was voor de aanrijding. Gekte en onzin. Niemand wist dat Henri daar afgelopen nacht zou gaan lopen. Als die straatlantaarns moedwillig zijn vernield, dan is dat het werk van hetzelfde schorem dat het hele jaar door voor de kick bushokjes en bloembakken vernielt. Hou op met het verspreiden van complotverhalen. Er is geen complot. Zijn dood is zo goed als zeker een dom ongeluk. Ja, de bestuurder is na het ongeluk doorgereden. In de regel betekent dat paniek. Vaak meldt de bestuurder zich na een paar dagen, uit schuldgevoel. Alleen hij/zij weet wat er is gebeurd. Stapte Henri opeens de weg op? Ik wil niet aan zijn intenties van dat moment denken. Ik speculeer me ook suf. Ik neem nu de auto naar de Grotestraat.

[Op basis van aantekeningen, toen niet op deze manier online gezet, alleen de video postte ik toen.]

Vanaf 14.37 uur

Waalwijk was tot stilstand gekomen. Bij het naderen van de Grotestraat veranderde er iets in de lucht. Zwijgende mensen, minutenlang zonder beweging. Een zee aan bloemen. Vierhonderd mensen, duizend, meer dan duizend? Geen geluid. Een vreemde stilte. Twaalfhonderd mensen in gebed, oude en nieuwe gebeden, overgeleverde en zelfgemaakte. Ouders met ernstige kinderen. Een groep verbeten kijkende ouderen met rollators. Wat had zo veel indruk op hen gemaakt? Vermoedelijk Henri's bereidheid voor zijn rechten op te komen. Recht op zijn professie. Recht op een winkel. Recht op een veilige woning. Standaardrechten in een rechtsstaat. Die rechten waren hem ontvallen. Hoeveel overvallen had hij moeten ondergaan? Zijn huwelijk was eraan kapotgegaan. Maar hij had niet willen opgeven, typisch voor Hakslootse genen. HakSloots zijn mensen met harde koppen. Ooit de ruggengraat van hun gemeenschappen. Een woord een woord. Pragmatisch, zeker, maar vooral principieel. Ze leefden volgens oerregels, en stierven ermee. Henri kon zich niet bij de nieuwe feiten neerleggen. Hij had recht op zelfverdediging. Hij had hun aangedaan wat zij hem hadden willen aandoen. In onze samenlevingen hebben we geleerd niet met geweld op te treden en de aanpak van dit soort kritieke momenten aan de overheid, de staat, over te laten. Maar wie of wat had Henri kunnen beschermen toen hij oog in oog stond met hysterische junkies uit wier brein vlammen sloegen? Wat zou er gebeurd zijn als hij niet het oude vuurwapen van een van zijn voorvaderen, een Beretta, mee naar zijn woning had genomen? Werd de misdaad van ongeoorloofd wapenbezit niet geheel uitgewist door de noodzaak tot zelfverdediging? Zijn rechten moest hij voor een rechtbank bepleiten, en na de nachtmerrie van die nacht was de nachtmerrie van justitie net zo ontregelend. Verkracht, gecastreerd, voelde hij zich, zo zei hij me toen hij na de arrestatie op de eerste zittingsdag was vrijgelaten. De twee overvallers hadden uiteindelijk via justitie toch gewonnen: ze hadden zijn waardigheid verwoest, zo voel ik me vanbinnen, verwoest, vertrouwde hij me toe. Was dat wat deze mensen ertoe bracht hem voor zijn winkel, voor de zware rolluiken, de laatste eer te bewijzen? Het gevoel dat de alom aanwezige overheid die ieders leven bepaalt en begrenst op den duur tot het verlies van zelfrespect, zoals Henri zei: verlies van waardigheid, zou leiden? Werden we nummers in een oerwoud aan regels, regels die niet meer voor ons te bevatten waren maar hogere, grotere doelen dienden dan de waardigheid van het individu? De rouw om zijn verlies aan waardigheid had ruimte gelaten voor woede. Sinds die nacht was Henri woedend geweest. Radeloos, richtingloos. Boos op het noodlot, op het tuig, op justitie.

Het bleef stil voor Henri's winkel in de Grotestraat, tot opeens een blonde vrouw naar voren kwam. Het was Europa, Ropa. Ik had haar zien stralen bij de opening van De Duinen, gisteravond. Ze droeg dezelfde rode jurk, met een wit vest. Alsof het vanzelf sprak, maakten de rouwenden plaats voor haar, alsof ze onbewust wisten dat de leiding die ze nodig hadden door haar nu werd opgeëist. Ik zette meteen de video-optie van mijn telefoon aan. Ze schreed naar voren. Met natuurlijk overwicht. Rechte rug. Statig.

Voor de bloemen bleef ze stil staan, met gebogen hoofd, als een priester, verzonken in gebed.

Daarna draaide ze zich om en keek in stilte langs de mensen. Zij maakte van de bijeenkomst een ritueel, drong tot me door, ze gaf er vorm aan. Ze zocht naar adem, bevochtigde haar rode lippen. Toen ze sprak, klonk een luide stem die iedereen bereikte. Ze was prachtig.

'Lieve mensen. Jullie kennen me niet. Ik ben hier nieuw. Ik werk bij De Duinen, het vakantiepark. Julie hebben er misschien over gelezen. Mijn naam is Europa Ivanova, maar mensen noemen me Ropa. Gisteravond was Henri bij ons. Ik heb niet meer dan een paar woorden met hem gewisseld. Maar ik voelde zijn kracht. Hij is iemand zoals wij allemaal zijn: alleen gelaten op het kritieke moment waarop de samenleving hem had moeten omhelzen, vervolgd door de staat, ook al verdedigde hij het meest elementaire wat hij had: zijn leven. En toen ik vanochtend hoorde wat er met hem is gebeurd, wat hem is overkomen nadat hij bij ons is weggegaan, heb ik eerst lang gehuild. En daarna… wilde ik iets doen. Ik besloot: ik ga voor hem een lied zingen. Dat klinkt larmoyant. Maar zo voel ik het. Een heel bekend Russisch lied, "Katyusha". Ik ben van Russische afkomst. Wij zwijgen niet bij zoiets. Wij willen ons hart laten spreken. Jullie kennen allemaal de melodie. Neurie het mee als je het herkent. Of luister gewoon. Het is het lied van een meisje, Katyusha, voor haar geliefde, een jongen die aan het front vecht, voor het vaderland, voor haar, voor hun liefde. Ik heb vanochtend de tekst proberen te vertalen, hij gaat ongeveer als volgt.'

Ze las voor van een papiertje:

Appel- en perenbomen stonden in bloei,
nevels dreven over de rivier.
Ze kwam naar buiten en ging naar de oever,

Katyusha!
Op de hoge oever, op de steile oever.
Ze kwam naar buiten en ze zong over
de adelaar uit de steppe,
de jongen van wie ze hield,
wiens brieven ze koesterde en bewaarde.
Dit is een lied, het lied van het jonge meisje,
vlieg en ga achter de felle zon aan,
vind een soldaat in het verre grensgebied,
zeg hallo van Katyusha die al zo lang op hem wacht.
Laat hem denken aan het jonge en simpele meisje,
laat hem het lied horen dat zij nu zingt,
laat hem zijn moederland beschermen,
dan zal Katyusha hun liefde beschermen.

Vervolgens zei ze: 'Ik zal nu de melodie neuriën.' Ze deed dat, en hier en daar werd geknikt en sommigen begonnen mee te neuriën.

'Het lijkt een opgewekt lied. Er zit iets vrolijks in de tekst. Maar het is eigenlijk een lied over wanhopig verlangen, over elkaar niet kunnen bereiken, over afstand, over het enige wat resteert: hoop in de tijd van oorlog. Het voelt alsof we in een oorlog verkeren, toch? Maar we moeten hoop koesteren. Altijd zal er een lente komen. Een Praagse Lente. Een Brabantse Lente. Een – mag ik het zeggen? – Europese Lente. Ik zal het nu zingen. Voor Henri.'

En dat deed ze:

Rastsvetali iabloni i grushi,
poplyli tumany nad rekoj.
Vykhodila na bereg Katyusha,
na vysokij bereg na krutoj.

Na afloop klonk er applaus. Dat zette aarzelend in, maar groeide uit tot een minutenlange ovatie voor Henri. En voor haar. Ik zag dat mensen tranen van hun wangen veegden. Wat was er met dat lied? Folklore, dacht ik. Cliché. Makkelijk. Maar Ropa, zelfverzekerd en met lyrische krachten uit een ver land, spoelde er het vuil van decennia gewenning en gemakzucht af.

Ze kondigde aan dat ze naar de plek ging waar Henri was gevonden. En ze nodigde iedereen uit om vervolgens bij De Duinen een glaasje te komen drinken ter nagedachtenis aan Henri. Ik dacht: ze doet dit ook om het park te beschermen, ze wilde geen opstootjes voor de poort.

Ter plekke postte ik de video op mijn site. Binnen een uur was de video driehonderdduizend keer bekeken. De server liep vast. Ik moest capaciteit inhuren. Drieënhalf miljoen views binnen vierentwintig uur, in verschillende landen.

Europa Ivanova.

Overnight werd zij het icoon waarnaar iedereen had uitgezien. Dat lied, haar trots en gratie. Zij droeg het lijden waarin de Katyusha's (de term werd pas later gebruikt) zich herkenden. Zij zweeg niet maar zong.*

16.28 uur

Ropa heeft hulp gecharterd om de tientallen mensen die op haar uitnodiging waren ingegaan in De Duinen van drankjes te voorzien. Er is voldoende over van de receptie van de vorige avond.

'Je kan dus ook zingen,' zeg ik tegen Europa wanneer ik de kans krijg om haar in het voorbijgaan aan te spreken.

Ze zegt: 'Elke Rus kan zingen. En steeds beter als er meer wodka in gaat.'

'Wanneer komen de eerste statushouders?'

'Vanaf maandag. Het wordt druk hier.'

* Zoek het lied even op, iedereen kent het.

'De stemming in de streek is niet echt uitnodigend, geloof ik.'

'Het gaat om echte vluchtelingen. Die zijn wekenlang, maandenlang ondervraagd. Die komen hierheen.'

'Veel jongemannen?'

'Later ook jongemannen. Maar overwegend vrouwen en kinderen. Iedereen is gescreend.'

'Kende je Henri een beetje?'

'Nee. Hij was toch met u meegekomen?'

'Klopt.'

'Hij leek me een intens goede man. Soms krijgen bepaalde mensen alle klappen, en anderen zeilen fluitend door het leven.'

[*Niet in blog: Ik besefte dat ik me nu gedroeg als een hopeloze, belachelijke ouwe zak.*]

'Mag ik een keer met je praten voor mijn blog? Je lied is nu al bijna vierhonderdduizend keer bekeken. Dat is gigantisch. Mensen zijn geïnteresseerd in je. Je bent de goeie Rus, na al die slechte die we de afgelopen jaren hebben gehad.'

'We zijn allemaal mensen, de veroordeling van alle Russen vond ik inhumaan. En ik denk dat veel Nederlanders dat diep in hun hart ook vinden. Weet je? Misschien moet ik meer van onze liederen inzingen, video's online zetten. Om dat grote, tragische Russische gevoel te vertolken. Of loop ik te hard van stapel?'

'Klinkt als een plan,' zeg ik. 'Heb je tijd voor een gesprek? Voor mijn blog?'

'Het wordt de komende weken een gekkenhuis hier. Maar daarna, als de machine eenmaal soepel draait, dan lukt 't wel.'

'Ik neem wel contact met je op, dank je wel.'

[*Wat nu volgt, zette ik niet online:*]

Ze vraagt hoe het verder zou gaan met Henri en ik antwoord dat ze onderzochten welke beveiligingscamera's er in de omgeving hangen. En misschien deden ze al sporenonderzoek op het lichaam. Ik leg uit dat Henri de laatste tijd bij zijn ex woonde, waar ik soms ook was.

Ze zegt: 'Uw vriendin is zijn ex.'

'Ze kon hem niet beschermen. Ze wilde 't, maar hij liet zich niet helpen.'

Ze knikt: 'Ja, ik weet hoe dat is.' Na een korte stilte: 'Waarom moest hij dat arme dier slaan? Daar begon het mee. Als hij dat niet had gedaan, dan was hij met u mee teruggereden. Ik wil de pony Alexander noemen, naar de koning. Een koninklijke pony. Zo'n minidier sla je niet.'

'De dierenarts was meteen ook iets te fel. Hij wekte de indruk behoorlijk opgefokt te zijn.'

'Ja…' zegt ze. 'Hij had Henri niet hoeven te duwen. Ik denk dat hij heel wat ergere dierenmishandeling gewend was in Syrië.'

'Is de arts altijd zo… opvliegend?'

'Nee. Meer flegmatiek. De oude Grieken dachten dat we bepaald werden door lichaamssappen. Als die niet in evenwicht waren werd je ziek. Het is onzin, dat van die sappen, dat weten we. Maar ik geloof wel in die evenwichten. Bloed, slijm, gele gal, zwarte gal, en als er één overheerste, kreeg je een bepaald mensentype. Da'ud, zo heet onze Syrische dokter, is een echte flegmaticus. Zo ken ik hem. Van de slijmcategorie, en daarmee wordt in dit schema niks negatiefs bedoeld. Introvert. Kalm. Heel picky *qua vrienden.'*

Ik vraag: 'Heb je Griekse filosofie gestudeerd?'

'Ik ben in Griekenland geboren, dubbel belast, Russisch en Grieks. Orthodox tot in mijn nieren.' Haar blik valt op iets achter me: 'Ik ben daar nodig, zie ik.'

Ze knikt met een glimlach en laat me staan.

Ik denk: waar ontstaan ze, dit soort wezens vol vitaliteit, aantrekkelijkheid en passie? Zo nu en dan een gril van de natuur?

Ze komt meteen bij me terug: 'Ik wil u wat vragen.'

'Ga je gang.'

'Het gaat over Matthijs, mijn verloofde. Ik heb iemand nodig die me helpt.'

'Waar is hij? Ik zie hem niet.'

'Hij is met de dierenarts naar Duitsland. Hij beleeft een… terugval.

Hij gebruikt weer. Drugs. En waar ik bang voor ben is dat hij ook dealt. U bent journalist, dus u kunt dingen uitzoeken als een detective, toch?'

'Ik zou je wel willen helpen,' zeg ik weifelend, haar de illusie gunnend dat ik dat kan. Of misschien gun ik dat mezelf.

Ze zegt: 'Ik wil niet dat de politie dit weet.'

17.21 uur

Aan de rand van de Vlashof in Tilburg hebben migrantenjongeren barricades opgericht. Een ambulance wordt gehinderd bij een spoedbezoek aan een patiënt. Er zijn, naar ik hoor, ME-busjes onderweg. Ik ga op onderzoek.

18.19 uur

In de omgeving van de Vlashof zijn nu RKC-fans en andere groepjes zich aan het indrinken. Vocht is nodig, het wordt een warme nacht. Behalve de vaandels van de voetbalclub en van rechts-radicale clubs die regionale autonomie nastreven zie ik anarchistische vlaggen en een paar ongeschonden rode hamer-en-sikkelvlaggen, met de scherpe vouw er nog in, van de Sovjet-Unie; wie heeft die dingen nog op zolder liggen? Bien étonnés de se trouver ensemble. Hebben ze al die vlaggen snel tevoorschijn gehaald na Ropa's optreden enkele uren geleden? Mobiele eenheden hebben zich rondom de Vlashof opgesteld, maar voor een echte afsluiting van de wijk zijn veel meer eenheden nodig, zo legt een politieman uit. En daarbij: hoe sluit je een wijk af die organisch deel is van een stad met vierhonderdveertigduizend inwoners? Ik heb er geregeld rondgelopen: in de Vlashof heeft meer dan de helft van de bevolking een niet-westerse achtergrond, jongemannen hebben er leerproblemen, ze hebben vaak een strafblad, trouwens, de meiden ook, er zijn veel schoolverlaters, er is toenemende extreme religiositeit, ze zijn afhankelijk van sociale voorzieningen, en er zijn veel kinderrijke gezinnen met jongeren die actie zoeken.

Ik stel vast dat ik iets over het hoofd heb gezien: het weer is niet slecht, er wordt vanavond een temperatuur verwacht van achtentwintig graden, dus de samenscholingen zullen niet door de regen worden weggespoeld. Met mijn geactualiseerde perskaart laat de politie me door. De ME is niet zichtbaar; die mag zich pas vertonen als het uit de hand loopt. Meestal wordt er agressief gereageerd wanneer de helmen, schilden en wapenstokken zich opstellen, ze trekken als het ware de stenen en flessen aan die, zo is me verzekerd, klaarliggen. Nu is het nog een operatie van de platte petten, oftewel van de baretten die de politie tegenwoordig draagt. Een kwestie van tijd voordat de jongens actie willen.

18.51 uur

Ik ben met een paar types van de nationale pers, jochies nog, hierheen gedirigeerd door eindredacteuren die hun hebben opgedragen een archaïsche, tribale strijd te verslaan. Er wordt goed voor ons gezorgd; een vrouw bij de kantinewagen reikt ons gevulde koeken en bekertjes met koffie aan, bitter als gal, cafeïnebommen die de geüniformeerden nodig hebben om de *stand-off* te beheersen. Aan de buitenring staan de doordrinkers, binnenin staan de halalisten, allen hunkerend naar actie, naar een vijand die ze de kop kunnen inslaan. Het duurt even, tot kwart voor acht, de hemel is helder, wanneer de politiecommunicatie op hol slaat. Om mij heen kraken de walkietalkies. De petten stappen in busjes voor een rit naar een deel van de wijk waar een infiltratie plaatsvindt van voetbalfans bewapend met stokken en knuppels. We mogen mee in een apart persbusje achter de eerste en tweede buskaravanen met baretten. Vanuit de verte zien we vlammen oplaaien. Het is uit de hand aan het lopen. Brandweerwagens stonden ergens in gereedheid, net als ambulances, ze komen naderbij, ik hoor boven ons een helikopter, het hele apparaat komt in beweging, alle hulptroepen waarover de overheid beschikt om de gevolgen te minimaliseren van de veldslag waarnaar de stammen hunkeren. Jongens van de binnenring hebben zich voorbereid met molotovcocktails, de granaat van de straatarme relschopper: je hebt een glazen fles nodig, benzine, een lapje stof, steek dat lapje aan en gooi de fles naar de vijand en een wolk van benzinedruppeltjes explodeert. Drie jongens van de invasiegroep hebben niet op tijd kunnen wegduiken en hebben brandende benzine over zich heen gekregen, zo krijgen we te horen, twee ervan hebben ernstige brandwonden opgelopen, en als represaille hebben de binnendringers ook met molotovs gegooid. De naam komt inderdaad van de Sovjetminister Molotov. Eind 1939 viel de Sovjet-Unie Finland binnen als uitvloeisel van het Molotov-Ribbentroppact: Duitsland en de Sovjet-Unie zouden Europa verdelen. Molotov loog dat de Sovjetbommenwerpers geen bommen maar hulpgoederen lieten vallen op de hongerende Finse steden. De Finnen bedachten een spotgoedkoop wapen: benzine in flessen. Ze noemden ze, met superieure ironie, *Molotovin koktaili*. Nog steeds populair bij intense rellen. Ook in Tilburg. Een heel garageblok staat nu in brand. De vlammen dansen van unit naar unit. De Vlashof is geen wijk met veel welvaart, in die garage-units staan elektrische auto's, motoren, scooters, spullen waarvoor inspanning is geleverd, waarvoor gespaard en gezweet is. Brandweerwagens rijden voor, we blijven op afstand achter de ruggen van de baretten, maar we zien de ontzetting op de gezichten van de omstanders, huidskleuren in alle tinten, verderop worden snel garage-units geopend en worden auto's in veiligheid gebracht door kwikzilverachtige jongens in trainingspakken aangevuurd door brede, zware vrouwen met hoofddoekjes om. De drie gewonde binnendringers liggen enkele straten verder, ambulances worden door de verdedigers tegengehouden, horen we, en dat betekent dat de ME zal gaan optreden. Een tweede helikopter en enkele drones hangen boven ons hoofd, en het bericht flitst over het display van onze telefoons dat ook in Den Bosch onrust is ontstaan, opnieuw in het hart van de stad. Ik ken een caféhouder op de Markt en bel hem. Dries vertelt dat groepen jongemannen op andere jongemannen jagen die er 'getint' uitzien, er is weinig politie, ze zijn allemaal naar Tilburg gedirigeerd, er wordt in koor 'Een twee drie, rot op voordat ik je zie, dit is voor Henri' gebruld, de winkels laten ze nog met rust, vertelt Dries, maar hij heeft voor de zekerheid de terrasstoelen binnengezet. Ik deel mijn nieuwtje met mijn jonge collega's die driftig tikken op hun telefoons. Ik vraag onze begeleidende agente of ik terug kan gaan, ze zegt dat ze geen idee heeft waar het veilig is, het is mijn keuze. Ik besluit terug te lopen tot ik de aanvallers zie, en ik herken de koning van RKC, Cor van Rekum, de denker die tijdens de eerste pandemie zijn winkel in rookwaren, tijdschriften en boeken had moeten sluiten. Hij draagt een petje waarop staat 4EVER RKC. Grote werkhanden verraden generaties boeren. Zweet druipt over zijn slapen. Ik vraag hem wat de bedoeling is.

Cor: 'Iets terugdoen. Moeten we thuis blijven zitten en de dood van Haksloot over ons heen laten komen?'

Ik: 'We weten nog niks van Haksloots dood, Cor. We moeten het onderzoek afwachten.'

Cor: 'Wachten op de doofpot? Wat denk je, Nico, dat we achterlijk zijn?'

Ik: 'Nee. Maar het was wel verstandig geweest geduld te hebben.'

Cor: 'We zijn nú boos, vandaag, nu zijn we allemaal opgefokt en woedend. Over een paar dagen zijn we moe, ook moe van boos zijn. Je moet op de golven van je woede durven gaan staan, man, wanneer het er is, dat is wat echte fans doen. Exploderen. En er is heel veel om woedend over te zijn. De pandemieën. De inflatie. De oorlogen. En ze vullen hun zakken maar. En laten iedereen binnenkomen hier. De dood van Haksloot is echt de druppel. Ze hebben hem opgewacht. Ze hebben ervan gehoord, van die receptie bij De Duinen, ik was er zelf bijna ook heen gegaan, en een hoop mensen wisten dat-ie bij Connie en jou logeerde en dat je daar bij De Duinen zou opduiken. Hoe ingewikkeld is het om dan te denken dat Haksloot met jou mee zou rijden? Jij noemt dat zeker een samenzweringstheorie? Nee, man, dat is nuchter denken.'

Ik: 'Ben je nuchter?'

Cor: 'Ik ben een liter of vier verder dan jij. En dus nuchter als wat. Nuchterder dan jij. We gaan de boel onder handen nemen en jij mag erbij zijn. En waar is onze Russin? Wat een kracht heeft dat wijf. En een stoot is ze ook. Ze zeggen dat ze onderweg is hierheen.'

Ik: 'Ik hoop dat ze jullie komt kalmeren.'

Cor: 'Ik denk het niet. Die is net zo woedend als wij. Russisch bloed, man, vurig. Geloof me, die meid hoeft maar te kikken en we branden de boel plat.'

Ik: 'Ik heb niet gehoord dat ze komt.'

Iemand roept Cor iets toe: 'Wát?' Ik versta niet wat Cor wordt toegeschreeuwd: 'In Den Bosch? Echt?' Hij keert zich tot mij: 'Den Bosch. Ze zeggen dat ze in Den Bosch is. Ze leidt duizend man van de Markt naar het bureau.'

Ik: 'Welk bureau?'

Cor: 'Van de wouten natuurlijk.'

Ik geloof hem niet. Iemand anders roept nu iets. Cor schudt zijn hoofd, verbijsterd. De groep zwijgt een moment. De mannen kijken elkaar geschokt aan. Cor zegt: 'Een van de jongens is dood. Ze hebben een molotovcocktail naar hem gegooid. Ze hebben hem verbrand. Nu krijgen we oorlog, Levi. Niet ergens ver weg maar hier. In onze straten. In onze polders en bossen. Ze hebben ons opgefokt en gesard. En ze zijn nu te ver gegaan.'

Ongemakkelijk vraag ik: 'Wie is te ver gegaan?'

Cor: 'De vijand.'

Ik: 'Wie is de vijand?'

Cor: 'Die niet bij ons hoort. Kijk, Sidney' – hij wijst naar een zwarte jongen. 'Die hoort bij ons. En Frank is 'n Turk, hoort ook bij ons' – hij wijst naar een Turkse man. 'Hij heet Kemal, maar we noemen hem Frank omdat hij precies als Frank de Boer praat, weet je nog, de ouwe voetballer en coach? Maar de anderen zijn de vijand. De hufters die op ons neerkijken. Die denken dat we achterlijk zijn omdat we niet bij de zogenaamde hoogopgeleiden horen. Ik heb meer gelezen dan iedereen in het parlement, Levi, dat weet jij…'

Ik: 'Dat weet ik, Cor.'

Cor: 'We voelen ons genaaid door het systeem. We hebben een leven lang gewerkt, sommigen hebben zich ziek gewerkt, letterlijk, en wat zijn we uiteindelijk geworden? Armoezaaiers. Steuntrekkers. Bedelen om huursubsidie. De woede is er, Nico. Gebruik die woede!'

Ik vraag: 'Wil je erover schrijven voor mijn blog?'

'Absoluut, Nico. Je moet weten: vandaag zijn we niet met lege handen gekomen. Het is oorlog. 't Is niet anders. En daarna komt de Europese Lente. Genoemd naar onze Russin.'

Ik ga apart staan. Ze brullen zichzelf blinde extase in. Messen komen tevoorschijn, boksbeugels, baseballknuppels. Iemand opent een jack en toont iets – een vuurwapen?

Ik bel het nummer dat in de uitnodigingsmail van De Duinen staat vermeld. Een vrouwenstem.

'Europa?' vraag ik.

'Daar spreekt u mee.'

'Nico Levi.'

'U was opeens weg. Het is hier gezellig. De aanleiding mag treurig zijn, maar we vieren dat we leven. Dat is toch wat we moeten doen?'

'Misschien kom ik wel terug. Hoe laat is de Syrische dokter terug?'

'Vanavond laat.'

Achter me komen de brullende mannen in beweging. Ropa hoort dat en vraagt: 'U bent in Tilburg?'

'Ja.'

'Ik ben daartegen, meneer Levi. Ik hou niet van geweld. Ik ben voor liefde.'

Ze verbreekt de verbinding.

Ik hoor Cor brullen: 'Even stil! Even stil! Luister!'

De woeste mannen hijgen, kwijlen, wachten op de volgende instructie.

Cor brult: 'Henriette Roland Holst. Groot dichter! In 1952 gestorven, alweer zo lang geleden! Luister, en laat de woorden tot je doordringen. Luister!'

De bende bekijkt hem zwijgend. Ze likken hun lippen, kneden hun vuisten.

Cor haalt adem en kijkt als een heerser zijn volgelingen aan, dwingt ze tot roerloosheid. En hij reciteert met rauwe stem:

De zachte krachten zullen zeker winnen
in 't eind – dit hoor ik als een innig fluistren
in mij: zoo 't zweeg zou alle licht verduistren
alle warmte zou verstarren van binnen.
De machten die de liefde nog omkluistren
zal zij, allengs voortschrijdend, overwinnen,
dan kan de groote zaligheid beginnen
die w'als onze harten aandachtig luistren
in alle teederheden ruischen hooren
als in kleine schelpen de groote zee.
Liefde is de zin van 't leven der planeten
en mensche' en diere'. Er is niets wat kan storen
't stijgen tot haar. Dit is het zeekre weten:
naar volmaakte Liefde stijgt alles mee.

Ik zie ze huilen, de wilde beesten, en ik weet waar ik thuishoor.

'Kom, we gaan!' roept Cor.

'We gaan!' brullen de mannen.

2040

Europa Aleksandrovna Ivanova

Europa was mooi, feminien, sensueel; voluptueus heette dat ooit. Of kunnen dergelijke adjectieven niet meer, zijn ze vrouwvijandig? Ik denk van wel; moet ik me dus van dergelijke omschrijvingen onthouden?

De hits voor Europa's Katyusha-video bleven oplopen. Ze belde maandagmiddag, twee dagen na de dood van Henri. De reguliere media hadden zich in de loop van zondag en maandag massaal gemeld, en wilden haar in een programma, een podcast, op de site van de krant, of ze vroegen of zij een opiniestuk wilde schrijven.

'Wat moet ik doen, meneer Levi? Dit is niet mijn wereld. Mag ik die verzoeken bij u neerleggen? Matthijs zegt dat ik alles moet aanpakken, maar hij is zichzelf niet en loopt verdwaasd rond, alsof hij niet weet waar hij is. We hebben vandaag de eerste bewoners binnengekregen, we moeten ons hoofd erbij houden. Mag ik u vragen als mediaman, of hoe heet dat, als mijn persvertegenwoordiger op te treden? Ze blijven me continu lastigvallen. Mag ik uw nummer doorgeven? De eerste weken heb ik geen tijd om ergens heen te gaan. En ik moet ook nog op Matthijs letten, hij is chaotisch bezig en ik moet alles nalopen. Het enige wat ik misschien zou willen doen is een stukje schrijven. Dat heb ik altijd gewild. Dat kan ik dan 's avonds laat doen, in m'n eigen ritme, het zal me afleiden. Wat denkt u?'

Ze stuurde berichten door van zo ongeveer alle media, en ik vertelde ze dat ze geduld moesten hebben.

Het waren hectische dagen. De politie deed onderzoek naar autoverkeer in de omgeving waar Henri was gevonden, maar regenbuien hadden sporen weggespoeld, ook van zijn lichaam.

Twee keer volgde ik Matthijs naar Rotterdam, en tussendoor sprak ik met Da'ud Ismail, wiens vrouw Alma twee maanden eerder in Duitsland was beland. Ook haar wilde ik interviewen, maar zij wilde me niet spreken omdat ze niet met een vreemde man in één ruimte alleen wilde zijn, alleen met Da'ud erbij wilde ze een gesprek toestaan, maar daar had ik niks aan als ik hun verhalen wilde noteren; ik wilde intimiteit, authenticiteit, zonder elkaars controle.

Alma's hoofddoek en lange, wijde kleding maakten duidelijk dat ze strenggelovig was; zo was ze vroeger niet, vertrouwde Da'ud me buiten toe, ze was vrijzinnig en vrijgevochten toen ze lang geleden hadden besloten samen naar Australië te gaan. Ze had veel meegemaakt, zei Da'ud, ze was als buit van hand tot hand gegaan, was ontsnapt, weer gegrepen, had jarenlang in gevangenissen beschimmeld brood gegeten, ze was slavin geweest in Qatar, in Pakistan, ze had miskramen gehad – bedenk iets gruwelijks en ze heeft het ondergaan, zei Da'ud, maar de details moet ze zelf vertellen. Dat weigerde ze.

Een week na Henri's dood, bij mijn tweede volgbeurt van een van de bestelwagens van De Duinen die Matthijs had meegenomen, vond ik in Rotterdam zijn hok.

Het was een souterrain, dus eigenlijk een kelder, onder een krakkemikkig pand in de Carnisserbuurt in de wijk Charlois. Later, na de Dagen van Waanzin, ontwikkelde ook Carnisse, al decennia een Rotterdamse armenwijk, zich tot een district van opstandelingen – de kiemen daarvoor waren in 2040 al zichtbaar in de verloedering van de panden, de verslaafden en dealers en languit op de stoep slapende alcoholisten, het aantal geldwisselkantoren en goudwinkels en eethuisjes, de platgereden ratten, de krijsende meeuwen die de opgestapelde vuilniszakken openscheurden.

Ik bleef aan de overkant wachten, kreeg een tiental aanbiedingen van coke, fentanyl, heroïne, drie jonge stoephoeren, en beantwoordde nog meer mediaverzoeken aan Ropa.

Ze mailde: 'Ik heb vannacht een stukje geschreven. Voor een krant of onlinepublicatie? Groet, Ropa.'

Europa Ivanova's eerste column:

Het systeem

Zeg me niet dat ik geprivilegieerd ben als witte blonde troela – alsof alle witten bevoordeeld op aarde landen. Mijn grootouders en iedereen die aan hen voorafging hebben zich gedurende hun korte, hongerige levens kapotgewerkt, en nu moeten mijn ouders zien te overleven met een karig pensioentje. Mij ervan beschuldigen dat ik door mijn huid privileges heb, is een vorm van racisme. Mijn ouders zijn arm omdat ze in Rusland leven, zult u zeggen, daar is het minder, in alles. De armoedecijfers van de eu en van Rusland zijn akelig naar elkaar toe gegroeid vanaf 2030. In beide federaties bezit een kleine bovenlaag van circa vijf procent van de bevolking vijftig procent van het kapitaal, vijfendertig procent neemt genoegen met vijfendertig procent, en de resterende zestig procent, ruim de helft van de bevolking, moet het doen met vijftien procent: ze weten geen maand hoe ze de eindjes aan elkaar moeten knopen. En het geld en de bezittingen staan niet los van andere ontwikkelingen. De armen hebben verkeerde meningen, maken verkeerde grappen, eten de verkeerde dingen, amuseren zich met verkeerde muziek en shows en films. Niet dat je dat weet als je tot de andere veertig procent van de bevolking hoort, tot de hoogopgeleiden. In de standaardmedia worden de 'onderworpenen', zoals ik ze noem, niet toegelaten. Je hoort ze niet, ziet ze niet. Ze moeten worden opgevoed tot ze het smaak- en normenniveau van de hoogopgeleiden hebben bereikt, wat vaak onmogelijk is. De scholen in hun wijken deugen niet, zij hebben andere tradities, en zij zijn vaak gelovig, en dus het mikpunt van spot door hoogopgeleide atheïsten.

Ik weet uit eigen ervaring hoe het is om in de wijken van de onderworpenen te leven. Ik ben een verslaafde geweest. In Duitsland heb ik me bloot laten fotograferen, ik ben een paar keer met mannen mee geweest voor geld. Ik heb voor rechters gestaan. Ik weet hoe je wordt behandeld door 'het systeem'. Wie in dat 'systeem' verkeert, heeft mogelijkheden en belangen die die van de onderworpenen verre overtreffen. De systeemleiders hebben zich namelijk ten doel gesteld om een algehele herordening van de wereld tot stand te brengen. We consumeren ons kapot, stellen ze, en daarmee verwoesten we ons klimaat en dus onze planeet. Maar niet iedereen betaalt daarvoor dezelfde prijs. Nadat de meeste professionele beroepen, zoals boer en visser, ten grave werden gedragen, hield de verzorgingsstaat ons land op de been. Maar ook die is in het afgelopen decennium afgebrokkeld, armoede en gebrek aan ontwikkelingskansen zijn schrikbarend toegenomen. Maar de bevolkingsomvang moet sowieso gereduceerd worden, er zijn te veel mensen op de planeet, aldus de systeemleiders. Ze bedoelen dat er minder onderworpenen moeten zijn, en de onderworpenen voelen dit perfect aan. De ongeregeldheden bij de dood van Henri Haksloot moeten binnen deze context worden begrepen.
Ik mag me in deze tijd bezighouden met de opvang van migranten. Dat is nobel, de opvang van vreemdelingen op zoek naar veiligheid. Maar op dit moment worden alleen hoogopgeleide migranten toegelaten, en zij krijgen voorrang bij de aanwijzing van woonruimte, banen, gezondheidszorg. De onderworpenen voelen zich ten diepste miskend door de systeemleiders, en ik vrees dat de onvrede niet met repressie kan worden beheerst. De segregatie is compleet. De onderworpenen leven in hun eigen wijken, gaan naar hun eigen winkels en kerken (ja, kerken, er zijn veel gelovige onderworpenen), trouwen onderling, lachen en huilen onderling, hebben hun eigen criminaliteit en wanhoop en zullen bij de volgende Henri Haksloot, een middenstander die kapotging aan het systeem, niet stil blijven. Hoe komen we met elkaar weer in gesprek? De politiek heeft zich van de onderworpenen afgewend. De politiek heeft niets te winnen met onderwor-

penen. Ze kunnen niet sponsoren, ze gaan niet stemmen, ze brengen geen leiders voort. Er heerst in Nederland en overal in het Westen een radicale vertrouwenscrisis.

Toen ik nog sociologie studeerde, heb ik in Amsterdamse buitenwijken tientallen onderworpenen gesproken. Ze hielden zich niet bezig met het klimaat of gendertransitie, waar iedereen echt de schurft aan heeft in deze buurten. De onderworpenen wilden weten of ze morgen nog te vreten hadden. Maar hun stemmen klinken niet in Den Haag of Brussel, waar alleen de hoogopgeleiden hun agenda's volstouwen met doelstellingen die de onderworpenen geen ruk interesseren.

We moeten het systeem openbreken, het liefst vreedzaam, want ik ben voor de liefde in al haar varianten en rijkdom, maar enige druk op straat kan geen kwaad als de hoogopgeleiden zich doof houden.

E.I.

Het was een zwaar aangezet stuk waardoor ze problemen zou krijgen. Ik mailde het naar kranten en onlinemedia. De meeste reageerden niet, in shock door een stem die de conventies van deze tijd doorbrak. Een van de kranten stuurde een mail die kenmerkend was voor de media die wel de moeite namen afwijzend te reageren: 'Interessant, maar te militant. Moet aangepast worden, met name de opmerkingen over racisme (dat is per definitie een witte kwaal), klimaat (wetenschappelijk aangetoond) en gendertransitie (transfobe opmerking van E.I.). Die zijn niet meer van deze tijd.'

Ik mailde de mening van de redactie aan Ropa. Zij schreef: 'Ik verander niks. Elke krant of elk mainstreamplatform zal zo reageren, ben ik bang. Kunt u het op uw blog plaatsen?'

Ik deed dat en de provider van de Langstraat kon het aantal hits niet verwerken. Ropa had een schare bewonderaars die in de miljoenen liep. Een week later schreef ze een tweede opruiende column; die leidde tot het cancellen van mijn site van het internet.

Europa Ivanova's tweede column:

De woke staat

Wat een lessen heb ik vorige week gekregen! De Langstraat werd door de provider van het web gegooid, en toen Nico Levi een andere provider had gevonden, werd de site overstelpt met berichten. De positieve waren in de meerderheid, maar de negatieve waren interessanter. Ik was een racist, fascist, antisemiet, zionist, islamofoob, transfoob, misogynist (die term gebruiken de verhevenen die 'vrouwenhater' een te plat woord vinden), imperialist, kolonialist, communist, marxist, maoïst, een verrader van elke minderheid, een samenzweringsgek, een onruststoker, klimaatontkenner, een gevaarlijk 'persoon met baarmoeder' die opgesloten moet worden, een vijand van het fluïde en inclusieve denken, een mentale terrorist, een kuthoer, slet, ordinair viswijf, stront, een perverse kut, laf, dom, stom, een vagina die eens goed moet worden bewerkt.
Ik ben dus De Vijand. Maar als je goed om je heen kijkt, de wijken kent waar de onderworpenen leven, dan weet je dat de tweedeling van onze samenlevingen – overal in de eu – zo ongeveer is voltooid, en dat ik niet De Vijand ben maar De Boodschapper. Ja, ik, ex-serveerster en model in blotetietentijdschriften en ervaringsdeskundige in andere weinig hoogstaande professies.
Het idee van een maatschappij waarin eenieder naar verdienste wordt beloond, is in de praktijk een illusie gebleken. In de jaren '20 lieten steeds meer ouders hun schoolgaande kinderen begeleiden door huiswerk- en examendeskundigen, of ze stuurden ze naar dure privéscholen. Daarna volgden buitenlandse universiteiten, nou ja, voor wie dat kon betalen.
De meritocratische samenleving hield op te bestaan. Rond 2030 waren de nakomelingen van de rijken ook rijk, en de nakomelingen van de onderworpenen ook onderworpen. De tweedeling ontstond dus door de mogelijkheden om intelligentie ten volle te benutten, en de hoog-

opgeleiden konden die mogelijkheden – weinig verrassend – beter benutten dan de onderworpenen. En daarmee kregen hun kinderen de kans op een goede academische opleiding, wat de kans op een goed inkomen vergrootte, en daarmee de kans op een goed huis, een hypotheek, vakanties, al of niet met SeeSee-compensatie, goede gezondheid, hoog pensioen, een lang, voldoening biedend leven. We zijn dus weer een klassensamenleving, zoals in het grootste deel van de geschiedenis, met een aristocratie van hoogopgeleiden en een proletariaat van onderworpenen.

De Engelse socioloog Michael Young publiceerde in 1957 – het manuscript werd aanvankelijk overal afgewezen – zijn dystopische werk De opkomst van de meritocratie. Dat laatste is: een overheid bestuurd door mensen op basis van hun talent. Youngs boek is een werk van fictie, maar hij had het opgeschreven alsof het een wetenschappelijk rapport was. Young zag toen al wat er zou gebeuren. Zijn boek speelt in 2034, we leven nu zes jaar later, en het valt moeilijk vol te houden dat hij ernaast zat. In dat boek reflecteert Young over een fictieve opstand van wat hij de 'onverdienstelijken' noemt tegen de 'verdienstelijken'. Het verschil tussen de twee groepen wordt bepaald door intelligentietests die al heel vroeg op kinderen worden losgelaten. Wie dergelijke tests niet doorstaat, is veroordeeld tot het proletariaat, oftewel hoort bij de 'onverdienstelijken'.

De bedoelingen van de technocraten die het model van de meritocratie ontwikkelden, waren eerzaam, maar na verloop van tijd liep het model vast in een samenleving die kennis hoger waardeerde dan fysieke arbeid; die arbeid was naar Azië overgebracht in de ideologische en commerciële misvatting die 'globalisme' heette. Tegelijkertijd groeide de ideologie van het 'woke zijn', die zich met name in de hoogontwikkelden, de verdienstelijken, vastbeet. Daarmee verkregen ze een nieuwe pseudotheologie die hun bestaan, hun positie, hun welvaart rechtvaardigde. Maar de onverdienstelijken hebben daar geen plaats voor in hun subsamenlevingen. De onverdienstelijken worden kotsmisselijk bij het aanhoren van de zoveelste les over wat wel of niet gezegd mag worden, over wat ze wel of niet mogen denken en over hoe ze wel of niet mogen leven en consumeren en feesten. Voor hen is woke een vorm van repressie, en ten aanzien van de uitdragers daarvan, de hedendaagse dominees en moralisten, voelen ze een hevige afkeer.

Van de Engelse komiek Yvonne McGregor, die ook al lang is vergeten nadat zij werd gecanceld, vond ik de volgende quote over het wokisme: 'Je zult fucking denken zoals wij en je zult fucking praten zoals wij, en je zult fucking lachen om de dingen waarover wij lachen en je moet fucking dit doen en fucking dat doen.'

De term 'woke', wakker, werd al in 1923 gebruikt door een Jamaicaanse zwarte nationalist. Het begrip begon aan een opmars en belandde op het t-shirt van de toenmalige ceo van Twitter, Jack Dorsey, tijdens een bijeenkomst in juni 2016: #staywoke. Oftewel: blijf sociaal bewust. Maar dat sociaal bewuste was sterk verbonden met specifieke ambities van specifieke groepen. En die groepen verdeelden hun werelden in twee categorieën: slachtoffers en daders. En de daders waren steevast witte, westerse mannen en vrouwen. Die konden zich zuiveren en solidair zijn als zij zich schuldbewust zouden uiten en gedragen en meer belasting zouden betalen en de Wokers bij alles in de samenleving voorrang zouden geven. De Wokers vermeldden op hun bio's op Twitter hun voornaamwoorden. Structureel racisme, structureel seksisme, structurele islamofobie en structurele homofobie, structurele lesbofobie. Alles was structureel fout, dus moest structureel worden verworpen wat de westerse culturen hadden opgeleverd, maar niet alles natuurlijk: de technologie, de wetenschap, de farmaceutische industrie, dat mocht blijven, ook al waren ze het resultaat van positivistisch westers denken door heel witte mannen. Maar de macht hulde zich in de nieuwe gewaden van de nieuwe hogepriesters van de woke-kerk. Dat was handiger, leverde minder gezeik op.

Les damnés. The wretched. De verstotenen. Wie kent nog de openingswoorden van de Internationale, het strijdlied van communisten en socialisten? 'Ontwaakt, verworpenen der aarde! Ontwaakt, verdoemde in hongers sfeer! Reedlijk willen stroomt over de aarde! En die stroom rijst al meer en meer!' Wie heeft ooit gehoord van het boek van de psychiater en filosoof Frantz Fanon, The Wretched of the Earth? Daarin dicht Fanon gekoloniseerden het recht toe met geweld in opstand te komen.

Michael Young beschreef een opstand die in 2034 had plaatsgevonden. Hij zat ernaast, 2034 verstreek zonder opstand. De onvrede en tweedeling had hij wel met overdonderende precisie gezien. Wanneer is het zover? Ik hou mijn hart vast. De verstotenen hebben geen adem meer. Ik vraag, nee, ik smeek de hoogopgeleiden, de verdienstelijken, hun ogen en oren te openen.

E.I.

2040

De Katyusha's

Het Afwateringskanaal van 's-Hertogenbosch naar Drongelen is in het begin van de twintigste eeuw gegraven, niet voor de vaart maar om het gebied rondom Den Bosch te ontlasten als het water te hoog stond. Het kanaal wordt in de regio het Drongels of Drongelens Kanaal genoemd. Wanneer de riviertjes de Aa en de Dommel met gevaar voor de historische Bossche binnenstad dreigen te overstromen, kan het kanaal per seconde tachtig kubieke meter water bij een verval van één meter laten vloeien naar de brede Bergsche Maas. Het kanaal is negentien kilometer lang. Langs de oevers en op de parallel lopende dijkjes is er weelderige begroeiing ontstaan.

Drieënhalve week na Hakstoots dood op de Schoorstraat hing de woede nog in de lucht. In de driehoek Waalwijk-Tilburg-Den Bosch (de politie had geen idee wie Haksloot had aangereden) werd er voortdurend met de politie gevochten, auto's gingen in de fik, er werd geplunderd.

Een paar keer trokken tropische buien dwars over het zuiden van Nederland. De dijken en kanalen waren opnieuw ontworpen en verstevigd om de kolossale volumes water te verwerken. Al een week of twee stond het water hoog en kolkte de stroom naar de Bergsche Maas. Dankzij de buien liepen de waterreservoirs vol. De buien hadden ook een pacificerende werking op demonstranten en relschoppers. De overheden volgden van minuut tot minuut de loop van de stormen en buien.

Langs het Drongelens Kanaal stonden twee vissers, een vader en zijn elfjarige zoon, zo'n vierhonderd meter ten westen van de Margrietbrug, hun vaste stek die bescherming bood tegen ontdekking door autoriteiten. De insecten waren teruggekeerd naar dit deel van het continent, de vissers hadden zich dubbel ingesmeerd tegen muggen en de nieuwe Afrikaanse insecten. Amateurvisserij was sinds '39 verboden, dus toen de vissers het ontblote en ontzielde lichaam van een vrouw ontdekten, aarzelde de vadervisser wat hij moest doen. Maar hij verwachtte dat door het vinden van een dood mens de autoriteiten zijn visovertreding door de vingers zouden zien. Enkele uren later bleek dat dat klopte. Omdat op hun vissersplek de telefoondekking slecht is, moesten ze een stuk rennen voordat ze een streepje vonden. Het was dinsdag 17 juli 2040.

Terwijl het park voor het eerst op volle toeren draaide, en er voortdurend kleine of grotere crisis moesten worden bedwongen door een onervaren staf, had Matthijs zich ziek gemeld. Onsamenhangend had hij zijn vader verteld dat Ropa plotseling naar haar ouders in Moskou was vertrokken vanwege een of ander incident. Rudolf was buiten zinnen en huurde twee 'spoedmanagers' van een gespecialiseerd uitzendbureau in en gaf Rick tijdelijk de leiding van De Duinen. Het was opnieuw een warme maand met hevige buien. Er waren problemen met de airconditioning in het park, lekkages, verstopte riolen, er waren geen monteurs beschikbaar.

Vier dagen later, een zaterdag, werd Matthijs in een verlaten havenhotel in Rotterdam gearresteerd.

Matthijs had gedronken en heroïne gespoten en kon niet op zijn benen staan. Hij zweeg, ook al waren de aanwijzingen onmiskenbaar: er waren sigarettenpeuken met zijn DNA aangetroffen op de Margrietbrug, plus sporen van Ropa op de zijkant van de betonnen constructie, sporen van een Syrische statushouder die in De Duinen stond geregistreerd, en sporen van een Syrische vrouw die officieel in Duitsland verbleef. De twee Syriërs werden niet getraceerd. Matthijs werd in afzondering vastgehouden – alleen zijn advocaat en een arts mochten hem bezoeken – en ook na tien dagen, ziek en depressief, kon hij niet praten. Zelfmoordtoezicht werd ingesteld, oftewel continue camerabewaking, elk uur directe controle in de cel. Hij had geen idee dat er buiten het Huis van Bewaring in Den Bosch en elders in Brabant, en daarna in de rest van het land en in België en Frankrijk, al in het weekend van 21 en 22 juli 2040 demonstraties door de straten trokken en dat tienduizenden exemplaren van de beeltenis, gemodelleerd naar een Russisch icoon, van Europa Ivanova aan muren en winkelruiten waren geplakt en werden rondgedragen alsof zij een heilige was – en dat werd ze ook. Zij was door toedoen van Matthijs verdronken.

Op maandag 23 juli verspreidde het Kremlin een officiële verklaring. Russische diplomaten deelden bij een demonstratie in Dordrecht voedsel en frisdrank uit, ter herinnering aan het uitdelen van koffie en sandwiches door Amerikanen tijdens de demonstraties op het Maidanplein in Kiev in 2014. Op 27 juli vlogen Ropa's ouders naar Amsterdam, en op de Margrietbrug stonden ze, met Russische diplomaten en bodyguards als rugdekking, aan mij een interview toe; andere media werden niet toegelaten.

Ik schreef op mijn blog dat de ouders in een zwarte SUV met CD-nummerplaten van de Russische ambassade naar de Margrietbrug waren gebracht, de kleine fietsbrug over het Dongelens Kanaal. Het volgende plaatste ik op mijn blog:

Ik krijg geen goed beeld van de twee mannen door wie Alexander en Katyusha Ivanov worden begeleid, ik heb de indruk dat het veiligheidsagenten zijn van de Russische ambassade. Alexander is een blonde man met Slavische trekken, dezelfde trekken als zijn dochter, met het postuur van iemand die veel sport. Zijn vrouw is ook blond, kleiner en slanker dan Europa, en beeldschoon zoals haar dochter, ook met groene ogen. Ik begrijp nu waarom Europa het lied Katyusha heeft gezongen bij de dood van Henri Haksloot – het was een eerbetoon aan haar moeder, aan alle Russische moeders.

De Ivanovs hebben ogen zonder vreugde, de verwoesting zit diep. Hun gezichten zijn grauw. Allebei hebben ze mooie ogen, maar er straalt niets meer. Ze wilden de plek zien waar hun dochter is verdronken, maar 'verdronken' is volgens hen niet het juiste woord, 'vermoord', zeggen ze beiden. Een groot deel van hun leven hebben ze lichamelijke arbeid verricht, ze zijn intelligent en gevoelig, ze spreken vloeiend Engels.

We staan midden op de Margrietbrug, in de volle zon. Onze kleren kleven. De Russische begeleiders klappen brede witte paraplu's uit en bieden Alexander en Katyusha bescherming tegen de scherpe zon. Maar ook in de schaduw is het heet. We ruiken het kolkende, vuile water van het kanaal.

Alexander zegt: 'Wij hebben aanwijzingen dat mensen uit Syrië de schuld dragen. Mensen die haar niet begrepen en haar hebben gestraft voor wie ze was, voor de vrijheden die ze zichzelf gunde.'

Katyusha valt hem bij: 'Niemand hoeft ons te vertellen wie zij was. Wás. Ik hoor het mezelf zeggen. Onze dochter had een wetenschapper kunnen zijn, ze was een goede student, de eerste in onze families. Zij had ideeën over de wereld, ze kon met iedereen discussiëren omdat ze kennis had. En ook leefde zij voor de liefde, in haar hart, met haar lichaam. Zoals iedereen wil leven, zij deed dat. En die mensen, het waren een man en een vrouw, Arabieren, ze waren niet jong meer, die wilden haar daarvoor straffen.'

Ik wil weten waarom ze dat denken.

Katyusha antwoordt: 'Omdat Europa geslapen had met de Syriër. Ik zeg het zoals het is. Voor mensen uit het Midden-Oosten was dat een doodzonde. Ze wilden Europa daarvoor straffen. En nu staan we hier.'

Ik vraag naar hun bronnen.

'Die hebben we. We zijn niet alleen, godzijdank, we worden bijgestaan door mensen die weten waar ze het over hebben.'

Ik vraag of ze de heren achter zich bedoelt.

Katyusha antwoordt dat die mannen hen veilig houden.

Ik zeg: 'Er is iemand gearresteerd. Geen Syriër.'

'Dat is misleiding,' zegt Alexander. 'Dat noemen we desinformatie. Er is zo veel onrust bij jullie over arbeidsmigranten dat jullie bang zijn voor rellen en opstanden. Dus mag de moordenaar geen immigrant zijn. Dus trekken jullie een rookgordijn op. Dat doen jullie autoriteiten. Ze belazeren jullie' – 'They are fucking you', zegt hij in het Engels. 'Jullie hebben al jaren de mond vol over onze maatschappij, maar wat doen jullie zelf? Er zijn geen objectieve feiten meer, alles draait bij jullie om het "narratief". Zo noemen jullie dat. En onze dochter krijgt daardoor niet de gerechtigheid waar ze recht op heeft. Wij betalen de hoogste prijs, en jullie autoriteiten doen wat ze nodig achten voor hun bekrompen politiek.'

Ik zeg dat er weliswaar een verdachte is, maar hij heeft nog niet bekend.

Alexander: 'Geloof me, het is een kwestie van tijd. Het is onbegrijpelijk dat jullie dit aanvaarden. Wij hebben in Rotterdam gewoond. Toen was dit land nog een baken van vrijheid. En nu? En jullie willen ons de les lezen? Als ik hier zou wonen, zou ik in opstand komen. Ik zou alles in dit land wegvagen en daarna vervangen door iets nieuws, een nieuwe wereld met plaats voor eerlijkheid, integriteit, gevoel voor schoonheid en elegantie. In plaats daarvan hebben jullie jezelf gek gemaakt met CO_2 en stikstof en credits. Wat een nepleven hebben jullie.'

Ik zeg: 'Het is niet mijn rol om met u in discussie te gaan, maar ik ben het niet met u eens.'

Katyusha: 'Jullie hadden niet het recht op de aanwezigheid van onze dochter. We nemen haar lichaam mee. Ze hoort bij ons, ze zal in onze aarde rusten.'

Alexander: 'Meneer Levi, ik zal precies zeggen zoals het is. En hopelijk luisteren alle Nederlanders nu.'

Ik zeg dat ik het gesprek uitschrijf.

Alexander: 'Lezen, dan. Matthijs van Dam, haar vriend, is een drugsgebruiker. Hij had ruzie met onze dochter, daarover belde ze bijna elke dag met mijn vrouw. Europa was geen doetje. Ze had wraak genomen en ze had meneer Van Dam verteld dat ze in het wilde weg met mannen naar bed ging. Of dat waar is, weet ik niet. Het was afgelopen tussen hen. Hij kon de verantwoordelijkheid van het vakantiepark niet aan. Het was hem boven het hoofd gegroeid. Het park, onze dochter, de verwachtingen van zijn vader, Ropa heeft ons daar alles over verteld. En nu, luister: die avond was Ropa weggereden. Even later klopte de vrouw van de Syriër bij meneer Van Dam aan. Ze had gezien dat haar man, haar echtgenoot, bij Ropa was ingestapt. Die vrouw verbleef nog maar net in dat park. Haar man had haar in Duitsland opgehaald, samen met Matthijs van Dam. Dat was na het incident met Henri Haksloot, dat gekke gedoe met die pony, daar heeft Europa ons ook over verteld. We weten alles. Die Syrische vrouw had veel meegemaakt. Ze was iets van vijftig jaar oud, maar ze zag eruit als zeventig. Broodmager. Bleek. Zwak. Ik heb medelijden met haar, echt waar.

Ze waren samen weggereden in een busje, Europa en de Syrische man. Toen is Matthijs van Dam op de scooter naar deze brug gereden waarop we nu staan, met de Syrische vrouw achterop. Alma, heet die vrouw. Dit was Europa's lievelingsplek. Ze heeft hier een paar keer, hoe zal ik het zeggen...'

Katyusha: 'Ze heeft hier de liefde bedreven met Matthijs van Dam. Het is een romantische plek, kijk om u heen. Dromerig, zintuigelijk, echt een plek voor Europa. En daar waren ze, Ropa met de Syrische man, Da'ud. Hij had een ontbloot bovenlichaam, Europa een slipje, een beha, niet meer dan dat. En ze hadden gedronken. Toen meneer Van Dam en de Syrische vrouw daar aankwamen, toen zagen ze dat allemaal. Ropa was beeldschoon, moet u weten, ze had een weelderig lichaam, een gul lichaam, en ze had het zelfvertrouwen van iemand die geen angst heeft voor het leven, voor de aarde. En daar stond die mevrouw uit Syrië, ze droeg een hoofddoek, een lange jas, ze zag eruit als iemand die al lange tijd niet meer de aarde had geroken. Ropa vertelde die vrouw dat ze niet wist wat liefde was en dat ze Da'ud afwees in bed, dat ze geen goede vrouw was. En bij een van die verwijten haalde Alma uit en sloeg Europa in het gezicht. En Matthijs van Dam reageerde daarop en haalde vervolgens uit naar de Syrische vrouw. Het werd een strijd tussen twee paren. De Syrische man wilde toen Matthijs van Dam slaan, maar zijn vrouw hield hem tegen.'

Katyusha zwijgt even. Alexander zegt haar in het Russisch dat hij moet doorvertellen. Ze schudt haar hoofd. We zijn stil. Bijna tegelijk vegen we het zweet van onze wangen. De Russische mannen reiken hun witte zakdoeken aan.

Alexander: 'Toen ging Ropa op de balustrade van de brug zitten, hier, deze plek. Ze zei toen tegen Alma: You look like a dried-out old cunt. No wonder your man wants me.'

Ik zeg dat dat vulgair is.

Alexander: 'Ropa was dronken en ongelukkig. En genoot tegelijkertijd van haar macht, beeldschoon, haar... haar lichaam zo goed als ontbloot. Alma, de Syrische vrouw, was geheel bedekt. Europa vroeg de Syrische man om een sigaret. En dat deed hij, hij gaf er haar een. Dat kon Alma, de Syrische, niet verkroppen. Dat kleine gebaar was haar te veel. Dat was een moment van onderwerping, haar man als dienaar van die Russin, hij gaf haar die dure sigaret, hij was een verrader. Zo moet Alma het hebben gezien.'

Katyusha: 'Die vrouw zei tegen Europa: ongelovige hoer, een christelijke slang ben je. En ze gaf Europa een klap.'

Alexander: 'Ropa verloor haar evenwicht, viel achterover tegen de rand van de brug daar, en ze verdween in het water. Matthijs van Dam dook haar na. Maar hij vond haar niet.'

We kijken alle drie een moment stil naar de plek die Alexander bedoelt.

Katyusha: 'Kijk naar het water, hoe wild het is. Je kunt de bodem niet zien. Matthijs is bijna verdronken.'

Ik vraag wat de Syriërs vervolgens deden.

Alexander: 'Ze zijn gevlucht, ze zijn terug naar het park gereden op de scooter. Ze zijn verdwenen. Matthijs van Dam is blijven duiken, maar vond Europa niet. Hij is ook teruggegaan naar het park. De Syriërs waren niet te vinden. Daarna is hij naar Rotterdam gereden. Daar heeft hij zich volgestopt met drugs.'

Katyusha: 'Gelooft u ons, het verhaal dat Matthijs zal gaan vertellen, wordt een aangepast verhaal. Zonder Syriërs. Wij zijn niet gek. Zo zal het gaan.'

Ik vraag hoe ze dit allemaal zo precies weten.

Alexander: 'Onze mensen hebben deze informatie ontvangen. De feiten kloppen.'

Katyusha: 'Zo is het gegaan. Niet anders.'

Ze draait zich om naar de Russische begeleiders en knikt. De mannen klappen de paraplu's dicht en begeleiden Alexander en Katyusha naar de SUV.*

Op 28 juli vlogen de Ivanovs met Ropa's lichaam terug in een toestel dat het Kremlin ter beschikking had gesteld. Pas na hun vertrek kwam mijn interview met hen online, het was zaterdagmiddag 28 juli, 13.00 uur. De media doken erop en verscheurden mijn stuk. Hun getuigenis was chaos verspreiden, meldden de media, daar ging het de Russen om, misleiding, onrust. Europa's ouders werden gemanipuleerd; tragisch, ze waren pionnen in een veel groter geostrategisch spel, aldus de Nederlandse pers. Maar wat de pers ook verklaarde, online stelden velen dat juist de eigen Nederlandse pers desinformatie verspreidde, niet de Russische.

* Da'ud en Alma zijn van de aardbodem verdwenen. Sommigen zeiden dat ze niet uit vrije wil de benen hadden genomen, dat de Syriërs op een black site werden vastgehouden, of dat ze hen aan betonblokken hadden vastgeketend en vervolgens vanaf de achtersteven van een marineschip in de Noordzee hadden gedumpt. Of misschien waren ze teruggekeerd naar Syrië, of leefden ze als schaapherders in Calabria, of zaten ze ondergedoken in een schimmelige kelder in Ermelo. Who knows.

Twee uur na publicatie werden er molotovcocktails naar een azc in Drenthe gesmeten. Daarna braken op een aantal plekken in Nederland branden uit. De doelwitten waren azc's, moskeeën, politiebureaus, overheidsgebouwen. De eerste geweldsgolf hield achtenveertig uur aan. In provinciesteden – zoals Heerenveen, Hoorn, Assen, Middelburg, Eindhoven, enzovoorts – was de politie niet bij machte de straten te beheersen. Agenten legden de opdrachten terzijde en weigerden op te treden tegen demonstranten met wie zij het, zo verklaarde een woordvoerder, 'eens zijn'. Het kabinet – in 2040 was er nog een kabinet en geen Kernteam – besloot legereenheden in te zetten; net als bij de politie voerden hele units de opdrachten niet uit, daarin gesteund door de legerleiding, die meldde dat haar manschappen niet waren opgeleid voor dit soort binnenlandse operaties.

Op 31 juli werd bekend dat Katyusha Ivanova, Europa's moeder, een einde aan haar leven had gemaakt. De noodtoestand werd afgekondigd.

Matthijs ging praten. Hij bekende dat hij schuld had aan de dood van Ropa. De media en overheden benadrukten zijn bekentenis in de hoop de haat ten opzichte van buitenlanders en asielzoekers weg te nemen, maar velen hechtten geen geloof aan Matthijs en hielden vast aan de beschuldiging in mijn interview met de ouders: het waren de Syriërs. Vervolgens bezetten de demonstranten binnensteden, werkplaatsen, schoolgebouwen.

Het verhaal van Ropa snelde de grenzen over. Het gaf de onvrede die al vele jaren heerste het gezicht van een martelaar. Vlamingen en Wallonen kwamen in opstand, net als miljoenen Fransen: zoals in Nederland was er een grote onderklasse ontstaan getekend door armoede, gebrek aan kansen, culturele vernedering. De eerste groep die zich tooide met de geuzennaam de Katyusha's was een aantal arbeiders in het Belgische Hasselt; in een oogwenk werd dat in andere landen overgenomen. Ze voelden zich gekoloniseerd door de 'boven hen gestelden', de 'elites', de 'hoogopgeleiden', de leden van de 'netwerken', 'het systeem'.

'Wij zijn in economische en culturele zin inheemse gekoloniseerden die niet hebben geprofiteerd van de globalisering en wier reële koopkracht al tientallen jaren verdampt,' zo verklaarde Cor van Rekum, voormalig winkelier in rookwaren (hij handelde er illegaal in) die zich opwierp als een van de leiders van de Nederlandse Katyusha's en in de internationale media (onder andere CNN, Al Jazeera, BBC en *The New York Times*) werd geciteerd. In naam van het klimaat, het milieu en de gezondheid werd de samenleving heringedeeld en verdween wat gedurende eeuwen was opgebouwd, zo schreef Cor op de Langstraat. Landbouw en visserij werden tot het minimum gereduceerd, industrieën ontmanteld, en de steden werden veilige enclaves van de rijken en hoogopgeleiden.

'We werden armer, onze vaderlandsliefde en tradities werden geridiculiseerd, waarna ze ons, ook de migranten onder ons, racisten en fascisten noemden als we ons tegen nieuwe migratiegolven, pandemiemaatregelen en genderdefinities keerden,' schreef Cor.

Cor was een kind van kampers geweest die het leven in wagens de rug hadden toegekeerd en een sigarenfabriekje en -winkeltje in Waalwijk hadden opgezet.

'De Nederlandse sigarenindustrie bevond zich hoofdzakelijk in Brabant, maar in de jaren zeventig van de vorige eeuw sloeg hier de globalisering al toe,' zo schreef Cor, 'en verdween de productie naar landen als de Dominicaanse Republiek. Dat nekte mijn ouders als kleine producent, maar als winkelier bleven ze overeind. Ik nam de winkel over en vervolgens explodeerden de accijnzen en werd roken door alle gezondheidsinstanties ten strengste afgeraden, ofschoon niet-rokers de overheid meer geld kostten – ze worden namelijk ouder, en dus hulpbehoevender – dan rokers. Ik kon mijn zaak sluiten, en daarmee viel niet alleen mijn werkzame bestaan weg maar ook mijn bestaansrecht en mijn rol als buurtwerker en doorgeefluik van roddels en verhalen en grappen en sterfgevallen en geboortes. Ik onderging de zogenaamde 'armoedeval', moest mijn huis verkopen totdat de inflatie de opbrengst had verdampt en ik het restant had opgegeten, waarna ik mijn twee exen en vijf kinderen niks meer kon toeschuiven, wat eigenlijk de grootste klap was: ik kon geen steunpilaar meer zijn voor mijn eigen familie. Ik kreeg een sociale huurwoning, een uitkering die me niet liet verhongeren, en noodgedwongen werd ik zwarthandelaar in rookwaren en hoogalcoholische dranken, ook al klinkt dat sensationeler dan het in werkelijkheid was. Zo nu en dan werd ik gegrepen, ik kreeg boetes en gevangenisstraffen van een paar weken tot een paar maanden, kon het flatje niet behouden en belandde in allerlei noodopvanghuizen en ten slotte in een wijk van andere hongerlijers en teringlijers en nietsnutten en zuiplappen en onruststokers en exhibitionisten. Ik ben nu aan de uiterste marges van de samenleving beland, en mijn wrok ten opzichte van de politiek, overheidsinstituten, beleidsmakers, de media, is zo vol elektriciteit dat heel Waalwijk er zonder windmolens en zonnepanelen op kan draaien als ze me op het netwerk aansluiten.'

Het was te warm om overdag de straat op te gaan, maar 's nachts klonk uit honderdduizenden kelen de melodielijn van 'Katyusha', zonder de Russische tekst, waardoor het universeel kon worden gedeeld. De buien verdreven de demonstranten niet, ze richtten zich met geopende mond naar de hemel en kregen verkoeling met douchewater uit de wolken. Toen bekend raakte dat Katyusha ook de naam was van het rakettensysteem waarmee de Sovjets in de Tweede Wereldoorlog de nazi's hadden bestookt, werden ter afsluiting van het lied massaal de geluiden van de lancering van raketten nagebootst. Hun geuzennaam was geboren. De Katyusha's hadden een strijdlied, en hun patrones heette Europa Ivanova.

De 'Katyusha Republieken' ontstonden in zo veel wijken dat de overheden in Nederland, België en Frankrijk daar feitelijk geen soevereiniteit konden uitoefenen. De drie landen werden al snel 'BeFraNe' genoemd, wat in het Italiaans (in onder andere Napels en Bologna ontstonden ook opstandige wijken) zoiets als 'goede aardverschuivingen' betekende. De feesten in de wijken duurden dagen. Een rudimentaire organisatievorm ontstond, wijkmilities werden opgericht, geen enkele externe autoriteit werd erkend.

Ik werd lid van onze eigen flatwacht, die de veiligheid coördineerde met de andere flatwachten op de Pettelaar. Elke nacht danste de stad. Na de eerste gewelddadigheden vonden er geen plunderingen of brandstichtingen meer plaats. Ik heb rondgelopen door de oude stad, rondgefietst door de twintigste-eeuwse wijken eromheen; op straat werd voedsel uitgedeeld, medische teams hadden tenten opgezet en hielpen zieken en gewonden. Eenieder verkeerde in de illusie dat het begin van een nieuw tijdperk was aangebroken. Het was mogelijk de samenleving op een geheel andere manier in te richten, zo klonk bevlogen. Ook ik kon dagenlang de roes niet weerstaan, ook al wist ik dat we ons in een vacuüm bevonden. Dit kon niet lang aanhouden, ook niet door de loodzware hitte.

De wijken stelden hun eisen vast over directe democratie en over het terugdringen van 'de exploitatie door de gieren van big tech, de banken, farmaceutische multinationals, de grote banken en beleggingsmaatschappijen'. Den Haag had zich achter de tanks en wegversperringen van marechaussee-eenheden verschanst, en probeerde tijd te rekken tot de wijken vanzelf zouden instorten – het is mooi een roes te beleven, maar zonder de structuur van een overheid was dit alles ten dode opgeschreven. Big tech sneed de onlinecommunicatie door. Dat leidde tot anarchie, het moment waarop de overheden hadden gewacht. Ze deden een noodverzoek aan de NAVO. De meeste doden vielen in de tweeënzeventig uur die de Amerikaanse en Duitse eenheden nodig hadden om de wijken te bezetten. De eerste autonome dagen werden later de Dagen van Waanzin genoemd, maar misschien betrof de schande het dodelijke optreden van de legers. In mijn flat doorstonden we de overval door de NAVO in de kelders onder in het gebouw. We hoorden de explosies van zware wapens, op de Markt vielen doden. De 'verstotenen' stichtten als wraak branden in de binnensteden, en riepen daarmee nog meer geweld op. Binnen twee weken waren de wijken onder controle van de overheden en de opstandelingen gearresteerd of gedood. De noodtoestand bleef vier jaar in stand. Op 19 februari 2044 werden de nieuwe wetten ingevoerd.

In de Bossche wijk De Hambaken sprak ik tijdens de eerste extatische hete nachten filosoof-sigarenhandelaar Cor van Rekum en de wijkkoning van De Hambaken Sjon-zonder-oor. Er werd wild gefeest, zonder de zware ernst die ik zou aantreffen toen ik vier jaar later in die wijk mocht schuilen. Zwem- of onderkleding werd gedragen, een slipje, een onderbroek, een bikini.

Cor, groot en woest, zijn lijf behaard als van een beer, straalde nog intenser dan na een gewonnen wedstrijd van RKC. Iedereen was op straat die avond, wat er aan elektriciteit beschikbaar was werd gebruikt voor feestverlichting, het koelen van bier en cocktails, dus bleven de airco's stil. Een carnavaleske stemming, stadsindianen met gekleurde hanenkammen, homo- en lesbostellen, elke gendervariant was buiten zinnen nu de druk van de staat, de instituten, de veiligheidsdiensten, was weggevaagd door een besluit van pure wil, door – ik zeg het maar – daden van bewondering.

In de volle dreunen van Queen's 'Bohemian Rhapsody' omarmde Cor me, gevolgd door Sjon, een man met een vierkante kop, met inderdaad slechts één oor, die een slip droeg die net zijn geslacht bedekte. Ik droeg een boxershort.

Sjon riep: 'Dit is zo cool, Nico! Het coolste wat ik ooit heb meegemaakt! En jij?'

'Cool!' zei ik. 'Maar ik heb een vraag: hoelang houden we dit vol?'

'Zo lang als er bier is!' antwoordde Sjon met brede grijns.

'En daarna?'

Cor zei: 'Dan worden we doodgeslagen! Dan is het voorbij! Ze zullen dit niet lang toestaan!'

Hij bleef glimlachen.

'Maar toch staan we hier! En dansen we!' riep ik.

'Ik vertelde je toen bij de rellen in Tilburg: je moet op de golven van je woede gaan staan! Weet je nog? En nu zeg ik: je moet op de golven van je geestdrift gaan staan! Van je energie! Van je liefde voor alle mensen om je heen! Als je overeind bent gebleven op die golven, dan heb je geleefd, man!'

Hij maakte een gebaar: kijk om je heen.

'Gaan ze ingrijpen dan?' vroeg ik.

'Natuurlijk, Nico! Nog een week of zo! Dan hebben ze genoeg troepen samengetrokken om ons tegen de muur te zetten. Maar so what? Heel veel generaties zullen aan ons denken! Ze zullen zich afvragen: waar haalden ze de moed vandaan? Wat durfden zij wat wij niet durven? Waar is onze Ropa Ivanova? Wij willen ook een Ropa! Dat zullen ze denken!'

Sjon voegde toe: 'Na deze week kan ik gerust doodgaan, man! Dit is waar het voor mij allemaal om draait: zuipen, liefde, genegenheid, solidariteit, als het kan straks nog wat seks, totale vrijheid!'

'Weg met het commutalisme!' riep Cor.

'Commutalisme?'

Cor antwoordde: 'Communisme en kapitalisme, weg ermee. Uiteindelijk zijn ze hetzelfde! Onderdrukking door autocraten en oligarchen! Wij proberen wat anders hier! Weet je hoe je me nu aankijkt, Nico? Alsof je water ziet branden. Je gelooft me niet! Ik hou van je onschuldige kop. Maar je bent ook zo anaal als de ziekte. Laat die sluitspier gaan, man! Stort je erin! Het gaat vanaf nu om vandaag! Morgen zijn we dood! Leve de Katyusha's!'

Ze pakten me vast en ik kon me niet verzetten en gedrieën sprongen we in het ritme van Freddy Mercury en zongen mee:

So you think you can stop me and spit my eye?
So you think you can love me and leave me to die?
Oh baby, can't do this to me baby
Just gotta get out, just gotta get right out of here

Daarna brulde Cor: 'RKC! RKC! RKC! Voor altijd mee!' Sjon was voor PSV maar herhaalde Cors kreten.

2044-2046

Aantekeningen voor Anna

4.6.2044

Ik vroeg me af wanneer ik je voor het laatst heb gezien – was dat bij een persconferentie na de dood van Europa Ivanova? Niet lang daarna kwam het geweld over ons, en vervolgens hoorde ik dat je met vervroegd pensioen was gegaan omdat er door Matthijs persoonlijke lijnen liepen van de Ivanova-zaak naar jou, en je moest afstand houden.

Mijn reputatie werd zo verscheurd dat ik weinig mensen onder ogen durfde te komen, ook jou niet. Ik heb een rol gespeeld, een kleine weliswaar, maar: ik had geen idee wat er zou gebeuren, kon gebeuren, moest gebeuren. Ik was slechts de boodschapper, en ik hoopte te relativeren in plaats van te polariseren. En nu krijg je dit dossier van mij.

Ik verblijf in een kelder onder een hangar in De Hambaken. Ik mocht hier van de zogenaamde 'wijkkoning' mijn intrek nemen. Stromend water is er, elektriciteit, een bed, een werktafel en een behoorlijke bureaustoel. Internet is taboe; als je dat zou gebruiken geef je meteen je verblijfplaats door aan de digitale vegers van de staat. Ik kan mee-eten met de centrale keuken. Zo nu en dan doet daar de airconditioning het, tot de elektriciteit wordt afgesneden – onregelmatig gebeurt dat. De wijkkoning, Sjon-zonder-oor, heeft op tijd een paar van zijn jongens mijn flat op de Pettelaar laten leeghalen, althans, de spullen die ik niet wilde achterlaten. Laptop. Papieren boeken. Dvd's. De meest dierbare spullen van Max in een aparte doos. Ook de drie dozen met het politiedossier van zijn zaak uit 2025 en de verslagen van mijn onderzoek naar de daders en de verdwenen sneakers staan hier opgestapeld naast me.

Ik verdween op tijd in de onderaardse wereld van De Hambaken en ontsnapte aan wat zich in heel Europa in de nacht van 19 op 20 februari 2044 voordeed: invallen, arrestaties, sommigen omschreven ze als razzia's. Over de opstanden van 2040 is inmiddels veel gepubliceerd, maar niet vanuit mijn perspectief.

7.6.2044

Heb jij indertijd de beraadslagingen in het Europees Parlement gevolgd over de oprichting van de Europese Commissie ter Bestrijding van Desinformatie, de ECBD? Mijn naam vloog te pas en te onpas door de grote zaal in Brussel, wat een maffe sensatie was: bedoelden ze echt mij? Er zouden straffen komen op desinformatie. Aan het hoofd van de ECBD kwam – o ironie – een Duitser, Jakob Vollmer. Ik vind, zo veel jaren na de Tweede Wereldoorlog, nog steeds dat Duitsers uit de buurt moeten blijven van ideeën over desinformatie en fakenieuws en censuur. Maar ik ben kennelijk de enige. Vollmer werd benoemd, hij had fundamentele plannen, zo kondigde hij aan.

Betrokkenen bij het verspreiden van haatnieuws in de aanloop en ten tijde van de Dagen van Waanzin werden in de nieuwe wetgeving als speciale categorie vermeld; die konden worden vervolgd, ook al hadden de misdaden zich voltrokken vier jaar vóór de invoering van de wetten; er werd een paragraaf opgenomen die de Europese overheden het recht gaf met terugwerkende kracht voormalige ophitsers aan te pakken. Vollmer noemde die de 'Levi Paragraaf' – dat kan je niet ontgaan zijn, of misschien wel. De dag waarop de straffen in de wetgevingen van de lidstaten zouden worden opgenomen, werd vastgesteld op vrijdag 19 februari 2044. Tegelijkertijd zou op die dag cash geld worden afgeschaft en werden de CCTV-netwerken in de Unie gelegitimeerd met speciale 'tijdelijke' wetgeving. Persoonlijke uitgaven werden door de banken geanalyseerd op de belasting voor het milieu, op CO_2-uitstoot, op gezondheidseffecten.

Misschien zag je mij toevallig in de media; ik werd niet meteen gecanceld. Terwijl de steden nasmeulden, werd ik door praatprogramma's en kranten uitgenodigd voor interviews, en in toenemende mate werd ik onbeschoft ondervraagd. Ook hoorde ik mijn naam steeds meer in toespraken van politici die vrijheidsstraffen eisten voor onverantwoord gebruik van sociale media en andere vormen van nepnieuwsverspreiding. Na enkele weken droogden de uitnodigingen op, ze wilden me niet meer zien. Daar bleef het niet bij. Na een stemming door de bewoners van mijn flat op de Pettelaar dwong de woningbouwvereniging me 'vrijwillig' de huur op te zeggen. Ik voerde een proces, en won – in de maanden na het oproer vond ik nog enige bescherming in de rechtsstaat. Maar als ik me ergens vertoonde, in welke steeg dan ook, werd ik herkend, en soms bespuugd. Er waren Nederlanders voor wie zoiets onbedwingbaar was, de kans om te kunnen vernederen, om zich verheven te voelen, om zich ostentatief aan de kant van de macht op te stellen. Strafrechtelijk kon me niets ten laste worden gelegd, wat zou veranderen, maar sociaal was ik al vroeg – ik overdrijf niet – een paria. De vrienden en kennissen die ik had, inclusief Connie (heb je haar nog ooit gesproken?), keerden zich van me af.

8.6.2044

Mijn achternaam werd een idee. Voor mijn naam kon 'een' gezet worden, 'een Levi'. Oftewel: een gewetenloze ophitser, een ordeverstoorder, een miezerig wit mannetje dat in zijn digitale holletje schuilt en wacht op het juiste moment om de vrede te verscheuren. Ik was een handlanger van onder andere Amerika, Rusland, China, Israël, Syrië, de Golfstaten, verschillende Afrikaanse tirannieën, oliemaatschappijen, you name it. Bij Connie had ik een jaar of vier de weekenden doorgebracht, maar zij liet in december 2040 het slot van haar voordeur vervangen en begon te schreeuwen wanneer ze mijn gestalte achter het melkglas van de voordeur zag (na drie pogingen bij haar aan tafel te komen gaf ik het op). Mijn flat in Den Bosch verliet ik uitsluitend wanneer de avond was gevallen. Mijn dagen vulde ik met lezen, series kijken, slapen, en nadat de avondklok was opgeheven vulde ik de nachten met wandelingen. Ik dacht vaak aan je, maar durfde je niet te benaderen. Mijn boodschappen werden afgeleverd door AH, maar bedrijven kregen na 19 februari '44 het recht om afvallige figuren als klant af te wijzen, banken konden rekeningen opzeggen – heb je dat alles in de media gevolgd? Het patroon was duidelijk. Dus moest ik onzichtbaar worden.

De straten waar dat mogelijk was, bevonden zich in wat vroeger in ambtenarenproza als focus- of aandachtswijken werd omschreven. Het leek een overheidsstrategie: isoleer de probleemwijken en laat ze daar hun gang gaan, laat ze elkaar afmaken, laat ze zuipen en slikken en zichzelf de vernieling in helpen. De banale vrijheden van de Katyusha's waren geografisch begrensd. Wie aan de rand van de wijk de straat overstak en zijn gedrag daar voortzette – zuipen, vechten, openbare seksuele handelingen plegen, helen – werd binnen een paar minuten door robotachtige ordetroepen in een zwart busje gesleurd en bij een heropvoedingstehuis afgeleverd.

Ik kon niet gelaten 19 februari 2044 afwachten. Ik stond op de lijsten, misschien wel bovenaan, van de mensen die ze op die dag gingen oppakken. Bizar.

9.6.2044

Iedereen in de wijk De Hambaken kent Sjon Damen, beroemd en berucht als Sjon-zonder-oor, misschien heb jij hem in het verleden toen je nog in functie was ook ontmoet. Ik ken hem al lang: als kind was ik een paar keer mee geweest met mijn vader toen hij zakendeed met de vader van Sjon, allebei handelaren in schroot en andere oude metalen, en ik had met Sjon over het kamp gerend en cowboy gespeeld met speelgoedgeweren, politiek incorrect speelgoed dat je het laatste decennium niet meer kunt kopen. Later deed ik verslag van een rechtszaak met Sjon als hoofdverdachte; ik herinner me niet dat jij daarbij betrokken was. Sjon is wis- en natuurkundige, is gepromoveerd aan de Eindhoven University, maar hij had toegegeven aan de roeping van het brandkastkraken; hij was zo ongeveer de laatste Nederlander die dat vak uitoefende, want er waren bijna geen brandkasten meer.* Daarna heb ik zijn hulp gezocht toen jouw collega's in het onderzoek naar de dood van Max geen aanknopingspunten hadden gevonden, maar ook Sjon kon geen sporen vinden. De laatste keer sprak ik hem op een van de volksfeesten gedurende de eerste dagen van de opstanden in augustus 2040, dus in februari 2044 had ik hem drieënhalf jaar niet gezien.

18.6.2044

Ik moest vóór 19 februari van dit jaar onderduiken. Het was mogelijk, eigenlijk was het de enige mogelijkheid, via vertrouwenspersonen een bericht te bezorgen, dus ook bij Sjon. Geen internet, geen telefoon, alleen mondelinge overdracht via onverdachte mensen die een dubbel- of driedubbel leven leidden: zichtbaar waren ze aangepast en meegaand, maar in gedachten waren ze rebels en vol afkeer van de veiligheidsstaat. Ken jij zulke mensen ook? Sjon wilde me ontvangen.

Ik denk dat je al jaren niet meer in De Hambaken bent geweest. Toen ik nog journalist was en erover moest schrijven, citeerde ik het volgende uit een overheidsrapport: 'Het is gebruikelijk dat kinderen

* Het ging Sjon om waardepapieren zoals aandelen, obligaties aan toonder.

die het ouderlijk huis verlaten ook weer in de buurt gaan wonen. Het gevolg is dat sommige families sterk oververtegenwoordigd zijn. Er is sprake van drugsgerelateerde criminaliteit en misdaad, uitkeringsfraude, overtreden van bouwverordeningen, zwartwerken, illegaal onderverhuren, prostitutie, telen van hennep, heling van gestolen goederen, op grote schaal saboteren van energiemeters. Daarnaast is er een intimidatieklimaat door een "wijkkoning" die het delen van informatie met gemeente, politie en instanties over buurtbewoners niet toestaat.'

1.7.2044

Wat zie ik in de spiegel, vraag je je misschien af? Een gezicht waar rouw onder de huid ligt. Ik verbloem het niet. Desondanks heb ik weinig rimpels en heeft mijn uitdunnende haar nog een beetje kleur. Voor een achtenzestigjarige heb ik, geloof ik, nog een redelijk soepele tred. Maar de glimlach waarmee ik vroeger de mensheid tegemoet trad, kan ik niet meer opbrengen. Al negentien jaar ontwaak ik met een onstilbaar verlangen naar wat onbereikbaar is; aanvaarden, afsluiten en opgeven kan ik niet, zoals je weet. Als ik een enkele keer glimlach, is die lach vervuld van weemoed, en als ik in de zon sta, blijven mijn handen koud. De daders zijn nooit gevonden. Ik moet in leven blijven, in relatieve vrijheid (ik heb geen enkele vrijheid, eerlijk gezegd), om de daders te vinden. Is dat een illusie na negentien jaar? Wat is dat, illusie, in mijn geval?

3.7.2044

Hoe is dat toen gegaan, mijn tocht naar de onderduikplek? Na middernacht verliet ik mijn flat. Ze hadden me aangeraden een hoofddoekje om te doen en over mijn broek een rok aan te trekken. Die had ik niet, dus maakte ik ze zelf van donkerblauwe lakens. Met een mondkapje voor mijn mond liep ik naar De Hambaken via een route die ik vooraf had uitgedokterd, een route met een minimumaantal CCTV's, en dus met de kleinste kans om te worden herkend en gevolgd. Dat kostte me bijna twee uur. Aan de rand van De Hambaken zou ik door twee gidsen worden opgewacht, en dat klopte, twee jonge gastjes. Zij kenden de sluippaadjes die je ongezien de wijk in leidden, en de vaste patronen van de observatiedrones. Ik kon mijn vermomming afleggen.

Sjon-zonder-oor is negenenzestig jaar, iets ouder dan ik. Ik zie er jonger uit dan Sjon, en niet zonder reden: Sjon zuipt en rookt en doet alles wat de burger 'aan de overkant' als ongepast beschouwt.

Midden in de nacht hield Sjon audiëntie in het hart van een labyrint van garages, opslaghallen, werkplaatsen, loodsen, in een ruimte waar gekookt en gebakken werd. Onder vage lampen in een stalen loods die op een kleine minivliegtuighangar leek, zaten verworpen jongens en meiden, de meeste uitbundig getatoeëerd, met rode, oranje, paarse hanenkammen, aan lange tafels pizza's en pasta te schransen – pizza's en pasta waren gerechten die door de overheid gereguleerd werden om overgewicht te voorkomen; hoe kwamen ze aan meel en tomatensaus? Naast hun borden lagen geslepen messen en korte zwaarden en zelfs antieke kruisbogen. De ordetroepen van de overheid beschikten over superieure wapens zoals laserpistolen, waartegen deze jongens en meiden geen schijn van kans maakten, maar ze hadden in ieder geval de illusie dat ze met hun achterhaalde wapens verzet konden bieden. Sinds de Dagen van Waanzin waren deze enclaves voor de Katyusha's ontstaan, gegroeid uit de wijken van de laagopgeleiden en sociaal zwakkeren, de chronisch zieken, klaplopers en steuntrekkers. De media berichtten er niet over en de helft van de bevolking, het deel met posities en invloed, haalde er de schouders over op (jij ook, Anna?). Dit was repressieve tolerantie in haar meest effectieve vorm.

Luid dreunde 'Radar Love' van de Earring uit onzichtbare speakers.

Sjon ging staan toen ik langs de tafels liep en wenkte me. Ik had hem al jaren niet gezien.

'Een eer, jongen, dat jij hier bij ons bent.' Hij omhelsde me en kuste me op beide wangen, sentimentele ouwe gek die hij was. 'Fijn dat je er bent,' zei hij. 'Ontspan. Hier is de wereld nog echt.'

Een getatoeëerde stadsindiaan met groen haar en ringen door zijn lippen en wenkbrauwen stond op en riep: 'U bent toch Nico Levi! Jongens, dat is Nico Levi! Chef Desinformatie!' Hij begon te klappen en de anderen stonden ook op en klapten me toe. Ze joelden en brulden: 'Nico! Nico! Nico!'

Sjon riep: 'Zo is het goed, jullie maken hem verlegen! Ga zitten!' Hij maakte een gebaar waarmee hij hen tot rust bracht: een platte hand die hij snel op en neer bewoog, alsof hij een bal liet stuiteren. Zoiets wordt universeel begrepen zonder dat we er ooit les in gekregen hebben.

Ze gingen zitten, mij bewonderend aanstarend. Ik had geen idee dat ik op deze manier kon worden verwelkomd.

Sjon wees een stoel naast zich aan en vroeg of ik wat wilde eten. Ik vroeg om een glas water.

Sjon zei: 'Daar doen we niet aan, bier hebben we. Nico, je ziet, iedereen hier bewondert jou. Jij bent een van ons. En je moet wat eten. Deze pasta heeft Essie gemaakt. Essie!'

Essie was een dikke jonge vrouw met een blozend, glimmend gezicht, ze stond met twee andere koks bij dampende pannen. Ze stak haar hand naar Sjon op.

'Pasta! Hij is uitgehongerd!'

Essie knikte.

Ik vroeg naar zijn andere kinderen, hij had er zeven, naar zijn gezondheid, zijn drie exen.

Sjon was zwaarder geworden. Zijn haar had hij zwart geverfd. Hij droeg gouden oorbellen, ook bij het knalrode restant van zijn linkeroor, dat hij in de bajes in een gevecht grotendeels was kwijtgeraakt. Ze hadden het kunnen vastnaaien, maar Sjon had dat geweigerd.

Een teken van zijn bereidheid te lijden en een kwestie van esthetiek, hij had altijd een hekel gehad aan dat oor.

Hij zei: 'Het is duidelijk waarom je hier bent.'

Ik knikte: 'Ik moet ergens een plek vinden.'

'Je hebt een plek. Hier komen ze niet. En anders dan je misschien denkt: we hebben onze informanten aan de andere kant. Zo nu en dan vallen ze binnen, maar alleen aan de periferie. We kunnen de drones scannen. Ze denken dat we achterlijk zijn. Ik heb een paar van de slimste jongens en meiden van het land hier. Er zijn overal jongeren die er niet meer tegen kunnen. De districten in Eindhoven en Tilburg zitten propvol. Op een dag gaan we los...'

'Waarheen?'

'Waar de macht zit.'

'Dat is vier jaar geleden mislukt, Sjon.'

'We hadden geen organisatie. We hadden geen centrale leiding. Op een dag gaat het lukken. Wij gaan dat nog meemaken.'

Essie bracht het bord voor me: 'Echt te gek dat u ons bezoekt. Ik heb heel wat van uw blogs gelezen toen dat nog kon. Jij nog wat, pap?'

'Ik wil nog wel een biertje, schat. En Nico ook.'

Toen ze wegstapte, zei Sjon: 'Dus je komt hier bij ons, jongen. We hebben beneden ruimtes, gangen, een hele ondergrondse stad. We kunnen zelfs de binnenstad in, gewoon onder alles door, helemaal naar de Zuid-Willemsvaart. Dus vóór de negentiende?'

'Als het kan,' zei ik. Ik had al een tijdje niet meer warm gegeten. Spaghetti, tomatensaus, scherp gekruid, korreltjes die deden denken aan gehakt (vlees of vervanger, ik proef geen onderscheid meer).

Sjon zei: 'Je kunt niet meer terug. We moeten iets regelen dat je spullen worden opgehaald. Je kunt je daar niet meer vertonen.'

Hij was even stil en vroeg: 'En je hebt niks gehoord?'

Sjon bedoelde informatie over de daders. Ik schudde mijn hoofd.

'Onverdraaglijk,' zei Sjon. 'Ik zou er niet mee kunnen bestaan, zonder wraak. Jij ook niet, ik zie het aan je kop.'

Sjon had gelijk, maar ik wilde er niet over praten.

Sjon vroeg: 'Je woont nog steeds op de Pettelaar? Tussen je verontwaardigde buren? Je fatsoenlijke buren? Je buren die geen vragen stellen bij wat de overheid doet?'

Ik knikte.

'Daar hoor je niet thuis. Je hoort hier thuis. Iedereen hier is familie. M'n vader was kapot toen jouw vader opeens stierf. Hij zat te huilen als een klein kind. Ze waren broeders, onze vaders. Jij bent familie.' Hij legde een arm rond mijn schouders en zei: 'Wat is er gebeurd, jongen? Wat hebben we laten gebeuren?'

12.9.2044

Anna: het gaat hier anders toe dan bij jou in Vught, of onderschat ik waaraan de fatsoenlijke burgerij zich 's nachts overgeeft? Hier wordt elke nacht in een hal of loods de beest uitgehangen. Ook wordt er onderling gevochten, soms als wedstrijd, soms uitgelokt door dronkenschap, tot bloedens en gebroken botten toe. Bier, pillen, coke, harde muziek, zweet, geilheid. Hoe de lichamelijke activiteiten worden opgewekt, is duidelijk, maar hoe komen ze aan hun spullen? Ik mijd de feestjes. Alleen als Sjon me uitnodigt, kan ik niet wegblijven. Sjon zit ergens te roken of draait een sjekkie, rond zijn voeten bierflessen en lege pindadoppen. Soms spelen we een partij schaak. Of Sjon-zonder-oor doet een poging mij bij te brengen wat het 'vermoeden van Fermat-Catalan' is, een wiskundig vraagstuk waardoor Sjon geobsedeerd wordt. Het heeft iets te maken met de laatste stelling van de zeventiende-eeuwse wiskundige Pierre de Fermat en het vermoeden van de negentiende-eeuwse Belg Eugène Catalan. Het vermoeden van Catalan zou in 2002 zijn opgelost door de Roemeen Preda Mihailescu, maar Sjon is daar ontevreden over, noemt het zwak en beperkt: 'De truc van Mihailescu was om "m" groter te maken dan zes. Maar dat is zelfbedrog.'

25.9.2044

Door watergebrek kan ik me de laatste weken slechts twee keer per week wassen. Snikhete nachten. Er zijn dokters die beweren dat mensen zich te vaak wassen, met te veel zeep, wat de natuurlijke weerstand zou verminderen, dus misschien is het goed voor mijn gezondheid, dat karige wassen. Connie zou het er niet mee eens geweest zijn. Sinds de Dagen van Waanzin heb ik haar niet meer gezien. Ze verbood me haar huis te betreden toen de bedreigingen via e-mail en per post binnenstroomden. Vergeet niet de steen die door een van de ruiten aan de straatkant brak. ss-tekens op de garagedeur. Hakenkruizen. Het was begonnen als onrust tegen buitenlanders, arbeidsmigranten heetten ze opeens; daarna keerde een oude Europese traditie – langzaam maar onweerstaanbaar – terug in de straten en pleinen.

Het is de schuld van de Joden.

Online noemen ze me een 'kutjood', een 'weerzinwekkende zionist'; door links en rechts word ik veracht. Er moest een kapitalistische of marxistische Joodse samenzwering achter zitten, beweerden ze na de rellen, en Nico Levi leidde die. Ik ben het gezicht geworden van desinformatie en ophitsing, van haatpraat, onrust stoken, het ondermijnen van autoriteiten. Ik ben alles wat te veel burgers sinds 2040 verafschuwen: de knuppel in het hoenderhok, de insluiper, de vos. De hoenderen eisten veiligheid. Daarom is het voor de overheid van belang om mij te pakken te krijgen en vervolgens te onderwerpen aan een theatrale rechtszaak, live op alle zenders en internetkanalen, Europa-wijd uitgezonden. Ze denken dat ik kan toveren. Dat ik met magische leugens miljoenen mensen kan ophitsen en ze tot bloedlust kan opjagen. We kunnen dat nooit meer toestaan, hadden ze gezegd, er zijn grenzen aan de vrijheid van meningsuiting, dus moeten we de Europese Commissie ter Bestrijding van Desinformatie in het leven roepen, de ECBD. Liever minder mening dan minder orde, zongen ze in Brussel in koor mee met Vollmer.

28.9.2044

Hoe hebben we het zover laten komen? De welwillenden hebben geknikt, soms haalden ze onverschillig de schouders op of keken ze weg, want de inzet was veiligheid en geborgenheid. Zo is het gegaan. Of ben je het niet met me eens? Ben jij de afgelopen jaren een wegkijker geweest?

We hadden kunnen weten wat we aan het doen waren, lijkt me. Maar we hadden 'vertrouwen'. Dat is de basis van alles, toch?

29.9.2044

Vertrouwen dat de buren – die enge types aan het eind van de straat met die zonen met zware koppen en vuisten met boksbeugels – niet je huis binnenstormen en niet je vrouw en dochters verkrachten en de ogen van je zonen uitsteken.

Vertrouwen in de automobilist die voor je stopt als je het zebrapad oversteekt.

Vertrouwen in de notaris wiens wijsvinger jou handtekening na handtekening laat zetten zonder dat je bankrekening wordt geplunderd, want hij is notaris, en dus volkomen betrouwbaar.

Vertrouwen in de monteurs die met fabelachtige kennis en precisie-instrumenten het vliegtuig hebben onderhouden dat met jou en je geliefden aan boord naar Kreta vliegt.

Vertrouwen in de dokter die jou kalmeert en zegt dat de vaccinatie van je dochter niet tot autisme leidt.

Vertrouwen dat het visje dat de supermarkt als stunt in de aanbieding heeft gevrijwaard is van levensbedreigende *bacteria*.

30.9.2044

In het verleden, als je je eigen streek verliet en te voet of te paard naar een ander gebied trok terwijl je voortdurend een hand op het handvat van het zwaard lieten rusten (als je een zwaard had), was er geen zekerheid dat je met behoud van je ledematen de tocht kon afronden. Dat was toch niet zo gek lang geleden? Nog niet zo gek lang geleden school achter elke boom een verkrachter of rover of moordenaar.

Vertrouwen is een vergif. Vertrouwen is verrukkelijk.

31.9.2044

Ik behoor tot de eerste generatie die 'vertrouwen' dagelijks en ongelimiteerd tot zich heeft genomen, jouw generatie kwam er meteen achteraan. Eenieder die na de Tweede Wereldoorlog is geboren, is mijn medeverslaafde aan vertrouwen. Goed, in onze jeugd bestond het gevaar dat we in een atoomoorlog met de Sovjets binnen een seconde collectief zouden verdampen, wat erg was maar ook weer niet zo erg omdat het iedereen tegelijkertijd zou treffen, jou en mij, en omdat je ervan uitging dat de verdamping zo snel gebeurde dat je het niet bewust zou ervaren. Maar dat gevaar werd geneutraliseerd door iets onwrikbaar hoopvols: het besef te mogen bestaan met de Rolling Stones, Jimi Hendrix, met de films van Fellini en Kubrick en Coppola, de romans van Saul Bellow en John Updike en alle grote schrijvers en filmregisseurs van de twintigste eeuw, van wie velen gecanceld zijn. Ik bevind me in uitmuntend gezelschap, maak ik mezelf wijs. Welke helden heb jij gehad die nu gecanceld zijn? Ik herinner me dat je van Fellini en andere Italiaanse filmregisseurs hield; ze zijn allemaal vergeten of verdoemd, want ze waren fascistoïde vrouwenhaters.

8.12.2044

Ik heb de incidenten beschreven en achter elkaar gezet. Talloze kranten- en blogstukken heb ik geschreven, maar het ordenen en oproepen van de incidenten waren van een andere orde. Ik weet niet of het woord 'incident' klopt, maar ik weet geen beter woord.

Ik wilde het mozaïek van de gebeurtenissen die leidden tot de Dagen van Waanzin voor jou inzichtelijk maken. Sommige voorvallen wist je al, maar je hebt je in het najaar van 2040 teruggetrokken, en uit wat ik over je hoorde – niet veel – begreep ik dat je toen vrij radicaal afstand hebt genomen en je vooral je aandacht richtte op je twee zonen, wat ik volkomen begrijp. In 2040 begon het voor mij pas. Misschien helpt het wanneer je mijn perspectieven en interpretaties kent, met name die over Matthijs en Europa, en als je het niet met me eens bent... misschien kun je me dat op de een of andere manier laten weten.

31.1.2045

Vanochtend vertelden mijn helpers dat een paar buitengebieden in de Franse Pyreneeën na een late opleving van opstandigheid 'tot rust zijn gebracht'; precies wisten ze het niet, omdat de staat de volle breedte van de media filtert, dus niet alleen het internet maar ook print en telefoon en via meeluisterkastjes als Alexa alle conversatie in huis. De Katyusha's konden me niet veel meer vertellen dan dat er geruchten waren over 'totale pacificatie', en dat de Franse autoriteiten tevreden waren nadat vanuit de enclaves opstandjes waren opgelaaid van strijders die er geen moeite mee hadden in een gevecht met 'ordetroepen' ten onder te gaan. Misschien weet jij wat er speelt; welke media vertrouw jij? De standaardmedia? Ga je weleens van het rechte pad af en tast je voorzichtig in de spelonken van de internetonderwereld?

10.1.2045

De ene helft van Europa haat de andere helft, maar er is maar één helft met de macht van de staat, die staat die jij decennia gediend hebt als politiefunctionaris. Vanaf '38-'39 wachtten we op de vonk die het vuur zou laten oplaaien en wat maatschappelijk en wettelijk geoorloofd was – demonstraties, online gescheld en getier – kon verscherpen tot burgerlijke ongehoorzaamheid en daarna, waarvoor iedereen bevreesd was, openlijk geweld.

Zou het vuur in Duitsland ontbranden, in Saksen Brandenburg? Of in Frankrijk, waar de Gele Vesten ondanks de repressie door Parijs de straten bleven opzoeken? Of in Italië? Catalonië? Het werd ons Noord-Brabant. Net als bij de eerste virusgolf.

2.2.2045

De EU doet qua censuur niet onder voor Rusland of China, vond Cor van Rekum, de Waalwijkse rookwarenwinkelier en voetbalfan die een paar keer op mijn weblog de Langstraat gepubliceerd heeft en bij de Dagen van Waanzin door een NAVO-kogel om het leven is gekomen (een officieel onderzoek kon vreemd genoeg niet met zekerheid vaststellen dat de kogel afkomstig was geweest uit een militair wapen).

Nog voor de invoering van de censuur had Cor de positie van politici als volgt geparafraseerd: 'We moeten naar het internet en sociale media kijken met de vraag of ze de verwachting van een gezonde, inclusieve democratie versterken of verzwakken. We moeten het probleem van desinformatie oplossen.' Dus stelden zij vast, aldus Cor, wat desinformatie was, wat een inclusieve democratie was, en wat die kon versterken of verzwakken. Cor had me gewaarschuwd: op een dag word jij veracht, verguisd, verworpen. Cor is dood en begraven, en ik ben van de aarde verdwenen, dus in zekere zin ook begraven.

4.2.2045

Het is denkbaar dat het drama niet in Brabant was uitgebarsten. Maar uitgebarsten was het, daarvan ben ik overtuigd, ergens in Europa, met andere betrokkenen. Het had iets onvermijdelijks, als een donkergrijs wolkendek dat zich ergens – maar vooraf niemand wist precies waar – zou verlossen van talloze tonnen verwoestende hagelstenen. Kapotgeslagen dakpannen, ruiten, afgerukte boomtakken, ondergelopen straten, en vermoeide bomen die in hun val auto's verpletterden. Zo was het een beetje verlopen in dat opgepoetste deel van het vermoeide continent van ons.

5.2.2045

Ons Brabant. Genoeglijk en gezellig door bier zuipende en worstenbroodjes vretende types met hun ongepolijste plattelandsdialect. Het overgangsgebied van het calvinistische naar het bourgondische. Tot voor kort bevolkt door arme agrarische families, daarna een van de welvarendste streken van Europa met Eindhoven als het Nederlandse Silicon Valley. De kraamkamer van bedrijven als Philips en Van Doorne's Automobielfabriek en VDL en ASML, de belangrijkste producent van machines die computerchips maken. Harde werkers, Brabanders, maar ook gezegend met talent voor vertier, rauw vertier vaak; mensen gehard door voorouders die bittere arbeid verrichtten op grond zonder mededogen.

Na de wederopbouw belandde de bevolking van het ene in het andere avontuur. De provincie kon niet lijden aan de wet van de remmende voorsprong, want er was geen voorsprong, dus waren er ook geen remmen. Gewoon keihard doorgestoten naar de wereldtop. En daarna teruggevallen in de armoede, mede omvergeblazen door inflatiegolven. Ik heb het aan mijn uitkering gezien: nette armoede. Als ik geen schrijfklusjes had gehad, was ik op straat beland.

8.2.2045

Inmiddels zit ik hier een vol jaar. Ik ben het gore gezicht van desinformatie, de bedenker van het principe 'Liever laat ik gebouwen afbranden dan mijn vrijheid'.

Over een paar maanden is het honderd jaar geleden dat in Nederland de Tweede Wereldoorlog ten einde kwam. Er zijn herdenkingen gepland. Ik kan het goed uithouden hier, maar ik betreur het dat ik me gedurende die dagen verborgen moet houden.

31.3.2045

In het huidige tijdsgewricht ben ik de stinkjood Nico Levi. Misschien klopt dat ook wel. Ik stink en in de loop der jaren ben ik joodser geworden (een enkele keer heb ik een vrij goed idee wat dat inhoudt, nu ik dit schrijf toevallig niet) dan mijn moeder ooit was; zij was zowel bijgelovig als atheïst, een ontroerende combinatie van eigenschappen. Mijn hartstochtelijk lieve moeder stierf toen haar kleinzoon Max acht was. Gelukkig heeft zij hem mogen meemaken, ze heeft hem gevoed en verschoond en op hem gepast nadat Marian me had verlaten.

Mijn moeder, met een jaar huishoudschool als opleiding, moest gaan werken nadat haar man op de Joodse begraafplaats in Vught – vlak bij waar jij woont – was begraven. Ze klom op tot hoofd van de kledingafdeling van de HEMA op de Pensmarkt, en daar was ze trots op, de nakomeling van zwervende Joden die klusjes deden voor een homp brood of een kilo aardappelen.

Toen ik na het geweld zo sterk in de aandacht stond, werd hier en daar geopperd dat ik de woede van mijn moeder geïnternaliseerd had, dat ik eigenlijk altijd al een boze, verbeten man was die achter elke boom een NSB'er vermoedde, en dat dat allemaal nog erger was geworden door de dood van Max – hij rust ook bij jou om de hoek, bij mijn ouders. Het lag voor de hand, schreven ze, dat ik tegen de heersende orde was. Vind jij dat ook, Anna? Was ik, toen wij nog samen waren, echt zo'n ophitser?

1.4.2045

Ik was het niet vergeten, maar ik heb er niet meer aan gedacht: er was indertijd een dingetje over de vraag of Max als onbesnedene wel in de aarde van een Joodse begraafplaats mocht rusten. Na controle van de joodse status van Marians/Mirjams grootmoeder van moederszijde werd dat goedgekeurd door de joodse autoriteiten – ik stond op het punt om een andere begraafplaats te zoeken en hem in niet-tribale aarde achter te laten, maar de rabbijn draaide bij. Ik erger me er twintig jaar later nog steeds aan.

5.5.2045

Honderd jaar bevrijding van de nazi's. Ik mocht even boven om naar de beeldschermen te kijken. Ze hebben ook hier in De Hambaken vlaggen gehesen, ze zuipen en dansen zich lam, vallen om, kruipen, richten zich op of worden opgehesen, en gaan door met zuipen en dansen. Ik had nu graag op straat willen zijn, op de Markt in Den Bosch, of de Dam in Amsterdam.

17.6.2045

Anna: inmiddels bivakkeer ik veertien maanden in de kelder in De Hambaken. Het is opnieuw een warme zomer. Officieel zeggen ze dat het aan de opwarming van de atmosfeer ligt en dat de mensheid nog hardere maatregelen moet nemen voordat de polen gaan smelten, maar hier in het district beweren ze dat het nepverhalen zijn om iedereen angst aan te jagen en dus te controleren. Ik heb geen aandacht meer voor dergelijke issues. Ik moet schrijven.

Ik weet dat ik al een keer pathetisch ben geweest, en ik doe het nog een keer: jij bent de enige echte liefde die ik heb gehad (even los van mijn vaderliefde voor Max). Ik ben verantwoordelijk voor je vertrek, ook dat weet ik. Ik werd beheerst door de dood van Max en ik had er geen oog voor dat ik je wegjoeg: vanzelfsprekend kon je niet dragen wat ik moest dragen. Ik besefte dat toen het te laat was. En wat ik al die tijd ook wel wist: altijd viel ergens om ons of tussen ons de schaduw van Rudolf, jouw grote liefde.

Negen maanden na de dood van Max vertelde je me dat we elkaar niet meer moesten zien. Je zei: je hebt je in jezelf opgesloten en de sleutel heb je weggegooid, en ook al kan ik zien hoe intens de hel in je zelfgekozen cel is, hoe erg de ramp ook is, ik kan niet meer tegen de deur blijven op lopen. Ik wist dat je geen ongelijk had.

Als ik mijn werk heb afgerond, wil ik je het hele dossier laten lezen – ik kan het niet mailen, iemand moet jou en passant een antieke USB-stick of een andere datadrager in de hand drukken.

2.8.2045

Vandaag is het exact vijf jaar geleden dat de Dagen van Waanzin ontploften. Het noordwesten van Europa staat erbij stil. Er zijn rituelen op de Dam in Amsterdam, en in de steden die het zwaarst getroffen zijn: Den Bosch, Hoorn, Zwolle, Hasselt, Brussel, Reims, Nice. Vrede en rust zijn alleen mogelijk dankzij het effectieve voorkomen van desinformatie, zo klinkt het in redevoeringen. In Hoorn legt de koning een krans bij een nieuw monument op de plek waar ooit het monument van Jan Pieterszoon Coen heeft gestaan, in 1617 de vierde gouverneur-generaal van de Vereenigde Oost-Indische Compagnie. Op het nieuwe monument staat een quote van Mark Twain: *Als je de waarheid vertelt hoef je verder niets te onthouden.* Ik vind het een beetje gekke quote, of ligt dat aan mij?

3.8.2045

Het is twee uur ’s nachts. Het lijkt iets koeler buiten, een briesje meen ik te voelen. Ze leiden me naar de gangen tussen de loodsen en hallen, een netwerk van paden en stegen waarin je zonder precieze kennis van de plattegrond hopeloos verdwaalt. Zoals bij elke wandeling draag ik een hoed om het de drones moeilijk te maken. Ik heb gelezen dat Osama bin Laden hetzelfde deed als hij 's nachts achter de muren van zijn compound in Abbottabad een luchtje ging scheppen – het had hem niet geholpen. Het is heet als een zomernacht in Marokko.

In een steeg tussen blinde muren wacht Sjon-zonder-oor.

'Ik heb niemand gevonden,' zegt Sjon.

'Nee? Het zou gek zijn geweest als het wel was gelukt.'

'De mensen die die computer bedienen worden strikt gescreend, ze krijgen bepaalde minuten, alles staat in logboeken, het is verdomd moeilijk.'

'Toch fantastisch dat je het hebt geprobeerd, makker,' zeg ik.

'Klote. Kom even mee.'

Sjon opent een deur die ik niet had opgemerkt.

We stappen naar binnen en Sjon knipt een lampje aan. Hij steekt een sigaret op. Dat wilde hij niet buiten doen omdat de drones de aansteker en het vuurklompje kunnen zien. Sigaretten kosten een fortuin. Gesmokkeld uit België.

'Ik geloof er nog steeds in,' zeg ik.

'Het zou kunnen. Maar de kans is klein, het is al twintig jaar geleden dat die schoenen verdwenen…'

'De kans is klein,' beaam ik. 'Maar niet nul. Nooit nul. Als die schoenen nooit zijn gebruikt…'

'Of wel. En na een paar maanden waren ze versleten en werden ze in een afvalcontainer gedumpt.'

'Googel tien seconden en dan weet je dat ze bijzonder zijn. Zulke sneakers bewaar je. Daar ga je niet op lopen, die ga je niet verslijten.'

'Of wel.'

'Of wel,' geef ik gelaten toe.

'Hoe oud was hij nu geweest?'

'Vijfendertig.'

'Kut.'

Ik kijk naar zijn sigaret en zeg: 'Ik wil ook roken.'

'Nee. Niet doen,' zegt Sjon. 'Jij bent het soort man dat meteen kanker krijgt.'

'Heb ik iets te verliezen?'

'Je jacht op een paar Crazy 1's.'

'Ja,' mompel ik.

'Ik heb slecht nieuws,' zegt Sjon.

Ik knik, alsof ik het had verwacht, maar ik had niets verwacht. Ik ben aan het schrijven, en wat er verder in de wereld gebeurt kleeft niet aan me, niet meer.

'Ze zijn vanavond Eindhoven binnengevallen.'

'Eindhoven?'

'Ze hebben zes onderduikers gevonden. En een stuk of dertig helpers.'

Ik begrijp wat hij nog niet heeft gezegd: dat ik hier niet kan blijven. Ik vraag: 'Andere districten ook?'

'Eindhoven alleen. Maar misschien hebben ze besloten andere wijken ook uit te kammen.'

Ik voel me opeens belachelijk hulpeloos en breekbaar: 'Kan ik ergens anders heen?'

'We brengen je weg, eind van de week of zo.'

'Hoe?'

'We hebben busjes met verborgen laadruimtes.'

'Waarheen?'

'Waspik. Naar het kamp. We kennen mensen daar.'

'Dat is een klein kamp, toch?'

'Het is de afgelopen tien jaar behoorlijk gegroeid. Een zoon van Cor van Rekum zit daar.'

Cor komt een paar keer in mijn dossier voor: 'Een zoon van Cor? Cor was helemaal oké.'

'Verdwaalde kogel,' zegt Sjon. 'My ass. Ze hebben op hem gericht. Ik heb het van mensen gehoord die erbij waren.'

'Ik sprak hem vlak daarvoor,' zeg ik. 'Hij kondigde het aan, voelde dat het zou gebeuren.'

'Shit en kut,' zegt Sjon.

Ik moet hier vertrekken. Ik ben van Sjon-zonder-oor gaan houden. De gidsen. De kelder. In veiligheid heb ik tussen de Katyusha's kunnen schrijven.

'Vijf jaar geleden,' zegt Sjon.

'Ik weet 't,' zeg ik.

'Een monument in Hoorn hebben ze nu.'

'Ik hoorde 't,' zeg ik.

'Kom,' zegt Sjon opeens met dichte keel. Hij grijpt me beet en drukt me tegen zich aan. Allebei slikken we onze tranen in.

Als we elkaar loslaten, schudden we verlegen en grijnzend elkaars schouders heen en weer, alsof we energie kwijt moeten, wat niet zo is: we zijn doodenge oude witte mannen.

Sjon steekt nog een sigaret op.

Ik zeg: 'Ik dacht… er is een verhaal uit de oorlog…'

'Welke oorlog?' vraagt Sjon terwijl de rook uit zijn mond walmt.

'De Tweede. Over Pieter Haksloot.'

'Familie van Haksloot de juwelier?'

'Ja, z'n oudoom. Pieter Haksloot had op Bijltjesdag twee NSB'ers gegrepen en ze opgesloten in een kelder op z'n boerderij. Het liep daarna helemaal uit de hand. Maar die NSB'ers werden niet gevonden. Misschien zijn er andere familieleden. Die Hakslootsl waren rebellen. Gereformeerde rebellen, de besten. Misschien zijn ze dat nog steeds. Ik dacht die kelder daar… wat denk je?'

1.9.2045

Ik krijg bescherming in de kelder van Marcel Haksloot, een nazaat van Pieter. De kelder – het is in werkelijkheid een bunker die een atoomoorlog kan doorstaan – is koel, een verademing na de kamer onder de hete hangar in De Hambaken.

Marcel is een verbitterde man op leeftijd die gedwongen was zijn boerderij en al het land eromheen op te geven; zeker, tegen een goede prijs, maar de gebouwen en landerijen waren generaties in de familie geweest.

'Wat heb ik aan geld? Wat is geld zonder een zinvolle tijdsbesteding? Waarom zou je opstaan? Gaan slapen? Waarom zou je de seizoenen opgeven, de noden van de dieren? Hoe denk je dat dat is, Levi, het meest basale dat er is: dieren opvoeden en ze opgeven voor de slacht? Waar ben je zo dicht bij geboorte en dood als op een boerderij? Waar heb je zo sterk de behoefte aan de Heer, aan gebed? En nu komt alles uit de fabriek. Nepmelk. Nepvlees. Trouwens, ook het geld is nep. Je hoeft niet te vragen of je hier mag blijven, je móét. Je bent hier veilig, man. Niemand heeft de kelder meer gezien sinds '45. Het is nu een bunker. Maakt niet uit hoelang je blijft. Al blijf je honderd jaar. Zo lang als het moet ben je bij ons veilig. Dat is onze plicht. Ik ben niet meer goed ter been, maar ik heb twee jongens. We maken het in orde, de ouwe Pieter had niets anders gewild. Jij bent een jodenjongen, toch?'

Ik knik.

'Nog beter,' zegt Marcel.

6.10.2045

Marcel is gestorven. Als zijn zonen het me vertellen, ligt Marcel al in de grond. Wat kan ik doen? Ik vraag of ze bij het volgende bezoek een joods gebedenboek meenemen.

18.12.2045

Na het bericht van Marcels dood was ik dagenlang van streek, en ik geef toe: soms zat ik uren te grienen. Ook dat wende. Waarom griende ik? Ik kende Marcel nauwelijks. Ik griende om alles, vermoedelijk.

Ze hebben een gebedenboek gebracht. Ik zeg kaddisj voor Marcel – ik herinner me de klanken van de woorden; ik heb behoefte aan rituelen, in mijn eentje in de kelder.

23.8.2046

Marcels zonen houden me in leven. Eén bezoek per maand. Ze brengen voedsel in weckpotten, gepasteuriseerde melk, thee, oploskoffie, zeep, ze zijn vaag over waar het vandaan komt. Nooit meer vers. Ik kan ermee bestaan, ik was toch al nooit zo van verse groenten en fruit. Niks lekkerders dan een blikje halve perziken op sap van Del Monte, ik zie het etiket zo voor me. Maar die zijn in de EU verboden vanwege de toegevoegde suikers en het onnodige gebruik van metalen.

1.9.2046

Marcels zonen vertellen dat ze een ver familielid hebben dat betrouwbaar is, een politieman genaamd Michiel Jansen. Ook een rebel, maar een stille rebel. Als ik dat wilde, zouden ze hem checken en een keer meenemen, want de verre neef kon misschien brengen wat ik zocht. Ik antwoord: check en check en check nog een keer. Je weet in onze tijd niet meer wie je kunt vertrouwen. Vertrouwen is een begrip dat een gruwelijke inflatie heeft ondergaan.

1.1.2047

Nieuwsjaarsdag. Ik heb gisteravond een flesje bier gedronken. Op het leven heb ik met mezelf getoost, *lechaim*. Ook in mijn bunker krijg ik boeken en dvd's aangeleverd. *The Conversation* met Gene Hackman heb ik al twaalf keer bekeken, en ook vannacht om het nieuwe jaar te verwelkomen.

Als je de film niet kent: *The Conversation* is van maestro Francis

Ford Coppola en gaat over een professionele afluisteraar die ervan overtuigd raakt dat hij zelf wordt afgeluisterd en zijn hele appartement afbreekt om verborgen microfoons te vinden, die hij niet vindt – ook zo'n paranoïde gek die aantoont dat iemand die lijdt aan achtervolgingswaan soms echt achtervolgd wordt, of niet. Misschien lijk ik op de afluisteraar.

Voor mij geen streaming, geen middagen digitaal zwevend over de continenten terwijl ik hier, als het ware, op de bank naast de geraniums zit. Ik heb geen idee welke geruchten op dit moment in de buitenwereld rondgaan. Geruchten muteren net als virussen.

12.1.2047

Terug naar boeken van papier. Terug naar fysieke dingen die je vast kunt houden; zo'n dvd-schijf blijft een magisch voorwerp. Er staat hier ook een stokoude Xbox. Ik ben drie keer gaan racen over beroemde F1-circuits, Monaco, Francorchamps, en ons eigen Zandvoort – de racesport bestaat niet meer. Ik hou mezelf in conditie met een trainingsfiets, om de dag twintig kilometer. Toen ik in het district zat, leidden mijn gidsen me 's nachts door de dreunende wirwar van garages en werkplaatsen, harde muziek, gezang, gebrul, zweet- en seksgeuren walmden door de wanden; ook namen ze me mee naar buiten als er een heldere nacht was en mocht ik naar de sterren staren. Ik heb mijn helpers gevraagd om een telescoop, misschien konden ze iets regelen, zeiden ze. Het is te doen, een bunker, in leven gehouden door helden die jaren gevangenisstraf riskeren als ik door een arrestatieteam zou worden weggesleept terwijl de camera's van de officiële media me *full close* in beeld nemen: daar gaat-ie, de overmoedige ouwe zak die zo nodig verhalen moest verspreiden die onenigheid, onrust, onbehagen, haat uitlokten, nee, de gek die zonder dat hij het wist een opstand had uitgelokt. Let wel: een neergeslagen, vermorzelde opstand, een verlepte Europese Lente.

Soms denk ik: als ik in die dagen en weken na de dood van Europa thuis was gebleven, was er niets gebeurd. Maar ik ben niet thuisgebleven. Ik wilde het weten. Ik kwam het te weten. En ik werd Het Symbool van nep, fake en fraude. Misschien denk jij precies zo over me.

14.1.2047

Een groot deel van mijn leven heb ik mensen professioneel aangesproken; dat zat ook in Max. Hij richtte zich tot mensen die iets ondernamen wat hij verwerpelijk vond. Dat deed Max uit overtuiging, en ook een beetje voor de lol, zeker als hij in het gezelschap van een meisje verkeerde. Een verslaafde die een fietsslot openbrak. Een trutje dat een hemd stal bij de HEMA. In het treinstation van Den Bosch, laat op de avond, was er iets voorgevallen met drie jongens, maar de politie heeft nooit kunnen vaststellen wat er precies is gebeurd. Vage videobeelden, geen getuigen. Nadat hij van de trap was gedonderd, met het tasje met de Crazy 1's tegen zich aan gedrukt, naar de bodem van de stationshal – als een dooie hond die in een greppel werd gegooid –, beukten ze op hem in, ook al lag hij kermend op de grond. Het tasje was uit zijn hand gegleden, uit beeld van de CCTV geslingerd. Max was opgestaan, had zijn fiets gezocht, het kettingslot ontgrendeld, tien meter gefietst, en was op straat gedreund.

Schedelbasisfractuur. Drie dagen met zijn handen in de mijne, mijn domme, machteloze handen. Max bleek een aangeboren 'zwakke' plek in zijn schedel te hebben – echt, 'zwak', zo noemden ze het.

Ik heb het onderzoek voortgezet toen de politie het liet afweten. Ik vond het meisje over wie Max een berichtje had gestuurd.

Net een meisje ontmoet. Ouder dan ik. Ik zei dat de aankoop van de Crazy 1's een daad van bewondering was. Dat vond ze kennelijk mooi. Ze gaf me haar telefoonnummer. Wat moet ik doen? Liegen over m'n leeftijd?

Ik heb Bret Richter gesproken, de verkoper van de Crazy 1's, een Amerikaan met een strafblad.

Vage beelden in de stationshal.

18.1.2047

Ik heb onderzoek gedaan naar de incidenten met Henri Haksloot en Europa Ivanova. Ik vond aanvullende gegevens toen ik nog vrij kon reizen. Toen ik nog vrij kon bellen. Vrij kon googelen. Vrij kon ademen. Tot op 19 februari 2044 in Brussel een nieuw hoofdstuk aan het Europese Wetboek van Strafrecht werd toegevoegd. Duizenden vloggers, bloggers en journalisten werden vervolgd en hun sites werden opgeheven, digitale archieven vernietigd of ergens opgeborgen waar niemand ze kon vinden. En ik, Nico de Armoedzaaier, werd bestempeld tot Europa's desinformatievijand nummer één.

Als ik wat minder nieuwsgierig was geweest, had ik me in het weekend nog rustig in het bed in de bungalow in Loon kunnen uitstrekken in afwachting van Connie, die altijd wat later naar bed kwam en haar rijke kont* naar me keerde als ze me ter wille wilde zijn. Ik ben stom geweest. Maar ik weet niet wat ik anders had moeten doen.

* Is dit seksistisch? Delete het.

2047

Michiel

Op **26 januari 2020** verlieten negen mensen in een Sikorsky S-76B-helikopter John Wayne Airport in Orange County, Californië. Het was zes over negen in de ochtend, een zondag. De helikopter had registratienummer N72EX.

Voor de volledigheid: de S-76B heeft een tweekoppige crew, er kunnen maar liefst dertien mensen mee vervoerd worden. Leeggewicht: drie ton. Meer dan twee ton lading kan worden meegenomen. Aandrijving door twee Turbomeca Arriel 2S2-motoren van Franse makelij. De hoofdmotor heeft vier bladen met een totale diameter van meer dan dertien meter. Maximumsnelheid 287 kilometer per uur. Bereik 761 kilometer. Maximumhoogte 4200 meter.

De bestemming van de helikoptervlucht was Camarillo Airport. Daar zouden de passagiers met auto's worden opgehaald voor een twintig minuten durende rit naar de Mamba Sports Academy in Thousand Oaks, een van de vele welvarende voorsteden van Los Angeles. De vlucht van John Wayne naar Camarillo zou niet langer dan dertig minuten vergen. Ze wonnen anderhalf tot twee uur vergeleken met een autorit op de stille zondagochtend.

Maar er ontstond bewolking, zoals vaak in januari in dit deel van Californië. De helikopters van de Los Angeles Police Air Support Division bleven aan de grond omdat er te weinig zicht was en het wolkendek te laag. Maar de passagiers hadden een afspraak voor een basketbalwedstrijd, en wilden op tijd aankomen.

De helikopter was eigendom van Island Express Helicopters, dat een licentie had voor het vliegen met Visual Flight Rules, oftewel een mooiweerlicentie. Bij vertrek van John Wayne waren de omstandigheden goed, gedurende de vlucht verslechterden ze. De voordelen van de vlucht vergeleken met een autorit werden steeds kleiner door aanpassingen in het vluchtplan.

De helikopter werd begeleid door verschillende vluchtcontrolecentra. Southern California Air Traffic Control was de laatste die met de piloot communiceerde. De heli volgde op zicht de Ventura Freeway West. Om 9.44 uur meldde de piloot aan Traffic Control dat hij boven het wolkendek wilde gaan vliegen en de tocht op twaalfhonderd meter zou voortzetten. De hoogte nam toe, tot opeens de heli snel begon te dalen, zo wees onderzoek later uit. Om 9.45 uur crashte de helikopter tegen een heuvel en vatte vlam. Ofschoon de crash vlak bij bewoonde straten plaatsvond, was de plek lastig te bereiken. De brandweer was de brand rond halfelf meester. De heli had geen zwarte doos aan boord, ook geen stemrecorder. Er waren geen aanwijzingen dat de heli technisch iets mankeerde. Het ging vermoedelijk om menselijke fouten onder snel veranderende weersomstandigheden.

Een van de negen slachtoffers was basketballegende Kobe Bryant. Hij was met zijn dertienjarige dochter Gianna onderweg naar de basketbalwedstrijd van haar team in de Mamba Sports Academy in Thousand Oaks. Bryant zou haar team coachen. Er waren geen overlevenden.

Bryant had zeshonderd miljoen dollar bij elkaar gespeeld. Hij bezat drie huizen. Ze bevonden zich alle drie in het miljonairsstadje Newport Beach, ten zuiden van Los Angeles. Het hoofdhuis had een oppervlakte van dertienhonderd vierkante meter, met elf badkamers, en keek uit over de kust en de Pacific.

Kobe had een open contract met een helikopterservice; altijd stond er een heli klaar, met zijn favoriete piloot, wanneer Kobe een vlucht nodig had. De tijdswinst vergeleken met een autorit was door het weer nihil geworden.

Max Levi was tien jaar oud toen Kobe, zijn held, om het leven kwam in een ongeluk dat alleen de allerrijksten kon overkomen.

De stelling van Nico Levi luidde dat ze de moordenaars van Max konden vinden als ze de specifieke set Crazy 1's zouden traceren die de jongen in 2025 in Breda had gekocht. Dit heette een longshot, oftewel een *Hail Mary*, of gewoon: op hoop van zegen.

Het gevaarlijke aan het onderzoek kwam geheel voor rekening van Michiel: in Charlie, de computer die onder meer beelden van de CCTV's analyseerde, moest de opdracht, een zogenaamde *look-out*, geplaatst worden om naar een paar Crazy 1's uit te kijken. Als een hardnekkige IT'er zou gaan spitten, zou hij de identiteit kunnen vaststellen van de invoerder van de look-out. Dat risico had Michiel Jansen genomen.

Michiel kon jaren de bak in draaien als ontdekt werd dat hij in contact stond met Nico Levi, de verdwenen oproerkraaier. Basketbal zei hem niets, helikoptertechniek wel. Hij wilde Levi bijstaan, dat was alles. Hoewel, alles... de zonen van Marcel Haksloot hadden hem ervan overtuigd dat het het waard was Levi te helpen. Op een dag komt de afrekening, hadden ze gezegd, en aan welke kant sta jij dan? Aan de goede, had Michiel gedacht, hij had veel goed te maken. Maar helemaal zeker daarover was hij niet.

Als het misging, zou hij zeggen dat hij het mysterie van de verdwijning van Levi had willen oplossen, ook al had hij geen autorisatie aangevraagd. Een persoonlijke obsessie. Er bestond een kleine kans dat dit zijn val kon inluiden, maar hij rekende erop dat de sensatie van de mogelijke arrestatie van Levi zou opwegen tegen zijn eigen dubbelzinnige rol. Tegelijkertijd kon hij niet ontkennen dat het fascinerend was om zo dicht bij het mysterie Levi te komen.

Na zijn routeregistratie te hebben uitgeschakeld, na willekeurig door de polder te zijn gereden, plotseling te zijn afgeslagen, te stoppen, terug te rijden, om te keren, de hemel af te speuren op zoek naar loerende drones, meldde hij zich bij de kelder van Nico Levi.

De klop op de drie: drie keer snel, drie keer langzaam, drie keer snel. Het was een vrij zinloos ritueel: waarheen had Levi kunnen vluchten? Er was geen vluchtdeur. Er was maar één deur die toegang gaf tot de kelder, en als daar een arrestatie-eenheid stond die binnen wilde komen, na al of niet te hebben geklopt (met een stormram zouden ze dat doen), dan was Levi *fucked.*

Michiel Jansen was in hetzelfde jaar geboren als Max. Getrouwd, twee kinderen. Als al die jaren geleden Max nooit iets had opgevangen over een Amerikaan in Breda die een collectie sneakers had van topspelers, dan had hij zo goed als zeker zijn vader kleinkinderen geschonken. Michael Jordan, Shaquille O'Neal, Magic Johnson, Larry Bird, LeBron James, de reuzen van het spel, een topcollectie daar in Breda. Het was de bedoeling dat Max, toen nog maar vijftien jaar oud, vergezeld werd door een vriend, want je wist nooit bij wie je terechtkwam, maar die vriend moest opeens mee naar het ziekenhuis voor een bezoek aan zijn oma, die een dag eerder was uitgegleden. Ook dat kwelde Nico Levi, had hij verteld: als die oma overeind was gebleven, was Max met zijn makker op stap gegaan naar Breda, en was de kans op een incident kleiner geweest. Levi had indertijd uitgezocht waarover die oma was uitgegleden: spatwater in de keuken. Nico had Max zelf moeten brengen, maar zijn vriendin had hem nodig. Nico had alles uitgezocht, had hij Michiel laten weten.

Michiel zag er zwaarder uit, zichtbaar boven zijn broekriem, met behulp van een nepbuik. Hij had nepwenkbrauwen opgeplakt, droeg een baseballcap, een nepbril. Hij kende de CCTV's in de wijde omgeving van Levi's onderduikkelder. Ze leefden in een tijd dat de CCTV's elke burger volgden. Wie niets op zijn kerfstok had, had niets te vrezen, dat aanvaardde de meerderheid. Het recht op privacy werd nu beschouwd als iets decadents; iedereen wist dat veiligheid en maatschappelijke rust urgenter waren, en dus werd haatpraat door speciale overheidsdiensten bestreden, het was een van de speerpunten van Brussel. Er was geen cash geld meer, geen zwart geld, geen pinautomaten, geen illegaliteit. Door de alomtegenwoordige CCTV's was het lastig om ongezien van de ene plek naar de andere te komen. Het openbaar vervoer hing vol camera's, elke auto had een kastje dat route en snelheid en CO_2-uitstoot registreerde. Elke burger beschikte over een SeeSee-pasje: daarmee kon je alles doen, en werden al je gegevens in digitale systemen samengevoegd en bewaard. Iedereen was gewend geraakt aan het pasje, voor het OV, voor het afrekenen bij de AH, voor de dokter, voor het bepalen van je CO_2-footprint, in elke uithoek in de EU. Zo zat in 2047 de wereld in elkaar. Michiel had er moeite mee; het moesten de Haksloot-genen zijn. Een lichtpunt was dat mensen toch altijd gaten in de wet wisten te vinden: ruilhandel was terug van weggeweest, zoals in de oertijd en in tijden van oorlog. In enclaves voor Katyusha's weigerden ze SeeSee's en pinpasjes en verliep elke transactie in natura, desgewenst met seks.

Michiel betrad de bunker, een ruimte van vijf bij twaalf meter. Er lag een vloer van namaakhout, het plafond lag onder een meter beton en liet dus geen zucht naar de buitenwereld ontsnappen, in een hoek stond een keukenblok met wasbak, elektrische kookplaat met twee hitte-elementjes, een forse koelkast met een vriesvak, een kledingkast, een boekenkast, in een andere hoek stond een metalen douchecabine. Elektriciteitsgebruik werd gemonitord in verband met de vergroening van de wereld, ook een van de speerpunten van Brussel, dus moest Levi oppassen met de dvd-speler en nooit een paar lampen tegelijkertijd laten branden. De man leefde onder een verlaten opslaghal bij Sprang-Capelle, ooit eigendom geweest van oorlogsheld Pieter Haksloot, die de broer was van Michiels overgrootvader, daarna geërfd door Marcel Haksloot. Marcel had sinds de hervormingen van de landbouwsector een stille maar diepe wrok ontwikkeld ten opzichte van alle politici en alle politieke partijen en alles wat met de 'moderniteit', zoals hij dat noemde, te maken had. Marcels besluit om samen met zijn twee zonen Nico Levi te verbergen was zijn bijdrage aan, zoals hij het had genoemd, 'de illegaliteit'. Zelf had hij zijn huis niet meer verlaten, maar zijn twee zonen brachten elke maand voedselpakketten en boeken en dvd's en dergelijke. Marcel was inmiddels overleden.

'Michiel,' zei Levi opgewekt, 'goed je weer te zien, jongen. Mag ik je een hand geven of moeten we virusbewust zijn?'

Ze gaven elkaar een hand: 'Goed u te zien, meneer Levi.'

Michiel trok de riemen van zijn schouders en zette de rugzak op de vloer.

'Michiel, ik heb thee. Niks anders. Maar wel verschillende soorten.'

'Ik hoef niks. Glaasje water, dat wel.' Michiel keek om zich heen: 'Eigenlijk best wel een goeie plek dit. U overleeft hier wel een bommenregen.'

'Interessante gedachte,' zei Levi, 'maar dat is het laatste waar ik aan denk.'

'Wat doet u de hele dag?'

'Lezen. Schrijven. Films bekijken, series. Allemaal oud werk uit de tijd dat de makers nog vrij waren. *Breaking Bad. The Sopranos. The Wire.*'

'De klassieken.'

'Allemaal gecanceld. Ik heb net een paar uur gewerkt, geschreven. De samenloop van de figuren die op de een of andere manier verweven raakten met de dood van Europa.'

'Matthijs van Dam komt binnenkort vrij,' zei Michiel.

'Zo...' zei Levi. Hij nam de twee glazen mee naar de eettafel in het midden van de kelder.

Michiel zei: 'Het was zijn verhaal tegen het uwe.'

'Iedereen in de media zei: waarom zou hij liegen? Maar hij loog. Veel mensen rondom hem hadden behoefte aan een schuldige zoals hij. Zeven jaar onschuldig in de bak. Uit schaamte. Schuldbesef. Zoiets.'

'Uit schuldbesef,' herhaalde Michiel. Hij kende dat.

‘Er zijn mensen die een heel leven wijden aan schuldbesef,’ zei Levi. Hij zag dat Michiel het glas wilde oppakken: ‘Het is nog heet, laat even afkoelen. Och, je wilde water, sorry.’

Michiel trok zijn hand terug en knikte: ‘Thee is goed.’

‘Ik kook het water altijd.’

Michiel zei: ‘Het moet verschrikkelijk zijn, zo leven hier.’

‘Het eerste jaar was zwaar. Mijn eerste plek was vol afleiding. De Hambaken. Daar kon ik mensen ontmoeten. Hier is het bitter stil. Maar je went. Zelfs aan isolement wen je.’

‘Hebt u met niemand contact?’

‘Alleen je verre neven, m’n redders.’

‘Ja,’ zei Michiel.

‘Heb je nepwenkbrauwen op?’

‘Ja. En een buik.’ Michiel klopte erop.

Nico grinnikte. Hij vroeg: ‘Hoe is het leven buiten?’

Michiel zei, verbaasd over zijn eigen woorden: ‘Best goed eigenlijk. Als je je neerlegt bij de… veiligheidsstaat… dan is het best goed. De meeste mensen zijn er niet mee bezig.’

‘Vrijheid bestond toch al niet in hevige mate voor mensen met een baan, voor ambtenaren, mensen met een pensioen. Die willen zekerheid. En ik begrijp dat.’

‘Ik ben ook ambtenaar,’ zei Michiel. ‘Mijn vrouw ook.’

‘Je zet veel op het spel.’

‘Ter ere van de oude Pieter. Wij zijn niet gemaakt voor pasjes of irisscans.’

Levi vroeg: ‘Het heeft dus geen zin om te verwachten dat mensen toch naar vrijheid gaan verlangen?’

‘Ik weet ’t niet, meneer Levi. Ik denk ’t niet. Als ze met rust gelaten worden, zijn de meeste mensen tevreden. Veilig naar het werk, veilig naar huis, sparen om je SeeSee-budget te verhogen en veilig op vakantie naar Torremolinos of een Turks all-inresort. En daar is toch niks mis mee?’

‘Nee,’ zei Levi, ‘daar is niks mis mee. En toch doe je dit.’

'Ja, ik doe dit,' zei Michiel knikkend. Het was gevaarlijk. En een kick. Het gaf hem een curieus soort voldoening.

'Hoe ingewikkeld was het?' vroeg Levi.

'Niet eenvoudig. Hoewel, wel eenvoudig, maar er zijn continu controles en updates in Charlie en dan kunnen ze ontdekken dat er iets geks in de software zit. Gelukkig zijn er de afgelopen jaren zo veel andere maffe dingen als look-out ingevoerd dat de sneakers een onschuldig bliepje zijn. Er zijn in de EU inmiddels miljoenen objecten waarop de software moet letten. Van motoren tot wieldoppen tot dure vulpennen, juwelen, horloges, van alles en nog wat, gestolen of in verband met een misdrijf. Daar kan best een setje sneakers bij. Je moet een kenner zijn als je weet hoe speciaal die sneakers zijn, ik had ook geen idee. De oorspronkelijke Crazy 1's, met een certificaat gesigneerd door Kobe zelf. Er zijn buiten Nederland nog ik weet niet hoeveel paren in omloop, ook de eerdere die hij droeg, zoals in het eerste seizoen bij de Lakers, de Adidas EQT Elevation die James Carnes ontwierp. Maar die was niet speciaal voor Kobe gemaakt. Een seizoen later droeg hij de Adidas KB8. Vervolgens de Adidas KB8 II en de KB8 III. Daarna kwam de Crazy 1, waarop Kobe zichzelf naar eeuwige roem wierp. U hoort het, ik heb het allemaal opgezocht.'

'En nu ben je gekomen om me te vertellen dat...?'

'Ik ben gekomen om u te vertellen dat er een jongen is opgedoken die een paar Crazy 1's heeft. Hij heeft erover gemaild met een familielid.'

'Ja?' vroeg Levi, bijna zonder stem.

Hij keek Michiel met diepe ernst aan, hij zat opeens te snuiven: 'Het paar van Max?'

'Dat weet ik niet, meneer Levi. Het is het enige paar waarvan in Nederland melding wordt gemaakt. Charlie heeft de term eruit gefilterd. Een jongen van zeventien. Hij zit op het gymnasium in Zwolle, een goeie leerling. Hij wil vliegtuigtechnicus worden. Een hoogbegaafde jongen lijkt hij me. Van Turkse afkomst. Turks-Nederlands.'

'Hoe komt hij eraan?'

'Ik heb wat onderzoek gedaan. Z'n tante had ze op zolder gevonden tussen dingen van haar man. Die was gestorven. Alvleesklier. Hij woonde in Gorinchem, maar tot zijn twintigste in Den Bosch. Was 'n Bosschenaar, tweedegeneratie-immigrant. Strafblad. Serieuze dingen als roofovervallen, een paar keer openbare geweldpleging. Na z'n twintigste kalmeerde hij. Meestal gebeurt dat wanneer er een vrouw in het leven komt. Hij trouwde. Ze kregen twee kinderen. Hij werd loodgieter en bouwde een echt bedrijf op. Geen gedoe meer in zijn leven. Omdat reizen onmogelijk duur was geworden, en ze in de buurt van haar ouders wilde wonen in Nijmegen, verkocht z'n weduwe het bedrijf en hun huis. Ze ruimde de zolder op en kwam in een plastic tasje een schoenendoos tegen. Gaf de ongebruikte sneakers weg aan haar neefje in Zwolle.'

Michiel wachtte op een reactie van Levi.

Levi bleef lang stil en zei: 'Je moet weten, Michiel, ik heb me als wraak altijd een bloedbad voorgesteld. Maar een jongen van zeventien. Net zo onschuldig als Max. Er waren bij de dood van Max drie figuren gezien.'

'Ik vond jeugdfoto's van de loodgieter in de cloud van z'n weduwe. Daarna ben ik teruggegaan naar het beeldmateriaal van 2025, de opnames van de CCTV in het NS-station van Den Bosch. Met de software die we nu hebben kon ik de oude video bewerken en het gezicht van de loodgieter reconstrueren, ik wist waar ik heen moest werken, want ik had jeugdfoto's. De vraag was: wat betekende dat voor de twee andere gezichten?'

Michiel boog zich naar de rugzak, trok er twee A4-printjes uit en legde die op tafel. Nam eindelijk een slok thee.

Levi schoof ze dichterbij en boog zich over de prints. De mannen in het station.

Michiel zei: 'Ik heb ze geprint op een printer die niet traceerbaar is. Ik wilde ze niet uploaden, alles wordt gefilterd.'

Stationsbeelden. Vroeger niet te ontcijferen, maar de technologie had sprongen gemaakt. Het was een kwestie van tijd geweest – tweeentwintig jaar – voordat de gezichten zichtbaar werden. Nu werden ze onthuld. De drie jongemannen die vermoedelijk de dood van Max op hun geweten hadden. Rond de twintig.

'Wie is de Turkse man die overleden is?'

'Hij hier. En twee Nederlanders. Hollanders. Ook de Turk is natuurlijk Nederlander.' Michiel wees: 'Hij is de man die gestorven is, Serdar Aksoy. Dit is Joost Meerman. En dat is Kees van de Ven.'

Weinig uitzonderlijke gezichten. De Turkse jongen had herkenbare etnische trekken, de Nederlandse jongens waren net zo etnisch herkenbaar, allebei lang en blond.

'Ik heb altijd gedacht dat het Marokkanen waren,' zei Levi. 'Een vooroordeel, besef ik nu. 'n Beetje begrijpelijk was dat, dat ik dat dacht, vergeef me. Waar zijn die twee?'

'Van de Ven woont nog steeds in Den Bosch. Meerman in Apeldoorn.'

'Wat doen ze?'

'Meerman heeft een drankenhandel. Daar wordt veel geld mee verdiend tegenwoordig. En Van de Ven zit sinds een aantal jaren in de zorg. Daarvoor had hij een schoonmaakbedrijf.'

'Zorg?'

'Palliatieve zorg. Hij begeleidt stervende mensen.'

'Zo... Wie was de meest gewelddadige?' vroeg Levi.

'Als je de video terugkijkt, en dat heb ik tientallen keren gedaan, dan is hij het, Van de Ven.'

'Hij begeleidt nu stervende mensen, zeg je.'

'Hij heeft z'n leven gebeterd. Enorm gebeterd.'

'Getrouwd?'

'Twee jonge kinderen. Z'n vrouw is doktersassistente, ze is een stuk jonger. Haar ouders waren vluchtelingen uit Kazachstan. Ze zijn geliefd in de buurt.'

Levi bekeek langdurig de afbeelding van Van de Ven.

'Dus toen,' zei Levi, 'de tijd van dit portret van hem, gemaakt door een CCTV met slechte software op het treinstation van Den

Bosch, dus toen was hij een schoft. Dreef hij Max de afgrond in, letterlijk de afgrond, vanaf de hooggelegen passage in het station naar de begane grond, fatale meters verschil. Ik zie gek genoeg geen haat in z'n ogen. Dun snorretje. Max had hem niet mogen tegenkomen. Max met bravoure. Vijftien jaar oud. Max zou de wereld even in orde brengen, ook de wereld van het NS-station in Den Bosch. Mijn god… o mijn god…'

Opnieuw bleef Levi secondelang stil, zijn blik onbereikbaar. Hij vroeg: 'Kun je op een veilige manier thuiskomen?'

'Ik heb het goed geregeld,' antwoordde Michiel. Kennelijk wilde Levi nu alweer van hem af. Dat begreep hij wel na de confrontatie met de daders. Vermoedelijke daders.

'Weet je,' zei Levi, en daarna, pathetisch: 'Ik moet wraak nemen, alles in het universum smeekt daarom. Ik moet rechtzetten wat verbogen is, helen wat verminkt is, verenigen wat verscheurd is. Dat moet.'

Michiel wist niet hoe hij op die woorden moest reageren.

Levi vroeg: 'De adressen van Meerman en Van de Ven?'

'Op de achterkant.'

Levi draaide de printjes om.

Michiel legde nog twee printjes op tafel: 'Hier Meerman met zijn gezin, daar Van de Ven met vrouw en kinderen.'

Glimlachende mannen, liefdevol naast hun echtgenotes, zorgeloze kinderblikken.

Levi bleef kijken.

Michiel zei: 'Ik heb het uitgezocht. De rest is aan u.'

'Ja,' zei Levi.

'De spullen waar u om vroeg,' zei Michiel. Hij haalde ze uit de rugzak. Belachelijke spullen.

Levi nam ze in ontvangst, legde ze op tafel: allereerst een pruik van lang blond haar, onmiskenbaar gemaakt van goedkoop synthetisch materiaal. Vervolgens een donkerblauwe jurk met een bloemetjesprint, een beha, platte zwarte vrouwenschoenen, make-upspullen.

Michiel kon het niet voor zich houden: 'Allemaal de juiste maat. Maar... is dit verstandig, meneer Levi?'

'Je neven vertelden dat mensen de CCTV's aan het saboteren zijn. Ook met dit soort dingen.'

'Maar moet u dat doen?'

'Hoe moet ik anders naar buiten? Ze vertelden dat er bosjes mannen rondlopen met pruiken en jurken.'

'Maar u?'

'Ik moet naar buiten. Zeker nu ik dit weet.' Hij liet een blik vallen op de prints, bekeek daarna de pruik en vroeg: 'Wat weet jij van vermommingen?'

'Veel mannen identificeren zich nu als vrouw.'

'Ik wens ze geluk,' zei Levi. 'Maar die mannen doen dat niet als vermomming. Het is ernst voor ze.'

'De keuze is aan u.'

'Ja. Heb ik een andere optie? Zeg 't maar.'

'Het is waar, op dit moment kunnen de CCTV's veertig procent van de mensen niet identificeren. Het begon bij de introductie een paar jaar geleden met vijfentachtig procent. Dat is dus minder geworden. Niet meer, maar minder. Er zijn mensen die alles in het werk stellen om identificatie te frustreren. Die plakken allerlei dingen op hun gezicht om identificatie te voorkomen.'

'Deze veertig procent is dus het deel van de bevolking dat alles doet om aan de regels te ontkomen.'

'Klopt,' zei Michiel. 'Daar is de overheid mee bezig. De straffen ervoor zijn licht, en ze praten erover die te verzwaren.'

'En zestig procent *doesn't give a fuck*,' zei Levi.

'Het hele systeem is erop gericht die veertig procent in toom te houden. Voor hen bent u *the man*.'

'Werkt die rommel of niet?' vroeg Levi. Hij bedoelde de vermommingsmiddelen.

'Bij een hoop mensen wel. Maar er is geen garantie. U kunt eruitzien als een... vrouw of trans op leeftijd. Of u kunt eruitzien als

Nico Levi die met een slechte vermomming probeert te ontkomen.'

'Hebben ze al geprobeerd deze spullen te verbieden?'

'Er is een illegale handel in vermommingsmiddelen, ook elektronisch zijn er apparaatjes die storen en ontregelen. Ruilhandel allemaal, want er is geen cash geld. Er wordt gesmokkeld bij het leven.'

'Er blijven altijd groepen die de gaten zoeken,' zei Levi. 'Gelukkig.'

'De software weet geen raad met non-binaire dingen zoals een man met baard die zich identificeert als vrouw. Met lipstick. Een week later zonder baard. Mascara, aangeplakte wimpers. Dan weer niet. Fluïde als water.'

'Fluïde,' mompelde Levi. Hij schudde zijn hoofd. 'Misschien moet ik binnenblijven en hier doodgaan.'

'Die keuze kan ik niet voor u maken,' zei Michiel. 'Maar als u echt naar buiten wilt... ik raad u aan dat niet te doen, maar wat u ook gaat doen, trek een jurk aan.'

Levi grinnikte.

Michiel vervolgde: 'Ik weet dat het belachelijk klinkt voor een traditionele cisman zoals u. Hier een pas. Niet vals, hij is van iemand die echt bestaat. Een man die in transitie is. Een dwarse vrijheidsdenker, zoals u. Er bestaat een heel circuit van mensen die pasjes uitwisselen.'

'Wat gaat die jongen in Zwolle met de sneakers doen?'

'Hij vroeg z'n tante of hij de schoenen mocht verkopen.'

'Wat zei tante?'

Michiel stond op en zei: 'Ze had er geen problemen mee. Hij gaat ze op eBay zetten.'

Levi liep om de tafel heen en omarmde hem, klemde hem tegen zich aan, hield hem zelfs enkele seconden vast. Michiel liet hem begaan en wachtte tot zijn greep afnam.

Toen dat gebeurd was, liep Levi terug naar zijn stoel en zei: 'Ik wil een wapen.'

Michiel keek hem verrast aan: 'Een wapen? Vuurwapen?'

'Ja,' zei Levi.

'Of ik even een vuurwapen kan regelen?'

'Ik denk dat jij dat kunt, Michiel.'

'Ik denk niet dat dat gaat lukken, meneer Levi.'

'Een Beretta wil ik.'

'Een Beretta?' Michiel schudde zijn hoofd. 'Omdat Henri Haksloot er een had?'

'Die Beretta was van jouw voorvader Pieter Haksloot.'

'Waarom? Wat gaat u doen?'

'Wat denk je? Waarvoor is dit gedoe allemaal? Sneakers. Crazy 1. De namen die je hebt gevonden. Die belachelijke pruik.'

Michiel kon niet reageren.

Levi zei: 'Ik moet iets rechtzetten. Dat gaat niet zomaar. Ons leven bestaat uit rituelen en symbolen, jongen. Ik heb een Beretta nodig.'

19 april 2025

Max

Het was zaterdagmiddag. Max had zijn huiswerk gedaan en daarna met een paar buurtjongens getraind bij de basketbalring in de grote tuin van Peters huis aan de Wagnerlaan, en om de een of andere reden was het normaal geworden, een ritueel, dat ik vervolgens boterhammen voor hem maakte. Mayo op het brood, een plak kaas, avocado en tomaat erbovenop. Het is een ritueel van niks, maar het bood diepe voldoening. Je kent dat gevoel, toch?

Max stond naast me met zijn rug tegen het aanrecht en keek toe hoe ik de boterham opbouwde. Max was tot twee jaar terug kleiner geweest dan zijn leeftijdgenoten, hij had er zich zorgen over gemaakt, maar hij was aan een indrukwekkende groeispurt begonnen en hij was inmiddels twee centimeter langer dan ik. Hij kon er nog wel een paar bij krijgen, had de dokter gezegd. Max hoopte dat hij lang genoeg werd om op het court een bijrolletje te krijgen. Hij had snelle en beweeglijke voeten, had een goed oog, en zijn armen en schouders werden steeds sterker en soepeler.

Ik zei: ‘Dit is geen boterham maar een sandwich.’

‘Wat is het verschil?’

‘Ik heb geen idee, maar het voelt anders. Feestelijker.’

‘Chill,’ zei Max.

‘Chill en niks anders.’

‘Pap… Peter vertelde net, hij kan straks niet.’

‘Nee. Waarom niet?’

'Iets met z'n oma. Die is gisteren gevallen en ligt nu in het ziekenhuis.'

'Wat heeft dat met Peter te maken?'

'Hij moet met z'n ouders mee. Hij is de enige kleinzoon.'

'In je eentje naar Breda?'

'Dat is levensgevaarlijk, ja.'

'Je weet niet waar je terechtkomt. Je hebt veel cash op zak.'

Max had vijfhonderd zelf verdiend bij New York Pizza, ik had er hetzelfde bedrag bij gelegd, alvast voor zijn verjaardag. Groot cadeau.

'Niemand ziet dat aan me.'

'Is het ernstig met die oma?'

'Ze heeft een gebroken heup.'

'Vraag een andere vriend. Vraag Matthijs.'

'Die zit helemaal in Vught. En hij heeft huisarrest.'

'Daar heeft Anna niets over gezegd,' zei ik. Normaal deelde ze met mij de hoogte- en dieptepunten in het bestaan van haar zonen.

'Ik kan dit heus wel, pap.'

'Weet je genoeg om te kunnen vaststellen of ze echt of nep zijn?'

'Ik weet alles.'

Ik gaf hem het bord aan. Max ging aan tafel zitten, hapte in de boterham en schonk tegelijkertijd een glas melk in, alles in de hoogste versnelling alsof hij haast had, razende puberhonger die snel moest worden gestild.

Ik kon hem niet alleen laten gaan. Ik zei: 'Ik ga mee. We nemen de auto.'

'Papa, dat hoef je niet te doen.' Hij klokte de melk weg. 'Je zou toch naar Anna gaan?'

'Ik bel haar en zeg dat ik later kom. Hoe laat moet je in Breda zijn?'

'Negen uur,' zei Max, zich bijna verslikkend in de melk.

'Waarom zo laat?'

'Dan is die man op z'n werk. Hij wil dat ik daarheen ga.'

'Goed. Dus we zijn uiterlijk tien uur terug?'

'Wil je dit echt, papa?'

‘Nee. Wat is willen? Maar ik laat je niet alleen gaan. Je hebt duizend euro bij je!’

‘Wel tof dat je dit doet.’

‘Maar vraag die man of acht uur ook kan.’

‘Ik zal hem bellen.’

Max spoelde zijn bord af en wilde weglopen.

‘In de afwasmachine,’ gebood ik terwijl ik met een notitieboekje aan tafel ging zitten. ‘Ik ga nu boodschappen doen. Interesses?’

‘Wat jij lekker vindt, pap.’

‘Oké.’

Max schoot naar zijn kamer.

Ik onderzocht de koelkast, noteerde wat ik moest inslaan, en bij het verlaten van onze flat, in een zijstraat van de Pettelaar in Den Bosch, belde jij.

‘Je komt toch vanavond?’ vroeg je.

‘Dat was de bedoeling, ja.’

‘Ik ben er pas na twaalven, maar je moet wel komen, want ik kan geen oppas krijgen voor Rick.’

‘Ik had net Max beloofd om met hem mee te gaan naar Breda.’

‘Hè, shit,’ zei je.

‘En Matthijs dan?’

‘Die heeft een feest op het Maurick vanavond.’

‘Hoe heet dat meisje dat jij altijd…?’

‘Vera. Die heeft griep. Romeijn ook. En de meiden van het Maurick gaan allemaal naar het feest, griep of niet.’

Ik zei: ‘Ik ben even in de war, An. Wij zouden vanavond toch bij jou…?’

‘Het schema is omgegooid. Ik heb vanavond dienst, hoorde ik net. Iedereen heeft griep, de halve stad heeft griep. Allemaal een laat effect van covid, zeggen ze. Maar nu ben ík in de war: jij gaat straks naar Breda, zeg je. Je zou toch bij mij komen?’

‘Ik wilde je net bellen om te zeggen dat ik wat later zou komen omdat ik met Max meega voor die schoenen.’

'Die schoenen,' verzuchtte je. 'Goed, we kunnen dus allebei niet, maar toch moet ik iemand hebben voor Rickje.'

'Shit,' zei ik. 'Ik zou wel willen oppassen, maar dan moet Max alleen met de trein naar Breda. Met duizend euro in z'n zak.'

'Dat kan niemand zien,' zei je.

'Dan moet ik het terugdraaien,' zei ik.

'Als je het beloofd hebt is dat kut voor hem. Ga met hem mee.'

'Ik heb het beloofd.'

'Laat zitten,' zei je. 'Ik bel wel wat mensen. Er moet toch vanavond ergens in Vught een eenzaam meisje te vinden zijn? Of gaan ze allemaal naar dat feest?'

Ik somde op: 'Zuipen, dansen, blowen, en additionele handelingen.'

'Het zijn kinderen.'

'Gevaarlijke pubers.'

'Hoe laat ben je terug uit Breda?'

'Tien uur.'

'Kom je dan?' vroeg je. 'Als ik een oppas heb, dan kan ze op tijd naar huis.'

'Ik ben er dan. Wat is er met Matthijs? Max zei dat hij huisarrest had maar toch naar dat feest gaat?'

'Ik kan hem daar niet weghouden, dat zou zoiets als de doodstraf zijn, maar verder, ja, dat is waar. Ik vertel het je later wel.'

We verbraken de verbinding. Ik liep terug de flat in en klopte hard op de gesloten deur van de kamer van Max. We hadden een tweekamerflat van zestig vierkante meter, klein, gezellig, overzichtelijk, meer meters kon ik me niet veroorloven.

'Deur is open!'

Ik opende de deur en bleef op de drempel staan.

Max lag op bed, koptelefoon op, en bladerde in een sporttijdschrift. Hij keek op, schoof de schelpen van zijn oren, en zei: 'Chips en kano's, pap.'

'Kano's?'

‘Die dingen, hetzelfde als gevulde koeken maar dan anders.’

‘Maar dan anders,’ zei ik knikkend. ‘Anna belde net. Schemagedoe en ze heeft geen oppas vanavond.’

‘En Matthijs?’

‘Feest op het Maurick.’

‘Daar heeft-ie niets over gezegd, wat een zak.’

‘Jij zit niet op het Maurick.’

‘Iedereen sneakt daar naar binnen. Je hebt geen idee. Je hoeft echt niet mee, pap. Die Amerikaan zie ik in het midden van de stad, er kan echt niks gebeuren. En het is een treinrit van niks.’

‘Ik moet wel het adres hebben,’ zei ik.

‘Natuurlijk.’

‘Vind je het echt niet erg?’

‘Pap, ik ben vijftien, niet vijf.’

‘Dus nog steeds onnozel,’ zei ik grijnzend.

‘Dank voor het compliment.’

‘Ik ga toch met je mee. Anna heeft een probleem, niet ik.’

‘Doe haar een plezier. Ze is dol op je. Ik ben echt blij dat het goed gaat tussen jullie. Ik heb ’t mama verteld, dat jullie zo gelukkig zijn, zo verliefd doen.’

‘Wat zei mama?’

‘Ze zei dat het tijd werd dat je gelukkig werd.’

Ik zei: ‘Ook als ze iets aardigs zegt zitten er glassplinters in.’

‘Ze gaan naar Frankrijk verhuizen, in het zuiden, naar een huis met zwembad.’

‘Mag je komen?’

‘Deze zomer ga ik er een week naartoe. Oké?’

‘Natuurlijk oké.’

‘Met de trein.’

‘Ga dan samen met Peter.’

‘Z’n ouders zijn nogal zeikerds.’

‘Matthijs, misschien?’

‘Is ook chill.’

‘Dus je vindt het niet erg om alleen naar Breda te gaan?’

‘Nee! Ga op Rick passen!’

‘Ik ga nu boodschappen doen.’

‘Chips en kano’s.’

‘Begrepen,’ zei ik.

Ik belde je terwijl ik naar buiten liep. ‘Ik pas op Rick, Anna.’

‘Echt waar?’

‘Ik maak wat te eten voor Max, hij neemt straks de trein.’

‘Wat fijn, ik was al aan het bellen om het schema nog een keer op z’n kop te zetten. Ben je er voor acht?’

‘Ik ben er.’

‘Wat fijn,’ zei je.

‘Ik reken wel op een beloning,’ liet ik me ontvallen. Je weet dat ik altijd voorzichtig was met dat soort intieme, volgens jou vulgaire suggesties.

Maar deze keer schrok het je niet af. ‘De beloning zal rijk zijn,’ beloofde je.

Ik maakte een pan vol bolognese, waarvan Max twee borden in hoge snelheid weg schrokte. De rode saus op zijn lippen.

Ik waarschuwde dat ik straks vermoedelijk niet thuis zou zijn.

‘Maakt niet uit, pap,’ zei Max smakkend.

‘Vergeet de sleutel niet.’

‘Vergeet ik die ooit?’

‘Heb je je telefoon bij je?’

‘Never leave home without it,’ zei Max.

‘Let je een beetje op?’

‘Totaal.’

En tien minuten later: ‘Tot straks, pap. Of tot morgen.’

‘Tot snel, Max. Voorzichtig.’

Ik zag hem buiten wegfietsen toen ik op het balkon stond. Max draaide zich even om en zwaaide, want hij wist dat ik hem nakeek, dat deed ik altijd.

Om acht uur was ik in Vught. Rick was inmiddels twee jaar aan me gewend geraakt. Het jongetje had niks met basketbal, maar wel met dammen en schaken. Nadat je was vertrokken, deden we een paar rondes tot hij moe was. Hoe ik naar hem keek? Ik vond hem een gevoelige jongen, intelligent, een beetje introvert en dromerig.

Nadat ik Rick nog even voor de sterrenkijker had gezet – we hadden mazzel en zagen de vallende sterren van de Lyriden-meteorenstroom – en hem naar bed had gebracht, keek ik nog even of er iets op tv was wat ik wilde zien. Weinig. Ik had in jouw huis een werkkamer, maar ik bleef in de keuken, opende mijn laptop en schreef verder aan het stuk over de nieuwe Hockney-expositie in het Noordbrabants Museum dat komende zaterdag in de krant moest staan.

Max stuurde me opeens een berichtje over een meisje dat nogal onder de indruk was van een opmerking die hij had gemaakt: een daad van bewondering, had hij gezegd. Het vertederde me, en ik antwoordde: *Doe wat je moet doen. Een daad van bewondering. Ik weet niet of dat taalkundig klopt. Maar het klinkt mooi. En als je er een meisje mee verovert helemaal! Dat telt! Morgen gespreksstof te over!*

Om kwart over twaalf werd de voordeur geopend, ik hoorde onrustige voetstappen, daarin klonk het al.

Je kwam binnen, gevolgd door een politievrouw in uniform.

'Nico,' zei je, 'Nico…'

Je bleef staan, tranen over je wangen.

Meteen was mijn keel droog, ik vroeg: 'Wat is er? Matthijs?'

Je schudde haar hoofd.

'Max?'

'Max,' zei je.

'Wat?'

'Hij is naar het Jeroen Bosch gebracht.'

Ik kon de wereld een moment niet aan, ik sloot mijn ogen: 'Waarom?'

'Hij is… in een gevecht terechtgekomen, op het station. Den

Bosch. Hij is slecht terechtgekomen. In de hal. Viel daarna van zijn fiets.'

Ik stelde de meest absurde vraag die ik kon bedenken, een vraag die geen bestaansrecht had, nog steeds met gesloten ogen: 'Leeft hij nog?'

'Ja.'

Ik keek je aan – weet je nog? – met ogen die smeekten om hoop: 'Ernstig?'

'Ernstig, ja. Hij wordt nu onderzocht. Joke blijft hier voor Rick. Ga je mee?'

2047

Anna

Liefste Anna,

het dossier lijkt me voorlopig voldoende breed. Ik heb een plan over de manier waarop het bij jou komt. En misschien, heel misschien, is het voor jou de aanleiding me te bezoeken. Ik weet, dat is niet zonder gevaar. Als je dat niet doet, heb ik er alle begrip voor. Maar misschien durf je het aan.

Je Nico

Levi Paragraaf (19 april 2044) – Het met terugwerkende kracht strafbaar stellen door de EU van de desinformatie die de aanzet had gegeven tot het geweld gedurende de Dagen van Waanzin (zie Dagen van Waanzin, 2-18 augustus 2040). De Nederlandse journalist Nico Levi (zie Levi, N., 1975-2048) werd gezien als een van de hoofdverspreiders van de desinformatie.

DEEL 2

2047

1

In de keuken nipte Anna aan een kop verse koffie en vroeg zich af wat ze voor Matthijs zou koken toen op haar telefoon een berichtje verscheen van Salma Aziz. Salma was geen OvJ meer maar was gepromoveerd tot hoofd van de Veiligheidsregio Midden-Brabant en daarmee tot lid van de hoogste bestuurslaag van het land.

Salma vroeg of ze kon bellen.

'Tuurlijk,' tikte Anna in.

Waarover? Matthijs? Zat hij toch in de knoei?

Drie tellen later belde Salma, ze riep joviaal: 'Hé meid, hoe gaat 't met je pensioen?'

'Hoi, Sal. Ik had op m'n dertigste met pensioen moeten gaan, besef ik nu. En jij? De meisjes?'

'Die gaan allang naar school. Nog even en ze vragen om de pil. Jij hebt alleen jongens, een stuk rustiger, lijkt me.'

'Nou...' zei Anna.

'Sorry, Anna, dat kwam er iets te snel uit, excuses.'

'Ik neem je niks kwalijk.'

'Ik wil het even ergens over hebben. Het heeft niks dringends, maar ik wil er toch met je over praten. Heb je morgen ergens tijd?'

2

Iedereen had een dode hoek, oftewel een plek in of rond zijn huis waar de elektronische zeef machteloos was. Daar werden vertrouwelijkheden, geheimen, intimiteiten uitgewisseld. Zelfs in het gebouw waar ze een gigantische staf leidde voor het reguleren van het gedrag van een miljoen mensen, wist veiligheidsvrouw Salma een dode hoek.

'Ik weet wat er gaande is,' zei Salma toen ze met een beker koffie in de hand de kelder in liepen van het Bossche gebouw van het ministerie van Veiligheid. 'Ik doe er zelf aan mee. Er is ruilhandel, mensen vinden altijd een manier om aan de verordeningen te ontkomen. Ik doe 't zelf ook. Maar de afwijkingen blijven beperkt, een cijfertje in de marge. Het terugdringen van suiker- en vetconsumptie is een weergaloos succes. Zo mag je dat toch zien? De mensen hebben er toch zelf voordeel van?'

'Een beetje dwang is niet erg,' zei Anna, ook al wist ze niet zeker of dat waar was. Ze wilde Salma niet tegenspreken. Ze maakte zich zorgen over dit gesprek omdat ze zorgen had over Matthijs.

Een hok in de enorme kelder onder het pand. Misschien wel honderd hokken met wanden van kunsthout. Er waren meer mensen die zich aan de controles onttrokken. Niemand keek ervan op dat de baas ook in afzondering wilde praten. Vouwstoelen, zoals thuis. Heel Nederland had een dode hoek gevonden en trok er zich terug als camera's en microfoons gemeden moesten worden. Dat dit hier mogelijk was, in een overheidsgebouw, kalmeerde Anna; ook hier bleven ze menselijk.

Toen ze zaten en hun telefoons in 'de pan' hadden gelegd – de pan was de loden box die connectie met drones, masten en satellieten onmogelijk maakte, in elk hok stond er een op tafel –, zei Salma: 'Michiel Jansen. Uitstekende rechercheur. Hij staat op de lijst om hoofd van de afdeling te worden.'

'Wat leuk,' zei Anna. 'Goed gezien. Michiel is top.' Zo nu en dan wisselde ze een berichtje met Michiel, maar ze had hem al jaren niet gezien.

Salma zei: 'Hij heeft alles in huis, is analytisch, energiek, sociaal. Toen ik nog officier was heb ik heel prettig met hem gewerkt.'

'Dus...?' zei Anna.

'Ja, dus... dus eigenlijk is er niets wat ons tegenhoudt om hem te benoemen.'

'Benoem hem! Maar we zitten niet voor de lol in deze kelder?'

'Ik ga hier soms een paar keer per dag zitten. Ook in m'n eentje. We hebben het al lang in kaart gebracht, al die plekken waar mensen even willen schuilen. Hoe noemen jullie het thuis?'

'Wat?'

'Een plek waar je je onttrekt aan controle?'

'Hoe noem jij het?' vroeg Anna.

'Thuis noemen wij het "de cocon". We gaan even de cocon in.'

'Dode hoek. Zo heet het bij ons,' zei Anna.

Ze glimlachten naar elkaar. Anna wist niet of ze zo open had moeten zijn. Was Salma nog te vertrouwen? Toch wel?

'Michiel is jouw jongen. Jij hebt hem opgeleid,' zei Salma.

'Ja.'

'Wat weet jij van basketbal?'

'Basketbal? Niks. Wat bedoel je?'

'Michiel is een basketbalfreak.'

'Echt? Ik herinner me niet dat hij het daar ooit over heeft gehad. Of misschien ook wel. Ik weet 't niet.' Ze moest voorzichtig zijn. Zich op de vlakte houden tot Salma iets meer had onthuld. Anna kreeg hier nu al de zenuwen van.

'Basketbal,' herhaalde het hoofd van de Veiligheidsregio. 'Dit gaat over niks. Een klein... oneffenheidje. Maar ik moet dit wegstrijken. Het gaat om een belangrijke functie. Basketbal. Kobe Bryant, zegt je dat wat, die naam?'

'Een basketballer,' zei Anna.

'De man is om het leven gekomen bij een ongeluk met een helikopter, met een paar andere mensen, z'n dochter ook, echt gruwelijk. In 2020.'

'En hoe komen we van Kobe Bryant naar Michiel Jansen?' vroeg Anna.

'Wat ik ervan heb begrepen is dat die beroemde basketballers, die acrobatische reuzen, contracten hadden met de producenten van sportschoenen, van de sneakers die ze droegen. Daar kregen de sporters veel geld voor. Kobe Bryant droeg in het jaar dat hij zijn club kampioen maakte een bepaald soort sneaker, en die heette de Crazy 1.'

'Crazy 1?' Anna wilde niet dat Salma merkte dat zij wilde gillen van ellende.

'Crazy 1,' verzekerde Salma haar.

Anna slikte en zei in het wilde weg: 'En nu wil je kijken of je zo'n paar te pakken kunt krijgen voor Michiel?'

'Nee. Het zou best een leuk gebaar zijn als we ons dat konden veroorloven. Die schoenen zijn een klein fortuin waard, als ze origineel zijn en als ze de handtekening van Kobe Bryant hebben.'

'Wat wil je zeggen?' vroeg Anna.

'Michiel heeft in onze systemen een zoekoptie verwerkt, een jaar geleden, naar een paar Crazy 1's.'

'Een look-out?'

'Ja.'

'Dat is het?'

'Dat is het,' zei Salma knikkend.

Anna wilde dit potentiële gevaar voor altijd neutraliseren: 'En daar maak jij je zorgen over? Een look-out-optie voor een paar basketbalschoenen? Dit gaat toch over niks?'

'Het hoort niet. Hij wordt commissaris. Hij hoort brandschoon te zijn.'

Michiel was niet brandschoon. Er kleefde een vuiltje aan hem dat te maken had met Matthijs en Ropa, van lang geleden. Michiel had dat weggemoffeld. Was Salma dat op het spoor? Nee, onmogelijk.

Ging dit over Nico Levi? Niet een vuiltje maar een hele vuilnisstortplaats? Max?

'Michiel was op zoek naar een paar Crazy 1's. O, wat erg,' sprak Anna zo sarcastisch mogelijk. 'We hebben zo ongeveer de beste infosystemen in de wereld, we hebben alles aan en in elkaar geschoven, alle databases, natuurlijk heeft hij dat gedaan.'

'Het hoort niet. Niet voor een hobby, niet voor iets persoonlijks.'

'Wat zei hij erover?'

'Ik heb hem er niet naar gevraagd. Het was een voetnootje bij de screening. Ik heb het voetnootje laten deleten.'

'Laat het zitten, Sal. Laat hem benoemd worden. Hij is een goeie vent. Hij deugt.'

'Hij is goed, ja. Maar toch...'

'Niks toch, laat 't zitten,' drong Anna met een glimlach aan.

Salma vroeg: 'Wil jij ietsje verder kijken? Dit blijft tussen jou en mij. Ik zorg dat je een open pas krijgt, geen grenzen aan je budgetten. Gewoon voor de zekerheid. De benoemingsprocedure laat ik gewoon doorgaan. Zoek hem een keer op. Kijk wat je kan vinden.'

'Helemaal niks zal ik vinden. Michiel is een gouden jongen.'

'Dat is zo. Maar: voor de zekerheid. Wil je dat doen?'

'Hem stiekem uithoren?'

'Nee. Gewoon... doe me een plezier. Haal even dit kleine oneffenheidje weg. Hij zal je er dankbaar voor zijn.'

In 2040 had Michiel, de man die straks de nieuwe commissaris zou zijn, Anna onrechtmatig geholpen Matthijs' drugsactiviteiten te verdoezelen. Was dat schadelijk? Integendeel, ze zou dit misschien in haar voordeel, het voordeel van Matthijs, kunnen laten werken.

Anna had haar besluit al genomen, maar vroeg: 'Vind je het goed als ik er even over nadenk?'

'Vierentwintig uur?'

'Vierentwintig uur,' zei Anna knikkend.

Salma zei: 'Volgende week komt Matthijs vrij, hoorde ik. Hoe is 't met hem?'

3

Zaandam had geen geheimen voor Anna. Ze was hier regelmatig geweest om een verdachte of veroordeelde of getuige te bezoeken. De afgelopen zeven jaar was ze hier ook geweest om de handen van Matthijs met de hare te omvatten. Aanvankelijk meed Rudolf Zaandam, maar na een maand of zeven besloot hij mee te gaan en zijn zoon bij te staan. Hij bracht een prachtige sterrenkijker mee.

Matthijs had twaalf jaar gekregen voor moord. Twintig was ook mogelijk geweest. Achter de muren was Matthijs gaan studeren, hij had zijn master bedrijfskunde gehaald, daarna had hij zich gestort op strafrecht. Nu mocht hij zich verheugen in het bezit van twee masters. Het was de vraag of hij een baan kon vinden. Als hij zich daarover bezorgd uitliet, sprak Anna hem moed in en beweerde ze dat iedereen het vergeten was. Ze loog, ze wilde voorkomen dat hij te veel nadacht over de buitenwereld. Ze vond dat hij de muren van Zaandam moest aanvaarden en zichzelf niet gek moest maken met voorstellingen over wat er elders gebeurde, de feestjes, de meisjes, de stranden. Er was geen keuze.

'Ik heb me op mijn werk gericht,' had hij vorige week gezegd. 'Ik heb wat kunnen doen voor gedetineerden die geen behoorlijke advocaat konden krijgen, en nu wil ik over de hei lopen, een pilsje drinken en in een frikandel bijten. Zijn die er nog, frikandellen? Of zijn ze ook van soja gemaakt?'

Met andere vrouwen – ja, allen vrouwen, allen met een niet-westerse achtergrond – wachtte Anna in de familieruimte. Dit was geen martelcentrum, ze waren behoorlijk humaan met hem omgegaan: een eigen cel, wasruimte, computerconnectie. Hij had een raam van centimeters dik glas en kon de seizoenen volgen, de overdrijvende regenwolken, de strepen die vliegtuigen hoog boven de gevangenis trokken. De eerste twee jaren had ze hem, als haar schema het toestond, drie keer per week bezocht. Hij had het zwaar, had zo nu en dan medicatie nodig, maar nadat hij zich op zijn studies had gestort, aanvaardde hij wat hem was overkomen: de moord, de straf. Hij was de zoon van haar overleden zus, maar ze hield net zoveel van hem als van Rick.

Gedurende de rit van Vught naar Zaandam had ze continu gehuild, en nu waren al haar tranen verbruikt. Ze was sentimenteler geworden na de overgang, melancholieker; dat had met veranderingen in haar hormonenhuishouding te maken, met gevolgen voor haar lichaam en haar hoofd, had haar huisarts verteld. Wat kon ze doen tegen de cyclus van het leven? Niets. Ze moest zich erbij neerleggen, net zoals Matthijs had gedaan. Zijn geluk was nu haar heilige opdracht. Ze voelde zich al zeven jaar schuldig.

Comfortabel reed ze in de nieuwe elektrische chinees op de automatische navigatie. Het was een leasewagen op naam van een van de bedrijven van Rudolf. Ze had chocolade en drop en andere zoetigheden meegenomen. Dat zou dikke punten kosten op haar kaart, maar dat had ze ervoor over.

Ze kende deze vrouwen niet. Andere moeders en zussen had ze bij haar bezoeken ontmoet, maar zij zaten hier om echtgenoten en zonen te omarmen, de vrijgelatenen, de gelouterden. Hun geliefden hadden voor hun misstappen geboet, en nu ging het erom nieuwe misstappen te voorkomen. Anna maakte zich daar niet ongerust over. Het was ondenkbaar dat Matthijs nog een keer in een totale clusterfuck zou belanden. Niet alleen Europa was gestorven; met haar vierhonderddrieëntachtig anderen, meer dan vijfentwintigduizend gewonden. Maar het was begonnen met Ropa's dood, dus met de daad die Matthijs had bekend. Er had maar één Europa Ivanova bestaan, en de ellende die op haar dood was gevolgd, was net zo uniek. Althans, dat wilde Anna graag geloven.

Een deur zwaaide open en twee glimlachende vrouwelijke cipiers verschenen, aantrekkelijke jonge vrouwen, niet goed voor de rust daarbinnen, dacht Anna, met al die mannen. Daarna kwamen de ex-gedetineerden binnen, twaalf stuks, de helft donkergekleurd, de andere helft Noord-Afrikaans. Ze werden toegejuicht alsof ze terugkeerden van een verre reis. Waar was Matthijs? Alle moeders waren gaan staan, Anna ook, en hij kwam als laatste binnen met de koffer die zij een week eerder had gebracht. Tussen zijn voormalige collega's met hun moeders en zussen door liep hij naar Anna, hij zette de koffer neer, en – hij deed haar zo aan Louise denken, die melancholieke oogopslag – hij begon bij haar omhelzing stil te huilen, ontroostbaar te huilen. Ze drukte hem tegen zich aan. Het kind van haar zus, de zoon van haar geliefde. Ze waren de laatsten die de ruimte achter zich lieten.

Ze reed hem naar huis. Veilig en zo goed als geruisloos. Jaren geleden had ze Rick opgehaald toen hij thuiskwam uit Zuid-Amerika. Zoiets was dit ook. Ze had toen voor Rick een broodje haring meegenomen. Matthijs raakte het snoepgoed niet aan.

'Heb je liever iets zouts? Een broodje haring?'

'Klinkt niet slecht, tante.'

Ze drukte op het display en zei: 'Viswinkel Zaandam.'

Een stem somde de viswinkels in de omgeving op. Ze pikte er eentje uit en de auto volgde zelfstandig de routeaanduidingen.

'Cool,' zei Matthijs. 'Ik heb het een en ander gevolgd. Politieke dingen niet. Dit soort ontwikkelingen wel, techdingen en zo. Series. Sport. Chinese auto?'

'Ja. Nio.'

'Bereik?'

'Ik haal er vijftienhonderd kilometer mee.'

'Wauw.'

'Hebben ze je je nieuwe kaart meegegeven?'

'Ja.'

'Hou hem even tegen het display.'

Hij zocht het kaartje in een broekzak, hield het tegen het display van het dashbord. Daarop rolden data over het scherm: naam, geboortedatum, opleidingen, een maagdelijke SeeSee-status (kennelijk werd het verblijf in een gevangenis niet doorgerekend), geen melding van een rijbewijs.

‘Ik zie het rijbewijs niet.’

‘Die voegen we thuis toe, goed?’

‘Graag.’

De auto werd een parkeergarage in Zaandam binnengeleid, naar een specifieke vrije plek, en ze volgden daarna te voet de aanwijzingen op haar telefoon naar de visbalie van het AH-Center.

Matthijs bestelde twee haringen, een portie kibbeling en een grote beker cola. In deze zaak was niets veranderd, fastfood met vis, gladde tafels en stoelen, zoals tien, twintig jaar geleden, maar alles was nu onderdeel van het supermarktconcern.

Gulzig at hij de neoharingen, gemaakt van zeewiereiwit. Met volle mond zei hij: ‘Overal camera’s. Beneden in de garage, buiten. Er hing al veel vóór 2040, maar dit allemaal is gebeurd sinds tóén. Ik heb het online gevolgd. Pan-Europees. Ook camera’s in de auto?’

‘Ja. Ik heb ze uitgezet, die optie bestaat nog. Ik voel me veilig zo. Bijna iedereen voelt zich veilig met wat er geïntroduceerd is in de jaren na de –’

‘Na tóén,’ zei hij. Hij wilde laten merken dat hij geen angst had erover te praten: ‘De Dagen van Waanzin. Laat geen ruimte voor twijfel over wat het was.’ Hij dronk de neocola en zei daarna: ‘Het is al eerder gebruikt, maar wat vind je van de benaming: de Europese Lente?’ Hij glimlachte. ‘De Arabische Lente verliep indertijd ook niet soepel. De Europese ook niet. Lente in Europa.’

‘Lente in Europa,’ herhaalde Anna. Ze wilde er niet over praten. Er was nu weer toekomst voor hem.

‘Ik heb de boeken gelezen,’ zei Matthijs. ‘De series gezien. De artikelen gelezen. Alles.’

‘Ik weet ’t,’ zei ze. Hij moest ervan loskomen, maar hoe? Ze wilde helpen.

Hij begon met een vork aan de neokibbeling. Hij genoot er zichtbaar van en zij genoot van hem. Daarna zei hij: ‘Twee jaar strafvermindering, dus mag ik nu met jou hier zijn, in dit wonderschone restaurant. Weet je dat ik het nog lekker vind ook?’

‘Ik ken je smaak,’ zei Anna met een glimlach.

‘Kijk naar ons, tante An. Bij een AH-Center. Met kibbelingetjes, geen echte, maar toch. Trouwens, wat is echt? Wat een geluk. Ik heb het doorstaan.’

‘Je hebt het doorstaan.’

Tranen schoten in haar ogen. Hij legde een hand op haar arm.

Hij zei: ‘Dank je dat je zo vaak gekomen bent.’

‘Je bent ook mijn kind.’

‘Ja. Weet ik.’ Na een aarzeling vroeg hij: ‘Heb je contact met haar ouders?’

‘Nee, niets.’

‘Ik mis haar.’

Ze veegde haar tranen weg: ‘Zeg dat de volgende week ook.’

‘Vind je? Klinkt dat niet vals?’

Anna wilde daarop niet reageren. Ze zei: ‘We nemen de kibbelingetjes mee. Die hebben een hoge SeeSee-waarde tegenwoordig.’

‘Ook de neo’s?’

‘Ze worden gefrituurd. De olie daarvoor heeft voor veel CO_2-uitstoot gezorgd.’

‘Is verstandig, toch?’ zei Matthijs. ‘Het gaat om het klimaat.’

‘Precies.’

‘Ze hebben er wel gebruik van gemaakt, toch, van de Dagen? Zoals van de pandemieën, de oorlogen, de inflatie, de ellende op straat. Never let a good crisis go to waste.’

‘Dat is me te cynisch. Zo kijk ik er niet naar,’ veinsde Anna.

‘Binnen was er geen klimaat.’

‘Buiten draait het om het klimaat, Thijs.’

‘Oké. Dus we gaan morgen naar een *mystery place*?’

‘Vandaag bij ons. Ik heb je kamer in orde gebracht. Morgen naar wat je vader een safehouse noemt.’ Ze kneep in zijn arm: ‘Het is voorbij, Thijs. Dit is voorbij. Sommige dingen gaan nooit voorbij, maar dit deel ligt nu achter je.’

Van zijn eenendertigste tot zijn zevenendertigste had de staat hem apart gehouden. Zes verjaardagen had ze hem dingetjes gebracht, op die dagen meer speciale dingen dan wat ze anders meenam. Louise had dat niet kunnen doen, dus had zij het gedaan.

'Tante An, ik heb de sterrenkijker daar gelaten. Is dat goed? Ik weet dat het een duur ding was, maar het werd echt gebruikt, ik heb veel mannen daar enthousiast gemaakt voor de sterren. Voor kennis van onze blauwe planeet en waar we zijn in de kosmos. Zal papa dat goedvinden?'

'Tuurlijk,' zei ze vol liefde, of was het medelijden? Beide, dacht ze.

'En nog iets… de eerste kijker die ik van papa kreeg toen ik tien was, die mooie Celestron, die is kapotgevallen bij een verhuizing. Ik loog. Het was in mijn junkietijd. Ik heb 'm verkocht. Ik had geld nodig voor al die gekte die we gebruikten. Ik schaam me en ik wil dat je dit weet.'

4

De rellen en brandstichtingen hadden delen van Brabant in rook laten opgaan. Drieënzestig panden waren in de binnenstad van Den Bosch verkoold, in de Vlashof in Tilburg tweehonderdachttien woningen. Sommigen beweerden dat er duizenden mensen gedood waren omdat bij het neerslaan van de opstanden de Duitsers en Amerikanen meedogenloos hadden ingegrepen, nog velen waren onvindbaar. Anna kon zich niet voorstellen dat dat waar was; ze hield zich niet bezig met politiek, niet met geruchten, niet met complotten. Ze was gedurende die week op het bureau geweest, want ze was lid van het team dat de politie-inzet coördineerde. De hel. Rick zat thuis in Vught. De wijk had zichzelf van wapens voorzien, de bewoners hadden hun eigen militie opgericht, zoals overal in het land. Geen doden rond de IJzeren Man. Daarna, nadat dit deel van de wereld met geweld was gepacificeerd, was Anna met pensioen gegaan. Ze had gemerkt hoe eenzaam het was als er niemand was om voor te zorgen: Matthijs zat zijn straf uit, Rick was naar Colombia vertrokken. Het was fijn dat Rudolf twee jaar geleden bij haar was komen wonen. Zij wilde zorgen.

Lang geleden was Rudolf zijn fortuin kwijtgeraakt, maar het was teruggekomen, mede dankzij de rellen, hoe paradoxaal dat ook klonk. Rudolf kon dingen regelen; hij kende mensen; hij wist wie wat nodig had; iedereen wist dat hij zou zwijgen. In 2042 had het Europese Renovatiefonds, opgezet om op de verwoestingen van de Dagen van Waanzin te gaan bouwen, het verlies van het verkoolde park vergoed. De geblakerde skeletten van de huisjes waren al overwoekerd door gretige planten. Niets was gespaard gebleven, ook niet de dieren en het huis van Matthijs en Ropa dat Anna had bezocht, een vuurzee was het geweest. Rudolf had haar afbeeldingen laten zien. Het Renovatiefonds had twee keer de reële waarde uitgekeerd, had Rudolf met onbewogen gezicht aan haar bekend.

Rudolf stond buiten toen ze de auto op de oprit tot stilstand bracht. Wit hemd, zwarte broek, zilver haar, tranen en tegelijkertijd een stralende glimlach. Hij spreidde zijn armen.

'Jongen,' zei hij toen hij voor de neus van de auto Matthijs omhelsde.

'Papa.'

Ze streken over elkaars ruggen, zoals mannen dat doen. Rudolf streek daarna over het haar van zijn zoon, zoals een vader doet.

'Jongen,' herhaalde hij.

'Papa.'

Na een halve minuut liet Rudolf hem los. Anna zat nog in de auto. Ze konden niet zien dat ook zij tranen wegstreek.

Ze hoorde Rudolf zeggen: 'Je weet dat je morgen naar een safehouse gaat.'

'Ja.'

'Het is Volkel.'

'De basis?'

'De basis.'

'Antieke F-35's,' zei Matthijs. 'Main Operating Base van onze luchtmacht. Ik ga genieten.'

Anna stapte uit.

'Anna en ik zijn samen,' zei Rudolf toen hij Matthijs naar binnen leidde.

'Weet ik, pap.'

Aan de zijkant van het huis, naast twee simpele vouwstoelen en een tafeltje van kunststof met daarop een asbak en de pan, bleef Rudolf staan, hij wees om zich heen. Hij trok Matthijs aan een arm naar zich toe en fluisterde: 'Dit is de dode hoek. Hier kan niemand je zien. Geen camera's.'

Matthijs knikte.

'Binnen wordt meegeluisterd.'

'Zet Alexa uit,' fluisterde Matthijs.

'Dan krijg je binnen een uur een berichtje binnen met de vraag waarom je Alexa hebt uitgezet.'

Anna omarmde hen allebei, ze stonden nu gedrieën dicht tegen elkaar, en fluisterde: 'Als je niks te verbergen hebt is er niks aan de hand. Ik zit er niet mee.'

'We hebben vlees,' fluisterde Rudolf.

'Zo,' fluisterde ook Matthijs. 'Waarom moet je daarover fluisteren?'

'Illegaal vlees.'

'Da's waar,' zei Anna.

'Dus zeg er binnen niks over, Thijs,' zei Rudolf. 'Het kan een boete opleveren als ze dat horen. Topbiefstukjes. Van de haas. Straks in de roomboter gebakken. Door mij persoonlijk. Beste van het beste.'

Matthijs vroeg: 'Dus we gaan iets eten wat niet door de beugel kan?'

'Ja,' zei Rudolf.

Matthijs vroeg: 'Hebben koeien niet allemaal een code?'

'België. Ik ken iemand die heen en weer rijdt,' zei Rudolf.

'Smokkelen, heet dat,' zei Anna. Ze was voor orde en wet, maar voor Rudolfs gerommel met vlees was ze mild. Daarbij had ze de indruk dat de autoriteiten niet te hard optraden bij het handhaven van de vleesrestricties en smokkel door de vingers zagen. Gisteren had Rudolf zwijgend biefstukken het huis binnengebracht. Met een wijsvinger op zijn lippen vertelde hij haar: niets zeggen. Met rebelse blik opende hij het pakje en liet hij het vlees zien. 'Geregeld' zonder SeeSee-verlies. Roomboter 'geregeld' zonder SeeSee's te verliezen. Hij hief zijn armen en opende zijn handen op een manier die betekende: prijs me. Ze kuste hem. Er werd hier en daar illegaal geslacht. En er werd vanuit België gesmokkeld, waar de toeslagen minder streng waren. Nederland liep wereldwijd voorop in het doorbelasten van individuele CO_2-uitstoot. De CO_2-opslag op vlees was zo hoog dat je niet vaker dan één keer per week vlees kon eten als je ook nog wilde reizen of iets anders wilde ondernemen dat volgens de regels CO_2 veroorzaakte. Het bevoordeelde de rijken. Rudolf was rijk.

'Ik ben een paar uur vrij, en ik ga meteen iets illegaals doen,' zei Matthijs. Het was niet duidelijk of hij dat ironisch bedoelde.

'Er was geen mooie biefstuk te krijgen in de hele omgeving, met of zonder SeeSee's,' zei Rudolf. 'Dus dan ga je vragen en zoeken, waarbij je op je hoede moet zijn, Alexa is overal. En het lukte.'

'Een feest,' zei Matthijs grijnzend.

Rudolf trok een mooie fles wijn open, Anna maakte hapjes, en toen het tijd was om te bakken waren ze eigenlijk al voldaan. Matthijs vertelde over de manier waarop hij de dagen had verdragen, over de studies en tentamens die hij online had afgerond – Anna had van een psychologe gehoord dat ze hem ernaar moesten vragen en hem de ruimte moesten bieden om te praten. Veel verhalen had hij al kort gedeeld bij de bezoeken, maar voor het eerst deed hij dat in het besef dat hij vrij was en het afgeronde anekdotes waren geworden. Matthijs wilde zo meteen naar de IJzeren Man lopen, het idyllische meertje waar hij als kind en puber hele zomers had doorgebracht.

'Vinden jullie het goed dat ik dat nog even doe voor we gaan eten? Ik wil daar even zitten en een sigaretje roken. Hebben jullie sigaretten in huis?'

Anna had een pakje: 'Er is daar ergens een plek waar je mag roken, dat mag niet overal.'

'Ik zoek het op.'

Ze liepen met hem mee naar buiten en keken hem na toen hij de tuin verliet.

In de dode hoek naast het huis stak Anna zelf een sigaret op. Rudolf had zijn glas meegenomen en liet zich op de vouwstoel zakken.

Rudolf zei: 'Hij heeft geleden.'

'Allemaal hebben we geleden.'

'Na dat televisie-interview mag hij reizen. Z'n kaart wordt opengezet, zonder limiet. Hij kan weg, eventueel met een andere naam.'

Anna zei: 'Naar Colombia? Naar Rick? Bedoel je dat? Onze zonen allebei aan de andere kant van de wereld?'

'Ze zijn daar vrij, Anna. Geen pasjes waarmee je totale bestaan wordt gecontroleerd.'

Anna zei: 'En vrij om overvallen te worden. Vrij om te worden beroofd, ziek te worden. Vrij om twee vrouwen tegelijk zwanger te maken.'

Ze doelde op Rick, handelaar in koffie en exploitant van drie 'volksklinieken', zo noemde hij ze: medische centra die zo goed als gratis waren. De betrokken vrouwen, jong, beeldschoon, en onmiskenbaar uiterst vruchtbaar, waren bij hem ingetrokken. Ze leefden in zijn huis in Salento, en ze zouden een maand na elkaar bevallen. Ze kregen kleinkinderen. Rudolf had al SeeSee's gekocht voor de reis.

Rudolf zei: 'Vrijheid is een waarde op zich, liefste.'

'Maatschappelijke rust is dat ook. Ik wil ook een slok.'

Hij reikte haar het glas aan.

5

Halverwege de maaltijd begon Matthijs opeens te huilen. Rudolf greep zijn hand, Anna stond op en ging naast hem zitten, sloeg haar armen om hem heen. Na een minuut kalmeerde hij. Ze wreef met een servet zijn wangen droog en hij nam dat van haar over.

'Sorry.' Hij depte zijn ogen.

'Geen sorry,' zei Anna.

'Ik heb zo veel ellende veroorzaakt. Bij jullie. Mijn god, de halve wereld. Hoe maak ik dit goed?'

'Door een leven op te pakken. Er iets behoorlijks van te maken,' zei Rudolf.

Matthijs knikte: 'Ik ga het proberen. Ik moet ook iets goeds kunnen doen. Na al die tijd.'

Anna vroeg: 'Weet je wat je moet doen op Volkel?'

'Preparatie, zeiden ze.'

Rudolf zei: 'Het wordt een groot ding, want Julia doet het.'

'Ik heb haar programma's gemist toen ik binnen was.'

Anna zei: 'Jonge zwarte vrouw. Scherpe interviewster. Ze is heel populair.'

Matthijs knikte: 'Ik zal alles doen wat nodig is.'

'Een heel uur,' zei Rudolf.

'Ik heb niks te vertellen wat een uur duurt. Waarom wil die Julia een uur? Ik ben zoiets niet gewend. Ik heb zeven jaar in een gesloten gebouw rondgelopen. Wat weet ik van de wereld?'

'Genoeg. Je weet behoorlijk veel,' zei Rudolf.

'Ik heb bekend. Wat willen ze nog meer? Veroordeeld tot twaalf jaar.'

'Ze willen,' zei Rudolf, 'dat je je verhaal nog een keer vertelt.'

'Dat is zo belangrijk dat ze me m'n vrijheid gunnen?'

'Kennelijk,' zei Rudolf.

'Het maakt me niet uit wat ik moet zeggen. Ik doe alles wat nodig is. Maar maf blijft het.'

Rudolf schonk de glazen bij en zei: 'Nee, niet maf. Ze hebben je nodig. Er zijn nieuwe technieken onder het darkweb, nog darker dan dark, onmogelijk te controleren of te filteren, Russen en Chinezen zitten erachter, en daar communiceren mensen over opstanden, over het bestrijden van de elites.'

'Waanzin,' zei Matthijs.

'De ergste verhalen worden in die allerdonkerste internetwerelden gedeeld alsof ze evangeliën zijn. Zoals de fakeverhalen van Nico Levi. Ze zijn bang dat alles weer van voren af aan begint.'

Rudolf had zonder twijfel gelijk, maar Anna wilde er niet over horen.

'Ze?' vroeg ze.

'De mensen in het Kernteam. De veiligheidsmensen.'

6

Even later werden ze door Rick gebeld. Matthijs brulde: 'Wat heb jij daar gedaan? Twee vrouwen? Is eentje niet genoeg?'

Hij luisterde. Zei daarna: 'Nee, ik vind het toch wat anders dan een tweeling krijgen.'

En vervolgens: 'Ja, gaat best goed. Ik ben net thuis. Even naar de plas geweest. Herinneringen. Ik mis jou, broertje.'

Anna wist niet of ze hem dat eerder had horen zeggen.

'Ik kom zeker naar je toe. Misschien wel met papa en Anna, ik weet niet wanneer ze willen komen.'

Rudolf knikte instemmend naar Anna, hij vond het best om samen met Matthijs te reizen.

'Er is volgende week nog iets belangrijks, je zult er wel over horen, en daarna wil ik gewone dingen doen, naar de Appie gaan en boodschappen halen, een beetje rondhangen, als dat kan, ik weet niet of ze dat toestaan.' Hij luisterde. 'Ik ben onder speciale condities vrijgelaten. Dus er zijn wel beperkingen, denk ik.' Hij luisterde. 'Een boek hierover schrijven? Nee, kan ik niet. Ik weet ook niet of dat mag.' Hij keek naar zijn ouders. Anna schudde haar hoofd. 'Anna zegt dat dat niet mag. Heb je enig idee wat jouw vrouwen gaan baren?' Hij luisterde: 'Twee meisjes? Dus straks zit jij in huis met vier vrouwen. Het is zaak dat ik snel kom.'

7

Matthijs ging vroeg naar bed. Toen ze zelf ging slapen, hoorde ze hem nog schuifelen boven in zijn zolderkamer, een riante kamer met twee dakkapellen. Rudolf sliep snel in. Ze zou misschien nooit meer met haar jongens in dit veilige huis kunnen overnachten, dacht Anna. Ze sliep al lang slecht, en vroeger was dat nodig omdat ze in feite moest waken en beschermen wat haar lief was. Ze had gehoopt dat de terugkeer van Matthijs haar zou doen ontspannen. Maar ook nu sliep ze in korte etappes. Was er nog toekomst voor hem in dit land? Er waren indertijd duizenden mannen en vrouwen gearresteerd, velen hadden zwaardere straffen opgelegd gekregen, inclusief levenslang, omdat ze actief hadden deelgenomen aan de rellen en brandstichtingen. Maar Matthijs was misschien de bekendste; het was bij hem begonnen, de dood van Europa viel hem te verwijten.

Wat ook kwelde, was de opdracht van Salma: Michiel uithoren over zijn look-out naar een paar Crazy 1's. Ze moest ervoor zorgen dat Salma een onschuldige verklaring kreeg.

8

Matthijs rookte twee pakjes op de eerste dag in Vughtse vrijheid, wat een fortuin in SeeSee's kostte. De tweede dag werd hij opgehaald met een bestelbusje. De mannen waren van een speciale dienst van het leger maar droegen geen uniform. Matthijs stapte in met zijn koffer.

Hij probeerde te lachen, maar er zat spanning in zijn lijf, zag Anna.

Een dag later was ze zelf op de basis in Volkel. Ze kreeg een speciale pas en had toestemming bij de prepsessie te zijn. Het waren een mannelijke en een vrouwelijke communicatiedeskundige en ze bereidden hem voor op de uitzending met Julia, in de nummeréén-talkshow in het land. De vrouwelijke deskundige speelde Julia.

Matthijs sliep in een kale garnizoenskamer. Hij mocht zich in een deel van de basis vrij bewegen, en als hij de basis wilde verlaten was er een elektrische fiets beschikbaar. Het eten was oké, en als hij Thais of Chinees wilde eten lag er op zijn kamer een lijst met restaurants die een koerier gebruikten, of hij kon een pizza laten komen. Hij hield het wel een paar weken uit, verzekerde hij Anna.

9

'Het narratief,' zei communicatieman Anton, een rijzige man met vrolijke, intelligente ogen.

'Ik heb het gedaan,' zei Matthijs. 'Wat nog meer?'

'Het gaat om meer dan een bekentenis. Het gaat om een overtuigend geheel van feiten. De bekentenis is het slotstuk. Mensen vergeten. Online wordt het contranarratief steeds sterker.'

'En dat luidt?'

'Dat Ropa niet door jou maar door de betrokkenheid van de Syriërs verdronk.'

'Waarom is dat contranarratief gevaarlijk?'

'Het wemelt in het darkweb van verhalen over de dood van Europa. Het gaat om de symboliek. Van haar. Niets is zo sterk als de legende rondom een gestorven persoon. Je kunt er alles op projecteren. En er je haat mee voeden.'

'Haat tegen Syriërs?'

'Tegen het systeem dat de Syriërs opving.'

'Ik ben nooit met zulke dingen bezig geweest, ik ben apolitiek.

Ik heb geleefd, overleefd, daarna ben ik in chaos opgelost. De jaren als gevangene waren niet eens zo slecht voor me. Ik heb mezelf leren kennen. Vooral mijn beperkingen. In mijn geval is het goed die te kennen. Ik wilde ooit de koning van de Rotterdamse horeca zijn. Kolder in mijn kop, daarvoor heb ik niet de kwaliteiten, maar dat wist ik niet. Ropa verscheen in mijn leven. We vergisten ons. We hadden niet bij elkaar moeten blijven. Als duo waren we fataal. Maar dat beseften we niet. We dachten dat we bij elkaar hoorden. Wat een fouten…'

'Zoals je dat nu vertelt, het zou mooi zijn als je dat exact zo bij Julia kunt zeggen,' merkte deskundige Sabine op, de jonge vrouw die bij deze sessies Julia vertolkte. Ondanks haar naam was Sabine vermoedelijk een Turkse, met priemende, zwarte ogen, dacht Anna.

Van achter een onewaywindow keek Anna toe; voor haar was het raam transparant, voor Matthijs een spiegel.

'We peilen onrust,' zei Sabine. 'We analyseren onlinegedrag, telefoongesprekken, e-mails, gesprekken in openbare ruimtes. Zelfs koopgedrag verraadt iets van de mentale status quo. En het is een golfbeweging. We hebben hele afdelingen die de data proberen te interpreteren. Als idee kwam naar voren dat jij in beeld moest komen. De dader. De veroordeelde. Jij kunt er wat aan doen, aan het verminderen van de spanningen. Die spanningen bouwen zich momenteel enorm op, zien we in onze rapporten. Je vertelt je verhaal nog een keer. Aan iedereen die het wil horen. Als je dat overtuigend doet, zo denken wij, dan kan er wat ontspanning optreden. En kunnen we voorkomen dat de boel weer uit de hand loopt. Dat willen we voorkomen. Ik neem aan jij ook, toch?'

'Ja. Niets liever dan dat,' antwoordde Matthijs met afgewende blik.

Anton vroeg: 'Nog wat drinken?'

'Nee, dank je,' antwoordde Matthijs.

'We moeten zorgvuldig door je verhaal gaan. Punt voor punt.'

10

Matthijs vertelde: op een avond had Ropa zijn voorraad coke door de wc gespoeld. Hij was woedend geworden en had haar een tik gegeven. Een klap, beter gezegd.

'Onvergeeflijk, dat heb ik gedaan met deze hand, zo heb ik mijn hand aan de rechters laten zien. Mijn vingers stonden op haar wang. Een klap. Ze kromp ineen van de schok, en de pijn. Ze is daarna in een van de bestelbusjes van het park gestapt en ze is weggereden, ze wilde niet bij me zijn. Ik heb toen iemand gebeld, en die is wat komen afleveren. En toen groeide m'n schaamte. Wat had ik gedaan? Tegen de liefde van m'n leven m'n hand heffen? In welke gekte was ik terechtgekomen? Ik heb die gekte gekend, in Rotterdam, we dreigden allebei erin te stikken. We konden het net overleven, met ons tweeën, en nu vervreemdde ik haar van me. Typisch verslaafdengedrag. Ik kreeg telefonisch geen contact met haar. Ik wist meteen waar ze was, want bij de Margrietbrug over het Kanaal heb je geen connectie, daar ging ze vaker heen en dan lag ze soms uren te lezen, te dromen, los van de wereld, op het gras, onder de bomen, bij het water. Daar ben ik heen gereden op de scooter. Ik wilde helder worden, ik moest de wind in m'n gezicht voelen. En daar vond ik het busje, in de duisternis. Ze kon niet meer terugrijden, ze had gedronken, drie kwart fles wodka, ze hield van wodka. Ze had ook gerookt, ik zag peuken rond haar voeten. En toen vertelde ze daar, edelachtbare...'

'Edelachtbare?' vroeg Sabine.

'Zei ik dat? Sorry, dat is belachelijk...'

'Ga door,' zei Sabine.

Matthijs had een paar seconden nodig om de lijn terug te vinden. Anna had hem hier uit willen sleuren.

'Ze vertelde dat ze me haatte. Ik zei dat het me speet, dat ik het nooit meer zou doen. Dat ze nu mij een klap moest geven. Ze moest me neerslaan, zei ik. Ik smeekte om vergiffenis. Ze wilde dat ik wegging. Dat deed ik niet. Ik nam de autosleutels weg en ze sloeg me toen. Echt hard in mijn gezicht. Links, rechts, links... Het was goed dat ze dat deed. Ze begon te huilen en ik wilde haar omarmen, maar ze duwde me weg en liep in de richting van de Margrietbrug. Ze kon nauwelijks op haar benen staan. Ik ga bij je weg, schreeuwde ze, ik wil je nooit meer zien, ik ga bij m'n ouders wonen, ik wil niks meer met jou en je bespottelijke familie te maken hebben! Wat heeft m'n familie hiermee te maken? vroeg ik haar. Je bent alleen maar de loopjongen van je vader! Zonder hem was je dood en begraven! En jij? zei ik. Ik ook, zei ze. We stonden toen halverwege de Margrietbrug. Ze bleef staan om een sigaret op te steken. Ze ging op de leuning zitten. Ik wil dit niet, Thijs, zei ze. Ik wil gelukkig zijn. Geen wrak. Geen dramaqueen. En dat ben ik nu. Een stomme koe uit Rusland die midden in de nacht schreeuwt en brult. Dat is er van me geworden. En ik wil je wat vertellen...'

Matthijs viel stil. Probeerde met gesloten ogen zijn ademhaling onder controle te krijgen. Sabine en Anton wachtten af, letten op de manier waarop Matthijs het narratief herbeleefde, alsof hij er voor het eerst over vertelde.

Hij bleef zijn ogen dichthouden en zei: 'Ik wil je wat vertellen, zei ze. Jij hebt me verraden met die stupide coke van je. We zijn er bijna aan kapotgegaan in Rotjeknor, en je bent gewoon weer begonnen. Weet je waarom je er weer aan begonnen bent? Omdat je een zwakke lul bent. Omdat je de stress niet aankunt. Je vader spreidt een bedje voor je, en jij kunt je pis niet inhouden en bevuilt je bedje. Met mij erbij. Dat raakte me verschrikkelijk. Alsof ze een spijker door mijn hart sloeg. Die woorden waren als vuur. Omdat ze gelijk had. Ik kon de weelde niet aan. Ik was ook echt een zwakke lul. En toen zei ze dat het voorbij was tussen ons. Dat ik alles wat heilig was vernietigd had, en dat zij dat daarom ook deed, vernietigen... Hoe bedoel je? vroeg ik. Gebruik je iets? Ja, zei ze. Ik gebruik iets. Ik gebruik een minnaar. Minnaars. Ik neuk wie ik tegenkom. Als jij je suf snuift, neuk ik me suf. Hoor je dat, loser? Zover is het gekomen met ons! Dat is onze relatie geworden: puin!'

Matthijs slikte, snoof een paar keer: 'Ik gaf haar opnieuw een klap. Niet eens hard. Ze viel achterover. Ik hoorde haar ergens tegenaan knallen. De plons. Het was even stil toen. Te stil. Ik ben in het kanaal gesprongen, ik heb gedoken, ik kan goed zwemmen, maar alles was zwart en donker en ik zag haar niet. Ik heb gezocht, gevoeld, ik ben keer op keer op keer naar de bodem gedoken. Het was alsof ze was opgelost. Alsof ze er nooit was geweest. En toen... ik had meteen 112 moeten bellen, maar er is daar geen verbinding. Ik ben toen op m'n scooter de Margrietweg afgereden om te gaan bellen, en toen was er tijd verstreken en de paniek werd erger en erger. Ik ben teruggereden en ben opnieuw gaan duiken... en ik bedacht toen... ik heb de scooter in de bestelwagen gezet en ik ben weggereden. Eerst naar De Duinen. Daar werd ik gek. Naar Rotterdam. Dumpte ergens het busje, want ik wist dat dat kon worden getraceerd. Ik wilde me van kant maken. Van een brug springen. Een overdosis. En het gekke is dat je hoopt dat ze belt, dat ze stiekem is gaan zwemmen en ergens verderop de oever op gekropen is. Dat hoop je. Maar ze was weg. Voor altijd...'

Hij bleef stil zitten. Anna huilde. Net als in de rechtszaal. Hij was schuldig. Net als Ropa. Het leven zelf was schuldig, door alle valse verwachtingen, valse ideeën, valse hoop – hoop waarop? dacht Anna.

Sabine en Anton hadden de tegenwoordigheid van geest te zwijgen tot Matthijs opkeek. In zijn ogen was niets te zien; er was niets meer te voelen.

'Wat willen jullie nog meer?' vroeg hij.

'Als je dit zo kunt doen bij Julia...' zei Sabine.

'Ik ga het proberen.'

'Ik mis een term, dat is alles,' zei Anton.

'Term?'

'Crime passionnel.'

'Die term heb ik nooit gebruikt,' zei Matthijs.

'Iedereen begrijpt die term. En het blijft hangen.'

'Crime passionnel,' herhaalde Matthijs.

'We hebben je verhaal getapet,' zei Sabine. 'We zullen het analyseren en dan gaan we morgen verder, goed?'

'Goed,' zei Matthijs knikkend. Anna zag zijn ongemak.

Anna verliet de kijkruimte en wachtte hem op. Hij omarmde haar en bleef secondelang met open mond ademen, als een drenkeling. Hij had er geen behoefte aan dat ze bleef om ergens in de buurt met hem te eten.

11

Rudolf zat buiten in de dode hoek. Op tafel een fles bordeaux, zijn glas al gevuld, een pakje Dunhills voor Anna, bij elkaar een fortuin in ruilwaarde. Toen ze het pakje openpeuterde en vertelde wat ze had gezien en gehoord, greep het haar opnieuw aan.

'Hij moet hier weg,' zei Rudolf. 'En wij ook. We zien wat er gebeurt, maar het lijkt niet tot ons door te dringen.'

Ze bleef staan terwijl ze een sigaret opstak: 'Wat gebeurt er?'

'We zijn niet meer vrij.'

'Waren we dat ooit dan?' vroeg Anna.

'Wanneer had je SeeSee's? Wanneer moest je je verantwoorden voor wat je koopt, consumeert, weggooit, verbruikt, weet ik veel?'

'Het is nodig. Die verspillende wereld bestaat niet meer. Gelukkig.'

Rudolf wuifde dat weg: 'We worden allemaal dezelfde eenvormige hokjesmens. Bang om af te wijken van wat er voorgeschreven is. Als ik dat ook had gedaan, was ik nergens gekomen. Je moet vrij kunnen denken. Je moet jezelf niet verlammen door de angst dat je iets doet wat niet door de beugel kan.'

'Er zijn zinnige redenen voor die beugel.'

'Zoals?'

'Het klimaat.'

'Fuck het klimaat,' zei Rudolf.

'Dat is achterlijk geklets.'

'Zijn we verdronken dan?'

'Nee, omdat we maatregelen hebben genomen!'

'Onbewijsbaar,' zei Rudolf. 'Goed, ik ben achterlijk. Toch moet Matthijs weg.'

'Dus?' Anna ging zitten.

'Colombia. Onze jongens bij elkaar. Rick is handig en slim. Hij heeft in een paar jaar tijd die hele koffiehandel op poten gezet. Hij is nu al vermogend.'

'Heel slim en handig is onze Rick, met twee kinderen bij twee vrouwen,' zei Anna.

'Geen SeeSee's. Leven en laten leven.'

Anna zei: 'Je vergeet iets. Drugsbaronnen. Revolutionairen die zo nu en dan een dorp overvallen. Verschrikkelijke armoede.'

'Liever dat wilde westen dan onze kooi. Ik sprak 'm vannacht.'

'Rick?'

Rudolf nam een slok en zei: '*Never ever* zal hij terugkeren. Omdat de essentie van het menselijk bestaan alleen in vrijheid kan worden gevonden. Zo zei hij het.'

'Hij belde?'

'Ik hem. Ik vroeg hem wat hij ervan vond als Matthijs zijn kant op komt.'

'Echt?'

'Hij vond het fantastisch.'

'Jezus, Rudolf...'

'Matthijs moet weg. Hij kan daar tot rust komen, hij kan zich bezinnen en een bestemming vinden. Wat mij betreft maakt hij vier vrouwen zwanger.'

'Ik hou m'n hart vast met die twee van Rick. Dat wordt chaos.'

'Cha-os. Komt uit het Grieks. Chaos heerste er vóór de schepping. We hebben ons in een keurslijf laten persen. We zijn er verdomme zelf schuldig aan.'

Anna nam ook een slok wijn: 'Wat wil je eten?'

'Hamburger. Frikandel. Vette friet met mayonaise. Hoe duur is mayo tegenwoordig, Anna? Wie kan dat nog aanschaffen?'

'Je kunt het zelf maken.'

'Met die olieprijzen?'

'Mensen werden te zwaar. En ziek. De zorg werd te duur.'

'Fuck de zorg,' zei Rudolf.

Onwillekeurig keek Anna om zich heen of ze werden bekeken of afgeluisterd, maar ze zaten in de dode hoek.

Nadat de onrust uit Anna's ogen was verdwenen, zei Rudolf: 'Dat is wat ik bedoel. We zijn allemaal paranoïde geworden.'

12

Anna had met Rudolf een mooie avond. Matthijs verbleef in een streng gebouw op Volkel, buiten driftig rokend, starend naar wrede hekken, naar alziende camera's, naar een bestelwagen die rond de hangars reed, en Rick bewonderde in Colombia, achter de ruggen van een stuk of zes gewapende bewakers, zijn zwangere vrouwen.

Anna voelde zich ontspannen, meer verzoend met haar bestaan dan ze lange tijd had ervaren, ondanks Salma's opmerkingen over Crazy I-sneakers. Ze kon erop vertrouwen dat haar zonen veilig waren. En zij ook. Ze zat met opgetrokken benen naast Rudolf op de bank, schouder aan schouder. Ze had hem ervan overtuigd samen met haar naar een Britse serie te kijken. Ze hadden gegeten, met echte vis, en ze hadden allebei een slok te veel gedronken. Ze hielden elkaars hand vast, als adolescenten, en zo nu en dan streelde hij over haar haar met de verliefde blik van een achttienjarige. Ze moesten allebei lachen om die gekke actrice. Ze waren niet jong meer, maar wat ze voelde had geen tijd, het was er of niet, en nu was het er. Toen ze in bed stapte, nam Rudolf haar in zijn armen, en ze wilde niets liever, huilde zelfs even, en ze zei plompverloren dat ze van hem hield. Dat was al zo vanaf het moment dat haar zus hem aan haar had voorgesteld – maar dat laatste hield ze voor zich.

13

Het centrum van Uden had weinig pittoresks. De streek was pas laat tot bloei gekomen, geld voor huizen met ornamenten, voor patriciërswoningen, was er nooit geweest. De Markt bestond uit functionele panden uit de kaalste periode van de Nederlandse opbouw. Het stadje had zeven jaar geleden geen schade opgelopen. Maar het was fijn om Matthijs vast te houden en even met hem rond te lopen. Het narratief dat hij moest vertellen zat goed in elkaar, hij was vol vertrouwen dat het soepel zou gaan.

'Bij het oefenen zeiden ze gisteren, ik ben de bron daarvan vergeten: als we weten wat we niet weten, kunnen we ons niet-weten vervangen door weten. Maar als we niet weten wat we niet weten? Dan heb je geen idee. En aan dat dubbele niet-weten hebben we een einde gemaakt.'

'Dat zeiden je begeleiders?'

'Sabine zei dat. Dus altijd monitoren, altijd begrijpen wat er speelt in de samenleving. En vervolgens bijsturen.'

'Bijsturen?' vroeg Anna.

'Dat heette vroeger manipuleren. Heropvoeden.'

'Het klinkt nogal bedreigend, of niet?'

Matthijs zei: 'Als het doel is chaos en plunderingen en doden te voorkomen, dan is het goed. Dan moet het wel goed zijn.'

'Worden we nu in de gaten gehouden, hier op de Markt?'

'Absoluut,' zei hij.

'Weten ze wat we zeggen?'

'Dat denk ik niet. Ik weet niet of er software bestaat die lipbewegingen omzet in taal. Misschien wel. Maar dat interesseert me niet. Die uitzending kom ik door, en dan...'

'Naar Spanje,' zei ze opgewekt.

'Ik moet een baardje laten groeien, zeiden ze. M'n kop kaalscheren. Petje erop. Zonnebril. En ik kan de zon in.'

'Wat goed.'

'En daarna, Anna...'

'Denk je erover?'

'Ja. Als ik niet met Sabine en Anton werk, dan denk ik er continu aan... het is misschien het beste. Rick is zo cool. Hij kan wat ik niet kan. Ik kan hem ondersteunen, ik ben een harde werker. Vind je dat ik moet blijven, tante An?'

Ze hield zich aan zijn arm vast. Ze zei: 'We begrijpen het als je zou weggaan.'

'Ja? Maar eerst Spanje,' zei hij, terug naar het onderwerp dat hem minder bedrukte, 'met een kale kop.'

Anna zei: 'Ik weet nog de dag dat je geboren bent. Hoe je in de armen van Louise lag. Je had haar, een behoorlijke bos.'

Hij knikte, kende de foto's. Ze spraken te weinig over zijn moeder.

'Bizar,' mompelde hij. 'Bizar... Ropa is nu al zo lang weg. Waarom zij? Wat zagen mensen in haar? Waarom was haar dood de trigger?'

Ze liepen in de richting van een brasserie. Anna probeerde een gedachte uit: 'Timing. Ik weet niet hoe dat gaat. Opeens is het er. Zoals met de virussen. De oorlogen. Een soort roes. Het opbouwen van spanningen. Een enorm kruitvat lag klaar. En dan heb je een ontstekingsmechanisme nodig. Dat was Europa. Kom, we gaan wat drinken. Weet je wat ik al jaren niet meer heb gedronken, waar ik opeens zin in heb? Irish coffee. Dat lijkt me echt iets voor Uden.'

'Hoeveel punten kost je dat?'

'Dat interesseert me niet.'

'Je kan het in Colombia elke dag drinken zonder kaartbeperkingen, tante An.'

'Leve Colombia,' zong ze stoer.

14

Anna had Michiel een paar berichtjes gestuurd, en hij had telkens geantwoord dat ze een paar zaken hadden die hem dag en nacht bezighielden en dat hij zo snel mogelijk zou laten weten wanneer hij kon. Toen hij uiteindelijk belde, klonk hij opgewekt en verrast dat zij contact met hem opnam, zijn vroegere chef, maar ze voelde zijn argwaan. Hij zou zich over een week melden.

15

Opeens was het zover.

Ze hadden ook nagedacht over de kleding van Matthijs. Geen kostuum, geen stropdas, niks formeels. Een zwart poloshirt. Zijn spijkerbroek kwam niet in beeld.

Julia was van Antilliaanse afkomst, een nakomeling van indianen, Afrikanen, Joden, Hollanders. Ze was aantrekkelijk en intelligent. Twee jaar geleden was ze tevoorschijn getoverd door een commerciële omroep die niet eerder talkshows had gedaan maar in Julia zag wat vervolgens miljoenen kijkers zouden zien: charisma, charme, eruditie, humor, ironie, sarcasme ook, soms bijtend. Niet elke avond, maar om de dag. Ze zou met Matthijs de vrijdaguitzending vullen, ruim een uur.

Rudolf en Anna hadden met Matthijs besproken of ze er in de studio bij zouden zijn, maar zijn *handlers* (zo noemde hij Sabine en Anton opeens) hadden hem geadviseerd om familie op afstand te houden.

Anna en Rudolf zaten samen op de bank. In zijn verre kantoor keek Rick online mee. De leader van het programma zette in. Foto's van presentatrice Julia als baby, peuter, ontluikende puber, schoonheid, en bij de uitreiking van haar bul, ze was microbioloog.

'Al die moeite,' zei Anna.

‘Het narratief,’ zei Rudolf. ‘Het gaat ze om het narratief.’

‘We kennen dat. Toch?’

‘Het moet continu herhaald worden. Perceptie moet je water blijven geven, anders droogt het uit.’

Matthijs kwam in beeld, aan Julia’s ovale tafel. Er was geen publiek.

‘Welkom. Vanavond een speciale uitzending. Te gast is Matthijs van Dam, opgegroeid in Brabant, bedrijfseconomie gestudeerd, een tijdje in Rotterdam in de horeca gewerkt, en daarna in een orkaan, zeg maar een tsunami van gebeurtenissen beland die nationaal en internationaal tot ophef leidden, met gevolgen die we sinds de Tweede Wereldoorlog niet meer hadden beleefd. Matthijs, welkom.’

‘Dank je wel,’ zei hij.

‘Hij zit er ontspannen bij,’ zei Anna. Hij zag er mannelijk uit, zelfverzekerd. Was dat de bedoeling?

‘Sst,’ zei Rudolf.

‘De Dagen van Schaamte vonden zeven jaar geleden plaats, en nu beleef jij het einde van jouw detentie. Alle reden om jou uit te nodigen. Matthijs van Dam.’

Hij knikte: ‘Dank je wel, Julia.’

‘Jouw meisje van toen, Europa Ivanova, van Russische afkomst, werd wereldberoemd. En jij ook. Wat was er zo bijzonder aan haar, Matthijs?’

Foto’s van Ropa kwamen in beeld.

‘Je ziet die beelden,’ zei Matthijs. ‘Schitterend. Ze bewoog als een ballerina. Hoewel, ballerina, ze was daar eigenlijk veel te… lichamelijk voor.’

‘Ballerina’s zijn niet lichamelijk?’ vroeg Julia met een glimlach.

Ook Matthijs glimlachte: ‘Ik bedoel: zo geaard, zo hartstochtelijk. Ze wilde eigenlijk de hele wereld aanraken, betasten, proeven. Zintuigelijk was ze. Dat woord zocht ik. Ze was het hele universum…’

Hij viel een moment stil. Slikte zijn emotie weg. Julia zweeg en gaf de regisseur de seconden die nodig waren voor de close-up.

Anna schoot vol en fluisterde: ‘Matthijs…’

Hij kreeg zijn adem terug en zei: ‘Ze was ook intelligent. Ze was belezen. En ze kon praten, ook voor een groot publiek. Ze was voor de duvel niet bang.’

Julia vertelde vervolgens wat over het verleden van Ropa’s ouders zonder het interview met Levi te noemen, en ze belandde al snel bij het verhaal over haar kindje.

‘Rudolf?’ vroeg Anna. ‘Waarom het kindje weer?’

‘Dat maakt een beetje een mafkees van haar.’

Matthijs keek er niet van op. Hij was voorbereid. Het hele gesprek was punt na punt uitgewerkt en gevormd. Hij vertelde hoe en waar ze voor het eerst over het zieke, misvormde kindje sprak.

‘“Misvormd” is ook een rotwoord,’ zei hij. ‘Wat is de juiste vorm waarin het leven zich openbaart? Ik weet het niet. Maar het kindje had pijn, alleen maar pijn. Als Ropa erover sprak…’

‘Je noemde haar altijd Ropa?’

‘Ropa…’

‘Als ze over het kindje sprak, vertelde je…’

‘Dan zag je wat zij zag. Het was onverdraaglijk wat er dan in haar ogen speelde.’

‘Je houdt nog steeds van haar.’

‘Grenzeloos. Eindeloos.’

‘Het ongeluk. Zo noemde je dat toch zelf?’

‘Het was geen opzet. Maar ik was verantwoordelijk. Ik heb mezelf in die afgrond laten zakken. Uppers, downers, whiskey, wodka, en toen de naald.’

‘Naald?’

‘Heroïne.’

‘Jij was verslaafd.’

‘Ja. Ik ben begonnen te gebruiken na een verschrikkelijke teleurstelling in Rotterdam met een zakenpartner. Dat raakte me tot in m’n ziel. Ik kon er niet mee leven.’

Waarom was dit nodig? vroeg Anna zich af.

'Hij doet het goed,' hoorde ze Rudolf zeggen. 'Als je dit kunt zeggen live op tv, dan heb je kloten. Ach, jongen.'

Anna verborg haar gezicht in zijn schouder. Hij sloeg zijn armen om haar heen. Ze hoorde wat er werd gezegd, maar ze moest haar emoties bezweren. Ze had met Rudolf te doen. Met Matthijs. En met haar lieve zus Louise, die er al zo lang niet meer was. Matthijs van D., altijd genoemd in verhalen over rellen, brandstichtingen, doden. Soms viel ook de naam van zijn vader, de ondernemende politicus die uit elke slangenkuil had kunnen klimmen.

Colombia.

Anna wilde niet kijken. Maar ze hoorde alles.

Julia: 'Er is een enorme discussie geweest toen, over de Syrische man en de Syrische vrouw die in het vakantiepark woonden. Nog steeds denken heel veel mensen, bij ons maar ook over de grens, dat zíj Europa hebben gedood.'

Matthijs: 'Dat is onzin. Er is maar één persoon die alles weet. Die het allemaal heeft zien gebeuren. Die van seconde tot seconde alles duizend keer heeft ontleed. En dat ben ik.'

Julia: 'De onlinewerkelijkheid was een heel andere. Die viel niet te beheersen. Toen kon dat helaas nog niet.'

Matthijs: 'Ik ben blij dat er nu mechanismen zijn om alle vormen van communicatie te filteren. Ik ben voor de vrijheid om meningen te uiten, maar daarom ging het toen niet. Mensen riepen op tot geweld. Ze wilden steden in brand zetten. En dat deden ze. Dat heeft niks te maken met vrijheid van meningsuiting.'

Rudolf: 'Hij is goed. Thijsje is goed. Dit kan hij. Ach jongen, dit kun je.'

Julia: 'Die avond, van 14 juli 2040, drie weken voor de boel zou exploderen…'

Matthijs: 'De avond van de crime passionnel…'

16

Bij de aftiteling belde Rick met WhatsApp: 'Die gekke broer van me moet vaker op televisie komen. Dit is zo goed voor hem geweest! Hij is geen moordenaar. Hij is iemand die net als iedereen verdwaald is in de geschiedenis, in de wereld! Fuck! Thijsje kan televisiepraten!'

'Wat is dat?' vroeg Anna.

'Televisiepraten is een manier om in dat schermpje niet te verzuipen. Sorry, verkeerd beeld. Je weet wat ik bedoel, mam. Sommige mensen hebben dat. Het is geen gewone manier van praten, maar televisiepraten. Is dat duidelijk?'

17

Matthijs belde daarna: 'Wat vonden jullie?'

'Je was heel goed,' zei Rudolf. 'Je hebt je revanche gekregen.'

'Ik ben niet op zoek naar revanche, papa.'

'Het herstel van je reputatie dan, je bent een normaal mens, je hebt fouten begaan, je hebt erover gesproken, rustig, precies, en ik ben trots op je. Echt. Trots.'

Rudolf kon zijn tranen niet inhouden.

'Wat vinden je handlers?' vroeg Anna terwijl ze een hand legde op Rudolfs schouder.

'Ze zeiden: kom bij ons werken, je hebt door hoe je dit moet doen, een narratief framen.'

Anna herhaalde: 'Narratief framen?'

'Ik ben daar een meester in, tante An. Zeiden ze.'

Rudolf zei: 'Je hebt je vrijlating verdiend, Thijs. Je mag verder.'

'Ja, toch, pap?'

18

Op hun telefoons kwamen berichten binnen, vrienden en bekenden en kennissen. Wie ze bij Julia hadden gezien was een man die na de val was opgestaan, bont en blauw weliswaar, maar nog steeds bij machte om zijn tocht te vervolgen. De haters konden zich niet uiten: die werden gefilterd en verbannen. Ze zwierven door de riolen van het internet, en daar kwam Anna nooit, ze wist niet eens hoe.

19

Anna had in 2040 haar functie neergelegd, ze was vijfenvijftig. Ze had afstand moeten houden van de zaak rond Europa, en dus van Matthijs, haar neef, maar al vóór de Dagen van Waanzin had ze met de driehoek in Den Bosch overlegd; ze had genoeg jaren opgebouwd voor het pensioen, misverstanden moesten voorkomen worden over de tante-neefrelatie, oftewel geruchten over complotten, dus ze trad terug, ontsnapte aan complicaties. Toen de boel ontplofte, was ze nog in functie. Ze zag Den Bosch branden, Tilburg, Hasselt, Reims. *Six Days of Infamy*, las ze op de site van CNN.

Michiel Jansen had ze sinds haar terugtreden niet meer gezien. Een paar keer hadden ze appjes uitgewisseld, ze stuurde hem een felicitatie toen ze hoorde dat hij promotie had gekregen en op weg was naar de topbaan in de organisatie. Dat was september 2043.

Michiel meldde dat hij in de buurt was en even kon komen. Een beetje een overval, dacht Anna, maar ze ging meteen akkoord.

Ze had nog geen onderzoek gedaan naar de basketbalschoenen. Dat was gevaarlijk terrein. Voordat Salma ze ter sprake had gebracht, had Anna jaren eerder over deze basketbalschoenen gehoord. Ze haatte die schoenen.

Michiel had haar indertijd de kans gegund de drugsconnecties van

Matthijs te verdonkeremanen toen ze onderzoek deden naar Sjoerd en Tjeerd Verhulst, de tweeling die tot de Brabantse drugsmaffia behoorde en indertijd vakkundig was geliquideerd. Het was nog steeds een open zaak zonder verdachten. Tijdens het proces over Ropa's dood bleef Matthijs gevrijwaard van beschuldigingen van drugshandel; het had hem extra jaren gekost als dat was komen bovendrijven. Anna was Michiel het nodige verschuldigd. En hij was op zijn beurt kwetsbaar nu hij commissaris kon worden; hij had nooit de connecties van Matthijs mogen deleten. Maar alles was goed.

Michiel was opgeknapt. Nog altijd wat nerderig, maar hij was afgevallen, was getrouwd, had twee kinderen. Niks eenzaam, zoals ze toen dacht. Hij bracht een boeket mee, niet eens van een benzinestation, maar van de kunstzinnige bloemenboetiek in het dorp. Hij deed zijn best. Ze dronken thee in de keuken, evalueerden het optreden van Matthijs bij Julia, en daarna nam ze hem mee naar buiten, naar de dode hoek, waar hij zijn telefoon in de pan legde.

'Salma Aziz heeft jou gevraagd,' zei hij toen ze zaten en hij had vastgesteld dat ze veilig waren.

'Ja.' Ze glimlachte. 'Ik ben de oude tante, jouw opleider, bij wie jij je hart kunt uitstorten mocht er nog iets zijn wat jij buiten de boeken wil delen.'

Michiel glimlachte ook: 'Buiten de boeken…'

'Buiten de boeken.'

'Ik heb geen idee wat dat zou kunnen zijn, Anna. Ik heb me altijd aan de regels gehouden, net als jij.'

'Net als ik,' zei Anna knikkend. Ze dacht: ik draai er niet omheen, geen spelletjes: 'Wanneer was dat met Matthijs en de Brabo Brothers, toch ook in 2040?'

'Voorjaar 2040, een paar maanden voordat de vlam in de pan sloeg.'

'Daarvoor ben ik je nog steeds dankbaar, Michiel.'

'Het voelde toen… natuurlijk.'

'En nu?'

'Ik maakte me chantabel. Matthijs en Europa konden mijn hulp tegen mij inzetten. Ik zat er behoorlijk mee in m'n maag toen het allemaal begon, haar dood, de betrokkenheid van Matthijs. Maar gelukkig trok het aan me voorbij.'

'Er gaat niks gebeuren.'

'Jij kunt me nu aangeven.'

'Ga ik zo meteen doen,' zei ze met een glimlach. 'Hoe oud ben je nu?'

'Zevenendertig.'

'Je wordt de jongste commissaris ooit in dit district.'

'Mazzel.'

'Competentie. Discipline.'

'Jij hebt me geleerd met een zaak te leven, Anna. Dit is geen werk van acht tot vijf. Je neemt het mee. Het zit in je ingewanden.'

'Het is lief dat je dat zegt. Maar jij gaat stappen verder. Met jouw kennis van technologie, waarvan ik nooit iets heb begrepen. Toen je bezig was met de moord op de tweeling, met het uitpeilen van telefoonconnecties en berichtjes en weet ik wat, toen maakte je indruk op iedereen. Want je schreef je eigen algoritmes om die ontelbare connecties te ontrafelen. Zo knap.'

'Dat was een kwestie van koppigheid,' zei hij grijnzend. 'Het leidde tot niks.'

'Dat was jouw ticket naar de top.'

'Maar ik ben er één gesprek van verwijderd, dit met jou...'

'Ik ben het maar,' zei Anna.

Hij vroeg, nonchalant: 'Hengelde ze naar iets?'

'Nee. Niet echt.'

'Anna, ik weet bijna zeker dat ze iets zei over sneakers. Basketbalschoenen.'

'Da's waar.'

'Vraag me wat je wil weten over basketbalschoenen.'

'Michiel, ik heb geen idee.'

'Ze zaten in het systeem. Ik heb een look-out bij Charlie ingevoerd voor bepaalde basketbalschoenen. Geen zoekmachine is zo sterk als die van ons, want alles zit erop en eraan, ook die van de inlichtingendiensten. Crazy 1.'

Anna haalde adem. Hij verborg het niet.

'Crazy 1,' herhaalde Anna. Ze zag ze voor zich.

'Ik wilde mezelf een cadeau geven toen ik bevorderd werd. Ze zijn gewoon online lastig te vinden. Maar niet via Charlie.'

'Heb je een paar gevonden?'

'Kortgeleden. Na al die jaren. Ik was al lang vergeten dat ik de look-out had ingesteld. Ik schrok ervan. Maar toen dacht ik: fuck, ik ga toch even bellen.'

'En toen?'

'Ze waren al verkocht.'

'Nee,' zei Anna.

'Ik heb daarna meteen de look-out ingetrokken. Ik voelde me er niet prettig bij. Het is oneigenlijk gebruik van Charlie. Anderen doen het soms ook, maar toch.'

'We trekken een streep,' zei Anna. 'Dit gaat over niks. Ga verder met je carrière. Je wordt op een dag topambtenaar of minister. Ik ga Salma zeggen dat je nog steeds geen paar Crazy 1's hebt en dat ze via andere kanalen moet proberen voor jou een paar te vinden, als cadeau voor je nieuwe baan.'

Hij lachte: 'Dank, Anna.'

Toen hij weg was stuurde ze Salma een bericht: *Michiel is een topjongen. Hij hoort dus ook aan de top. Groet, Anna.*

Michiel loog of het gedrukt stond. Ze wilde niet de reden weten. Dit moest stoppen.

20

Matthijs had zijn haar gemillimeterd, had zich niet meer geschoren, en was onherkenbaar – niet voor haar en Rudolf, maar voor zo goed als iedereen die hem bij Julia had gezien. Hij mocht met een nieuwe SeeSee-pas naar Malaga vliegen met bonuspunten die intern waren toegevoegd aan zijn nieuwe profiel, waarin hij een andere naam had gekregen: Steven Hermans. Er zouden twee handlers meegaan, niet Anton of Sabine maar twee mannen die jonger waren dan Matthijs. Het was een test om te kijken hoe hij zou functioneren.

Matthijs vertelde: 'Eindeloze hoeveelheden reacties zijn binnengekomen. Tientallen vrouwen deden me een aanzoek. Dat gebeurt geregeld bij bekende ex-gevangenen. Er waren er een paar bij die, hoe moet ik dat noemen, behoorlijk expliciete foto's stuurden.'

Ze hadden hem bij de basis opgehaald voor een lunch bij een restaurant in de omgeving dat Rudolf had gereserveerd.

'Waarom doen die vrouwen dat?' vroeg Rudolf.

'Geen idee. Ze kicken daarop, ze voelen zich aangetrokken tot eenzame mannen die ze kunnen genezen.'

'Ook reacties van mannen?' vroeg Anna.

'Ook reacties van mannen, ook aanzoeken, niet veel, maar toch.'

'Andere media?'

'Je hebt geen idee, Anna. Ik kan er maanden zoet mee zijn. Ik doe 't niet. Eén versie. De enige en laatste keer.'

'Uitgevers?' vroeg Rudolf.

'Ja. Ook. Ze willen voorschotten betalen. Ik doe het niet. Ik wil anoniem worden. Wat moeilijk is.'

'Ja, dat is moeilijk,' bevestigde Rudolf.

Anna zat achter het stuur, maar de auto reed zichzelf zo goed als zonder correcties naar het restaurant, De Derde Ketel, één Michelinster.

'Ik heb me al een beetje verdiept in Colombia,' zei Matthijs.

Het was duidelijk dat hij zou gaan. Hij zou voortaan als Steven Hermans door het leven gaan, in Colombia gaan samenwerken met zijn halfbroer Rick, dertien kinderen krijgen, en hopelijk een paar keer per week met de slappe lach over de vloer rollen. Zolang Rick er was, zou Matthijs veilig zijn. Wat moesten Rudolf en zij doen met zonen op een ver continent? Met kleinkinderen die Spaans spraken? Rudolf had genoeg buitenlands geld om zich daar een huis met personeel te veroorloven, het vliegen zou lastig worden met de zware CO_2-regels (niet in Colombia maar in de EU), en ze wist niet hoe goed Colombiaanse medici waren (vermoedelijk goed als je ze je kon permitteren), maar misschien hadden ze een punt in hun leven bereikt dat ze zich in de omgeving van hun volwassen kinderen moesten vestigen in de hoop dat ze één keer per week op bezoek mochten komen. Grote Colombiaanse gezinnen, dacht Anna, veel drukte, veel emoties, veel liefde, vrijheid om te winnen en vrijheid om te verliezen. En de sterrenhemel was totaal anders. Als ze daar een telescoop zou aanschaffen, kon ze nieuwe constellaties zien. Vermoedelijk hadden ze daar ook een veel schonere atmosfeer. Ze wist niet of je er sterrenkunde kon studeren. Ze had de afgelopen jaren die studie in Nijmegen kunnen volgen, maar iets hield haar tegen. Lamlendigheid. Bangigheid.

'Hoe is het eten in dat restaurant?' vroeg Matthijs. 'Ik ben wel toe aan iets lekkers.'

'Geen vlees, geen vis, ze waren door hun SeeSee's heen deze maand. Maar je zult je vingers erbij opeten.'

'Fijn, pap.'

Matthijs boog zich naar voren en legde een hand op de schouder van zijn vader, die op de passagiersstoel zat.

'Dank je wel, papa.'

Rudolf hield de hand van zijn zoon vast.

'Vanaf nu wordt alles beter.'

'Ja,' zei Matthijs, 'ik denk het ook. Ik geloof het echt.' Hij liet zich weer achterover zakken: 'Die maffe Rick heeft daar een zwembad van olympische afmetingen, en een basketbalcourt, en een hele gym, allemaal indoor. Hij verdient belachelijk veel geld.'

'Dat lukt jou ook,' zei Rudolf. 'Na wat je hebt meegemaakt, gaat alles lukken. Ben je een beetje fan van basketbal?'

'Jawel. Ik heb een basketbalperiode gehad. Waanzinnige sport. Reuzen die bewegen als balletdansers. Ik ging vroeger regelmatig naar de Heroes, of hoe ze toen ook heetten. De beste basketbalploeg van Nederland. Weet je nog, Anna?'

'Dat weet ik nog.' Ze wilde er niet aan herinnerd worden.

Matthijs zei: 'Jij was toen bevriend met Levi. Ik met z'n zoon Max. Ik herinner me dat Levi ons over Kobe Bryant vertelde en over andere basketbalgiganten. Max en ik gingen vaak kijken. Ik ben gestopt na de dood van Max.'

'Er is veel gebeurd met die man,' zei Rudolf.

'Ik herinner me hem als de dag van gisteren,' zei Matthijs. 'En toen, die vreemde avond met de pony. Het gedoe met Haksloot en die Syriërs...' Daarna zweeg hij.

Om de stilte te verdrijven zei Rudolf, geforceerd opgewekt: 'We zijn er bijna.'

21

Salma Aziz, chef van de Veiligheidsregio, reageerde pas na enkele dagen op Anna's bericht over Michiel: 'Sorry, was loeidruk. Paar gekke clubjes ontdekt die dromen over bommen, je hebt er inmiddels ook over gelezen, denk ik. Ja, Michiel is goed. Je extra bevoegdheden intrekken?'

Anna antwoordde: 'Laat even open. Ik wil nog even wat dingen driedubbel checken. Niks om onrustig van te worden. Maar ik ben graag zorgvuldig.'

Salma: 'Oké.'

22

Met niemand kon Anna haar onrust delen. Ze moest hiervan wegblijven. Dit kon als een boemerang naar Matthijs terug knallen. Hoe dat zou gaan, wist ze niet. Maar alles van tóén moest begraven blijven. Ze had Nico twee jaar bemind. Hij was een lieve man, en in een bepaald opzicht ook een onschuldige man, onschuldig in de zin van oprecht in zijn intenties. Toen hij Max verloor... Ze wist alles van Levi en basketbal. Als ze niet had aangedrongen, was Nico met zijn zoon naar Breda gereden om die sneakers te kopen. Dan was er niets gebeurd. Te erg allemaal.

Ze belde en kreeg een slot toegewezen; Charlie zou haar helpen. In het bunkerachtige gebouw van de Veiligheidsregio, ook in de kelder maar niet in het deel van de veilige hokjes, kreeg ze hulp van een Noord-Afrikaans meisje met een zwarte hoofddoek. Ze brachten nu vooral hoogopgeleide vrouwen naar Europa; op mannen was een stop geplaatst. Het meisje, Fatima, was onwaarschijnlijk snel, haar vingers vonden feilloos de toetsen terwijl het scherm haar ogen vasthield. Ze had kennelijk alle veiligheidscertificaten, anders zat ze hier niet. Ze sprak met een zwaar accent.

'De look-out is *deleted*,' zei Fatima. 'Er is een back-up als u het juiste veiligheidsniveau heeft. Wat is uw clearance?'

Anna liet haar pas zien. Fatima las hem met een infraroodlezer.

'Zo, *all the way up*,' zei Fatima.

Ze speelde opnieuw met het toetsenbord.

'Ook weg in de back-up,' zei ze. 'Moet ik doorgaan?'

Anna vroeg: 'Is er een back-up van de back-up?'

'Er is altijd een spoor te vinden. Wat in Charlie gebeurt, blijft in Charlie. Ik kan verder zoeken. Maar uw clearance krijgt een aantekening.'

'Wat voor aantekening?'

'Dat Charlie diep in zijn ingewanden moest zoeken, dus kennelijk gaat het om iets supergeheims, of supergevaarlijks. Soms helpt het om gewoon te googelen als u dat niet wilt.'

'Gewoon... googelen?'

'Je weet soms niet wat je meemaakt. Doen?'

'Ik heb het thuis niet gedaan. Ik dacht dat ik Charlie nodig had. Doe maar,' zei Anna.

'Crazy 1,' zei Fatima. 'Moet er iets bij? Te koop? For sale?'

'Te koop, ja, Nederlands.'

Fatima zei: 'Sneakers,' en tikte dat in.

Google onthulde een hit. Anna dacht: misschien zijn dat de sneakers van Max. En daarna: als dit maar niet de sneakers van Max zijn.

23

Yunus had tot drie uur les en daarna zou hij meteen naar huis komen, want hij zat voor een tentamen Latijn en 's avonds zou hij naar badminton gaan, zijn sport. Hij kwam om 15.17 uur aan op een elektrische step, zware rugzak. Hij was een Turkse jongen aan wie niet viel af te lezen dat hij een van de beste leerlingen was die het Gymnasium Celeanum in Zwolle de afgelopen jaren had gekend; hij had ook pizzabesteller kunnen zijn, dacht Anna, of mocht ze zo niet denken? Het Celeanum bestond sinds de veertiende eeuw. Yunus scheen een fotografisch geheugen te hebben. Er stond ook een aantekening in zijn bestand die wees op een gedragssyndroom, autisme of asperger. Hij was betrokken geweest bij een incident over 'misgendering', oftewel over het verkeerde gebruik van voornaamwoorden bij mensen die getransitioneerd waren: er waren autisten die in paniek raakten door het contrast tussen woord en beeld. De 'misgendering' leidde in dit geval niet tot straf in verband met zijn gediagnosticeerde geestesgesteldheid; zonder zijn gesteldheid had hij een boete gekregen. Anna gaf hem tien minuten, verliet haar auto en belde aan.

Zijn moeder droeg een zwarte hoofddoek, geknoopt zoals die van Fatima, misschien was dat iets nieuws waarover Anna nog niets had gelezen. Onder de hoofddoek zag Anna een paar blonde lokken.

Anna identificeerde zichzelf, de vrouw schrok.

'Is er iets gebeurd?'

'Niets. U hoeft niet te schrikken. Dit is alleen een kleine controle, uw zoon heeft geen overtreding begaan.'

'Waar gaat het over dan?'

'Over sneakers. Basketbalschoenen.'

'Die schoenen? Die heeft hij niet meer.'

'Weet ik. Ik wil hem een paar vragen daarover stellen, dat is alles.'

'Stel de vragen aan mij. Ik heb de koper te woord gestaan, niet Yunus, daar is hij altijd wat lastig in.'

'Goed. Eerste vraag: hoe kwam hij aan die schoenen?'

'Van m'n zus.'

'En weet u hoe uw zus eraan kwam?'

'Nee. Ze vond ze op zolder.'

'Hoe kwamen ze op zolder?'

'Niet uit zichzelf. Iemand heeft ze daar neergelegd,' zei ze bijdehand.

'Hebt u een vermoeden?'

'Haar man.'

'Haar man,' herhaalde Anna. 'Mag ik zijn naam?'

Ze zei: 'Serdar Aksoy.'

Anna zette de geluidsopname-app van haar telefoon aan: 'Kunt u dat herhalen?'

'Serdar Aksoy.'

'En waar kan ik meneer Serdar Aksoy vinden?'

'Op de islamitische afdeling van de hoofdbegraafplaats in Gorinchem.'

'O,' zei Anna.

'Ik kan er niets aan doen,' zei de vrouw.

'Wanneer is hij gestorven?'

'Drie jaar geleden of zo, tweeënhalf.'

'Ziekte?'

'Ja.'

'En zijn weduwe, uw zus, waar kan ik haar vinden?'

'In Nijmegen.'
'Kunt u me haar adres geven? Hier inspreken graag.'
Dat deed de vrouw.
'Dat was het?'
'Nee, nog even de koper. U hebt met hem gepraat.'
'Ik weet niet of het een hem was.'
Anna begreep de opmerking. 'Goed,' zei ze. 'Wanneer sprak u met deze persoon?'
'Een maand geleden. Dat was een beetje gek. Yunus had de schoenen nog niet op eBay gezet. Vreemd dat die koper hier opdook.'
'De persoon kwam aan de deur?'
'Ja.'
'Hebt u daar beelden van?'
Ze wees achter zich naar een CCTV aan de wand.
'Hebt u de beelden opgeslagen?'
'Nee. We bewaren ze drie weken.'
'Wettelijk moet u ze een jaar bewaren. Is een nieuwe regel.'
'Het spijt me. Dat wist ik niet.'
'Hebt u een beschrijving?'
'Ik wil geen problemen,' zei de vrouw.
'Waarover?'
'We volgen de regels.'
'Ik begrijp u niet,' zei Anna.
'Ik hou me aan de voornaamwoorden. Die waren niet duidelijk. Begrijpt u?'
'Ik denk dat ik u begrijp,' aarzelde Anna.
'De persoon ruilde de schoenen tegen een Xbox. M'n zoon was daar heel blij mee. Die zijn veel SeeSee's waard nu, een antieke Xbox, er zijn verzamelaars, zei Yunus.'

24

Onderweg kreeg ze van Fatima info over Serdar Aksoy. Hij was geboren in 2005 in Den Bosch, en overleden in Gorinchem in 2045. Getrouwd. Twee kinderen. Strafblad. Twee roofovervallen toen hij achttien was, vijf keer openbare geweldpleging, de laatste keer toen hij eenentwintig was. Na zijn eenentwintigste werd hij brandschoon. Hij werd eigenaar van een installatiebedrijf, en een modelburger. Hij sponsorde een amateurvoetbalclub in de buurt. Misschien was het beter dat ze naar huis ging. Waarom deed ze dit?

Nico Levi, de meestgezochte man in Europa, in sommige kringen een symbool van wat de EU aan beperkingen had opgelegd ten aanzien van 'het publieke debat' om desinformatie en uitingen van haat te voorkomen, had basketbalwedstrijden bijgewoond, wat geen verrassing was: ze was daar zelf bij geweest. En Michiel Jansen, Anna's eigen voorbeeldige leerling die op het punt stond tot commissaris te worden benoemd, had in de supercomputer van de opsporingsdiensten in het geniep een look-out geplaatst naar een bijzonder paar basketbalschoenen – van die schoenen wist Anna alles. Wat betekende dit? Niks. Levi was al jaren onvindbaar, vermoedelijk was hij dood. Zonder zijn interview met de ouders van Europa Ivanova was de explosie minder groot geweest, of had die misschien in het geheel niet plaatsgevonden. Was Matthijs er met een lagere straf afgekomen, of was er geen rechtszaak geweest. Waren steden niet afgebrand en hadden minder begrafenissen plaatsgevonden. Het betekende niks.

Toch reed ze Nijmegen binnen.

25

In Nijmegen belde Anna aan bij de zus van de Zwolse vrouw, de weduwe van Serdar Aksoy, geen vrouw die tradities volgde, zo te zien: strakke broek, strak shirt, geen hoofddoek. Los zwart haar rondom een zacht gezicht met brede jukbeenderen. Ze woonde bij haar ouders in. Ze vertelde dat na de verkoop van het huis in Gorinchem de zolder moest worden leeggeruimd. Daar vond ze in een kartonnen doos een plastic tas, met nieuwe sportschoenen, nooit gebruikt.

'Ik wist niet dat Ser ze had, hij heeft er nooit iets over gezegd. Een paar sportschoenen. Is niet zo belangrijk. Daarvoor komt u helemaal naar me toe?'

'Ja.'

De vrouw vroeg: 'Heeft Ser ze vroeger gestolen?'

'Nee. Vermoedelijk niet, nee,' zei Anna.

'Maar het is zo belangrijk dat u vanuit Den Bosch naar Zwolle rijdt, en daarna naar Nijmegen?'

'Het is mijn werk.'

'Zijn ze iets waard, die schoenen?'

'Ik heb geen idee, mevrouw.'

'Mijn man had een verleden, dat weet u.'

'Dat weet ik.'

'Heeft het daarmee te maken?'

'We zijn een beetje aan het kijken, dingen aftasten...'

'In z'n jeugd was hij geen lieve jongen. Maar voor mij was hij een harde werker. Slim ook. Als er iets was op straat of zo, dan sprong hij ertussen. Hij kon niet tegen onrecht. Mensen in Gorinchem spreken nog over hem. Er waren bijna tweehonderd mensen op de begrafenis.'

26

Waarom had Michiel Jansen de look-out in Charlie geplaatst voor een paar Crazy 1's? Jaren later dook er een travestiet of transseksueel op die die sneakers begeerde. De hele geschiedenis door hadden mannen zich als vrouw verkleed, ook bij misdaden, bankroven, zelfs verkrachtingen. En nu ook met het ruilen van een paar Crazy 1's tegen een Xbox.

Ze wist dat ze dit beter kon laten, omdat ze een akelig idee had over wat ze kon aantreffen, maar ze nam opnieuw contact op met Fatima.

'Tot hoe laat werk jij vandaag?'

'Ik ben zo weg.'

Anna vroeg: 'Kan ik morgenochtend komen?'

27

Ze kon het niet voor zich houden. Aan het begin van de avond, in de dode hoek, vertelde Anna aan Rudolf wat ze had ontdekt.

'Waarom doe je dit?' vroeg hij nadat hij een fles had geopend. Kritiek in zijn stem.

'Ik wil de bevordering van Michiel Jansen beschermen.'

'Doe je dat nu?'

'Ik weet het niet.'

'Als ik het zo hoor,' zei Rudolf, 'breng je hem in gevaar.'

'Welk gevaar?' vroeg ze tegen beter weten in.

'Je hebt geen idee wat je losmaakt. Je hebt geen idee welke rol die sportschoenen spelen. Crazy 1, dit is net zo maf als het klinkt. Michiel was met iets bezig wat niet door de beugel kon. Dat is duidelijk, toch? Laat hem. Blijf ervan af. Je neemt het risico dat hij zijn promotie mist. Hou je handen schoon.'

'Je hebt gelijk,' zei ze.

28

's Ochtends, naast Fatima in de kelder, achter twee beeldschermen, had ze geen idee waar ze moest beginnen. Ze zei: 'Het personeelsdossier van Michiel Jansen. Kun je dat laten zien?'

'Dat kan ik. Maar zo'n search laat wel bij bepaalde afdelingen bellen rinkelen, mevrouw Klerks. Deze naam heeft een context. Een hoge politiepersoon. Begin er niet aan. Ook nu: googel. Doe het thuis. Mag ik dat aanraden?'

29

Rudolf had in Utrecht overleg over nieuwe projecten en zou pas aan het eind van de middag terug zijn. Matthijs was klaar voor de trip naar Malaga, leek opgewekt toen ze met beeld appten. Wat schoot ze op met Michiels curieuze look-out? Ze tikte zijn naam in. Half Nederland heette Michiel Jansen. En ze leefden en werkten op elke plek op aarde. Ze vond haar Michiel Jansen, de politieman, en zocht verder via zijn geboortedatum, daarna via zijn vader, grootvader. Het leidde tot niks.

Alles veranderde toen ze via de zoekmachines van bedrijven die stambomen samenstelden de moederlijn volgde. Michiels overgrootmoeder heette Elisabeth Haksloot. Een paar klikken brachten Anna naar Elisabeths neef Pieter Haksloot, een verzetsheld. Er waren enkele artikelen over hem, en in een daarvan werd verwezen naar een blog van Nico Levi op zijn site de Langstraat. Maar Nico's site was na de invoering van de desinformatiewetten op zwart gedraaid. Daarvoor moest ze naar Charlie.

Kut. Michiel had dus Hakslootse genen. En Levi kwam ook nog even langszeilen in verband met ene Pieter Haksloot. Wat moest ze hiermee, verdomme? En wat zou dit voor Matthijs betekenen? En voor Michiel? En voor haar?

Toen het tot haar doordrong dat Charlie of een andere supercomputer haar zoektocht via Google voor de eeuwigheid had bewaard, begon ze over haar hele lijf te trillen. Fatima had haar naar huis gestuurd omdat ze zelf onrustig werd bij het naspeuren van Michiels relaties, Fatima wilde niet meegesleurd worden in Anna's val, of die van Michiel, bedacht ze opeens. En wat had ze eraan nu ze wist dat

Michiel een verre verwantschap had met Pieter Haksloot en dus met Henri Haksloot? Welk raadsel dacht ze te ontrafelen? Ze vond het van belang dit te noteren: het was 20 mei 2047, drie over twee 's middags. Zenuwachtig maakte ze een te snelle wandeling rond de IJzeren Man en ze bleef de rest van de dag opgefokt. Desondanks slaagde ze erin Rudolf niet aan te steken met de koorts in haar kop, geen woord tegen hem over wat ze had gevonden. Samen belden ze nog een keer met Matthijs en later wisselde ze een paar appjes uit met Rick. In bed bedacht ze waarom ze zo werd gekweld: ze had ervaring. Als dergelijke lijntjes rondom de sneakers bestonden, hoe ijl dan ook, zo wist ze uit haar jaren als rechercheur, dan was er iets te vinden.

30

'Aan de zijkant!' riep Anna toen ze hoorde dat Michiel aanbelde.

Hij kwam naar haar toe. Ze zag aan hem dat hij al dagen rondliep met zorgen over dit gesprek – waaraan kon ze dat zien? Na honderden verklaringen in verhoorkamers? Of waren er subliminale geursignalen die we konden ruiken?

Ze had een koelboxje staan met pilsjes. De SeeSee's deden er even niet toe, ze had een open kaart.

'Hi,' zei Michiel.

Ze gaven elkaar een hand. Hij had een beetje zweterige handpalm. Ze wees naar de lege stoel en hij ging zitten.

'Pilsje?'

'Graag.'

Ze reikte hem het flesje aan.

'De kinderen?' zei ze.

'Alles in orde. Een feest. En hier?'

'Matthijs is even het land uit. Verder oké.'

'Het land uit? Mooi,' zei Michiel. 'Proost.'

'Proost.'

Anna had water. Geen alcohol voor haar. Hij zette het flesje aan zijn mond, veegde na de slok met de rug van zijn hand zijn lippen droog.

'Wat heb je gevonden?' vroeg hij.

Zo veel directheid had ze niet verwacht.

'Ik wil geen gedoe, Michiel, ik wil niet dat je je promotie misloopt, daarover geen misverstand, ik wil dat je dat weet.'

'Ik weet niet wat je me gaat vertellen, maar het kan niet anders dan kut zijn.'

'Ik heb vragen, dat is alles.'

'Zeg 't gewoon. Ik ken de trucjes. Jij was mijn mentor.'

'Goed. Je bent een Haksloot.'

'Je meent 't,' zei hij hoofdschuddend. 'Hoeveel generaties terug? Je beschuldigt me van wat? Dat in mijn stamboom de naam Haksloot voorkomt? Ga je me daarvoor aangeven? Anna?'

'Het zou fijn geweest zijn als je me dat toen had laten weten, bij de dood van Henri Haksloot.'

'Omdat de moeder van mijn moeder van mijn moeder Haksloot heette? En nu wil je me laten struikelen omdat ik zeven jaar geleden met jou in het team zat dat 't ongeluk met Haksloot onderzocht?'

'Ik wil je niet laten struikelen,' zei Anna, en ze had meteen berouw. Natuurlijk had hij gelijk.

Hij wond er geen doekjes om. Hij zei, nadat hij om zich heen had gekeken om zich ervan te vergewissen dat er geen CCTV's hingen: 'We hebben samen ons dingetje, Anna. Je stiefzoon heeft een drugsverleden dat een beetje afwijkt van wat hij in het proces heeft verklaard. Hij was niet alleen een gebruiker maar ook een dealer, en een grote ook. Daar kan hij nog altijd voor gepakt worden. Het lijkt me ook voor jou belangrijk om dat onder het kleed te houden. Ik liet dat lopen omdat ik jou respecteerde, en jouw stiefzoon niet nog een keer door alle shit heen wilde laten gaan.'

Dat klonk als een dreiging. Ze ging er niet op in: 'Het was een mooi geschenk, Michiel. Nog altijd ben ik dankbaar daarvoor.'

Hij spreidde even vragend zijn handen: 'Anna… waar gaat dit over? M'n overgrootmoeder is geboren met de naam Haksloot. Ze heette daarna Van Wijk, want haar man was Thomas Adrianus van Wijk. Waarom is dit van belang voor je? Wat denk je te ontdekken?'

'Crazy 1,' zei Anna.

Hij schudde zijn hoofd: 'Je gaat nu even door met het andere issue? Ik ken de trucs, Anna, jij hebt me opgeleid! Zoek je een paar? Ik ook, het zou mooi zijn om ze te hebben. Legendarische sportschoenen.'

'Ik was in Zwolle, daarna in Nijmegen,' zei ze.

Hij antwoordde te snel: 'Mooi. Goeie reis gehad?' Meteen daarna slikte hij, keek een moment weg. Hij was zich bewust van deze onwillekeurige reactie. Hij keek haar even aan om zich ervan te vergewissen dat het haar niet was ontgaan, hij was nu eenmaal haar leerling geweest.

Daarna bleef Michiel enkele seconden stil. Ze wist wat er in zijn hoofd omging: hij was nu op zoek naar een verhaal. Dit had hij niet verwacht. Hij besefte dat ze toegang had tot Charlie. Hij besefte dat ze iets wist wat hij verborgen had willen houden. Hij wist niet dat zij dat ook wilde. Anna bleef berouw voelen.

Hij zei: 'Gaat Matthijs dat vaker doen, televisiedingen? Hij kan dat goed. Zou iemand met zijn verleden een kans krijgen?' Hij had tijd nodig om na te denken.

'Aanvragen voor interviews en zo, dat wel. Hij wijst alles af. Terecht.'

'Lijkt me verstandig, ja.'

'Michiel, die sportschoenen…'

'Waarom doe je dit, Anna?'

'Kan ik ont-weten wat ik weet?'

Hij zei: 'Ik weet niet wat je weet, maar ja, dat kan, ont-weten. We hebben die types in verhoorkamers gehad. Sommige wisten niet eens dat ze daartoe in staat waren, ont-weten. Doelbewust vergeten. Selectief vergeten.'

Anna zei: 'Ik zal Matthijs nooit opgeven, Michiel. Hij moet buiten schot blijven, dus jij en ik ook.'

'Waarom ben je dan gaan rijden, Anna? Was thuisgebleven. Dit schitterende huis. Je oude liefde die je nieuwe liefde is geworden. Je zoon terug uit de hel. Voor het hele volk gepresenteerd als een man die is gelouterd, die recht heeft op een tweede kans. Laat dus zitten, Anna. Ik heb jonge kinderen...'

Dat laatste klonk pathetisch. Ze wilde hem niet straffen.

'Michiel, ik wil je niet in de problemen brengen.'

'Ga niet meer rijden,' zei hij. 'Je weet niet waar je aankomt.'

'Is dat zo gevaarlijk dan?'

'Je kan verdwalen.'

'Ik kan volledig automatisch rijden. Dat ding kan niet verdwalen.'

Hij nam een slok, wees daarna op het sigarettenpakje op tafel: 'Mag ik er een?'

Ze gaf hem een sigaret, stak er zelf ook een op. Dunhills van de zwarte markt. Haar man had opslaghallen vol spullen om te ruilen.

'Ik had iets in m'n hoofd gehaald, Anna. Het leidde tot niks. Het heeft met die schoenen te maken. Ik speel open kaart, maar ik wil nu dat we iets afspreken, goed?'

'Wat stel je voor?'

'Dit blijft tussen ons. Wat ik ga vertellen is nooit gezegd.'

'Hoe kan ik daar vooraf iets over afspreken?' zei ze.

'Dan ga ik weg en mag je blijven rijden tot je een ons weegt. Je komt toch nergens aan. Want er is geen bestemming. Maar als we dit tussen ons houden, weet je wat ik zocht met die schoenen.'

Ze inhaleerde en nam een paar momenten om dit tot haar door te laten dringen. Ze had niks te winnen of te verliezen. Het was beter om dit achter zich te laten. Niks mocht Matthijs' nieuwe bestaan in gevaar brengen.

Ze zei: 'Dit blijft tussen ons. Afgesproken.'

Michiel knikte.

'Anna, luister, die schoenen. Kobe Bryant droeg dat model in

2000 in de finalewedstrijden van de Lakers, de play-offs. Als je een paar uit dat jaar vindt, met een handtekening van Kobe Bryant, ze zijn goud waard. Tenminste, als je weet wat je in handen hebt. Maar dat is niet de reden dat ik ernaar op zoek was. En het gaat ook niet om Henri Haksloot.'

'Als je straks commissaris bent kun je een coldcaseteam opzetten en opnieuw de dood van Max en van Haksloot in kaart brengen. Er kan zoveel meer nu.'

'En dan ga ik jou vragen, Anna.'

'Wil je me omkopen?'

'Het maakt niet uit hoe je het noemt. Als ik dit gesprek met jou overleef, ga ik je vragen die werkgroep op te zetten.'

Hij nam een slok, daarna een teug van de sigaret. Hij was op zoek naar focus, dacht ze.

Hij zei: 'Dat we Levi nooit te pakken kregen, heeft me nooit losgelaten.'

Meteen dacht Anna: alles hangt met alles samen. Die opstanden waren onder hun handen en ogen ontstaan, de handen en ogen van Anna, Michiel, zij waren er getuige van, en dat niet alleen: ze hadden persoonlijk de mensen gekend die met of zonder opzet de lont hadden doen ontbranden. Maar ze wilde absoluut niet dat Levi werd gevonden.

'Mij ook niet,' zei ze. 'Het heeft me nooit losgelaten.'

'Een paar jaar geleden, uit interesse en uit ambitie, want stel je voor dat het me zou lukken, ben ik alle stukken nog eens gaan napluizen. En toen stuitte ik op de zoon van Nico Levi. Max.'

'Ja?'

'Levi's zoon is vermoord, op z'n minst was het doodslag. Dat was in 2025. De jongen was vijftien. Op het station in Den Bosch kreeg hij ruzie met een paar jongens. Max kreeg een duw, werd getrapt, en hij viel, de zoon van Levi, van de hoge trap in de hal. Hij functioneerde nog enigszins en wilde ervandoor gaan op zijn fiets. Maar hij viel nog een keer helemaal verkeerd. Schedelbasisfractuur, een zware. Een paar dagen later stierf de jongen.'

'Ik ken de zaak,' zei Anna. Ze kende veel meer dan de zaak, ze kende de pijn, de wanhoop, de naakte verschrikking. Ze keek hem geïnteresseerd aan, alsof dat alles was wat te ervaren viel, nieuwsgierigheid.

'Dat weet ik,' zei Michiel. 'Ik heb het oude dossier erbij gehaald, over Max Levi. Nico's zoon. Uit interesse, en wat ik net zei: ambitie. Jij weet alles van dit dossier, want je hebt je er de eerste dagen over gebogen. Daarna heb je het overgedragen.'

Hij zweeg nu. Ze hoorde hem snuiven, hij ademde diep.

Anna zei: 'Max Levi was net met de trein uit Breda gekomen. Hij had een paar Crazy 1's gekocht. Bij een handelaar.'

Michiel vulde aan: 'In het gevecht is hij de greep op het plastic tasje kwijtgeraakt. Op de CCTV-beelden zie je vaag, alles eraan is vaag, dat tasje wegschuiven. Hij was het tasje kwijt toen hij beneden aan de trap lag. Het tasje werd ook niet buiten bij zijn fiets aangetroffen.'

Politiewoord, dacht Anna, aantreffen. Ze miste die woorden: 'Wie nam het tasje mee? De daders?'

Michiel zei: 'Een bijstaander? Alles is mogelijk. Ik denk toch de daders.'

'Wanneer ben je je hierin gaan verdiepen?'

Michiel zei: 'Toen Levi verdween. In '44.'

'En de look-out?' vroeg Anna.

'Dat was de logische stap.'

'Waarom zouden die schoenen jou verder brengen?'

'Het kan niet anders dan dat de daders de schoenen hebben meegenomen.'

'Je denkt dat Levi dat ook al die tijd in zijn achterhoofd had?' vroeg ze. 'Al sinds 2025? Ik moet die schoenen vinden?' Ze hoefde de vraag niet te stellen, ze wist dat Nico zo had gedacht.

'Dat denk ik, ja,' antwoordde Michiel.

'Ik herinner me de beelden. Daar was niks op te zien.'

'Eén camera boven, eentje onder aan de trap. Kutkwaliteit.'

Ze zei: 'Misschien heb je gelijk, Nico heeft natuurlijk ook naar die schoenen gezocht. Er waren toen geen aanknopingspunten. Maar de kans dat die schoenen na al die jaren opduiken is bijna nul. Ze zijn versleten en weggegooid. Vermalen en verbrand in een afvaloven.'

'Negenennegentig procent, ja. Maar één procent blijft over. En de techniek heeft niet stilgestaan, Anna. Als Levi nog leeft...'

Hij greep naar het pakje en stak een tweede sigaret op. De eerste had hij half gerookt in de asbak kapotgedrukt.

'Ik ben in Zwolle geweest,' zei Anna. Ze voelde haar hart op hol slaan.

'Dat vertelde je, ja.'

'Het paar Crazy 1's dat ze daar hadden, dat een jongen van z'n tante had gekregen, is geruild.'

'Wat heeft-ie ervoor gekregen?'

'Een Xbox.'

'Een oude Xbox is goud waard,' zei Michiel. Hij zat te denken, zag ze, koortsachtig bijna.

'Ik ben daarna naar z'n tante in Nijmegen gegaan. Een weduwe. Ze was getrouwd met een man die in Den Bosch is opgegroeid. In z'n jeugd een onaangename jongen. Strafblad. Ze woonden in Gorinchem en ze had een paar Crazy 1's op zolder gevonden toen ze na zijn dood ging verhuizen. Dat moet het paar geweest zijn van Max Levi. Althans, de kans is groot.'

'Wauw,' zei Michiel zacht. Hij keek haar niet aan.

'Die sneakers waren sinds 2025 verdwenen. Opgelost *in thin air* in het station van Den Bosch. Zo goed als zeker lagen ze daar op zolder. Haar gestorven man...'

Michiel knikte. Inhaleerde diep.

Ze vroeg: 'Weet je wie in Zwolle het paar heeft gekocht?'

Hij antwoordde, nog steeds wegkijkend: 'Ik heb geen idee.'

Anna zei: 'Ik ook niet. Er waren geen beelden. Het was een man, of een vrouw, zei ze. Ze durfde niet het verkeerde voornaamwoord te gebruiken.'

'Hoe bedoel je?'

Ze zei: 'Ze wilde niet misgenderen. Het was een man in vrouwenkleren. Of een vrouw in vrouwenkleren. Of een andere variant. De schoenen stonden niet online. Iemand had toegang tot de e-mails van de jongen die ze in bezit had. Die jongen had zijn tante om toestemming gevraagd of hij ze mocht verkopen. Een koper dook op, veel te snel. Alsof hij, of zij, het e-mailverkeer tussen hen had gelezen.'

Michiel knikte, op zoek naar een reactie.

Zij wist ook niet wat ze moest zeggen. En quasiluchtig vroeg ze: 'Dus?'

Hij haalde zijn schouders op, alsof het hem niet interesseerde: 'Dus niks. Geen beelden.'

Ze zei: 'Er zijn veel gevallen van mensen die de CCTV's in verwarring willen brengen, hoor ik.'

Nu keek hij haar aan, iets schichtigs in zijn ogen: 'Niet de camera's, maar de software,' zei hij. 'De camera's zijn dom, de software calculeert.'

Ze zei: 'Als je de wereld volhangt met CCTV's, gaan mensen proberen aan herkenning te ontkomen. Zoals met het internet. Hoeveel lagen hebben we inmiddels onder het darkweb?'

'Eindeloos veel,' antwoordde Michiel. Hij dronk zijn flesje leeg zoals iemand doet die daarna wil opstappen. Maar hij bleef zitten.

Anna opende de koelbox en schoof een vers flesje naar hem toe. Alleen nog glas, strikt recyclebaar.

'Als jij de Anna bent die ik ken, gekend heb,' zei hij toen hij de flessenopener greep, 'dan gaan we ons opnieuw verdiepen in de verdwijning van Levi. Want jij denkt wat ik denk...'

'Misschien,' zei ze. 'Wat denk jij dan?'

'Ik durf niks te denken,' zei hij vervolgens, zichzelf tegensprekend.

Ze vroeg: 'Is hij al die tijd gewoon onder ons geweest, in vermomming?'

'Je bedoelt Levi?'

'Ja?' zei ze.

Hij leek een moment op te leven: 'Vrij rondgelopen zonder dat de CCTV's hem konden lezen?'

'Ik heb ooit iets gelezen over Joden, niet veel, maar toch, die in de Tweede Wereldoorlog zonder ster zijn blijven rondlopen in Amsterdam. En het overleefd hebben. Er zijn kennelijk altijd mensen die zich nergens wat van aantrekken en mazzel hebben, soms in de ergste omstandigheden.'

'De desinfowetten gingen in 2044 in, 19 februari,' zei hij.

'Hoe wist Levi dat die jongen in Zwolle de sneakers aanbood? Dan moet Levi een internetconnectie gehad hebben. Dan heeft hij het account van die jongen gehackt. Laten hacken. En dan moet er een spoor te vinden zijn naar een IP-adres. Of Charlie heeft zijn werk gedaan.'

'Dat zou kunnen,' zei Michiel. Hij bleef mat. Maar ze had een bom gegooid.

Ze wilde hem niet te veel belasten en de stilte beperken: 'En wat wilde Levi ermee? Met die schoenen?'

'Geen idee, Anna. Een ritueel?'

'Een ritueel,' zei ze, 'na al die jaren van rouw. Of hij hoopte dat ze hem op het spoor van de moordenaars konden zetten. Zoals ze mij naar die man in Gorinchem brachten.'

'Bewijzen?'

'Nee. Alleen een vraag: waarom hield Serdar Aksoy tweeëntwintig jaar lang gloednieuwe sneakers bij zich?'

'Dat is zijn naam?' vroeg Michiel. Ze had het gevoel dat die naam niet vreemd voor hem was.

'Ja.'

'Anna, ik denk: als hij een van de daders was in 2025 in Den Bosch, dan wist hij dat ze geld waard waren, maar hij kon ze niet verkopen. Hij moest wachten. En wachtte. Hij wachtte nog langer. De urgentie verdween. En hij vergat het min of meer. Stierf. En het paar Crazy 1's kwam bij z'n neefje terecht. En die zette ze online.'

Anna zei: 'Misschien.' En vervolgens: 'En daar had Levi tweeëntwintig jaar op gewacht.'

Ze zag alles in Michiels gezicht. Hij keek haar aan, hij rook naar onrust.

Anna zei: 'Stel je voor. Zo lang gewacht op een aanwijzing, zo lang gewacht op gerechtigheid, gewacht op wraak, misschien wel. Wij hebben de daders nooit kunnen grijpen. En nu... sturen die sneakers, waarover hij al vanaf 2025 verwachtingen had, nu sturen die sneakers Nico naar de daders.'

'De dader was gestorven, zei je.'

Anna zei: 'Het waren drie daders, zoals je weet, drie jongens.'

'Wat stel je voor?' vroeg hij.

'Het moet mogelijk zijn de andere twee te identificeren. Misschien is-ie een keer opgepakt met een van die twee anderen.'

'Dat zou kunnen. En dan?'

'Dan wachten tot dat jurkwezen opduikt. Op zoek naar vergelding.'

'Je maakt grote stappen, Anna.'

'Soms van een detail naar de grote theorie, soms van de grote theorie naar het detail.'

Ze had dat in het verleden minstens honderd keer tegen hem gezegd.

Michiel gromde met een grimas. Hij vroeg: 'En de theorie luidt?'

'Dat die vrouw Nico Levi was, op zoek naar de moordenaar van zijn zoon. En daar maakt hij zich kwetsbaar mee, want hij zal zich op een dag laten zien. Maar hij kan niet anders. Het gaat hem om de moordenaars van Max.'

God, het medelijden dat ze met hem had. Een oppas. Niet met de auto naar Breda. Op Rick passen.

Michiel vroeg: 'Wat gaat dit betekenen, als het klopt, voor Matthijs? Wat gaat Levi in de rechtszaal verklaren?'

'Wat kan hij verklaren?'

Ze moest hiervan afblijven. Wat was ze aan het doen? Nico, ach, lieve Nico. Ze moest dit op de een of andere manier tegenhouden.

Michiel stond op en vroeg: 'Wanneer vervolgen we dit?'

'Wanneer jij wil. Dit is jouw werk.'

Hij zei: 'Je moet terugkomen bij ons. Je hebt een gek hoofd. Dat kunnen we gebruiken. Daar kan geen Charlie tegenop.'

31

Matthijs was nu vijf dagen in Malaga en wilde langer blijven. Hij had daarvoor toestemming gekregen, zijn begeleiders zouden terugvliegen. Hij had nu al een mooie mediterrane kleur.

'Goeie gasten zijn dat. Die deden gewoon mee. Clubs in en uit. Echt te gek tot nu toe.'

'Let je een beetje op?' zei Rudolf.

'Nee, luister niet naar je vader, je neemt het ervan!' riep Anna.

Ze zaten naast elkaar voor de laptop, allebei met een glas rode wijn.

'Ze zijn hier losser dan bij ons. Ze hebben dezelfde wetten, toch is 't relaxter.'

Anna vroeg: 'Heb je genoeg SeeSee's?'

'Nou, een beetje erbij zou geen kwaad doen.'

'Ik stort wat,' zei Rudolf.

'Fijn, pap.'

'Dat moet een groot contrast zijn, dit nu na al die jaren,' zei Anna.

'Het bestaat niet meer voor me, tante An, ik ben in het hier-en-nu. Op deze plek op aarde. Tussen fantastische mensen. Ik heb Zweden leren kennen die hier wonen. En toen heb ik een café bezocht, echt een toplocatie, eigendom van een ouder echtpaar, Duitsers, die willen stoppen. Het blijft trekken, pap, de horeca. Echt fantastische tent.'

Buiten beeld kneep Anna misschien iets te hard in het bovenbeen van Rudolf.

Rudolf vroeg: 'Wat trekt je dan zo?'

'Het theater. Gastheer zijn. Mensen vermaken. Goeie gerechten op tafel zetten. Van alles een evenement maken.'

'Dat is allemaal waar,' antwoordde Rudolf.

Anna wist dat ook Rudolf hiermee niet blij was, om het voorzichtig uit te drukken.

'En Colombia?' vroeg Anna.

'Fantastisch, natuurlijk. Helemaal te gek om samen te werken met m'n broertje. Maar ik ben daar wel een aanhangwagen. Rick zit in de driver's seat. Ik zal vragen of die mensen wat op papier hebben, en cijfers en zo. Misschien een goeie investering, pap.'

Drie keer fantastisch al, dacht Anna.

'Misschien wel,' zei Rudolf.

Nadat ze de verbinding hadden verbroken, keken ze elkaar verslagen aan.

Anna zei: 'Je mag dit niet doen. Hij moet weg hier. Hij moet leren dat zijn plaats naast en een beetje onder Rick is. En daarbij was hij me iets te energiek.'

'Gebruikt-ie weer, denk je?'

'Wat denk je?'

Rudolf zei: 'Hij heeft twee mannen naast zich. Legermannen, of van een veiligheidsdienst.'

'Misschien gebruiken die ook,' zei Anna. 'Ik heb ze decennialang gezien, honderden gebruikers. Matthijs is niet… evenwichtig genoeg. Hij heeft sturing nodig.'

'Hoe pakken we dat aan? Colombia?'

'We moeten hard zijn. Geen SeeSee's om daar te verbrassen,' zei Anna.

'Ik heb het hem net beloofd.'

'Een beetje dan. Voor een paar dagen nog. Dan moet hij wel terugkomen.'

'En dan?'

Anna zei: 'Dan hebben we hulp nodig. Urinetest. Psycholoog.

Therapie. We moeten het hem zo zwaar maken dat Colombia een bevrijding wordt.'

'Hij heeft een maffe jeugd gehad.'

'Er zijn mensen die heel wat maffere dingen hebben meegemaakt. Louise stierf, jij ging ervandoor, maar ik was er. Altijd.'

Rudolf boog zich naar haar toe en kuste haar, ter bezegeling van hun verbond. Daarna zei hij: 'Ik dacht dat hij sterker was geworden. Realistischer. Een zaak leiden is niks voor hem.'

'Hij rent zichzelf voorbij. Overschatting. Daarna twijfel en faalangst,' zei Anna. 'Hij is zo bang te vallen dat hij valt.'

'Waarom?'

'Dat zoekt een psycholoog wel uit. Maar ik doe een gok. Matthijs verwijt zichzelf dat hij zijn moeder niet kon redden. En daarna kon hij niet voorkomen dat jij vertrok. Hij schoot tekort. Rende vervolgens de rest van zijn leven achter de feiten aan.'

'Jezus...' zei Rudolf.

Anna vroeg: 'Zit ik er ver naast?'

'Dus dan zou het ook kunnen, als ik dat zo volg, dat hij ten onrechte heeft bekend. Uit schuldbesef? Wat zeg je dan?'

'Dan zeg ik dat je doorschiet.'

'Ik weet 't niet,' mompelde hij.

'Je wilt dat hij alsnog onschuldig blijkt te zijn. Dat wil ik ook. Maar de kans daarop is nihil. We moeten dit laten rusten. Niet nog een keer het mediacircus in. Hij kan dat niet aan. Ik ook niet.'

32

Al enkele dagen had Anna niet van Michiel gehoord. Dat was goed. Ze had geen haast. Ze had geen greep op wat er kon gebeuren als de lijnen naar haar vroegere geliefde Nico liepen, waardoor hij alsnog in een rechtszaal zou belanden. Ze wilde eigenlijk niet dat hij sprak. Ze wilde niet verantwoordelijk zijn voor nog meer pijn.

Michiel had haar het dossier uit 2025 van de dood van Max Levi gemaild. In navolging van Michiel vond ze de voetnoot over de Crazy 1. Hij had dat goed gezien. Kut. Michiel had ook het verzameld werk van Nico Levi voor haar inzichtelijk gemaakt. De Langstraat-blog. Dat kon niet zomaar online. Michiel had daartoe Fatima een opdracht gestuurd, die vervolgens de artikelen in een aparte kamer in de kelder op een beeldscherm zette. Anna kon niets daarvan mailen of kopiëren, ze mocht evenmin aantekeningen maken, het werk moest geïsoleerd blijven, zo gevaarlijk werd het geacht. Voordat ze de kamer betrad, moest ze haar handtas en telefoon achterlaten en een formulier tekenen waarin ze zich verplichtte geen aantekeningen te maken of foto's te nemen. De kamer had wanden die internet- en telefoonverbindingen verstoorden. Camera's in elke hoek. Er stond geen tafel, het beeldscherm was ingebouwd en op een draagarm stonden een toetsenbord en een muis.

Ze herlas het interview met Europa's ouders op Nico's blog. Dat was het moment geweest van de fatale druppel die alle emmers in dit deel van de wereld had doen overstromen. Anna had het indertijd gelezen, en nu ze het herlas kon ze niet anders dan vaststellen dat de ouders van Europa over opmerkelijke feiten hadden beschikt – verzonnen feiten, dat kon niet anders, oftewel Russische feiten.

Er werd druk op Nico uitgeoefend om het interview terug te trekken, zelfs een telefoontje van de minister van Veiligheid kon hem niet overtuigen.

Dit was Nico's verslag op zijn blog van het gesprekje met minister Sander Kooijman:

'U moet ons helpen, meneer Levi, in plaats van uw kont tegen de krib te gooien. Het kan uit de hand lopen, met doden. En dat kan voorkomen worden.'

'Excellentie...' zei Nico.

'Tutoyeer me, alstublieft, ik heet Sander,' zei de minister.

'Sander. Zodra er dubbelzinnigheid ontstaat, zodra de overheid moeite heeft met de waarheid, dan gaat alles in de samenleving schuiven. We moeten jullie kunnen vertrouwen. Geen spinverhalen maar gewoon de feiten.'

'Ik wou dat de wereld zo in elkaar stak,' zei de minister. 'We moeten voortdurend zaken tegen elkaar afwegen. Gevaren, risico's, noodzakelijkheden, en dan kan openheid, dan kan het vasthouden aan de waarheid, aan de feiten, in het gedrang komen. Niet altijd gebeurt dat, maar soms is dat aan de orde. Zoals nu. Kritieke orde. De werkelijkheid is niet zwart-wit. Het zou fijn zijn als dat wel zo was. We moeten de rust handhaven. Onze primaire verantwoordelijkheid als kabinet is het voorkomen van geweld. We moeten controle houden over de openbare orde, koste wat kost, en als we weer voor een van onze duizenden dilemma's staan, en orde staat tegenover feitelijkheden, dan moeten wij voor orde kiezen. Rust.'

'Ik heb andere afwegingen te maken, Sander. Ik besta dankzij mijn obsessie met de feiten. Ik vind dat die primair moet zijn bij iedereen, ook in de politiek.'

Onder een korte blogvermelding van dat gesprek schreef Levi: 'Ik ben vrij.' En daarna kwam de beruchte zin: 'Liever laat ik gebouwen afbranden dan mijn vrijheid.'

33

In de speciale kelderkamer bracht een dag later Fatima de blogs weer op het scherm. Anna las tegen de tijd in, van 2040 terug naar oudere stukken, en vond een artikel dat Levi online had gezet in de week voor de fatale insluiping bij Henri Haksloot in 2039. Dat artikel ging over een uit de hand gelopen verzetsdaad in 1944 onder leiding van Pieter Haksloot, Henri's voorvader. Het artikel was samen met alle andere artikelen van Nico Levi van het internet verwijderd. Maar Charlie had het. Charlie had alles.

Het was een slordige, niet goed doordachte operatie, met gevolgen die Pieter niet had voorzien.

Pieter Haksloot had vlak voor 5 september 1944, Dolle Dinsdag, twee NSB'ers laten ontvoeren. Ze werden vastgehouden in de kelder van een van de schuren op zijn land; in een andere schuur leefden al sinds half '43 zes Joden. De echtgenoten van deze NSB'ers wilden hun mannen vrij krijgen, en eisten van Sprangs locoburgemeester, Pieter Haksloot, dat hij daarvoor zou zorgen. Dat deed hij niet, omdat hij zelf leiding had gegeven aan de ontvoering. Hij zweeg erover.

Tegelijkertijd trok er die ochtend een compagnie Nederlandse en Duitse SS'ers door de Langstraat. In Sprang werden ze door de vrouwen aangeklampt. De hoofd-SS'er eiste dat de locoburgemeester de NSB'ers liet gaan. De locoburgemeester zei dat hij van niks wist, dus kon hij er ook niet voor zorgen dat de NSB'ers zich bij hun echtgenotes zouden voegen. 's Middags vuurde als vergelding een executiepeloton van de SS op drie gegijzelden, twee jonge broers en locoburgemeester Pieter Haksloot.

De twee gevangengenomen NSB'ers werden door het verzet geliquideerd. Op 30 oktober 1944 werd Sprang bevrijd; de Joden konden de schuur na twee jaar verlaten.

Levi vermeldde ook waar Pieter Haksloot de twee NSB'ers had vastgehouden: in een kelder onder een schuur in Sprang.

34

Kees van de Ven was niet meer zo sterk als hij was geweest, maar als het moest kon hij zijn mannetje staan. Dat was al jaren niet meer voorgevallen, maar de gedachte koesterde hij. Hij was kaal, had een vierkante schedel met een jongensachtig, sympathiek gelaat. Elke dinsdagavond bezocht Kees een bar in de binnenstad van Den Bosch. Dat was een flinke aanslag op zijn SeeSee-rekening, maar hij hield er de rest van de week rekening mee. Hij had ook wat meer ruimte omdat zijn werk extra SeeSee's meebracht. Dat was een bijkomstigheid. Het werk deed hij omdat het zwaar en uitputtend en noodzakelijk was. Je hoefde geen psycholoog te zijn om te weten waarom hij dit deed. Bar Moniek was zijn vaste stek. Ouderwetse zaak. Hij liet zich hier vollopen. Cola-rum, zeven, acht stuks. Hij kende kerels van vroeger die ook na vijftien stuks niet omvielen, maar Kees had zijn limiet: hij moest nog kunnen staan. Als hij zo bezopen was kreeg hij uittredingen, verliet hij zijn lijf en zweefde hij door de tijd en ruimte – of was dat hetzelfde? – van zijn leven. Hij had veel om zich voor te schamen. Om de een of andere reden waren zijn dinsdagse drinkgelagen niet door de internetvegers gevlagd, misschien kwam dat omdat ze beseften dat hij de dinsdagen nodig had. Ook de veiligheidsstaat kon menselijk zijn.

Rond halfelf stapte Kees naar buiten, rookte een sigaret en slikte een pil die de stank van de alcoholkegel wegnam. Het wemelde in de Bossche binnenstad van CCTV's, hij wist dat hij door de camera's in de steeg werd bekeken, maar dat maakte niks uit. Hij was schoon, hij deed niks waarmee de schaamte nog dieper werd; in emotionele zin leefde hij in een mijnschacht. Na de sigaret liet Kees zich door een Uber naar zijn woning rijden, een vrijstaande drive-in in het noorden van de stad, gebouwd in de jaren negentig van de vorige eeuw.

De Uber stond om 23.14 uur voor het huis. Soms was het 23.12, of 14 of 15. Dat was de marge van Uber. Kees stapte uit en opende met een telefoonapp de garagedeur. Die kwam in beweging en een oog zorgde ervoor dat een lamp aanknipte. Als de deur geheel was weggeklapt, betrad hij het pand, niet eerder, want hij viel als hij zou bukken. Er stond geen auto in de garage, wel een vouwbed tegen de achterwand. Langs de muren stellingen met garagerommel zoals schoonmaakmiddelen, kinderzitjes, emmers, gereedschap, kampeerspullen. Voordat de garagedeur achter hem gesloten was, had Kees zijn schoenen uitgetrapt en zich op het wankele bedje laten vallen. Elke dinsdagavond hetzelfde patroon. Boven werden ze niet wakker van hem. Er hing een camera bij de voordeur, niet bij de garage.

Hij lag met gespreide armen voorover op het bedje. Maar er was iets geks vanavond. Hij voelde... een aanwezigheid, alsof er diep in zijn brein een sonar zat die de garageruimte scande en iets waarnam wat afweek van alle andere dinsdagavonden. Hij draaide zich om en opende zijn ogen.

Geschrokken richtte hij zich op toen het tot hem doordrong dat vlak voor hem iets bizars was verschenen, iets bovenaards, een niet te definiëren wezen – met een wapen in de hand.

Midden in de garage stond op de betonnen vloer een buitenaards wezen in een blauwe jurk met een print van zonnebloemen. Het droeg een dikke pruik van synthetisch helblond haar. Het had zich opgemaakt, maar klunzig. Het stond op zwarte sneakers.

Kees kon niets zeggen. Met grote ogen bekeek hij dit wezen, en hij liet zijn blik naar het wapen dwalen, de jurk, de gymschoenen eronder, dan weer naar de dik opgemaakte ogen en het blonde, tot op de schouders hangende haar. Wat een mafkees stond daar.

Verbaasd schudde Kees zijn hoofd, grinnikte zelfs. Dit was een curieus moment. Hij had het niet meer verwacht na al die jaren.

Kees vroeg: 'Is het zover?'

'Ja,' zei het wezen met een mannenstem. Hij hoorde er iets nerveus in.

'Mag ik roken?'

Het wezen vroeg: 'Je vrouw en kinderen zijn boven?'

Kees knikte.

Het wezen zei: 'Dit hoeft niet lang te duren.'

Kees knikte opnieuw. Hij peuterde een sigaret uit het geplette pakje en stak die aan nadat de aansteker vier keer had geweigerd achter zijn trillende hand, die hij beschermend voor de sigaret hield, alsof het hier waaide. Hij vroeg zich af of dit een profi was. Er was geen enkele reden voor een profi om niet meteen te schieten. Doe je werk en wegwezen. Maar deze malle figuur wilde eerst praten. Amateur.

'Je wist dat ik kwam?' vroeg het wezen.

'Nou,' zei Kees terwijl rook uit zijn mond walmde, 'op een dag zou je komen. Maar niet vanavond. En zeker niet zo.' Hij maakte een gebaar en bedoelde de hele verschijning van het wezen, ongetwijfeld een man.

'Het moest een verrassing blijven,' zei het wezen.

Kees knikte: 'Dat is het.'

Het wezen zei: 'Je hebt veel meer tijd gekregen dan waarop je recht had.'

Kees zei: 'Dat is waar. Dat kan ik niet ontkennen. Maar ik dacht...'

'Wat dacht je?'

'Het is zo lang geleden, ze zijn het vergeten.'

'Ik ben het niet vergeten.'

'Jullie zijn als olifanten. Jullie vergeten nooit iets.'

Het was duidelijk dat het wezen niet begreep waarop hij doelde: 'Wie zijn jullie, denk je?'

'Nou,' zei Kees. 'Nou...'

Hij bekeek het wezen opnieuw, zakte enkele momenten dieper in het moeras van zijn beneveling, zijn ogen draaiden weg, hij zag dubbel, en hij vroeg zich af of hij hallucineerde: 'Ben jij soms een djinn?'

Dat was een onzichtbaar maar ook zichtbaar bovennatuurlijk wezen, een demon die bezit kon nemen van mensen maar zich ook op een andere manier kon manifesteren. De vrouw van Kees geloofde daarin.

'Nee,' zei het wezen.

'Dat ben je wel,' zei Kees.

'Wie ik ook ben, het is tijd.'

'Ja, het is tijd,' zei Kees knikkend. 'Zeg tegen ze: het was niks persoonlijks.'

'Dat heb je uit maffiafilms.'

'Ja,' zei Kees. 'Maar het is waar. Je kunt zakelijk mensen voor hun hoofd knallen. Maar ik heb het nooit meer gedaan. Eén keer.'

Het wezen zei: 'Je liegt.'

'Oké, paar keer,' zei Kees. Hij keek naar de mannenkuiten onder de jurk.

Het wezen vroeg: 'Ben jij moslim?'

Een profi stelt zo'n vraag niet. Dit was een amateur. Een familielid uit op wraak. Kees maakte kans de situatie naar zijn hand te zetten.

'M'n vrouw. Haar ouders komen uit Kazachstan. Ze wilde graag, dus bekeerde ik me.' Daarna zei hij: 'Niet in m'n gezicht.'

'Dat wordt het wel,' zei het wezen.

Kees was bezopen maar hij bleef denken, stroef en hortend, maar toch. Steeds sterker begon hij de indruk te krijgen dat het wezen niet durfde en daardoor het moment suprême uitstelde. Kees haalde zijn schouders op. Keek naar zijn sigaret: 'Ik ontmoette Emine. Zes jaar geleden. Haar vader was ziek. Ik was erbij toen hij stierf. Daarna heb ik cursussen gedaan. Ik werd begeleider, weet je...'

'Begeleider?' zei het wezen.

'Palliatief. Op dinsdagavond mag ik vergeten. Na het overleg in de kindervleugel. Oncologie. Dat is moeilijk, mevrouw djinn. Of bent u meneer djinn?'

'Waarom heb je je niet aangegeven?'

'Bij wie? De politie? Waarom zou ik als dat niet nodig is?'

'Kon je ermee leven?'

'Het was m'n werk. Dat kun je je misschien niet voorstellen. Alles was zakelijk. Ik heb wat op m'n kerfstok. Maar 't was altijd zakelijk. Het was m'n werk.'

Het wezen haalde diep adem: 'Die jongen, op het station?'

'Dat?' Kees was even stil, spitte in zijn geheugen en zag flarden van beelden: 'Dat is lang geleden. Ik kende hem niet. Het was gewoon stommigheid. Jong. Testos... wat is dat woord? Testosteron.'

Hier ging het dus om. Familielid. Uitgestelde wraak. Het was verdomd lang geleden.

'Wie nam de sneakers mee?'

'Sneakers?'

Kees kneep enkele tellen zijn ogen dicht, opende ze en probeerde op het wezen te focussen. Kut, de naam van die jongen, hij had het in de krant gelezen, er waren bijeenkomsten geweest op de school van de jongen, er waren bloemen en beertjes in het station gelegd: 'Kom je daarvoor? Dat is lang lang geleden, meneer djinn.'

'Tweeëntwintig jaar geleden.'

'Welk jaar?'

'2025.'

'Ik was negentien toen. Ik was dom. Ik ben lang dom geweest. Tot Emine me hielp. Ze is doktersassistente. Echt slim. Wat zag ze in mij? Ze heeft me veranderd.' Hij rookte de sigaret tot de filter. 'Mag ik er nog een?'

'Nee,' zei het wezen.

Kees moest tijd maken, er was een uitweg. Hoe langer dit duurde, des te groter de kans dat hij de rollen kon omdraaien. Dit wezen – vader, oom? – wist niet wat het deed: 'Kom nou, djinn, wat maken die paar minuten uit?'

'Nee.'

'Het is de laatste, goed?'

Hij zag het wezen aarzelen. Kees wist dat het wezen hem niet *cold-blooded* ging doden. Als het wezen toegaf aan het verzoek om een laatste sigaret, kreeg Kees het initiatief en het wezen een paar minuten tijd om moed te verzamelen.

'Oké,' zei het wezen.

Kees stak een sigaret op: 'Kan het ergens anders? Als de kinderen morgenochtend...'

Waarin was Kees opeens beland? Die jurk, pruik op z'n kop, de Beretta in die hand? Een klucht. Dit was een klucht.

'Als je je sigaret ophebt, gaan we om de hoek naar het plantsoen.'

'Goed. Dat is goed. Want de kinderen, begrijp je?'

'Die sneakers,' zei het wezen.

Dat krijg je met dit soort amateurs, dacht Kees. Beginnen over kutterige bijzaken: 'God, man, dit allemaal om een paar sneakers? Heb je niks anders te doen rond deze tijd? Sneakers, ja. Ik nam ze mee. Ik vond het toch, ja… het was een bewijsstuk, natuurlijk.'

'Serdar had ze,' zei het wezen.

Shit, de mafkees had het allemaal uitgezocht. Alles was in beeld gebracht.

'Klopt, Serdar wilde ze wel. Hij heeft ze verkocht, denk ik. Ze waren best wel wat waard.'

'Hij heeft ze nooit verkocht.'

Dat verbaasde Kees: 'Nee? Stom van 'm.'

'Weet je hoe die jongen heette?'

Kees vroeg: 'Die van het station?'

'Ja.'

'Die jongen… ik weet 't nog. Geef me een paar seconden…'

Kees dacht na, besefte dat dit belangrijk was voor het wezen, van kosmisch belang, hij rookte, schudde zijn hoofd: 'Ik ben 'm even kwijt. Zo meteen weet ik het weer.'

Het wezen zei toen iets, alsof het een citaat was of zo.

'Nadat hij van de trap was gedonderd, met het tasje met de Crazy 1's tegen zich aan gedrukt, naar de bodem van de stationshal – als een dooie hond die in een greppel werd gegooid –, beukten ze op hem in, ook al lag hij kermend op de grond.'

'Ja, kut,' zei Kees.

'We gaan,' zei het wezen. 'We lopen naar buiten, links langs het huis, naar de schuur, het pad langs de garages, naar het parkje. Als je een verkeerde beweging maakt, schiet ik. Je kinderen worden wakker.'

Kees wist opeens iets en stak tevreden een vinger op: 'Crazy 1. Kobe Bryant. Die is doodgegaan bij een ongeluk. Helikopter. Weet ik nog. Welk jaar dat was? Weet ik niet meer. Maar ik heb het een en ander gedronken vanavond. Morgen weet ik alles. Elke dinsdag, meneer djinn. Dan mag 't, op voorwaarde dat ik hier slaap en niet boven. Zo wil Emine het, zo gebeurt het.'

'Die jongen in het station,' zei het wezen. 'Z'n naam.'

'Ik zou het niet weten. Nee. Het is te lang geleden. Shit.' Met moeite kwam hij overeind van het bedje: 'Mag ik...?' Hij wees op een metalen kastje: 'Daar ligt een foto in van de kinderen... Mag ik die...?'

Het wezen, de amateurlul, maakte een goedkeurende beweging met de Beretta. Ja, het was een Beretta.

Kees was niet helder en wankelde, trapte na een mistrap alsnog de sigaret uit op de vloer, en deed drie stappen naar het kastje, viel bijna, hield zich vast, en knielde bij het kastje, hoewel: vallen, was het meer. Hij opende de onderste la met zijn linkerhand, zijn rechterhand dook erin en greep de Makarov die hij al jaren niet meer had gebruikt maar wel geregeld schoonmaakte. Vervolgens draaide hij zich, nog steeds geknield, zo snel als zijn lichaam het toeliet, naar het wezen.

35

Ze hadden afgesproken bij het oorlogsmonument bij het Capelse Veer. Aan het einde van de Tweede Wereldoorlog was hier zwaar gevochten. Terwijl de Duitsers in de Ardennen een furieuze tegenaanval inzetten om de oprukkende geallieerde legers te stoppen, werden andere Duitse eenheden in gereedheid gebracht voor een aanval op Antwerpen. Vanaf 19 december 1944 stuitten bij het Capelse Veer Duitsers en geallieerde manschappen op elkaar. Het lukte de geallieerden – onder wie Polen, Canadezen, Britten – niet de Duitsers te verdrijven. De gevechten duurden tot 31 januari 1945.

Anna wachtte bij de plaquette, onder de eenzame oude wilg die de strijd had gezien en doorstaan. Het landschap was hier open en vlak, met aan de zuidelijke horizon een muur van wuivende bomen en achter de wilg stroomde verderop achter een dijk de Bergsche Maas, die je alleen kon vermoeden als je de opbouw van een aak voorbij zag glijden. Boven al het groen een weidse hemel.

Michiel parkeerde zijn dienstwagen achter haar auto. Hij las de tekst op de plaquette terwijl hij een sigaret opstak. Toen hij naar haar toe liep, zei hij: 'Ik ben door jou gaan roken. Ik ga er failliet aan.'

'Ik moet stoppen, ik weet 't.'

'Je rookte vroeger niet.'

'Ik ga stoppen, Michiel.'

Hij nam het landschap in zich op: 'Het land van mijn voorvaderen. Die hebben hier geploeterd. Honger geleden. Gevochten. Wat is het vredig nu.'

'Sereen,' zei Anna. 'Geef mij er ook maar een.'

Hij hield het pakje voor haar op. Hij vroeg: 'Heb je het gehoord, dat wapen?'

'Ja.'

'Makarov PB. Lag een geluidsdemper bij. De broertjes Verhulst zijn ermee gedood. En zeker negen andere liquidaties.'

'Elf doden met die ene Makarov?'

'Ja. Maar we weten nog niet of de Makarov de hele tijd in het bezit was van deze man. Misschien had-ie het wapen gekocht zonder dat hij wist hoe besmet het was.'

'Dan was hij niet het doelwit van een afrekening geweest,' zei ze. 'Hij zat diep in het milieu, kan niet anders.'

'Dat lijkt erop, ja,' zei Michiel.

'Terwijl z'n kinderen boven sliepen?'

'Ja. Brutaal. Grof.'

'Beelden van de schutter?'

'Nee.'

'DNA?'

'Niks.'

Michiel keek om zich heen, snoof het gras op, liet de ruimte tot zich doordringen.

'Er is hier heel wat geleden.'

'Op deze plek was het een zinloze strijd,' zei Anna.

'Tja... geen DNA,' zei Michiel. Hij bleef om zich heen kijken: 'Ik vertel het je maar, misschien dat je het de komende dagen ergens opvangt.'

'Wat?'

'We vonden een paar lange haren.'

'Lange haren...?'

'Nephaar. Blond.'

Anna wilde gillen. Huilen. Door het besef dat ze wist wie het had gedaan. Door het besef dat ze ergens in werd gesleurd waar ze afstand van moest houden, waarvan ze moest wegrennen omdat het gevaarlijk kon zijn voor Matthijs. En voor Nico.

Ze zei: 'Ik had het niet willen weten.'

'Je had het toch wel ergens opgevangen.'

'Misschien niet.'

'Aan de onderkant van de garagedeur.'

Ze vroeg: 'Wat gaan we doen?'

'We zullen iets moeten doen, maar ik weet niet wat,' zei hij.

Zij zei: 'Ik moet hierover nadenken.'

Er heerste chaos in haar hoofd. De implicaties tolden over elkaar heen. Ze kon dit niet tot een eenvoudige, hanteerbare gedachte reduceren.

Michiel vroeg: 'Wil je nog naar de schuur van Pieter Haksloot? Dat is vijf minuten hiervandaan.'

'En als hij daar is?'

'Dan is hij daar.'

Ze zei: 'Ik weet niet of we dit moeten doorzetten.'

Ze keken naar een schip op de Bergsche Maas. Op het dek stond een auto die vanuit hun perspectief over de dijk leek te zweven.

Michiel haalde iets uit de zak van zijn colbert. Hij overhandigde het haar. Het was een USB-stick.

'Kun je nog een USB'tje lezen?'

'Ik heb een adapter,' zei ze.

'Primitieve technologie, maar veilig. Lees wat erop staat. Beslis daarna wat we gaan doen.'

‘Wat is het?’

‘Nico Levi heeft er jaren aan gewerkt. Jij schijnt erin voor te komen.’

Ze keek naar de antieke stick. Slikte. Chaos in haar hoofd. En de neiging te huilen werd steeds sterker. Ze stopte de USB-stick weg en vroeg, wetende dat hij niets zou zeggen: ‘Hoe kom jij eraan?’

‘Dat wil je niet weten,’ zei hij.

‘We komen er allebei in voor?’

‘Weet ik niet. Het is niet voor mij bedoeld. Het document vernietigt zichzelf in tweeënzeventig uur. Die tijd heb je, is mij verteld.’

‘Is het een soort reconstructie?’

‘Ik heb geen idee, Anna. Wat ik wel weet is: zet je wifi uit. Geen vaste connectie. Lees het waar niemand kan meekijken.’

Ze knikte: ‘Ik wil veilig zijn.’

‘Er zit een password op.’

‘Wat is het?’

‘Het is een soort raadsel, althans voor mij: de getalwaarde van de naam van de plaats waar je grootmoeder heeft gebeden.’

Ze dacht: hij is gek. Nico is maf. Maar het was ook speels, en ook wel ontroerend.

Michiel vroeg: ‘Je weet wat de bedoeling is?’

‘Ja.’

‘En ken je de bedoeling van de getalwaarde?’

‘Ik neem aan A is één, B is twee, zoiets?’

‘Goed,’ zei hij. ‘Over een week hier? Zelfde tijd?’

‘Ja.’

Ze liepen naar hun auto’s.

Ze kon de vraag niet onderdrukken en vroeg: ‘Jij? Al die tijd?’

Hij antwoordde niet, stapte stil in zijn wagen zonder haar een blik in zijn ogen te gunnen, en drukte als groet kort op de claxon toen hij wegreed. Vogels vluchtten geschrokken uit de wilg.

36

De USB was met een kabel, als via een navelstreng, verbonden aan haar laptop, op het tafeltje in de dode hoek.

Anna las:

Het was nacht in een stad zonder elektriciteit.

Da'ud lag op een paar kussens in de kelder van zijn makker Jibril, die luid snurkte; dat was normaal voor Jibril. Zo nu en dan klonk geweervuur, want er waren gekken die in het duister blind om zich heen knalden. Een zichzelf respecterende sluipschutter, een vakman dus, vuurde gericht en beheerst een of twee keer – zo snel achterelkaar dat het als een enkel schot klonk. Dan werd ambacht een kunst.

37

Matthijs vertelde dat hij met de eigenaren van het café had gesproken, ze zouden papieren aan hem geven, kosten, baten, vooruitzichten.

Anna en Rudolf deden alsof ze ingenomen waren met zijn enthousiasme, ofschoon ze dat wantrouwden. Matthijs veinsde niet dat hij deze brandende ambitie had, maar ze kenden hem beter dan hij zichzelf kende.

'Matthijs,' zei Anna, 'ik zou zeggen: hou je opties open. Ga eerst bij Rick kijken. Daar kun je elk moment heen, tenminste als we een vlucht kunnen krijgen. Wat denk jij, Ru?'

'Dat lijkt me wijsheid. Matthijs, de wereld ligt voor je open, je bent net buiten en je nu al vastleggen, nu al iets groots op je schouders nemen, dat beperkt je vrijheid. Neem de tijd, kijk om je heen, ga reizen, Azië, Zuid-Amerika. Maak je geen zorgen over SeeSee's. Snuif overal de lucht op. En dan ontdek je misschien mogelijkheden waarvan je nu niet eens weet dat ze bestaan.'

'Begrijp ik, begrijp ik, maar dit is echt een kans. Ik voelde me er meteen thuis, het soort zaak, de klanten, de plek. Papa, ik dacht: hier kan ik me vestigen, hier kan ik wortelen.'

'Ik wil niets liever dan dat je dat doet. Maar je bent echt nog maar een seconde buiten. Ik kan me voorstellen dat je dan verliefd wordt op zo'n zaak, maar daar zijn er duizenden van, honderdduizenden.'

'Kom eerst naar huis,' zei Anna, 'dan praten we verder. En je moet weten: dat jij zo blij bent, dat betekent voor ons een soort bevrijding.'

'Het is hier echt chill, tante An.'

38

In het laatste licht van de dag wachtte Anna onder de wilg, armen over elkaar, sigaret in de hand. De ergste hitte was uit de lucht. Ze droeg een zakelijk mantelpakje, platte schoenen, geen panty, daarvoor was het te warm. Ze had zich wat zwaarder opgemaakt dan anders, ze had zelfs haar nagels laten doen. Michiel stapte uit en ze probeerde zijn gezichtsuitdrukking te lezen. Maar er was niets te zien. Ze werd nu medeplichtige. Dat waren de beste bondgenoten, had Michiel vermoedelijk bedacht. Als dit nodig was om Matthijs te beschermen, en Nico, goed.

'Hi,' zei hij toen hij bij haar was.

Ze knikte.

'Weer een mooie dag,' zei hij wezenloos. 'Maar de boeren willen regen.'

'Er zijn nauwelijks boeren meer,' zei Anna.

Hij keek onwillekeurig naar haar sigaret. Ze vroeg: 'Paffen?'

Hij haalde zelf een pakje tevoorschijn: 'Ik heb een hele slof. Kostte me een lp van The Who.'

'Waar zijn we mee bezig met dat roken,' zei Anna.

'Geen idee.'

Anna wist niet dat hij een platenman was: 'Jij hebt platen?'

'Ik verzamel ze, ja. Antieke bands. Small Faces. The Who. Golden Earring. Heb jij een hobby?'

'Liefhebben en beschermen,' antwoordde ze. Het was misschien ook een wezenloze opmerking, maar ze had geen zin in smalltalk.

Hij stak een sigaret op. Er was geen wind, de vlam stond rechtop op de aansteker.

Anna zei: 'Ik heb het gelezen.'

'Je kon het openen?'

Ze knikte.

'Geen connectie gehad bij het lezen? Geen kopie gemaakt?'

'Ik ben niet gek,' zei ze. 'Wat wil hij ermee?'

'Vastleggen. Voor zichzelf. Denk ik. We kunnen het hem vragen.'

'Hij weet dat we komen?'

'Hij weet ervan.'

Ze moest het vragen: 'Jij bent niet de enige?'

'Doet dat er wat toe?'

'Nee. Niet echt.'

'Jij speelt geen dubbelspel, Anna?'

'Waar zie je me voor aan?'

'Geen zendertje?'

'We hebben allebei alles te verliezen,' beet ze terug. 'We zijn op een punt beland waarop we alleen maar kunnen zwijgen of ten onder gaan.'

'Zwijgen lijkt me de beste optie van de twee,' zei Michiel.

'Hoe ver hiervandaan?'

'Acht minuten. Ik heb het routegeheugen uitgezet.'

'Dat iemand in onze tijd onzichtbaar kan worden,' zei ze met iets van bewondering in haar stem. 'Knap van jou. En de anderen.'

'Als ik uitgerookt ben, gaan we,' zei Michiel. 'Zet je telefoon uit. Helemaal uit. Sim eruit.'

'Ik heb vanochtend geprobeerd het bestand op dat stickje nog een keer te openen. Het was foetsie,' zei ze, 'zoals je aankondigde.'

39

Deze weggetjes hadden geen verlichting.

'Sim eruit?' vroeg hij nog keer.

'Je hebt het me zien doen.'

'Heb je nog een tweede telefoon?'

'Nee.'

'Het is niet erg dat ik het nog een keer vraag, toch?'

Het maakte haar niet uit.

Hij zei: 'Het is donker, dus zie je het niet goed, maar niet alles werd door de EU bij de Herindelingen van de Agrarische ruimte verwoest. Er ligt hier heel wat land dat aan de natuur is teruggegeven. Vroeger trokken hier tractoren en dorsmachines over de velden. Ik herinner me de stofwolken die ze maakten. De natuur was hier nooit natuur, maar moeras. Je moet een keer overdag komen rondrijden, of fietsen.'

'Ga ik doen,' zei ze, wat aardiger klonk dan: waarom zou ik? Ze zei: 'Vertel over de familie Haksloot.'

'Wat wil je horen?'

'Het verhaal.'

'Dat van Pieter Haksloot ken je,' zei Michiel. 'Z'n erfgenamen. In de jaren zestig van de vorige eeuw hadden ze het idee dat patates frites een groot product zou worden. Ze waren aardappelboeren, maar het geld ging aan hen voorbij. Er kon in die jaren nog bij de Boerenleenbank worden aangeklopt, het was de periode van de heropbouw van Nederland; met de grond als onderpand kregen ze een lening en lieten ze een productielijn voor patat bouwen in de oude opslaghal voor aardappelen. Dat was een gigantische roestvrijstalen machine met wasserij, schiltrommels, lopende banden, een soort zwembad met frituurolie, en nog meer. De grond van de hal moest worden verstevigd met gevlochten beton. Er lag al een kelder – de oude Pieter had er twee landwachters vastgehouden, je kent 't verhaal –, maar die moest vervangen worden. De erfgenamen deden dat. De oorlog zat nog in hun kop. De constructeurs maakten een dubbele betonvloer, zwaarder dan nodig was voor de productielijn. Ze hadden een bunker voor ogen. Toen ze de zaak hadden opgebouwd deden ze een aandelenruil met een Amerikaans bedrijf. Dat besloot de lijn af te breken en die in Limburg aan de bestaande productiehal toe te voegen. De erven Haksloot hielden een lege hal over, met een bunker, en geld, althans, aandelen. Toen de Amerikanen de bv failliet lieten gaan, hadden ze niks meer. Ze keerden terug naar de grond, en ze plantten en oogstten. Toen kochten de Amerikanen de failliete boedel op en gingen door, nu zonder de Haksloots als aandeelhouder.'

'En de kelder?' vroeg Anna.

'Alles werd verhuurd aan een groothandelsbedrijf in campingspullen, inclusief de kelder, maar die bleef leeg. Er stonden allerlei maten tenten, caravans, kookgerei, alles wat Nederlanders nodig hadden die het zich konden veroorloven, en dat werden er steeds meer, om met de Volkswagen of Opel naar Frankrijk te rijden en daar een of twee weken buiten te zijn. Je kent het wel.'

'Ik ken het,' zei Anna. Op een wankel kooksetje een maaltijd met dieprode tomaten bereiden, wijn die uit een kartonnen doos werd geschonken, een stokbrood breken, en twintig minuten met een gescheiden vader als de kinderen even in het zwembad spetterden.

Michiel vertelde dat een Duits bedrijf de campinggroothandel kocht, en daarna bleef de hal leeg omdat geen ander bedrijf zich aan de stille landweg wilde vestigen. Sindsdien werd de hal gebruikt als overdekte parkeerplaats voor landbouwmachines, waarvan sommige stof verzamelden nadat de landbouwsector was afgebouwd. Na invoering van de nieuwe wetten mochten de Haksloots niet meer ploegen. De grond moest teruggegeven worden aan de natuur, hadden ze in Brussel vastgesteld.

'Waar werden de Joden verborgen?'

'Die schuur is afgebroken.'

'We gaan nu naar de bunker?' vroeg Anna.

'We zijn er,' zei Michiel.

40

Hij parkeerde de auto naast een onverlichte hal, vermoedelijk massaal van omvang, maar ze kon het in deze duisternis moeilijk inschatten. Ze stapte uit de airco in de hitte. Michiel opende de achterbak en tilde er een linnen tasje uit. Insecten en krekels zoemden om hen heen.

'Wat neem je mee?' vroeg Anna.

'Hij wilde jou iets aanbieden voor bij de thee.'

Hij ontstak de lamp van zijn telefoon en in de grote donkere wand wist hij waar zich een stalen deur bevond. Anna volgde hem en betrad de hal.

De hal had geen ramen, het was er pikkedonker en bloedheet, het rook naar olie en stof. Het leek of de lucht hierbinnen al jaren niet meer in beweging was gebracht, ze ademde zwaar. Het licht van Michiels mobieltje viel op de machines en verspreidde zich via niet te berekenen reflecties tegen de wanden en stalen steunbalken en de constructie die het dak droeg boven de eeuwig slapende machines beneden op de betonnen vloer. Hun voetstappen echoden.

In een hoek stond een kantoorblok gemaakt van voormalige containers. Michiel nam haar mee door kantoorruimtes en het licht uit zijn telefoon streek langs lege tafels, lege ordnerkasten, lege stoelen. Een volgende ruimte bevatte een rij hoge stalen kasten, genummerd. Hij stapte op nummer zes af, opende de deur en schoof een rij werkkleding opzij. Uit de tas nam hij iets wat leek op een deurklink, drukte die op de achterwand en trok de wand open – de wand was een draaibare deur.

Anna vroeg: 'Een magneet in die klink?'

Michiel zei: 'Pas op de treden.'

Vlak achter de deur belichtte hij een trap met ijzeren treden naar een lagere verdieping. Hier zag je dikke, onbewerkte wanden die de kerven toonden van de bekistingen die nodig waren geweest bij het storten van het beton. Een meter of tien lager belandden ze in een korte tunnel die vervolgens naar rechts boog. Het was hier koeler. Ze voelde haar huid opleven, zo onderging ze het. Ze was ongeduldig, nieuwsgierig, gespannen, merkte ze.

Ze vroeg: 'Hoe vaak ben je hier geweest?'

'Drie keer,' zei hij. 'Dit is de vierde.'

Het einde van de gang ving het licht uit een ruimte erachter. Een zware metalen deur stond open.

Michiel zei: 'After you.'

Hij stapte opzij en liet Anna voorgaan. Ze betrad de bunker.

41

Nico stond in het midden van zijn onderduikplek. Hij nam haar onderzoekend in zich op, met een weemoedige glimlach.

Anna bleef staan. Maffe, ontroerende Nico. Wat was hij wit.

Ze bleven allebei roerloos staan. Zwegen, keken elkaar aan.

Ze vond dat ze iets moest zeggen, maar vond alleen: 'Nico...'

Hij glimlachte: 'Anna... wat ben je mooi.'

'Nico,' herhaalde ze, en ze wist dat hij nu in haar ogen las dat ze medelijden met hem had.

'Hier woon ik,' zei Nico, verrassend opgewekt. 'Welkom.'

Anna knikte en liet haar blik door de kelder dwalen, de vloer van nephout, het keukenblok met wasbak, de elektrische kookplaat met twee hitte-elementjes, de koelkast, kledingkast, boekenkast, de metalen douchecabine.

'Zo...' zei ze.

'"Zo" is het juiste woord,' zei Nico. Hij keek een moment naar Michiel: 'Ha, jongen.'

'Meneer Levi,' zei Michiel.

'Verschrikkelijk dat dit allemaal moet,' zei Anna.

Nico antwoordde: 'Dit was niet mijn keuze, An.'

'Je leeft in een bunker.'

'Als er nu een atoombom valt, Anna, overleven we dat.'

'Geruststellend,' zei ze.

'Blijf daar niet staan. Je bent welkom. En superveilig,' zei Nico. 'Mag ik je een hand geven?'

Ze stapte naar voren, Nico greep haar uitgestoken hand en bekeek haar vingers alsof ze sieraden waren.

'Gelakte nagels…' zei hij.

'Sinds m'n pensioen,' zei Anna.

Hij liet haar los: 'Jij bent de eerste vrouw hier. Ga zitten, alsjeblieft.'

Een golf van emotie trok door haar heen, ze kon niet anders dan haar armen om hem heen slaan, en hij deed dat bij haar. Een seconde of twintig stonden ze daar stil, en Anna dacht aan het vele dat ze hem verschuldigd was. Maar hij was ook een koppige gek.

Ze maakte zich los van hem, trok een stoel dichterbij en ging zitten aan de metalen tafel in het midden van de ruimte. Het meubilair was van militaire kwaliteit, grijs van kleur, vermoedelijk uit een voorraad overbodige legerspullen.

'Je stinkt niet,' zei ze.

'Ik heb het douchen uitgesteld tot drie uur geleden, dus ik ben nu redelijk fris,' zei Nico grinnikend. 'Je had me vanochtend moeten ruiken. Jij ook, Michiel, ga zitten.'

Michiel nam naast Anna plaats en zei: 'Wat ontgaat me?'

Nico zei: 'Ik had in het verhaal geschreven dat ik stonk. Wat willen jullie drinken? Ik kan geen alcohol schenken. Is ook lastig te krijgen tegenwoordig, heb ik gehoord. Dus ben ik al enkele jaren geheelonthouder. Maar ik heb wel thee, koffie, en wat heb jij meegenomen, Michiel?'

Michiel antwoordde: 'Het beste van het beste.'

'Thee, Anna?'

'Graag.'

'Jij ook, Michiel?'

'Graag.'

Michiel opende het tasje en legde op tafel wat Nico had gewenst: 'Dit zijn kano's, daar had u speciaal om gevraagd, eigenlijk hetzelfde als een gevulde koek maar anders van vorm, en hier de crème de la crème: drie tompoezen.'

'Het is je gelukt,' zei Nico tevreden. Hij zette de waterkoker aan. Die had hij al gevuld in afwachting van hun komst. Op tafel wachtten drie theekopjes op een dienblad. Drie schoteltjes met standaardvorken.

Nico zei: 'Ik heb geen taartvorkjes, lieve gasten.'

'Sorry, niet aan gedacht,' zei Michiel.

Anna kon haar blik niet van Nico afhouden. Ze keek een moment opzij naar Michiel; ze zag dat hij begreep wat zij voelde, tederheid, medelijden, verwondering.

Michiel glimlachte naar haar en zei: 'Meneer Levi heeft al lang dit soort verrassingen niet meer in huis gehad. Tompoezen.'

'Ook niet toen je naar buiten ging?' vroeg Anna.

'Nee. Dat durfde ik niet, held op sokken,' antwoordde Nico. 'Ik moest m'n aanwezigheid tot het minimum beperken. En ik wist niet of de kaart die ik heb op alle plekken veilig is.'

Michiel zei: 'Op alle plekken veilig.'

Nico keek haar nog een keer bewonderend aan: 'Je ziet er goed uit, Anna.'

Ze wist dat hij schromelijk overdreef: 'Jij bent ook geen dag ouder geworden.'

'Ik wel, jij niet,' zei hij. 'Je bent zelfs jonger geworden.'

Ze liet een spottende glimlach zien zonder dat de tederheid haar ogen verliet.

Ze vroeg: 'Wat doe je aan lichaamsbeweging?'

Nico zei: 'Ik ben geen dag ouder door die trainingsfiets.' Hij maakte een gebaar naar een fietsframe zonder wielen, een oud trainingsapparaat dat Anna van sportscholen kende. 'Voor de afleiding loop ik weleens boven rond tussen die schitterende machines. Je bent er in de duisternis langs gelopen, dus je hebt het niet gezien: er staat ook een sterrenkijker. Een semiprofessionele telescoop. Die zet ik geregeld buiten. Dat verzoent me met mijn bestaan, een kosmische blik op mijn gekte, onze gekte. En niet drinken, niet roken. En geen onnodig lawaai, geen onnodig gezelschap.'

Anna zei: 'Een kijker?'

'Een Celestron,' zei hij.

'Mooi,' zei ze. 'De Ackermann?'

'De Rowe-Ackermann Schmidt Astrograaf. De RASA. Die van zesendertig centimeter.'

'Die is top,' zei ze.

'De mensen die me hier helpen hadden hem ergens gevonden. Geruild tegen iets heel kostbaars.'

'Je ziet er alles mee,' zei ze.

Mijn god, wat was hij aandoenlijk.

'Dit is dus ideaal,' zei ze. 'Dat je nu hier leeft.'

'Het is een nachtmerrie. Maar het kan erger. Dus doe ik dit. Ik heb geen keuze. Hiertoe hebben de mensen in charge me gedwongen.'

Anna was ervan overtuigd dat het anders had kunnen gaan: 'Je had wel een keuze.'

'Nee. Ik kon mezelf niet verloochenen.'

'Allemaal om het verhaal van Europa's ouders?'

'Om alles. Ze wilden dat ik stopte met m'n blog. Dat ik stopte met m'n lezers in te lichten en voor te lichten. Dat ik stopte gebruik te maken van mijn grondrechten.'

Het waren grote woorden, maar het klonk oprecht.

'En wie zou ik dan worden, Anna? Wat wilden ze nou eigenlijk?'

Ze antwoordde: 'Rust. Dat wilden ze. Alles dreigde uit de hand te lopen. Waarom kon je niet even pas op de plaats maken?'

'Dat was mijn rol niet! Zorgen voor rust was niet mijn verantwoordelijkheid.'

'Je bent een burger. Met rechten en plichten. Plichten.'

'Daar horen wegkijken, zwijgen en buigen niet bij. Het is juist de plicht van de overheid mij bij te staan bij het uitoefenen van mijn rechten.'

Anna wist niet of ze het daarmee eens kon zijn. Desondanks zei ze: 'Normaal wel. Onder normale omstandigheden. Maar er was zo veel gevaarlijke frustratie, onvrede...'

'En armoede,' zei Nico. 'Vaak nette armoede, maar toch. Die ze niet zagen omdat het mensen betrof buiten hun eigen kringen. De Katyusha's. En toen ging Haksloot dood, daarna Europa...'

'Je hielp mee aan het einde van de orde van de staat. En dat betekende dat de politie niets meer kon garanderen tegen de anarchie van de straat, zelfs niet het recht op leven, en dat is het meest essentiële grondrecht.'

'Dat is zo, dat is zo...' Hij aarzelde. 'Maar je weet toch... zodra er beperkingen worden opgelegd, zodra de rechten worden ingeperkt, op basis van welke argumentatie dan ook, dan weet je dat de beperkingen blijvend zijn. Dan is het voorbij met de blije wijde wereld waarin wij zijn opgegroeid, An. Ik heb Earl Grey en Lady Grey, wat wil je?'

'Wat je kwijt wil,' zei Anna. Ze was blij dat hij het gespreksonderwerp liet rusten.

'Dan wordt het drie keer Earl Grey.'

Hij zette het dienblad op tafel.

'Wil je ook een tompoes?'

Ze schudde haar hoofd.

'Jij, Michiel?'

'Ik doe mee.'

'Allebei anderhalve tompoes.'

Anna keek rond. 'Ach, Nico,' zei ze weer. Het klonk als een kreet van medelijden. Daarna, wat opgewekter, alsof hij in principe de vrijheid had zijn tijd naar believen in te delen: 'Wat doe je de hele dag?'

Hij ging zitten, verdeelde de theekopjes, de bordjes. 'Ik lees. Bekijk oude films. Neem zo'n ding, een kano.'

'Een klein stukje,' zei Anna. Een kano. In het document had Nico geschreven dat Max er die dag om had gevraagd toen Nico boodschappen ging doen. Zijn lievelingskoek.

'Neem wat je wil.' Hij schoof een kano op haar bord, vroeg: 'Hoe gaat 't met Matthijs?'

Ook een onderwerp dat ze niet wilde aanraken. Ze knikte: 'Niet slecht. Zeker niet slecht.'

'Zeven jaar is hij binnen geweest. Ik leef sinds februari '44 onder de grond. Meer dan drieënhalf jaar. Dat is lang, Anna. Maar niet zo erg als Matthijs.'

'Matthijsje redt 't wel.'

'Dat geloof ik ook. Als hij maar van de drugs afblijft.'

Ze knikte ongemakkelijk: 'Ik had niet moeten komen, maar ben er toch. Je bent niet het beest dat de media van je hebben gemaakt. Dat weet ik.' Ze aarzelde: 'Je bent nog steeds een groot verhaal. Je speelde een rol in die kutdagen.' Ze moest nu duidelijk zijn, ook al had ze geen duidelijkheid. Maar het moest gezegd worden: 'Ik verwijt je dat. Je had kunnen helpen om het te voorkomen, of in ieder geval te begrenzen. Hier is je USB-stick. Ik heb het gelezen.'

'Het dossier heeft zichzelf opgelost. Magisch. Ik heb het voor jou geschreven.'

'Waarom?'

'Niemand anders zal het ooit lezen. Nooit zal het gepubliceerd worden.'

'Na het lezen dacht ik, goed, ik wil je zien. Het lijkt me een eerlijke poging tot een soort apologie. Je verklaart. Je legt uit. Je geeft dingen goed weer,' – ze zag geen enkele reactie op zijn gezicht toen ze dit zei – 'zoals de vermoorde tweeling. Ik moest huilen bij de hoofdstukken over Max. En die gerechten die we bij onze eerste date aten, die namen klonken nogal bespottelijk.'

'Ze klopten echt. Ik had een foto gemaakt van de menukaart, en ik heb 'm nog.'

'Het was heerlijk,' zei Anna.

'Ja,' zei hij. 'Maar eerlijk gezegd weet ik niet meer wat we toen aten. Iets wat op de kaart stond. Het was een gok, wat ik beschreef.'

'O,' zei ze. 'Wat ik toen zei, dat ik vroeg of ik met je mee kon gaan naar je flat, dat heb ik echt gezegd? Of was dat ook een gok?'

'In mijn geheugen gebeiteld. Je wist precies wat je wilde. En daarna in de flat wist je dat ook.'

'Dat heb je niet beschreven.'

'Dat heb ik wel. Maar dat heb ik niet in het document gezet.'

Ze sloeg een moment haar ogen neer, beelden schoten haar te binnen.

Toen ze weer opkeek, zei ze: 'Als ik het goed begrijp, Nico, zie jij een soort keten van gebeurtenissen: als Haksloot niet was overvallen, was hij niet de gebroken man geweest die in gevecht kwam met een pony, een fúcking pony... Dan was hij die nacht niet doodgereden. Dan had Ivanova niet "Katyusha" gezongen, dan waren er geen rellen geweest, geen doden, geen wetten tegen haatpraat. Misschien was ze toch verdronken door de duw van een jaloerse vrouw, maar dat was dan een klein berichtje geweest.'

Nico zei: 'Het verhaal van de vlinder in het oerwoud. De allerkleinste vleugelslag die uiteindelijk leidt tot een storm die een stad wegvaagt. Zij was de vlinder. Zoiets, ja.'

'Wat wil je nu?' vroeg Anna. 'Hoelang hou je het uit hier?'

Michiel, naast haar, kon zich niet beheersen: 'Meneer Levi, wat schiet u ermee op als niemand anders het leest? U bent verplicht dat document met anderen te delen.'

Nico had geen geduld met hem: 'Het is bedoeld voor één paar ogen.' Daarna zei hij: 'Hoe kijk jij erop terug, Anna? Jij kende de waarheid. Maar je besloot te zwijgen.'

Dit was een kutonderwerp. Ze wilde zichzelf niet verdedigen. Ze antwoordde: 'Deskundigen zeiden dat het fake was. Wat de ouders vertelden.'

Nico zei: 'Desinformatie?'

Nu klonk er spot in haar stem: 'Jij weet het beter dan alle deskundigen bij elkaar?'

'Absoluut,' zei hij.

'Ik wil er niet over praten, Nico.'

'Moeten we dit niet afronden?

'Het is afgerond. Matthijs heeft er zeven jaar van zijn leven voor gegeven.'

'Zeven jaar. Ten onrechte,' zei Nico. 'Ik heb het allemaal van Matthijs zelf gehoord. Hij heeft het aan míj verteld. Hij heeft alles op tafel gelegd. Elke minuut die aan Europa's dood voorafging. En dat is een heel ander verhaal dan dat hij in de rechtszaal bekende.'

Ze raakte geïrriteerd. Ze wilde dit eigenlijk niet weten. Niet weten wat ze kon weten.

Ze vroeg: 'Jij beweert... je hebt Matthijs gesproken voordat wij met hem spraken?'

'Ja. Ik vond hem in dat hol in Rotterdam.'

Fel zei Anna: 'Je had me moeten bellen. Waarom heb je me niet gebeld?'

Nico sprak verder alsof hij die vraag niet had gehoord: 'Ropa had haar handen vol aan het park. Matthijs liet haar zitten en ik volgde hem. Bij de tweede keer wist ik waar hij een hol had gehuurd. Onder de grond. Ik ken de verleiding van plekken onder de grond. Daar kocht hij spullen in.'

Ze wist wat hij bedoelde, maar herhaalde het woord: 'Spullen?'

'Drugs. Weet ik veel. Coke. Pillen. Ik zag daar een dealer bij hem naar binnen gaan. Trapje af. Na een paar minuten verscheen hij weer.'

'Hoe wist je dat het een dealer was?'

'Anna, moeten we hierover echt discussiëren? We weten in welke staat Matthijs verkeerde na Europa's dood. En in de weken daarvoor.'

'Ik wil geen discussie, Nico.'

Michiel ging zich er ook mee bemoeien: 'Meneer Levi, kunt u het in de tijd zetten?'

'In de tijd zetten,' herhaalde Nico geërgerd.

Anna zei: 'Ik heb hier geen behoefte aan, Nico. Moet dit allemaal?'

‘Kan het kwaad wanneer je dit weet, An? Je moet weten dat de ouders het verhaal verteld hebben dat van Matthijs afkomstig is. Het is zijn oorspronkelijke narratief, het verhaal van Matthijs, het echte.’

‘Wat maakt het nog uit?’ vroeg ze.

‘Voor de geschiedschrijving. Voor ons geweten.’

‘Goed, voor de geschiedschrijving,’ zei ze sarcastisch. ‘Je ontdekte dat Matthijs een kamer had. En toen?’

‘Even in de tijd,’ zei Nico met een blik op Michiel. ‘Na het incident op de Margrietbrug ging het Syrische stel ervandoor. Matthijs was hysterisch. Hij is teruggereden naar het park. Maar hij hield het daar niet uit. En toen is hij naar Rotterdam gevlucht om zichzelf te verliezen. Misschien om er een einde aan te maken, sorry dat ik dat zo zeg over je stiefzoon. Ikzelf, iedereen, de hele wereld, hoorde van Europa’s dood toen ze werd gevonden, drie dagen na het voorval op de Margrietbrug. En Matthijs was nergens te vinden. Ik ben naar Rotterdam gegaan, en daar was hij, in het hol.’

Anna zei: ‘En waarom heb je me niet gebeld?’

‘Ik wilde het uit zijn mond horen. Ik wilde totale openheid. Totale eerlijkheid. Zijn verhaal was zijn verhaal niet meer als hij bij jou was ondervraagd, dus ik moest eerder bij hem zijn dan jullie. Als jullie hem onder handen zouden nemen, zou zijn verhaal worden aangepast, daar was ik van overtuigd.’

‘Je had moeten bellen,’ zei ze. En ze dacht: er speelde ook wat anders voor hem, de miskenning die Nico ervoer, zijn status als schrijver van een lokale blog, ook al had die door zijn berichtgeving over Henri Haksloot en columns van Europa nationale aandacht gekregen. Hij wilde nu méér. Ze zei: ‘Je wilde een verhaal, een primeur. Hoe heet dat ook weer…’

‘Scoop,’ zei Michiel.

‘Ik lieg als ik dat zou ontkennen,’ zei Nico. ‘Ook dat wilde ik, een scoop. Ik ging naar Rotterdam. De deur had Matthijs niet afgesloten. Ik vond hem. Hij crepeerde van ellende. Hij had geen cash. Ik betaalde de dealer. Hij vertelde dat het om een klap ging. Niet de klap die hij later voor jullie zou verzinnen, zogenaamd een klap die hij had uitgedeeld. Nee, de echte klap. De klap door de vrouw, Alma, de Syrische.'

'Je geloofde hem?'

'Na die nacht? Die brug? Je bent echt serieus wanneer je vraagt of ik hem geloofde? Hij was gek van schuldbesef. Hij ging kapot.'

Michiel mengde er zich in: 'De druk op Matthijs was overweldigend. Ik heb de verhoortapes gezien, Anna.'

Anna dacht: hij moet z'n kop houden.

'Anna,' zei Nico, 'je hebt ervoor gezorgd dat je stiefzoon, de zoon van je zus, je neefje, zeven jaar van zijn leven offerde voor wat jij maatschappelijke rust noemt. Die er niet is. Het is afgedwongen. Totale communicatiecontrole in heel Europa. Alles wat we delen wordt gefilterd. Jij hebt eraan meegewerkt, je hebt bijgedragen aan de opbouw van een veiligheidsstaat, een politiestaat.'

Michiel deed een poging het gesprek een andere wending te geven: 'Een politiestaat. Dit doet me denken aan die klap waarmee de Arabische Lente begon. In Tunesië. Daar was een fruitverkoper die een klacht wilde indienen, maar hij werd niet door de autoriteiten ontvangen. Hij was door een politieagent geslagen. Dat gebeurde geregeld. Maar deze keer had hij een klap gekregen van een vrouwelijke agent. Hij kon niet met die vernedering leven. Hij stak zichzelf in brand en hij werd de vlam die Tunesië en daarna andere landen in de hens zette. Niks ideologie. Een klap door een vrouw. Om die reden overgoot hij zichzelf met benzine. De klap die Alma uitdeelde was een klap van een bedrogen, vernederde vrouw die de aanzet gaf tot de Europese Lente.'

Het interesseerde Anna niet. Ze had niet moeten komen. 'Hoe kwamen de ouders van Ropa aan het verhaal van Matthijs? Van jou?'

'Wat denk je?'

'Van jou?'

'Ja.'

'Jij?'

'Ik,' zei Nico.

Anna wilde niet herinnerd worden aan wat vergeten moest worden. Ze wilde niet weten dat Nico toch de verrader en ophitser was die alle ellende op zijn geweten had. Waarom stelde ze vragen waarop antwoorden klonken die ze niet wilde horen?

Nico zei: 'Ik heb ze het verhaal gemaild. Ik wist wat jullie met Matthijs gingen doen. En jullie deden het ook. Hem onder druk zetten om een fakeverhaal te vertellen, een gefabriceerd narratief. Ropa's ouders hebben het gebruikt. De Russen hebben het gebruikt. Ze deden wat ze nodig achtten. Dat doen wij omgekeerd ook. Chaos. Instituties ondermijnen. Het vertrouwen in de overheid kapotmaken. En jij hebt eraan bijgedragen dat de verwarring groter werd. De versie die Matthijs bekende, de zogenaamde bekentenis, was een lulkoekverhaal. En jij wist dat. De ouders vertelden de waarheid. De waarheid van Matthijs, zijn waarheid. Ik had geen keuze. Ik moest het verhaal van Matthijs doorgeven, want anders hadden jullie vrij baan om jullie nepverhaal te verspreiden.'

'Jullie?' vroeg Anna bitter. 'Wie is jullie?'

'Jezus,' zei Michiel. Anna wierp een blik op hem. Ook Michiel leek dit niet eerder te hebben gehoord. Of hij speelde de heilige onschuld.

'Fuck de waarheid,' zei Anna geërgerd. En meteen daarop: 'Dat is onzin. Dat heb ik niet gezegd. Ik wilde er niet over nadenken, ik kon het niet. Het was verschrikkelijk. Alles. Je had naar buiten moeten komen, je had een verklaring moeten geven. Je hebt dit alles' – ze maakte een gebaar naar de kelder – 'over jezelf afgeroepen.'

'Wie zou me geloven? Ik zou als informant van Europa's ouders worden weggezet, als een agent voor de Russen. Dat gebeurde trouwens toch wel.'

'Maar je was het ook! Godverdomme! Je hebt het ze toch verteld, dat verhaal van Matthijs?'

'Ja. Dat heb ik gedaan.'

Wat kon ze nog zeggen? Nico had met zijn verhalen over Haksloot en vervolgens over Europa de boel opgefokt. En toen alles op breken stond, had hij het verhaal van Matthijs aan de Russen gegeven. Nico had wel met de Russen onder één hoedje gespeeld. Hij was wel de manipulator die velen in hem zagen. Het was onverdraaglijk.

Ze werd boos: 'Wat moest je nou met die verhalen op die belachelijke USB-stick? Over Max schrijven om mij murw te maken? Hem beschrijven alsof hij aan jou zijn eigen dood heeft verteld? En mij beschrijven? Het onderzoek naar de moord op de tweeling? Zo ben ik niet. Trouwens, hoe kom je aan de info van dat onderzoek?'

Ze wierp een blik op Michiel, die onberoerd naar Nico keek, en dat maakte haar nog bozer. Tegen Nico zei ze fel: 'Je hebt iemand anders van me gemaakt, jouw Anna, jouw fake Anna! Dat hele verhaal is fake! Wat weet je nou echt van de Syriër? Van Europa? Fake. Die twee kutcolumns van haar op je blog, gruwelijke provocaties waren het. Ik zie het nu pas, toen niet: die heb jíj geschreven! Hoe kun je beweren dat het allemaal echt is in je verhaal? En er zitten grote gaten in, zoals wat je net vertelde over je bezoek aan Matthijs in Rotterdam. Je manipuleert. Het is één groot fakeverhaal.'

Nico liet haar uitrazen, en toen ze stil was, zei hij kalm: 'Ze had die kutstukken willen schrijven. Ze had er geen tijd voor. Ze vertelde waarover ze moesten gaan. Toen heb ik ze geschreven. Toch zijn ze niet nep.'

Ze keek om hulp opzij, maar Michiel probeerde op zijn eigen manier te verwerken wat hier werd gezegd, en hij sloeg zijn ogen neer en staarde naar zijn handen.

Ze richtte zich weer tot Nico en zei: 'Wat niet nep is, is dat je een jurk hebt aangetrokken en een belachelijke pruik op je hoofd hebt gezet en je bent gaan uitzoeken wie je in verband kon brengen met de dood van Max, en vervolgens heb je iemand doodgeschoten. Je bent een moordenaar! En hier zit de toekomstige commissaris van politie en die doet of hij van niks weet!' Ze wendde zich tot Michiel en vroeg met onverholen afkeer: 'En jij? Wat is jouw rol hier? Wordt het niet tijd dat uit te leggen?'

Michiel had even nodig om zich onder haar blikken een houding te geven. Vervolgens keek hij op en probeerde hij luchtig te doen over haar vragen: 'Ik heb gezocht naar een stel sneakers.'

Ze keek weer naar Nico: 'De sneakers?'

Hij draaide zich om en wees naar een plank achter in de hoek. Hij stond op. Een blauwe schoenendoos. Ernaast lag een doorschijnend tasje waarvan de inhoud onduidelijk was, iets harigs en blonds, vermoedelijk de pruik waarvan ze het bestaan niet wilde weten, een fataal bewijsstuk dat hij achteloos liet rondslingeren.

Nico greep de schoenendoos, kwam terug en deed de deksel open. Hij haalde er twee gele, wat lomp ogende sneakers uit en bleef naast de tafel staan.

Anna pakte er een aan. 'Crazy 1,' zei ze.

'Je nagels,' zei hij.

'Hou op,' zei ze.

'Ze zijn fake, Anna.'

'Mijn nagels zijn echt.'

'De sneakers. Zijn geen echte Crazy 1's. Max kocht in Breda fakesneakers.'

Ze staarde naar de vederlichte schoen in haar hand en gaf die aan hem terug. Ze ging staan, zette een paar stappen van de tafel vandaan en draaide haar rug naar hem.

Ze dacht: er is niks echts meer in de wereld, niks waars, niks moois.

'Ik wil roken,' mompelde ze, overrompeld door verdriet.

Ze hoorde Nico zeggen: 'Als je dat wil...'

Ze friemelde een sigaret uit het pakje, nog steeds met haar rug naar hem toe. Achter haar zei hij: 'Ik hou nog steeds van je, An.'

Zij haalde haar schouders op, schudde haar hoofd, een beetje van alles tegelijk, omdat ze niet wist hoe ze moest reageren. Eigenlijk moest ze nu weggaan en hem aangeven. Maar ze bleef staan. Wachtte. Waarop? Op het moment om hem vergiffenis te schenken?

Ze liet de sigaret met rust, draaide zich naar hem toe, en zei droef: 'Fakeschoenen.'

Nico maakte op zijn beurt een kleine beweging met zijn hoofd en schouders, wat zoiets betekende als: zo zijn de feiten. Hij zei: 'Wat kunnen we doen om het kwaad weg te houden? Hoe machteloos zijn we?'

Wat moest ze met die woorden?

Hij zette een paar stappen naar haar toe en bleef vlak voor haar staan. Met ogen vol treurnis bekeek hij haar, alsof hij haar zo de geheimen in zijn hoofd kon tonen. Vervolgens omarmde hij haar.

Ze verzette zich niet.

Zacht zei ze in zijn schouder: 'Je bent veel, Nico. Wat bereik je met een kruistocht in een domme bunker ergens in Brabant?'

'Iemand moet de wacht houden,' mompelde hij.

'En jij bent de wachter?'

'Ik wil hem zijn. Ik moet hem zijn.'

'En wat is je wapen?'

'Dat heb je de afgelopen dagen gelezen.'

'Romanticus,' zei ze, zonder hem te vergeven. 'Gevaarlijke, naïeve romanticus.'

Hij zei: 'Als Max dat had geweten, dan was hij niet gegaan.'

'Als,' zei ze. 'Dan was jij niet die ouders gaan interviewen, want dan had je op je kleinkinderen moeten passen.'

'Als,' zei hij.

'De man die de fakeschoenen verkocht, wat is er met hem gebeurd?'

'Bret Richter. Een paar jaar later ging hij voor een Russisch huurlingenleger vechten. De Wagner Group. Hij werd in '28 door een scherpschutter in z'n hoofd geschoten. In Syrië.'

Ze bleef stil. Ze wilde geen details horen. Daarna hoorde ze hem zeggen, met zijn lippen in haar haar: 'Je ruikt lekker. Zoet, schoon, vrouwelijk.'

Toch, ze wilde toch wat horen: 'Wat heb je nog meer voor me weggehouden? De dood van Haksloot? Wie heeft hem aangereden? Jij? Connie? Die nacht, ik weet het, het was een ongeluk, ik begrijp dat hij zomaar voor een auto had kunnen springen, misschien heeft hij dat gedaan, *suicide by car* of iets dergelijks. Was jij het?'

'Nee.'

Ze herinnerde zich dat Michiel het park had verlaten om Haksloot te zoeken. Ze keek op, wierp een blik op Michiel, die een schoen uit de doos had gepakt en net deed alsof hij niets had gehoord omdat de schoen tot hem sprak, of zoiets.

Het was duidelijk. Of niet. Niets was duidelijk of zwart-wit of echt of vals.

Ze liet haar hoofd weer rusten op Nico's schouder. Ze vroeg zich af of ze spijt had dat ze zich door hem in deze bunker liet omarmen. Nico had alles opgehitst. En de hoofdinspecteur aan tafel had Haksloot geraakt en was doorgereden. Mijn god. Als Haksloot in leven was gebleven...

Nico bleef haar vasthouden en ze liet hem begaan omdat ze zo verschrikkelijk met hem te doen had. Na haar tranen te hebben weggeslikt, zei ze: 'Geef me toch maar een stukje tompoes. En daarna laat je me de Celestron zien.'

Levi, Nico (1975-2048) – Tussen 2044 en 2048 was Nico Levi een van de meestgezochte vluchtelingen op de lijst van Europol. Op 31 maart 2048 kwam Levi bij een inval door een arrestatieteam van de politie om het leven. Hij was in het gezelschap van Anna Klerks (zie Klerks, A., 1985-2048), voormalig hoofdinspecteur van politie. Bij de inval ontstond brand en Levi en Klerks overleden tijdens het transport naar het ziekenhuis. Levi verborg zich sinds de zomer van 2045 in een ondergrondse bunker in Sprang-Capelle, daarin bijgestaan door Klerks. In 2040 kwam Levi in opspraak als agitator en verspreider van nepnieuws. Hij wordt gezien als een van de aanstichters van de Dagen van Waanzin (zie Dagen van Waanzin, 2-18 augustus 2040), die volgden op de dood van Europa Ivanova (zie Ivanova, E., 2010-2040), een Russische vrouw die het symbool werd van de zgn. 'Katyusha's', rebellen die een poging tot een staatsgreep deden. Het oproer na Ivanova's dood leidde tot 483 slachtoffers en honderdtachtig miljard Carbon Credits (cc's/SeeSee's) aan schade in verschillende landen. Het hoofd van de Veiligheidsregio Midden-Brabant, Salma Aziz (zie Aziz, S., 1984-), werd in 2050 benoemd tot lid van het Kernteam. Politiecommissaris Michiel Jansen (zie Jansen, M., 2010-), die leidinggaf aan het arrestatieteam, volgde haar op als hoofd van de Veiligheidsregio Midden-Brabant.

Dank

Zoals anders heb ik talloze bronnen gebruikt bij de voorbereiding van het schrijven van deze roman, te veel om op te sommen: artikelen, overheidsrapporten, studies. Hier en daar citeer ik er regels uit, of parafraseer ik ze. En een tiental mensen bij wie ik kennis van zaken over een facet van mijn verhaal vermoedde, heb ik met mijn vragen lastiggevallen. Ik ben deze deskundigen dank verschuldigd. Als er toch fouten komen bovendrijven, dan komt dat door mijn gebreken.

Zo'n vijf jaar heeft het schrijfproces geduurd. Het geduld van mijn uitgever Martijn Griffioen van Overamstel, waarvan Hollands Diep een imprint is, heb ik tot het uiterste beproefd wanneer ik hem telkens het manuscript beloofde, maar hij gaf niet op en gunde me de tijd die ik kennelijk nodig had. Ook hem ben ik dank verschuldigd, net als Robbert Ammerlaan, met wie ik prachtige jaren bij De Bezige Bij heb beleefd en die me naar Hollands Diep heeft geleid. Mijn nieuwe redacteur Jacques Schalken was zakelijk en precies, zoals persklaarmaker Irwan Droog. Beiden hebben me verder gebracht, en ook hier geldt: als iets niet deugt, dan ligt dat aan mij.

Het ergste heeft mijn Jessica onder mijn bezetenheden geleden. Aan haar en onze kinderen draag ik deze roman op.

Leon de Winter